# In deinen Augen der Tod

Dieses Buch ist ein Roman. Handlungen und Personen sind frei erfunden. Ähnlichkeiten mit lebenden oder toten Personen sind nicht gewollt und rein zufällig.

Kerstin Ruhkieck

# In deinen Augen der Tod

thriller

emons:

**Bibliografische Information der Deutschen Nationalbibliothek**
Die Deutsche Nationalbibliothek verzeichnet diese Publikation in der Deutschen Nationalbibliografie; detaillierte bibliografische Daten sind im Internet über http://dnb.d-nb.de abrufbar.

MIX
Papier aus verantwortungsvollen Quellen
FSC® C083411
FSC www.fsc.org


Umschlaggestaltung: Nina Schäfer, unter Verwendung eines Motivs von Hanka Steidle/Arcangel.com
Gestaltung Innenteil: DÜDE Satz und Grafik, Odenthal
Lektorat: Lothar Strüh
Druck und Bindung: CPI – Clausen & Bosse, Leck
Printed in Germany 2022
ISBN 978-3-7408-1430-4
Thriller
Originalausgabe



Dieser Roman wurde vermittelt durch erzähl:perspektive, Literaturagentur Michaela Gröner & Klaus Gröner GbR, München.

# Prolog

# 0

*Hannover, 12. Juni*

Es sind Entscheidungen, die unser Leben bestimmen. Darüber, welchen Pfad wir einschlagen und wohin uns dieser Weg führt. Studiere ich, oder mache ich eine Weltreise? Heirate ich, oder bleibe ich für immer Single?

*Gehe ich heute Abend aus, oder bleibe ich zu Hause?*

All diese Entscheidungen bilden Stationen, kleine, unscheinbare Punkte, die erst miteinander verbunden offenbaren, welches Bild wir von uns selbst zeichnen.

*Behalte ich das Geheimnis für mich, oder erzähle ich es weiter?*

Ist eine Entscheidung erst getroffen, gibt es kein Zurück mehr, völlig gleichgültig, wie überlegt oder unüberlegt sie getroffen wurde. Was folgt, ist eine Kausalkette weiterer Scheidewege, die zu dramatischen Wendepunkten führen – oder eben nicht. Die Verantwortung liegt bei uns, genau wie die Konsequenz. Denn wenn wir mit einer Entscheidung auf einen furchtbaren Wendepunkt zusteuern, ohne es zu ahnen, ist es dem Universum ziemlich egal. Auch wenn er unsere Welt zu zerstören vermag.

Keine Vorahnung, kein ungutes Gefühl hat mich gewarnt, als ich am 12. Juni eine kleine, unscheinbare Entscheidung traf. Ein Abend in einer Cocktailbar, zu dem mich eine Freundin überredete. Die Neuigkeiten über meinen Vater hatten Erinnerungen hervorgeholt, die mit ihrer Bittersüße an meinen Nerven zupften. Also sagte ich Ja zur Mission Ablenkung.

»Mission Ablenkung« nannte Svenja eine durchgemachte Nacht in einer kleinen Bar im Souterrain. In mir keimte nicht der geringste Zweifel, dass ihr Vorschlag, einmal auf der anderen Seite des Tresens zu stehen, eine gute Idee war. Das »Sternenhagel« war ein »Safe Space«, freitags arbeitete ich selbst dort, um mein BAföG aufzustocken. Ein Samstagabend voller gebrüllter Unterhaltungen, zu viel Alkohol und vielleicht einem One-Night-Stand, den ich am nächsten Morgen bereuen konnte, schien mir das zu sein, was meinen Kopf frei und meine angespannten Muskeln locker machen würde.

»Olivia, du hier? Hast du etwa Sehnsucht nach mir?«, begrüßte mich Dante, als ich an der Theke lehnte und ihn gut gelaunt angrinste.

Ich fühlte mich wohl, angenehm losgelöst von meinen Sorgen, die mit den achtlos aufs Bett geworfenen Alltagsklamotten zu Hause geblieben waren. Morgen würde ich mich darum kümmern, Ordnung ins Chaos zu bringen, aber darüber machte ich mir jetzt keine Gedanken. Das Ausgehoutfit – enge Jeans und ein schwarzes Spaghettiträgertop mit Spitzen-V-Ausschnitt, schlicht, aber elegant – weckte eine Seite in mir, die in den letzten Jahren viel zu kurz gekommen war. Dieser Abend hätte so einfach sein können.

»Ich muss endlich den besten Blowjob der Stadt probieren. Enttäusch mich nicht, Mann«, rief ich zurück und hob keck eine Augenbraue.

Svenja neben mir blickte irritiert zwischen uns hin und her, dann grinste sie amüsiert. Es war offensichtlich, was sie dachte, aber sie lag falsch. Meine Kommilitonin gehörte nicht zum Sternenhagel-Team, sie konnte nicht wissen, dass Dantes sagenumwobener Blowjob ein Running Gag war, der nichts mit dem Austausch von Körperflüssigkeiten zu tun hatte.

Keine fünf Minuten später hielt ich das bauchige Glas mit dem Cocktail aus Baileys, Wodka und Sahne in der Hand, und Svenja verstand. Die nächsten Minuten lachte sie Tränen, vom Vorglühen alberner als sonst, während ich an meinem Getränk schlürfte. Tatsächlich war es der beste Blowjob, den ich je hatte.

Svenja und ich ließen uns ein paar Cocktails zu viel schmecken, um uns herum drängten sich immer wieder Gäste an den Tresen, um ihre unverständlichen Bestellungen aufzugeben. Das Sternenhagel war kaum größer als ein luxuriöses Wohnzimmer, und die hyperaktive Elektro-Easy-Listening-Musik pendelte im mittleren Lautstärkebereich. Der Geräuschpegel machte eine normale Unterhaltung unmöglich, aber dafür waren wir ja auch nicht hier. Der Abend fühlte sich an wie eine gute Entscheidung. In meinem Kopf entfaltete der Alkohol den ersten Dusel, alles war normal.

Eine halbe Stunde vor Mitternacht. Ein stiller Countdown, von dem ich nichts wusste, tickte über unseren Köpfen wie ein Damoklesschwert. Ich rechnete inzwischen nicht mehr damit, an diesem Abend noch angesprochen zu werden. Erst als Svenja auf die Toilette verschwand, hörte ich eine Männerstimme neben mir. Überrumpelt sah ich von meinem Mojito auf, zu dem ich gewechselt hatte, und fand ein Paar dunkler Augen in einem lächelnden Gesicht. Er hatte uns beobachtet, wer weiß wie lange, und auf eine Gelegenheit gewartet, mich allein zu erwischen, schlussfolgerte ich und war mir nicht sicher, ob ich geschmeichelt oder beunruhigt sein sollte. Aber so funktionierte das Balz-und-Aufreiß-Spiel junger Großstädter, also entschied ich, dass es okay war.

»Was?« Ich beugte mich vor, um ihn besser zu verstehen.

»Ich bin Miko.« Er streckte mir seine Hand entgegen.

»Olivia«, erwiderte ich und nahm sie.

Unsere Blicke verschmolzen miteinander, während wir unsere Hände hielten, ohne sie zu schütteln. Ich fühlte mich sofort zu ihm hingezogen.

»Freut mich sehr, dich kennenzulernen, Olivia«, sagte er über den Barlärm hinweg, der einige Atemzüge lang in den Hintergrund trat. Nur langsam trennten sich unsere Hände voneinander.

Ich erinnere mich an diesen Moment, in dem alles perfekt schien, spüre die wohlige Vorfreude, als wir einander ansahen und keine Worte nötig waren, um zu wissen, was wir wollten. Der Geschmack von Minze und Limette lag auf meiner Zunge, der kubanische Rum stieg mir in den Kopf, und ich leckte den klebrigen Rohrzucker von meinen Lippen.

Dann fielen die ersten Schüsse.

# Teil 1
# Julian

# 1

*Obderwede, 22. Oktober*

Letztendlich sind wir nichts weiter als das Produkt unserer Entscheidungen. Das weiß ich jetzt.

Als sich der Bus der Schicksalskurve nähert, halte ich die Luft an. Schon die gesamte Fahrt über kauere ich tief in meinen abgewetzten Sitz gepresst und konzentriere mich auf meine Atmung. Meine Panik darf nicht die Oberhand gewinnen, aber mein Serotoninabbauhemmer und ich sind Verbündete und stärker als sie. Noch. Denn sie lauert, seit ich vor zwei Stunden meine erste Mitfahrgelegenheit bestiegen habe.

Der Fahrer des Busses kennt die Strecke nicht, wird mir klar. Er fährt zu schnell, schneller als die erlaubten fünfzig Stundenkilometer. Er sollte wissen, dass die Kurve vor uns langsam zu nehmen ist. Um nicht Gefahr zu laufen, aus der Spur zu geraten und mit einem entgegenkommenden Fahrzeug zu kollidieren, das sich für ihn noch unsichtbar hinter der Kurve befinden könnte. Oder eben nicht.

Ich schließe die Augen. Von meinem Platz in der hinteren Reihe kann ich ohnehin nichts sehen. Dennoch habe ich sie vor mir, die Erinnerung an eine Kurve mit leichtem Gefälle und dem Felsen, der die Sicht versperrt. Ich spüre die g-Kraft, wie sie meinen Körper zur Seite drückt, bemerke das ruckelige, hektische Abbremsen des Fahrers, als er begreift, dass er sich mit der Geschwindigkeit verschätzt hat. Die Reifen quietschen, ich bin mir sicher, dass wir uns nun auf der Gegenfahrbahn befinden, und warte auf den Aufprall. Auf das Bersten der Karosserie, das Splittern von Glas und dann die Schreie, hysterische Schreie vor Angst und Schmerz … Der Moment vergeht, und nichts davon geschieht. Keine Kräfte wirken mehr auf meinen Körper, die Fahrt geht auf gerader

Strecke weiter. Ich öffne die Augen und schnappe nach Luft. Ich bin dem Tod von der Schippe gesprungen – wieder einmal – und empfinde keine Erleichterung.

Mit genug Sauerstoff im Blut und einigermaßen beruhigten Nerven packe ich meine Sachen zusammen. An der nächsten Station werde ich aussteigen. Viel habe ich nicht bei mir, ein paar Kleidungsstücke, einen Laptop, mein Handy und diese ultraschicken kabellosen Kopfhörer, die beinahe vollständig im Ohr verschwinden. Meine Mutter hat sie mir aufgezwungen, obwohl ich sie nicht wollte. Nun benutze ich sie doch. Sie dämpfen den Lärm um mich, statt ihn in meine Ohren zu plärren und meine Wahrnehmung zu blockieren.

Mehr als diese Dinge brauche ich nicht. Es gibt nichts, was mir noch etwas bedeutet. Ich frage mich, was mich erwartet, sobald ich den Bus verlasse. Am Busbahnhof in Hannover meine ich jemanden bemerkt zu haben, der ein Foto von mir gemacht hat, ein junger Typ mit Sporthose und Goldkettchen. Vielleicht war es aber auch meine Paranoia, die mich Gespenster sehen lässt. Meine Paranoia, die ich nur deshalb habe, weil sie begründet ist. Paranoia, entstanden aus Erfahrung.

Als der Bus hält, spuckt er mich aus wie einen durchgekauten Kaugummi. Beinahe stürze ich, noch bevor meine Füße den Boden berühren, finde aber rechtzeitig mein Gleichgewicht wieder. Die frische Luft, die beim ersten Atemzug meine Lungenflügel flutet, lockert meine verkrampfte Brust. Bis ich es mit brachialer Wucht begreife.

Ich bin zurück.

Die Bushaltestelle ist verwaist, ein einsames Holzhäuschen an der unbefahrenen zweispurigen Hauptstraße, an der nur vereinzelt Häuser stehen, umgeben von unberührten Feldern aus Gräsern und Blumen. Obderwede ist so leblos und leer wie in meiner Erinnerung.

Das Haus ist nicht weit, ich kenne den Weg, als wäre ich ihn gestern zuletzt gegangen. Ich schultere meinen Rucksack, nehme meine Reisetasche und gehe los. In meinem Bauch regt sich eine vorfreudige Angst, die mich seltsam traurig macht, doch ich habe keine Zeit, hier länger zu stehen und darauf zu warten, dass mich jemand sieht. Der Dorffunk wird die Information über meine Ankunft schnell genug verbreiten.

Von früher weiß ich um die Schönheit, die der Herbst aus dem kräftigen Grün des Sommers erschafft. Jetzt jedoch habe ich keinen Blick dafür, Scheuklappen schränken meine unscharfe Sicht ein. Es ist, als würde ich unter der Last der Rückkehr immer langsamer werden, mein Herz pocht wild, und mir schnürt sich die Kehle zu. Eben noch konnte ich es kaum erwarten, aus der Enge des Busses zu entfliehen, nun fühle ich mich von der Weite des freien Himmels bloßgestellt.

Eine Biegung später erreiche ich das vertraute Haus und bleibe unentschlossen stehen. Den übertriebenen Bungalow hat mein Vater entworfen und bauen lassen, als er von der Schwangerschaft meiner Mutter erfuhr. Der Zementmischer war noch nicht einmal in Betrieb, als sie ihm mitteilte, dass sie sich von ihm trennen und ihr ungeborenes Kind – mich – allein großziehen würde. Aus der Not heraus korrigierte er seinen Entwurf und machte aus einem Bungalow zwei, direkt nebeneinander, in der Hoffnung, auf diese Weise zumindest Mutter und Kind in unmittelbarer Nähe zu haben. Als meine Mutter, deutlich jünger als er und mitten in der Selbstfindung, ihm an den Kopf knallte, dass sie sicher nicht an den »Arsch der Welt« ziehen würde, ließ er die zwei Häuser dennoch bauen. Für den Fall, dass sie es sich anders überlegte.

Lange Zeit hielt ich meinen Vater für ziemlich großartig. Bis zu dem Sommer, in dem ich erkannte, dass er es nicht war.

Fünf Jahre bin ich nicht hier gewesen. Der Schlüssel von damals passt trotzdem. Als hätte der alte Mann darauf gewartet, dass ich eines Tages zurückkomme, ihn in die Arme schließe und alles ignoriere, was vorgefallen ist.

Nun bin ich hier, aber er ist es nicht.

Zögerlich kehre ich heim, streife sämtliches Gewicht von meinem Körper. Der verwinkelte Flur, der den Blick nicht auf alle Türen preisgibt, liegt vor mir und scheint mit seinen

Eingängen auf mich zu warten. Also wandere ich von Zimmer zu Zimmer, schon damals war das Haus zu groß für zwei Personen. Wie sich mein Vater in den letzten Jahren hier gefühlt haben muss, wie er es so lange allein ausgehalten hat, möchte ich mir nicht vorstellen. Einsam in einem Haus, das für eine Familie gemacht war. Vielleicht hat er genau das verdient.

Die Räume sind menschenleer, aber gefüllt mit Erinnerungen, die ich in ihnen eingesperrt habe, als ich damals gegangen bin. Der vertraute herbe Aftershavegeruch liegt wie eine schwere Decke über den Möbeln, steigt mir in die Nase und aktiviert in meinem Kopf undeutliche Bilder aus einer Zeit, als alles gut war.

Arbeits- und Schlafzimmer, sein Bereich, liegen auf der linken Seite. Nichts hat sich verändert, und ich halte es nicht lange darin aus, die Räume machen mich traurig, ich fliehe vor der unsichtbaren Präsenz meines Vaters.

Mit dem Wohnzimmer und der offenen Küche verbinde ich viele Geschichten. Der überdimensionierte Raum war stets das Zentrum unserer Gemeinsamkeit. Eine Flut an Erinnerungen droht mich zu erdrücken. Wie wir reden, essen, lachen. Es sind gute Erinnerungen, überlagert von einem dunklen Schatten, der mir einmal mehr vor Augen hält, was ich verloren habe. Damals, als ich ihm meine Anschuldigungen ins Gesicht schmetterte.

Es war nicht meine Schuld, ermahne ich mich, wie ich es mir selbst beigebracht habe, um überhaupt weitermachen zu können. Doch es ist, wie es ist, das Gefühl von fauligem Obst in meiner Brust straft mich Lügen.

Unendlich erschöpft, als würde mich dieses Haus sämtlicher Energie berauben, durchquere ich den Raum. Tränen verschleiern mir die Sicht, aber ich weine nicht, dafür bin ich zu müde. Als wäre sie mein letzter Halt, lege ich beide Hände auf das kalte Glas der Terrassentür und sehe nach draußen, auf den Garten und das kleine Holzhäuschen am angrenzenden Waldstück.

Ich hoffe, dass mein Vater nicht entsorgt hat, was früher

darin war, und lasse ein zaghaftes Lächeln auf meinem Gesicht zu.

Ein Geräusch hinter mir lässt mich zusammenfahren. Ich wirble herum, ein unterdrückter Schrei verhakt sich in meiner Kehle. Beinahe erwarte ich, jemanden zu sehen, eine Waffe auf mich gerichtet … doch ich bin alleine. Aber ich bin mir sicher. Es war da. Ein dumpfes Klopfen.

Erneut lässt mich das Geräusch aufschrecken, und ich erstarre. Ich kenne dieses Pochen. Ein Zittern wogt durch meinen Körper, und ich hebe den Blick an die Decke. Jemand ist über mir. Schritte auf dem Dachboden.

Ich balle meine Hände zu Fäusten und zwinge mich, meine Starre zu lösen. Im Alltag bin ich zu nichts zu gebrauchen, doch mit solchen Situationen kann ich umgehen. Mein Körper bleibt angespannt, und während ich mich auf meine Atmung konzentriere, kehre ich zur Wohnzimmertür zurück.

»Martin?«, frage ich mit belegter Stimme in den Flur hinein. Keine Antwort. »Papa?« Ich weiß, dass er nicht hier sein kann.

Tasche und Rucksack lehnen unverändert an der Haustür. Wer auch immer im Haus ist, muss bereits hier gewesen sein, als ich ankam. Mein Herz pocht unangenehm in meinem Hals, drückt ihn zu, macht es mir unmöglich, zu schlucken. Meine Augen wandern die Stufen nach oben, die Luke ist verschlossen, aber das muss nichts heißen. Der Dachboden ist der einzige Makel des Hauses, hat mein Vater immer gesagt. Es sollte ein ausgebautes Obergeschoss werden, doch er hat sich nie darum gekümmert. Stattdessen ist es immer ein Lager für Kisten und abgenutzte Möbel gewesen, es gibt nicht einmal eine richtige Tür, nur eine weiße Holzklappe, die sich nach innen öffnen lässt.

Aus dem Augenwinkel nehme ich eine Bewegung wahr, es ist, als würde ein Blitz in mich einschlagen. Ich reiße die Arme hoch, will meinen Kopf schützen und drehe mich weg, ein Reflex, doch nichts passiert. Mein Herz erschüttert mich mit heftigen Schlägen, ich bin kurz davor, zu fallen, ich spüre das Lauern der Angst mit jedem aufgestellten Härchen an meinem Körper. Ich bin stärker als sie, muss es sein, wenn ich leben will, obwohl ich mir da nicht sicher bin. Ich sehe auf. In der Tür zum Hauswirtschaftsraum steht eine Frau, sie starrt mich an, eine Schere in der Hand. Ich weiche zurück, bekomme keine Luft und greife an meine Kehle. Ich werde sterben, ich weiß es. Das Gesicht der Frau verzieht sich zu einem Grinsen.

»Hallo, Olivia.«

## 2

*Obderwede, 22. Oktober*

Es ist ein Lächeln gewesen, kein Grinsen. Mein Verstand hat meinen ersten Eindruck korrigiert, und ich muss ihm glauben, weil ich sonst nichts in meinem verkorksten Leben habe, auf das ich mich verlassen kann. Das überraschte Lächeln der Frau Ende dreißig ist einer schuldbewussten Miene gewichen.

Ich habe keine Angst, nicht mehr, mein Körper hat das nur noch nicht mitbekommen und quält mich mit den Nachwirkungen meiner Panik. Zusammengesunken hocke ich auf den Stufen der Treppe und bemühe mich, das enge Gefühl in meiner Brust wegzuatmen. Tief durch die Nase ein und den Mund wieder aus, wie Dr. Fischer es mir gezeigt hat. Ich spüre den Blick der Frau auf mir wie eine brennende Berührung, er wird ein Branding auf meiner Haut hinterlassen, davon bin ich überzeugt. Immerhin hat sie die Schere weggelegt, bislang aber kein weiteres Wort gesagt. Stattdessen hat sie mich an den Schultern gepackt und aufgefangen, als ich nur noch nach Luft schnappte, in kurzen, verzweifelten Zügen um mein Bewusstsein rang und mir an den Hals griff, als könne ich damit die Enge lösen, die unsichtbaren Hände, die meine Kehle zudrückten, um mich endgültig niederzustrecken.

Der kalte Schweiß ist getrocknet und bedeckt mein Gesicht mit einem schmierigen Film. Ich würde gern duschen, sofort, aber das wäre unhöflich. Ich hebe den Kopf, sehe diese fremde Frau, die mich beobachtet. Sie will mir nichts Böses, dennoch bin ich dankbar für die Distanz, die sie wahrt.

»Wer sind Sie?«, frage ich und wische mir ein paar verklebte Strähnen aus der Stirn. Meine Stimme ist rau, als hätte ich geschrien, habe ich aber nicht. Glaube ich.

»Tut mir leid, dass ich dich erschreckt habe. Johanna Behringer, ich wohne nebenan.«

Ich starre sie ungeniert an, sie macht es mir leicht, sie hat etwas an sich, das zu betrachten es wert ist. Es ist keine klassische Schönheit, aber das Gewöhnliche im Speziellen ihrer äußeren Erscheinung. Dann fällt mir wieder ein, was sie gesagt hat, und ich kehre zurück in eine Matrix, in der es kein Happy End gibt.

»Was ist mit Paul … also, ähm … Herrn Mayr? Wohnt er nicht mehr da?« Ich habe ihn vor Augen, den Mann Anfang vierzig, mit grau meliertem Dreitagebart und dem immer gleichen blau karierten Holzfällerhemd, der die kleinere Bungalowhälfte gemietet hatte, die eigentlich für meine Mutter vorgesehen war.

»Doch, doch, tut er. Er muss sich die Wohnung jetzt mit mir teilen«, antwortet Johanna und lächelt zaghaft, als testete sie, ob es angesichts meiner anfänglichen Labilität angemessen ist.

Ich runzle die Stirn. »Sie sind seine Frau?«

Sie wiegt ihren Kopf. »Vielleicht irgendwann. Momentan bevorzuge ich die Bezeichnung ›Lebensgefährtin‹.«

»Oh.« Ich habe Paul nie in Begleitung einer Frau gesehen, konnte ihn mir nicht mit einer vorstellen und war davon ausgegangen, dass er sich nicht für Frauen interessierte. Anscheinend habe ich mich geirrt.

Das Schweigen zwischen Johanna und mir dehnt sich aus. Meine Atmung hat sich normalisiert, nun ist mir meine Schwäche unangenehm. Sie soll nicht denken, ich sei eine vom Trauma zerbrochene Frau. Ich habe mich sonst unter Kontrolle. Was in meinem Inneren passiert, geht niemanden etwas an. Ich strecke meinen Rücken durch und fühle mich augenblicklich selbstsicherer. Das scheint sich auf Johanna zu übertragen, denn sie blickt erleichtert zu mir herab. Sie spürt es. Ich bin kein Opfer, ich bin nicht schwach. Ich bin mehr als meine Vergangenheit.

»Ich bin froh, dich endlich kennenzulernen, Olivia. Ich darf doch Du sagen?«

Ich zucke gleichgültig mit den Schultern, es ist mir egal, ob sie mich duzt oder siezt.

»Und du sagst Johanna zu mir, ja?«

Ich übergehe ihre Frage und stehe auf. Johanna überragt mich um fast zehn Zentimeter, aber das schüchtert mich nicht ein. »Was machst du hier, Johanna?«, frage ich angriffslustiger als beabsichtigt.

Ihre Stirn legt sich kurz in Falten, doch sie ist sichtlich bemüht, sich von meinem Stimmungsumschwung nicht irritieren zu lassen. »Ich kümmere mich um das Haus, seit dein Vater es nicht mehr kann.«

»Hat er dich darum gebeten?«

»Ja, das hat er, Olivia. Er hat gut vorgesorgt, was du –« Sie bricht ab, aber ich habe eine Vermutung, was ihr auch jetzt noch auf der Zunge liegt.

*… was du selbst wüsstest, wenn du in den letzten Jahren mit ihm gesprochen hättest.*

Der verschwiegene Vorwurf tut weh, ich lasse es mir aber nicht anmerken. Ich darf solche Dinge nicht an mich heranlassen. Johanna kennt nicht die ganze Geschichte.

»Und was machst du mit einer Schere im Hauswirtschaftsraum?« Meine Frage klingt, als zweifle ich ihre Behauptung an, dabei tue ich das gar nicht.

Entgegen meiner Erwartung sieht sie aus, als hätte ich sie bei einem unverzeihlichen Vergehen ertappt, was sie mit einem unnatürlichen Lächeln zu überspielen versucht. Es ruiniert ihr hübsches Gesicht. »Ich wollte mir einen Ableger der Aloe vera abschneiden. Habe ich aber nicht, weil ich ihr nicht wehtun wollte.«

Irritiert schaue ich an Johanna vorbei durch die offene Tür hinter ihr. Tatsächlich steht auf der Fensterbank am anderen Ende des Raums eine grüne Topfpflanze. Überrascht ziehe ich eine Augenbraue hoch.

»Du kannst sie haben. Ich würde sie nur töten.«

Mein letztes Wort scheint sie zu alarmieren. Als erinnere sie sich erst jetzt daran, dass ich mehr bin als nur die Tochter von Martin Zagel. Dass mein Gesicht und mein Name untrennbar verbunden sind mit den Geschehnissen im Sternenhagel.

Nun ist er da, der gewaltige rosa Elefant im Raum, über den niemand von uns sprechen wird.

»Ich weiß nicht, was –«, beginnt sie, bricht aber ab, als ich erst an ihr, dann an der Waschmaschine und den Regalen voller Waschpulver und Handtüchern vorbeigehe, mir die Pflanze von der Fensterbank greife und zurückkehre.

»Nimm sie, meinem Vater ist es egal und mir auch.« Ich drücke ihr den Topf in die Hand.

Johanna nimmt ihn sichtlich unwohl entgegen. »Na gut, also … vielen Dank!«, sagt sie gepresst. »Bleibst du länger in Obderwede?«

»Weiß ich noch nicht. Ein bisschen bestimmt. Du brauchst dich jedenfalls nicht mehr um das Haus zu kümmern. Aber danke für deine Hilfe.«

Sie nickt, ihr Lächeln ist verschwunden. »Also … ich lasse dich mal in Ruhe ankommen. Es tut mir wirklich leid, dass ich dich erschreckt habe.«

Sie macht ein paar Schritte zur Haustür, sie will weg, weg von mir. Es ist offensichtlich, dass sie mich nicht mag, was ich durchaus verstehe. Auf der Schwelle bleibt sie zögerlich stehen.

»Falls du etwas brauchst, komm zu uns rüber. Ich arbeite zu Hause und bin eigentlich immer da.«

Ich sehe das Angebot als das, was es ist. Gute Erziehung, vielleicht ein Versprechen, das sie meinem Vater gegeben hat. So oder so habe ich nicht die Absicht, ihr Angebot anzunehmen. Ich schließe die Tür und bin mir sofort der Leere des Hauses bewusst. Sie kommt näher, bis sie bei mir ist und mich verschlingt. Mal sehen, wie lange ich es aushalte, ehe ich den Verstand verliere.

## 3

*Obderwede, 22. Oktober*

Eine Stunde später fühle ich mich wieder mehr wie ich selbst. Ich habe geduscht, mit heißem Wasser den schmierigen Film von mir geschrubbt, bis das kleine Badezimmer vor Dampf blind war und meine Haut brannte.

Statt in meinem alten Zimmer, das über Jahre hinweg mein zweites Zuhause war, sitze ich im Gästezimmer auf dem frisch bezogenen Bett. Hier halte ich es besser aus, dieser Raum drängt mir keine Erinnerungen auf, die ich nicht haben möchte.

Es war verstörend, eine lähmende Zeitreise, mein altes Zimmer zu betreten. Siebzehn Jahre lang gehörte es mir, war eine Erholung von dem Leben mit meiner Mutter. Alles ist, wie ich es zurückgelassen habe, mein Vater hat nichts angerührt. Er muss fest daran geglaubt haben, dass ich eines Tages wiederkomme.

Nun ist es passiert, ich bin zurück in Obderwede, doch nicht seinetwegen, fast gar nicht. Stattdessen ist es ein Versprechen, das mich hierhergelockt hat, eine lose Vereinbarung, jemanden in diesem Kaff zu treffen, ohne feste Uhrzeit oder Tag. Ich habe keine Ahnung, was ich tun soll, während ich warte. Eine innere Stimme drängt mich zum Handeln, will endlich Antworten, doch ich weiß auch, dass ich es nicht in der Hand habe, was passiert. Unruhe packt mich, lässt mich aufstehen und im Zimmer umherwandern. Ein leichter Kopfschmerz pocht in meiner Stirn, das Denken fällt mir schwer. Die kleine Gartenhütte kommt mir in den Sinn. Wenn mein Vater mein altes Zimmer unberührt gelassen hat, dann vielleicht auch die Hütte.

Plötzlich bin ich aufgeregt, schlüpfe in meine Schuhe und eile zur Terrassentür. Die frische Oktoberluft empfängt mich, als ich nach draußen trete, zerrt an meinen langen Haaren, die noch feucht sind. Der Garten ist verwildert, niemand hat sich um ihn gekümmert. Ich höre das Knistern getrockneter Blätter unter meinen Füßen, spüre das Kitzeln langer Grashalme durch den Stoff der Leggings an den Beinen. Der Herbst erfüllt die letzten Atemzüge des Gartens mit dem Geruch von Gräsern und einem minzigen Hauch von Beifuß. Hannover ließ mich vergessen, dass das Leben so riechen kann.

Die Holztür des Schuppens ist versperrt, das kleine Vorhängeschloss sieht aus wie früher, versteckt unter Rost und Moos. Der Schlüssel an meinem alten Schlüsselbund passt, und als ich bei geöffneter Tür in die Dunkelheit vor mir blicke, ergreift mich eine Freude, wie ich sie seit Monaten nicht mehr empfunden habe. An die rechte Seitenwand gelehnt, halb verdeckt von Rasenmäher, Heckenschere und anderen Gartengeräten, steht es da, als hätte es mich all die Jahre vermisst, zur Trägheit verdammt, und auf mich gewartet. Mein altes Fahrrad, das Gestell einst in einem altbackenen Rosa, ist von oben bis unten mit Bandaufklebern bedeckt. Awolnation, Bloc Party, Welshly Arms, sie alle habe ich seit fünf Jahren nicht mehr gehört, weil mich ihre Songs an *ihn* erinnern.

Inzwischen ist es egal, ich erlaube mir, an *ihn* zu denken. Mit meinem alten Fahrrad verbinde ich nur positive Erinnerungen.

Und endlich weiß ich, was ich als Nächstes tun werde.

# 4

*Obderwede, 22. Oktober*

*Im niedersächsischen Obderwede ist die Welt noch in Ordnung. Jeder kennt jeden, Fuchs und Hase sagen sich hier noch Gute Nacht. Ein Geflecht aus Bächen zieht sich venenhaft durch die Landschaft, unzählige Waldstücke bieten Lebensraum für Wild und Nager. Das stete Rauschen der grenzenlosen Felder und Wiesen liegt in der Luft, an Orten wie diesen ist es leicht, die Seele baumeln zu lassen. Und auch fürs Leibeswohl ist gesorgt. Ein privat geführter Einkaufsmarkt, der unabhängige Schnellimbiss Kartoffeltopf und die niedliche Pension Zum Schlafenden Reh, Obderwede bietet auf gut fünfzehn Quadratkilometern ein attraktives Angebot für die knapp zweitausend Einwohner wie für Touristen und Durchreisende gleichermaßen.*

*Gesundheit wird in Obderwede großgeschrieben. Seit über dreißig Jahren versorgt der freundliche Allgemeinmediziner Dr. Fünfziger seine Patienten in der Praxis am Marktplatz und bei seinen beliebten Hausbesuchen. Die benachbarte Apotheke wird von seiner Frau geführt. Es ist das familiäre Gefühl, das Obderwede zu etwas Besonderem macht. Zu einem Ort, an dem man bleiben möchte.*

*Doch nun ist Obderwedes verlorene Tochter zurückgekehrt. Ihr Name ist Olivia Bloch. Bis vor wenigen Monaten eine unscheinbare junge Frau, hat Olivia inzwischen zweifelhafte Berühmtheit erlangt.*

*Ab heute werde ich ihren letzten Geheimnissen auf den Grund gehen.*

So oder so ähnlich wird er die Reportage über Olivia beginnen, der Einstieg geistert bereits durch seinen Kopf, seit er auf sie wartet. Es ärgert ihn, dass er nicht daran gedacht hat, ein Notizbuch einzustecken. Verfluchter Anfängerfehler, er muss noch viel lernen.

Nervös kaut Malte Henning auf seinen abgenagten Fingernägeln, während er auf der Mauer hockt und seine Überwachung fortsetzt. Langsam bekommt er einen kalten Hintern. Es muss in den letzten Tagen geregnet haben, Feuchtigkeit hängt im Steinwerk und kriecht bis zu seinen Nieren hoch. Aber er harrt aus, denn er ist sich sicher, dass Olivia auftauchen wird.

Ein Blick auf sein Handy verrät ihm, dass er bald zwei Stunden wartet, doch mit seiner Motivation erträgt er alles. Diese Sache mit Olivia könnte ein Riesending werden, deshalb ist er entschlossen, sie professionell und ohne Rücksicht auf seine Befindlichkeiten anzugehen.

Endlich taucht sie auf. Tatsächlich. Olivia Bloch. Wie eine Erscheinung materialisiert sie sich aus dem Nichts, bewegt sich auf ihrem alten Fahrrad beinahe schwebend auf ihn zu, als wäre sie seinetwegen hier, ohne es zu ahnen. Sie sieht ihn nicht, als sie von der Straße auf den Bürgersteig fährt und an den Fahrradständern vor dem Kartoffeltopf zum Stehen kommt. Maltes Brust zieht sich zusammen, für diesen Moment lässt er seine nervöse Aufregung zu, solange er sie noch unbemerkt beobachten kann. Kein Grund, sich deswegen schlecht zu fühlen.

*Olivia.*

Obwohl sie außer Reichweite ist, fühlt es sich an, als könnte er sie berühren, würde er nur den Arm nach ihr ausstrecken. Nachdenklich sieht er zu, wie sie ihr Rad anschließt. Früher hat sie das nicht gemacht. Weil es in Obderwede nicht notwendig ist. Die Großstadt ist schuld, hat sie misstrauisch und vorsichtig gemacht, Malte weiß es.

Ein übergroßer dunkelgrüner Hoodie versucht zu verstecken, was ihm, dem aufmerksamen Beobachter, nicht entgeht. Sie ist dünn geworden, hat nicht mehr den trainierten Tänzerinnenkörper, schlank und kräftig, der ihn immer angezogen hat. Stattdessen wirkt Olivia ausgehungert und zerbrechlich, von ihren Brüsten ist kaum etwas übrig geblieben. Trotzdem strahlt sie eine Souveränität aus, die Malte beinahe in seinem Vorhaben zurückschrecken lässt. Aber nur beinahe. Selbst wenn er wollte, es wäre zu spät. Er kann nicht zurückkehren in ein Leben ohne Ziel, ohne Motivation.

Ohne Olivia Bloch.

Wie vorhergeahnt verschwindet sie im Kartoffeltopf. Eine unbequeme Reise liegt hinter ihr, dazu der leere Kühlschrank im Bungalow, selbst ein abgezehrter Körper bekommt irgendwann Hunger. Die Tür fällt mit dem altmodischen Geräusch einer Türglocke, das der sanfte Herbstwind zu Malte herüberträgt, hinter ihr ins Schloss. Er zögert nicht und springt von der Mauer, seine Nervosität ist vorüber, den feuchten Hintern spürt er nicht genug, um sich darum zu scheren.

Hastig überquert er die unbefahrene Straße und nähert sich dem einsamen Gebäude mit der lachenden Kartoffel auf dem Flachdach. Wie geplant startet er auf seinem Handy die Diktierfunktion und schiebt es mit dem Mikrofon nach oben in die Hosentasche seiner Jeans.

Als er das Schnellrestaurant betritt, hat Olivia bereits bestellt. Sie trägt ein Käppi, das eben noch nicht auf ihrem Kopf gewesen ist, und hat der Kasse den Rücken zugewandt. Es scheint, als würde sie aus dem Fenster sehen, doch Malte weiß es besser. Sie will nicht erkannt werden, will nicht, dass ihre Rückkehr schon jetzt die Dorfrunde macht. Malte gibt sich gelassen, als er an ihr vorbeigeht. Als würde er sie nicht beachten, vielleicht auch nicht bemerken, und doch gelingt es ihm, einen beiläufigen Blick auf ihre blonden Haare zu erhaschen, die in frisch getrockneten Strähnen auf ihrem Rücken liegen.

Trotz des Frittierfettes riecht er Flieder, ihr vertrauter Geruch will ihn packen und in die Vergangenheit katapultieren, doch diese irrationale Entgleisung kann er sich nicht erlauben. Er muss fokussiert bleiben.

Kurz täuscht er vor, die Speisekarte über dem Kassenbereich zu studieren, obwohl er längst weiß, was er will. Schnell bestellt und bezahlt er, dann muss auch er warten. Olivia hat sich noch immer von ihm weggedreht, und Malte sucht angespannt nach einer Möglichkeit, *zufällig* in ihr Gesicht zu sehen. Damit er sie erkennen kann.

Was sie offensichtlich nicht will. Ihre Position hat sich verändert, nur minimal. Es kommt ihm vor, als drehe sie ihm demonstrativ den Rücken zu, als er sich ebenfalls ans Fenster stellt.

Beiläufig huschen seine Augen über Olivias abgewandtes Profil. Ihre Haut ist bleich, den Sommer hat sie im Inneren verbracht, doch es ist nicht nur die obere Schicht, die ihr ein kränkliches Aussehen verleiht. Es ist, als wäre das Blut aus ihr gewichen, als hätte die Zeit sie ausbluten lassen. Es entstellt sie nicht, stattdessen trägt es zu ihrer Schönheit, ihrer Ausstrahlung bei. In ihrem Ohr entdeckt er einen kabellosen In-Ear-Kopfhörer, aber nichts dringt bis zu ihm durch.

Die zwei Verkäufer hinter dem Tresen tuscheln miteinander und ziehen Maltes Aufmerksamkeit auf sich. Er versteht ihre geflüsterten Worte nicht, aber das muss er auch nicht. Sie reden über Olivia, sehen immer wieder in ihre Richtung, unauffällig, wie sie nur deshalb glauben, weil sie Malte nicht beachten. Olivia wehrt ihr Wispern mit Geringschätzung ab, scheint über alles erhaben.

Obwohl sie klein ist und wirkt, als könne ein Windhauch sie umhauen, wird Malte sich einmal mehr ihrer Ausstrahlung bewusst. Jeder in diesem Raum nimmt sie wahr, während sie versucht, sich unsichtbar zu machen. Aber das liegt nicht an den Ereignissen der letzten Monate. Malte erinnert sich, dass Olivia schon immer so war. Heiß und kalt. Für sich einnehmend und abwehrend zugleich.

Eine erneute Welle der Unruhe überkommt ihn. Er muss etwas unternehmen, muss sie dazu bringen, ihn anzusehen oder ihm zumindest ihr Gesicht zuzuwenden, bevor die Zeit um ist. Bevor ihr bestelltes Essen verpackt und seine Chance vertan ist. Kurz entschlossen zieht er sein Portemonnaie aus der Gesäßtasche und öffnet es so ungeschickt, dass sich sein Kleingeld über den Boden verteilt. Ein gutes Dutzend Münzen verstreuen sich zu seinen Füßen und kullern in sämtliche Richtungen davon. Malte stößt einen verärgerten Fluch aus, der sich echter anfühlt als erwartet, und geht in die Knie, um das Geld einzusammeln. Olivia rührt sich nicht, immer wieder sieht Malte zu ihr hoch, überprüft, ob sie seine Anwesenheit bemerkt, doch für sie scheint er nicht zu existieren. Schließlich kommt Malte zu den Münzen, die zwischen Olivias schwarzen Sneakers liegen. Aufgeregt, nun nicht mehr verstohlen, sondern mit einem echten Grund, zu ihr aufzublicken, befeuchtet er seine Lippen.

»Entschuldigung?«

Endlich reagiert Olivia. Sie nimmt einen Fuß zur Seite und gibt das Zwei-Euro-Stück frei. Sie weiß ganz genau, was um sie herum geschieht. Sie ist nur nicht bereit, es sich anmerken zu lassen.

Schnell kommt er wieder auf die Füße, steht nun dichter vor ihr und überragt sie um fast zwanzig Zentimeter, was eine bittere Erregung in ihm weckt. Er räuspert sich und versucht es mit einem unverbindlichen Lächeln.

»Danke.«

Da ist er, der Kontakt, auf den er gewartet hat. Ihr Gesicht ihm zugewandt, finden ihre Augen eine Sekunde lang seine, ein stummes Nicken. Kein Lächeln. Als es vorbei ist, hat es nicht länger gedauert als ein Blinzeln, aber Malte hat es gesehen, ihr Gesicht, hat genug Zeit gehabt, das Mädchen aus seiner Vergangenheit zu erkennen.

»Olivia?« Seine Stimme klingt überrascht, er ist ein Naturtalent.

Sie gibt sich geschlagen, sieht zu ihm auf und nimmt die Kopfhörer aus den Ohren. »Malte.« Sein Name eine Feststellung. Er kommt nicht umhin, eine brachiale Genugtuung zu empfinden über die Tatsache, dass sie sich an ihn erinnert.

»Du bist es! Wie geht es dir? Was machst du hier?«, treibt er sein Schauspiel voran, gibt sich erstaunt und ahnungslos, doch er muss aufpassen, es nicht zu übertreiben.

»Das ging schnell«, sagt sie tonlos und verschränkt die

Arme vor der Brust. Typische Abwehrhaltung, er kann es ihr nicht verübeln.

»Was meinst du?« Sein Herz klopft ihm bis zum Hals, er darf sie nicht verlieren, sonst war alles umsonst.

»Wer hat mich gesehen? Hat Sabrina dir erzählt, dass ich hier bin?«

Wie gut sie Obderwede immer noch kennt. Denn sie hat recht. Hilde Bodenwalds Wohnung liegt in der Nähe der Obderweder Bushaltestelle. Die alte Dame, deren einzige Beschäftigung es ist, aus dem Fenster die Straße vor ihrem Haus zu beobachten, hat Olivia gesehen, wie sie mit Tasche und Rucksack Richtung Zagel-Bungalow unterwegs war. Dies hat sie ihrer Enkelin Sabrina berichtet, mit der Malte damals in einer Klasse war, und so hat ihn die Information bereits erreicht, bevor Olivia den ersten Schritt ins Haus getan hatte. So war es früher, und so wird es immer sein, Neuigkeiten verbreiten sich hier schneller als jeder Virus.

»Ich hatte keine Ahnung, ehrlich«, versichert Malte ihr, doch er kann in ihrem Gesicht lesen, dass sie besorgt ist. Wenn er sie mit seiner reinen Anwesenheit in die Flucht schlägt, bleibt ihm nichts anderes übrig, als mit seinem Auto gegen einen Baum zu fahren.

Olivia erwidert nichts, ihr Blick schweift ins Nichts, und Stille breitet sich aus. Gefräßiges Schweigen, das jede geknüpfte Verbindung zwischen ihnen sofort wieder vernichtet.

»Wie geht es dir?«, fragt Malte, als er seine Stimme wiedergefunden hat.

Olivia ist schlagartig wieder da, löst die Verschränkung ihrer Arme. Ein gutes Zeichen, wie er hofft. »Gut. Es geht mir gut.«

Malte nickt und probiert es mit einem mitfühlenden Lächeln. »Schön zu hören. Ich meine, nach allem … Es tut mir leid, was dir passiert ist … und …« Er gerät ins verbale Stolpern, seine Worte werden zu einem Strick, der sich eng um seinen Hals legt. Er hätte nicht mit dem Thema anfangen dürfen, er hat es gewusst, und doch hat ihn seine Ungeduld überrumpelt.

Wie erwartet wird Olivias Gesicht hart. »Ich möchte nicht darüber reden.« Ihre Arme verknoten sich erneut zu einem Schutzwall der Ablehnung, mit aufeinandergepressten Lippen sieht sie ihn prüfend an. Er verliert sie.

Malte nickt noch einmal, sucht nach Worten, vielleicht nach einer Entschuldigung, einem Ausdruck seines Bedauerns über seine unsensible Frechheit, ausgerechnet dieses Thema anzusprechen. Doch er findet nichts dergleichen, seine Angst, Olivia könne nun unwiderruflich dichtgemacht haben, erstickt jeden angemessenen Satz im Keim. Und schon ist die verheerende Stille wieder zwischen ihnen.

»Und, was machst du hier?«

In Olivias Gesicht zuckt etwas, ihre Züge werden weicher, ein Anflug von Erheiterung liegt darin. Als sie etwas erwidern will, wird es unruhig an der Theke.

»Einmal Kartoffeln Lorraine für die Dame!«

»Ich hole mir etwas zu essen«, sagt Olivia und geht Richtung Tresen. Tiefe Befriedigung lenkt Malte kurz ab.

»Und einmal Kartoffeln Lorraine für dich, Malte.«

Man kennt ihn hier.

»Ich auch«, grinst er und nimmt sein Essen entgegen.

Olivia ist bereits an der Tür, sie wäre gegangen, ohne auf ihn zu warten. »So ein Zufall«, sagt sie wenig beeindruckt, und Malte weiß nicht, worauf sie sich bezieht. Das Essen oder seine Anwesenheit. Als würde sie etwas ahnen.

Gemeinsam verlassen sie den Kartoffeltopf, und Malte ist sich darüber im Klaren, dass er das Gespräch am Laufen halten muss. Ihre Begegnung darf nicht schon jetzt enden, er ist noch nicht fertig.

»Und? Was hast du in den letzten fünf Jahren getrieben?«, fragt er, während sie Olivias Fahrrad ansteuern.

Sie zuckt mit den Schultern, als wäre ihr Leben der letzten Monate nicht mit einer Horrorachterbahnfahrt zu vergleichen. »Nichts Besonderes. Abi, Uni, Party.«

Malte betrachtet sie eingehend von der Seite, nimmt ihre Selbstsicherheit wahr, spürt ihre Gegenwart bis in seine Knochen und kann sie nur bewundern. Dafür, dass sie immer noch aufrecht steht, dass sie weiß, wer sie ist und was sie will, obwohl sie ihr Leben zuletzt in der Hölle verbracht hat.

Ihr altes Fahrrad mit den bunten Bandaufklebern hat keinen Gepäckträger, also hängt sie die Plastiktüte mit dem Essen an den Griff und geht in die Knie, um das Schloss zu öffnen. Maltes Blick und Gedanken bleiben an der schaukelnden Tüte kleben, ihm kommt in den Sinn, wie ähnlich er und diese Tüte mit Essen sind. Früher hat Olivia ihn bewegt, und auch heute noch schwankt er bei der Erinnerung an sie hin und her, obwohl sie ihm keine Beachtung mehr schenkt. Einfach vergessen, sobald sie ihm den Rücken zuwandte.

Olivia. Noch immer spürt er die kurze Berührung von damals. Er darf sie nicht erneut verschwinden lassen, endlich steht sie vor ihm, nichts hat sich geändert, sie lässt ihn um ihre Aufmerksamkeit betteln. Sie spielt mit seinen Gefühlen, ignoriert sie, nimmt sie nicht wahr. Für Olivia haben sie nie existiert. Seine Gefühle.

Malte besinnt sich. Wegen seiner Gefühle ist er nicht hier, er ist nicht mehr der Junge von damals. Olivia ist ihm nicht überlegen, aber sie macht Anstalten, sich auf ihr Fahrrad zu schwingen und ihn stehen zu lassen.

»Was studierst du?«, fragt er das Nächstbeste, das ihm in den Sinn kommt. Er kennt die Antwort, weiß alles, was die Presse in den letzten Monaten über Olivia an die Öffentlichkeit gezerrt hat – und noch mehr. Aber Olivia soll nicht wissen, mit welcher Intensität er den Rummel um ihre Person verfolgt hat.

Sie sieht ihn gleichmütig an, ihre Sorge scheint verschwunden, sie wirkt weder teilnahmslos noch gehetzt noch besonders beteiligt an ihrem Gespräch. »Eigentlich Medien- und Kommunikationsmanagement, habe es aber abgebrochen.«

Daumen und Zeigefinger zupfen unbewusst am Henkel der Plastiktüte, die immer noch am Lenkrad baumelt, und wieder ist es, als wäre er die Tüte, als würde Olivia mit ihrer kurz angebundenen Art an ihm zupfen.

»Verstehe.« Eigentlich will er nach dem Warum fragen, doch damit stünde er wieder an der Grenze, die zu übertreten Olivia nicht bereit ist.

»Was ist mit dir? Du bist anders geworden.« Ihre Aussage verblüfft ihn. Dass sie Interesse an ihm zeigt. Dass sie ihn genug beachtet hat, um eine Veränderung zu bemerken, die über seine schlechte Haut von früher hinweggeht. Vor allen Dingen aber verblüfft es ihn, dass sie noch hier ist, auf dem Fahrrad, und mit ihm spricht. Ihren Dialog aktiv am Laufen hält.

Er zuckt mit den Achseln. »Nicht anders. Nur älter.«

»Das Alter kann viel verändern.« Kurz senkt sie den Blick, dann mustert sie Malte nachdenklich. Lässt von der Plastiktüte am Lenkrad ab und nimmt eine Strähne seiner langen dunkelblonden Haare neben seiner Stirn zwischen ihre Finger, um sanft daran zu ziehen. »Hast du schon immer ausgesehen wie der Sänger von Giant Rooks?«, fragt sie neckisch und lächelt.

Ihm wird heiß. Seine Wangen glühen in der frischen Herbstluft. Flirtet sie mit ihm? Tausend Fragen zischen durch seinen Kopf. »Ist das eine Band?«, stellt er Frage tausendundeins.

Olivia nickt und lässt seine Haarsträhne fallen. Nun liegt sie wieder kalt an seiner Schläfe.

Malte muss sich ermahnen, die Ruhe zu bewahren, und räuspert sich. »Keine Ahnung, ob ich früher wie der ausgesehen habe. Sieht er gut aus?«

»Das musst du selbst entscheiden.«

Diese Frau verwandelt seinen Verstand in eine gallertartige Masse. Ohne nachzudenken, zieht er sein Handy aus der Hosentasche. Er muss wissen, wie dieser Typ aussieht, kann nicht warten, erträgt nicht die Ungewissheit, mit welchen Augen sie ihn sieht. Zu spät erinnert er sich an die aktivierte Aufnahmefunktion seines Telefons und erstarrt. Olivia wird merken, dass er ihr Gespräch aufzeichnet, wenn sie sein beleuchtetes Display bemerkt.

»Später«, sagt Olivia entschieden und drückt seine Hand mit dem Smartphone wieder in Richtung Hosentasche, bevor das Licht des Displays sie darauf aufmerksam machen kann, wie dunkel es bereits geworden ist.

Maltes Erleichterung lässt ihn beinahe auflachen. Ihre Ahnungslosigkeit ist seine Rettung. Als hätte sie sich mit ihm gegen sich selbst verschworen. Und auf einmal scheint ihm alles möglich.

»Warum hast du es getan?«, fragt er freiheraus, seine Angst, sie zu verschrecken, ist einer neuen Selbstsicherheit gewichen.

Olivia sieht ihn irritiert an, deutet seine Frage falsch, und ihr Blick huscht zu dem Telefon in seiner Tasche.

Malte schüttelt den Kopf. »Im Sternenhagel, Olivia. Warum hast du es getan?«

Olivia zuckt zurück, als hätte er die Hand gegen sie erhoben. »Ich rede nicht übers Sternenhagel«, sagt sie kalt, und er kann ihrer Körperhaltung ansehen, dass sie nun doch fahren wird. Der kurze Moment der Euphorie ist vorbei. Malte könnte sich für seine Dummheit die Zunge abbeißen. Er wird sie verlieren, jede Chance auf Olivias Vertrauen, ihre Verbundenheit.

Und weil es hoffnungslos scheint, macht er weiter. Er denkt nicht länger nach, wirft jegliche Berechnung über Bord und folgt seinem Bedürfnis, alles zu erfahren. »Komm schon, mach bei mir eine Ausnahme, ja? Das schuldest du mir.« Er hält ihr Lenkrad fest, nun ist er es, der die Tüte ins Schaukeln versetzt.

Olivia wirkt weder wütend noch verängstigt, trotz seines übergriffigen Verhaltens, dessen er sich schlagartig bewusst wird. »Ich schulde es dir? Warum? Was habe ich getan, um dir irgendetwas zu schulden?«

Malte wird verlegen. Er will nicht darüber reden, aber ihre Frage übergehen will er auch nicht. »Du weißt es nicht mehr?«

Ihr Gesichtsausdruck verschließt sich und macht es Malte unmöglich, ihre nächsten Worte vorherzusehen. »Weil ich deine Schwärmerei nicht erwidert habe?«

Bloßgestellt und missverstanden. Malte schluckt hart und schmerzhaft. »Das war keine Schwärmerei«, bringt er dennoch gefasst hervor.

»Natürlich war es das. Du warst ein Baby, was sonst soll es gewesen sein?«

»Ich war fünfzehn«, stellt er klar, als wäre allein die Zahl Aussage genug über den Grad seiner damaligen Reife. Er hatte Pickel, einen armseligen Bartflaum, schlaksige Gliedmaßen, aber im Kopf war er den anderen weit voraus.

»Und ich siebzehn«, unterbricht sie seine Gedanken. »Zwischen uns lag ein Universum.«

Davongewischt sind seine Hoffnungen, er hätte damals eine Chance bei ihr gehabt. Umso mehr wird er sich bewusst, dass dieser Junge von damals nicht mehr da ist. Sie hat es selbst gesagt.

*Das Alter kann viel verändern.*

Ihm hat es einen anständigen Bartschatten und ein beachtenswertes Wachstum der Muskulatur beschert. Die Evolution des Malte Henning. Er will verdammt sein, wenn sie nicht auch in seinem Kopf stattgefunden hat. Nicht noch einmal lässt er sie darüber entscheiden, was er von ihr bekommt und was nicht. Sie hat etwas, das er will, und keine Vergangenheit der Welt wird ihn daran hindern, es sich zu holen.

Die Wahrheit.

»Warum hast du das im Sternenhagel getan?«, wiederholt er mit einer Dringlichkeit, die nur er selbst begreift.

Olivia lächelt traurig, dann schüttelt sie den Kopf. »Gute Nacht, Malte«, sagt sie und tritt in die Pedale.

»Dann sag mir wenigstens, ob etwas von dem stimmt, was gesagt wird«, ruft er ihr hinterher. Er überlegt, ihr zu folgen, hinter dem Fahrrad herzulaufen, bleibt aber stehen, Kartoffeln Lorraine in seiner Plastiktüte, deren Geruch ihm wie Hohn in die Nase steigt.

Olivia fährt davon, entfernt sich immer weiter. »Es ist alles wahr und nichts davon. Such es dir aus«, hört er sie in den Wind rufen, sieht die Rückseite ihrer Hand, die sie zum Abschied gehoben hat.

»Olivia …«, brüllt er ihr hinterher, flehend und gequält wie ein verlassener Hund.

Als sie plötzlich stehen bleibt, von ihrem Rad steigt und sich zu ihm umdreht, glaubt er kurz, sein Verstand habe in den Traummodus gewechselt.

»Hast du Julian irgendwann mal gesehen?«, fragt sie.

Malte atmet ein. Atmet aus. »Nein, habe ich nicht«, sagt er mit fester Stimme, weil es die Wahrheit ist.

Olivia nickt, nicht enttäuscht, nur in ihrer Vermutung bestätigt, steigt wieder auf ihr Rad und fährt davon.

Malte sieht ihr hinterher, beobachtet, wie sie kleiner und unwirklicher wird, bis eine Kurve sie verschwinden lässt. Auf dem Weg nach Hause landet sein Essen im nächsten Mülleimer. Der Appetit ist ihm vergangen.

# 5

*Obderwede, 22. Oktober*

Mit einem lauten Klick fällt die Tür ins Schloss und zerreißt die düstere Stille. Im Wohnzimmer flackert der Fernseher, der Ton ist aus. Es riecht nach teurem Parfüm und Pfeifentabak, eine ekelerregende Mischung, die sich über Jahre hinweg in seine Nasenschleimhäute gebrannt hat. Als er die Treppe nach oben stapft, hört er seine Mutter rufen. Vor seinem Zimmer im ersten Stock ruft sie ihn erneut, die weinerliche Stimme näher als zuvor, sie muss ihm gefolgt sein. Er schlägt die Tür zu und dreht den Schlüssel um, bevor sie ihn erreichen kann, und nur Augenblicke später klopft sie zaghaft. Malte schleudert frustriert seine Jacke auf den Boden und macht über den noch laufenden Laptop Musik an. Laut. Welshly Arms, Olivias altes Fahrrad hat ihn heute Abend daran erinnert, warum er angefangen hat, sie zu hören.

Er reibt sich mehrmals heftig über Gesicht und Haare, läuft im Zimmer auf und ab, fühlt sich gestresst und gescheitert. Aufgewühlt. Und dann ihre Frage nach Julian, das war so typisch für sie. Wie er sich dabei fühlt, ist ihr egal gewesen. Beschissen hat er sich gefühlt. Er holt sein Handy aus der Hosentasche, um sich davon abzulenken. Schon auf dem Weg nach Hause hat er sich die Aufnahme angehört. Seine Fehler erkannt. Er ist bereit, aus ihnen zu lernen. Mit einem Schubs fliegt der Wäscheberg auf seinem Stuhl zu Boden, und er setzt sich vor seinen Laptop, öffnet ein Suchprogramm. Als er die Stelle gefunden hat, spielt er zum wiederholten Male einen ganz bestimmten Satz ab.

»Hast du schon immer ausgesehen wie der Sänger von Giant Rooks?«

Olivias Stimme, ein neckischer Gesang, leicht und schwerelos, als hätte sie niemals etwas Schlechtes erfahren, bereitet

Malte jedes Mal eine Gänsehaut. Er holt tief Luft, dann hämmert er die Worte »Giant Rooks« und »Sänger« in die Tastatur. In null Komma sechsundsiebzig Sekunden hat er ungefähr dreiunddreißigtausendachthundert Treffer. Malte weiß nicht, was er erwartet hat, doch während er sich durch eine Fotogalerie klickt, überkommt ihn eine zufriedene Erleichterung. Er steht nicht auf Typen, doch objektiv betrachtet sieht der Typ gut aus. Ein bisschen babyfacig vielleicht, aber das macht das jugendliche Alter. Und die Ähnlichkeit ist nicht von der Hand zu weisen.

Malte lehnt sich zurück, die Anspannung weicht aus seinem Körper, und ein paar Schläge lang lauscht er dem Klopfen seines Herzens. Alles ist gut, sagt er sich, er hat noch nicht verloren. Er muss nur anders vorgehen. Um Journalist zu werden, braucht es mehr als ein gutes Gespür für eine herausragende Story und das fast perverse Glück, die Person des größten medialen Interesses der letzten Monate persönlich zu kennen. Olivias Rückkehr ist ein Zeichen. Sein Zeichen, dass sein neu eingeschlagener Weg der richtige ist. Endlich weiß er, wohin er gehört.

Und das ist nicht Obderwede.

Eine neue Idee nimmt in seinem Kopf Gestalt an. Während er darüber nachdenkt, öffnet er in einem Browser seine eigene Website www.sthboutoiia.de, sein ganzer Stolz, auf der er alles über Olivia dokumentiert, was er in der weiten Welt des Internets über sie gefunden hat. Alles über Olivia Bloch, das Wunder aus dem Sternenhagel, die einzige Überlebende der Geiselnahme vor vier Monaten.

Das Mysterium.

Sein letzter Beitrag ist erst einige Stunden alt und zeigt ein Foto von ihr, verkleidet wie ein Gangsta-Rapper mit weiter Jeans und tief sitzender Kapuze, wie sie am ZOB Hannover einen Bus besteigt. Allein dieser Artikel hat bereits über hunderttausend Aufrufe.

Er öffnet eine Seite seiner Homepage, die nicht für die Öffentlichkeit freigeschaltet ist, und trägt »Giant Rooks« in die

Liste der Bands ein, die Olivia über die Jahre hinweg erwähnt hat. Kartoffeln Lorraine stehen in der Kategorie Essen als die häufigste Bestellung im Kartoffeltopf. Auch hier macht Malte einen Eintrag.

Es gibt nichts, was er nicht über sie weiß.

Lass ihr ein paar Tage Zeit, sagt er sich. Damit sie in Ruhe ankommen und sich akklimatisieren kann. Dann probierst du es wieder.

# 6

*Fünf Jahre zuvor – Obderwede, 6. August*

Ich war vom Weg abgekommen und ließ achtlos mein Fahrrad zu Boden sinken, wo es im tiefen Gras verschwand. Statt der Straße folgte ich dem unsichtbaren Trampelpfad tiefer ins Gestrüpp, bis es mich gänzlich verschluckt hatte. Kleine Zweige kratzten an meinen nackten Beinen, doch ich spürte es kaum, mein Kopf war mit konzentrierter Spannung gefüllt, denn obwohl ich den Weg kannte, wäre es ein Leichtes gewesen, sich zu verlaufen. Je weiter mich mein Weg führte, desto kühler wurde die Luft, eine Erleichterung angesichts des heißen Tages, der mir den Schweiß aus jeder Körperpore trieb. Eine anstrengende Woche lag hinter mir, die Schule hatte wieder begonnen und mit ihr der zusätzliche Druck, ein möglichst akzeptables Abitur hinzulegen. Aber die Erwartungen an mich hatte ich in Hannover gelassen, vor mir lagen sechsunddreißig mehr oder weniger freie Stunden bei meinem Vater.

Wie jedes Mal bekam ich beim Anblick des zugewachsenen Hauses eine Gänsehaut, und die Zweifel, ob es verwerflich war, was ich tat, ließen mich innehalten. Ein knappes Jahr hatten in dem eingeschossigen Flachdachhaus Leichenwäschen stattgefunden, tote Menschen waren hygienisch versorgt, zurechtgemacht und in der angrenzenden Kapelle betrauert worden. Familien und Freunde hatten geweint, sich mit einem unwiderruflichen Verlust gequält, die letzte Ehre für einen Verstorbenen, der ein paar Meter weiter zu Grabe getragen werden sollte.

Zu letzterem Teil war es nie gekommen. Nach der Klage einiger Anwohner und der langwierigen Verhandlung durfte der »Friedhof der Namenlosen« nicht planiert werden, was neue Bestattungen ausschloss. Das Leichenhaus, nach vorangegangener Ausschreibung für hiesige Architekten unter großem Tamtam erbaut, verlor seine Existenzberechtigung, und das Gebäude wurde stillgelegt.

Was blieb, war ein nahezu unberührter »Lost Place«, ein verlorener Ort, der sich zusehends der festen Umarmung der Natur hingab. In zehn Jahren war er zuerst verspottet, dann ignoriert und schließlich vergessen worden. Niemand interessierte sich für ihn, niemand betrat je diese morbide Stätte des Versagens.

Dass ich mich im Leichenhaus herumtrieb, tat niemandem weh, verscheuchte ich meine Bedenken und setzte mich wieder in Bewegung. Zunächst zog es mich zu einem dreckigen Kellerfenster an der Hinterseite des Gebäudes. Ich kämpfte mich durch kniehohen Giersch und anderes Unkraut, genervt, dass das Grünzeug innerhalb kürzester Zeit wieder alles in Beschlag genommen hatte. Als ich in die Hocke ging, sandte ein vertrauter Muskelkater Schmerzen durch die Nervenbahnen meiner Beine. Der etwa einen Meter tiefe offene Steinschacht wäre breit genug gewesen, um hineinzuklettern, doch da er nun unter Zaunwinde und Löwenzahn verschwunden war, zog ich es vor, die Gewächse zur Seite zu schieben und vornübergebeugt nach dem gesuchten Gegenstand zu tasten. Meine Finger zuckten mehrere Male vor Spinnennetzen und anderen unerwünschten Berührungen zurück, bis ich ihn schließlich fand.

Die kleine dunkelgrüne Sparkasse auf meinen Schoß, wischte ich flüchtig den Dreck von der lackierten Oberfläche. Einen Schlüssel gab es nicht, nur ein loses Gummiband, das die Kasse zusammenhielt. Mit einer Vorahnung entfernte ich es und hob den Deckel. Die Scharniere quietschten, wie sie es immer taten, aber der Inhalt war ein anderer. Mit zusammengezogenen Augenbrauen starrte ich in die leere Kasse, dann schloss ich sie wieder, fummelte das Gummi herum und legte sie zurück in ihr Versteck.

So lautlos wie möglich huschte ich zum Hintereingang des Gebäudes, das Knacken unter meinen Füßen machte mich nervös, als wäre jeder Schritt ein ungezügeltes Brüllen, das allen im Dorf meine verbotenen Machenschaften verriet. Ich blieb vorsichtig. Wenn mich jemand erwischte, würde es Ärger geben.

Die stählerne Tür am Hinterausgang sah verschlossen aus, doch schon vor langer Zeit war sie geknackt worden. Meine Hand auf dem verwitterten Türgriff, hörte ich hinter mir ein Rascheln im Unterholz. Ohne loszulassen, drehte ich mich um. Ein schmaler Weg, kaum zehn Meter lang, trennte mich vom Friedhof der Namenlosen. Vermutlich war es ein Vogel oder ein Eichhörnchen im Wald gewesen, der den Trauerpfad umgab, kein Grund, sich Sorgen zu machen. Energisch drückte ich die Tür auf, als ich glaubte, Schritte hinter mir zu hören. Wieder fuhr ich herum, entdeckte aber niemanden.

Ich sorgte dafür, dass die Tür leise ins Schloss fiel, und hastete durch den kargen, kellerähnlichen Gang. Es roch nach Fäulnis und Schimmel, weshalb ich die Luft anhielt und meinen Schritt beschleunigte.

Die meisten Türen im Leichenhaus waren verschlossen, ließen aber aufgrund ihrer Beschaffenheit Vermutungen zu, was sich hinter ihnen verbarg. Die beschlagene Metalltür mit dem langen waagerechten Griff schützte den Kühlraum vor neugierigen Blicken, eine schwere Eisentür war vermutlich der Eingang in den Keller, andere Türen mit Verglasungen offenbarten Büros und Aufenthaltsräume. Für den Fahrstuhl fehlte der Strom, aber ich hatte ohnehin nicht die Absicht, ihn zu benutzen. In meiner Vorstellung endete er nicht im Keller, sondern fuhr direkt bis in die Hölle.

Eine pulsierende Aufregung begleitete mich jedes Mal, sobald ich mich allein im Leichenhaus aufhielt. Vielleicht machte das den Reiz aus. Die morbide Atmosphäre faszinierte mich, die Vorstellung, dass an diesem Ort Leichen zurechtgemacht und gelagert worden waren, bis sie unter die Erde kamen, beflügelte meine Vorstellungskraft und ließ mich gruseln.

Die Zeit hatte dem Interieur wenig anhaben können, lediglich schwarzer Schimmel hatte sich an den Außenwänden bis an die Decken gefressen. Jedoch nicht in der Haupthalle.

Wände und Boden waren mit weißen Kacheln bestückt, die immer noch erahnen ließen, wie es gewesen sein musste, an diesem Ort zu arbeiten.

Als Handlanger des Todes.

Von den Decken hingen längliche Leuchten über den zwei Metalltischen, auf denen die Leichenwäsche stattgefunden haben musste, ohne Strom zur Nutzlosigkeit verdammt. Die bodentiefen Milchglasfenster waren blind, die hoch stehende Sonne hüllte den kühlen Raum in ein diffuses Licht.

Ein Klopfen riss mich aus meiner Ehrfurcht. Ich fuhr herum, doch ich war allein. Da fiel es mir auf. Der einzige Sarg der Haupthalle, es war ein Sanitätssarg aus Aluminium, stand nicht an seinem Platz. Jemand hatte ihn von der Wand weggeschoben und tiefer in den Raum gestellt. Sonst lag der Deckel daneben, doch nun war er verschlossen.

Wieder war das Klopfen zu hören, erschrocken sprang ich zurück. Es war unmöglich, festzustellen, ob das Geräusch aus dem Sarg gekommen war, es prallte an die kahlen Wände, vervielfältigte und verteilte sich im gesamten Saal. Ich schnaubte verächtlich und schritt entschlossen auf den Sarg zu, um meiner aufgekommenen Unsicherheit nicht nachzugeben.

Noch nie hatte ich ihn berührt, entsprechend kostete es mich Überwindung, meine heißen Finger auf die glatte Oberfläche zu legen. Es würde schon kein Vampir darin liegen, sagte ich mir und verdrehte bei dem Gedanken die Augen. Der Deckel war überraschend leicht, und mit heftigem Herzklopfen schob ich ihn zur Seite.

»Du glaubst echt, ich würde mich in einen Sarg legen?«

Die Stimme kam aus dem Nichts, und noch bevor ich einen Blick in den Sarg geworfen hatte, drehte ich mich so schnell um, dass mir schwindelig wurde.

Kaum zwei Meter vor mir stand ein Junge, ein selbstgefälliges Grinsen im Gesicht und einen Joint zwischen den Lippen. Er war einen halben Kopf größer als ich, der gute Schnitt seiner braunen Haare war längst herausgewachsen und sah aus, als wäre er eben erst aus dem Bett gestiegen. Die letzten Spuren seines Babyspecks ließen ihn jünger aussehen, als er war, und es schien mir einmal mehr unbegreiflich, wie er schon mit der Schule fertig sein konnte, während ich noch ein Jahr durchhalten musste.

»Du bist so ein Arschloch!«, blaffte ich ihn an – meine Stimme klang schrill zwischen den Kacheln – und gab ihm einen unsanften Stoß gegen die Schulter. Julian stolperte rückwärts und griente mich an, während er an dem Joint zog und ihn dann zwischen seine Finger nahm. Von meiner heftigen Reaktion verlegen, verschränkte ich die Arme vor der Brust. »Manchmal weiß ich echt nicht, warum ich überhaupt mit dir befreundet bin.«

Er reichte mir den Joint, als wäre das seine Antwort. Widerstrebend nahm ich ihn, wir beide wussten, dass er mich nie lange bitten musste. »Ich wollte dich nicht erschrecken. Ich habe es fürs Raumklima getan. So Feng-Shui-mäßig, du weißt schon«, sagte er und schob den Deckel des leeren Sarges zurecht.

Der erste Zug war immer der schlimmste. Er kratzte im Hals und verwandelte meinen Kopf binnen Sekunden in ein Karussell, Aussteigen ausgeschlossen. »Natürlich wolltest du mich erschrecken, du Arsch!«, erwiderte ich nasal und ließ den tief inhalierten Qualm aus meinen Lungen entweichen.

»Hier, an so einem Ort? Das wäre pietätlos.«

Zynisch hob ich eine Augenbraue. »Ach, und was wir stattdessen hier machen, ist nicht pietätlos?«

Er grinste, und ich sah ihm dabei zu, wie er die Decke, die er einige Monate zuvor mitgebracht hatte und die seitdem verlässlich auf dem verstaubten Schreibtisch unterhalb des Whiteboards auf uns wartete, auf dem Boden ausbreitete. Sie war hellbraun, weich und mit Brandlöchern übersät.

»Warum bist du überhaupt hier? Ich dachte, du kommst später.« Fünf Minuten bevor ich aufs Fahrrad gestiegen war, hatte mich eine Nachricht von ihm erreicht, in der er seine Verspätung ankündigte. Auch das hatte wohl zu seinem Plan gehört, mich *nicht* zu erschrecken.

»Veränderte Umstände«, erwiderte er gleichmütig, dann streckte er einladend den Arm in Richtung unseres provisorischen Nestes aus.

Etwas später lagen wir nebeneinander auf der Decke, Kopf an Kopf, und reichten bereits den zweiten Joint hin und her. Für mich waren die Stunden mit Julian pure Entspannung. Gras half mir, einen inneren Druck zu lösen, der mich in Hannover stets begleitete. Meine von dem quälenden Balletttraining schmerzenden Muskeln lockerten sich, und ich konnte für kurze Zeit meine malträtierten Füße vergessen. In unserem Refugium konnten wir sein, wer wir waren. Die Erwartungen der Erwachsenen schienen weit weg, wie in einer entfernten Galaxie, und trotz der bewusstseinsverändernden Droge in meinem Blutkreislauf hatte ich das Gefühl, nur unter diesen Bedingungen frei denken zu können.

Alles war egal, denn alles war gut.

An diesem Tag konnte ich meinen Blick nicht von den Behandlungstischen wenden. Ich fragte mich, ob es unangenehm war, auf dem kalten Metall zu liegen, bis mir wieder einfiel, dass es den Menschen gleich war. Ob kalt oder warm, sie spürten es nicht. Sie waren tot. Vor einiger Zeit hatte ich mich im Internet darüber informiert, was bei einer Leichenwäsche passierte. Seitdem gingen mir die mit Watte verschlossenen Körperöffnungen nicht aus dem Kopf. Spätestens wenn jemand einen Wattebausch in den Hintern gestopft bekam, zeigte sich, ob er wirklich tot war oder nicht.

Der Tod. Er machte mir keine Angst, und doch beschäftigte er mich, seit wir uns hier herumtrieben. Ich hatte noch nie jemanden an den Tod verloren, war selbst noch nie gestorben, und bei beidem fragte ich mich, wie es sein würde. Was schlimmer war. Was mich brechen würde.

»Wusstest du, dass es Nacktschnecken gibt, die Hundekot fressen?«, fragte mich Julian plötzlich mit einer Ernsthaftigkeit, die mich aufrüttelte. Offensichtlich hatten auch seine Gedanken eine unerwartete Richtung eingeschlagen.

»Igitt, du bist ekelhaft.« Ich verzog angewidert das Gesicht.

»In England halten sie die Gehwege sauber.«

Ich gab Julian einen unsanften Hieb mit dem Ellenbogen. »Verarsch mich nicht!«

»Tu ich nicht. Habe ich mal gelesen.«

Ich runzelte die Stirn. »Wenn das stimmt, warum haben wir die dann nicht?«

Julian drehte den Kopf und sah mich bitterernst an. »Das habe ich mich auch gefragt.«

Er reichte mir den Joint, der nur noch aus einem Stummel bestand. Trotzdem nahm ich vorsichtig einen letzten Zug. »Irgend so ein Hund scheißt ständig vor unser Haus. Mitten auf den Gehweg. Das kann kein Zufall sein«, sagte ich, während ich den Rauch ausstieß und mich fragte, woher diese Erkenntnis plötzlich gekommen war.

Kaum wieder in Julians Fingern, fand der Glimmstängel ein jähes Ende auf dem Kachelboden. »Wir sollten nach England fliegen und ein paar von diesen Schnecken importieren«, schlug er vor, seine eben noch monoton klingende Stimme überschlug sich nun beinahe vor Begeisterung.

Ich drehte mich, ihm zugewandt, auf die Seite. »Genau, das sollten wir. Und dann starten wir eine hundescheißefressende Nacktschneckenzucht.«

Er grinste breit. »Ja, und in einer Nacht-und-Nebel-Aktion lassen wir sie dann auf die Hundehaufen los.«

»In Schneckenkostümen!«

Julian schien kurz verwirrt. »Die Schnecken?«

Ich lachte. »Quatsch! Wir natürlich!«

»Verstehe. Dann sind wir wie Superhelden. Die Retter der Bürgersteige.«

»Slugboy und Snailgirl.«

»Slugman und Snailgirl.«

»Slugman und Snailwoman.«

Wir hatten uns gegenseitig so hochgeschaukelt, dass ich eine glückliche Kurzatmigkeit empfand.

Julians Grinsen blieb auf seinen Lippen, doch aus seinen Augen war es plötzlich verschwunden. »Vielleicht funktioniert es auch, wenn wir die Schnecken bestimmten Leuten in den Mund stopfen.«

Ich stöhnte theatralisch auf. »Oh ja, dafür wüsste ich ein paar Testobjekte.«

Julian wirkte nachdenklich, sein Ausdruck wurde glasig, er sah durch mich hindurch, und ich wusste, dass seine Gedanken abermals abdrifteten. »Erst in den Mund, dann durch die Nase ins Gehirn. So retten Slugman und Snailgirl die Menschheit vor ihrer eigenen Scheiße.«

»Snailwoman«, verbesserte ich ihn. »Dann wären wir wenigstens mal so politisch, wie es alle von uns erwarten.«

Schlagartig wurde sein Blick klar, und er sah mich mit seinem unverkennbaren Grinsen an. »Endlich weiß ich, was ich mit meinem Leben anfangen soll.«

Wir lachten, bis uns die Tränen kamen, reichten einen dritten Joint hin und her und hinterließen neue Brandlöcher in der Decke. Löcher, die etwas erzählten, die sagten: »Olivia und Julian waren hier. Und sie waren glücklich.«

Ich war nie zufriedener als in diesen Momenten mit Julian. Denn obwohl wir nur bekifften Quatsch laberten, war er bedeutungsvoller, als Außenstehende begreifen würden. Dies waren die Momente, in denen ich erkannte, dass ich es trotz der zwei Leben, die ich führen musste, des harten Balletttrainings und des Abiturstresses und all der Scheiße, die ein siebzehnjähriges Dasein automatisch mit sich brachte, besser hatte als viele andere Menschen.

Als unser Lachen in dem gekachelten Raum verhallt und wieder etwas Ruhe in meinen Verstand eingekehrt war, verbrachte ich einige Augenblicke damit, Julian anzusehen. Er lag da, die Arme hinter seinem Kopf verschränkt, den Joint unverschämt lässig zwischen den Lippen, die Augen geschlossen. Seine langen dunklen Wimpern hatten es mir angetan, ich war hin- und hergerissen zwischen Neid und Bewunderung. Sein Gesicht war entspannt, die noch weichen Konturen seiner Kiefer- und Wangenknochen ließen ihn wahnsinnig jung aussehen, gleichzeitig war es unausweichlich, dass er damit, sobald der Babyspeck verschwunden war, reihenweise Herzen anziehen würde.

Hunger holte mich aus meiner inneren Eintracht. »Wir sollten das machen. Das alles. Ich meine das ernst. Wir verändern die Welt und gehen in die Geschichte ein.«

Julian öffnete seine Augen, ein Lächeln umspielte seine Mundwinkel, als er mir das Gesicht zuwandte. »Ich bin dabei. Aber nur mit dir. Das weißt du, oder?«

Sein Blick traf mich, und ich hielt ihm stand. Mein Hunger wuchs, Hunger nach Leben, nach Abenteuer, nach Spaß und noch mehr. Viel mehr. Eine aufgeregte Spannung eroberte mein Inneres.

Ich setzte mich auf, mopste den Joint aus Julians Mund und nahm selbst einen Zug. Den brauchte ich jetzt.

»Hast du gerade was am Laufen?«, fragte ich wie beiläufig, obwohl wir beide wussten, dass ich nur so tat. Und worauf ich hinauswollte.

»Nee.« Julian blieb liegen, sah nun aber interessiert zu mir hoch.

»Was ist mit der Tussi aus deiner ehemaligen Dorfschule? Dörte oder so. Du weißt schon, ›das heiße Chick‹.«

Julian machte ein Gesicht, als würde ihn die Sonne blenden, sein typischer Ausdruck, wenn er nachdachte. Ungeduldig wartete ich ab. »Meinst du Daja?«, fragte er dann zögerlich.

Ich zuckte mit den Schultern, an ihren Namen konnte ich mich beim besten Willen nicht erinnern.

»Nee, da läuft nichts.«

Mit einem unerwarteten Gefühl von Befriedigung zog ich eine Augenbraue in die Höhe. »Doch nicht mehr so heiß, das Chick?«

Er rümpfte die Nase. »Sie ist eine Schlampe, darauf steh ich nicht.«

Das hatte er jetzt nicht echt gesagt! Missbilligend presste ich meine Lippen aufeinander. »Wusstest du, dass jedes Mal, wenn ein Mädchen von einem Typen als Schlampe bezeichnet wird, die Frauenrechtsbewegung um zwanzig Jahre zurückfällt?«

Julian verdrehte die Augen, aber ich wusste, dass er mich nur ärgern wollte. »Ja, ja, und irgendwo auf der Welt fällt eine Feministin tot um«, plapperte er nach, was ich beim letzten Mal zu ihm gesagt hatte, als er das S-Wort benutzte.

»Es könnte mich treffen. Willst du das?«, gab ich zurück und schlug ihm auf den Bauch.

Er stöhnte auf und krümmte sich zusammen, als hätte ich ihm wirklich wehgetan. Doch das war nur Show. Im Gegenzug boxte er mir gegen den Oberarm. »Du bist keine Feministin.«

Ich drückte den Joint neben mir auf dem kühlen Boden aus und rieb mit der freien Hand meinen brennenden Trizeps. »Nicht? Gerade fühle ich mich aber wie eine. Also benimm dich, du Arsch.«

Schnaufend setzte er sich auf und suchte meinen Blick. »Von mir aus. Dann ist sie eben eine selbstverliebte junge Frau, die das Recht hat zu schlafen, mit wem sie will, deren Verhalten ich dennoch unmoralisch und abstoßend finde und das in mir jedes Bedürfnis abtötet, mich in die Schlange ihrer Eroberungen einzureihen.«

»Verstehe.«

»Und du? Hast du was am Laufen?«, fragte Julian ungewöhnlich angespannt.

Ich schmunzelte. »Nee. Ich bin ja keine Schlampe.«

Er zögerte kurz. »Was ist mit Malte?«

Dieser Name rief irritiertes Entsetzen bei mir hervor. »Wie kommst du jetzt auf den?«

»Weiß nicht. Er ist ziemlich verknallt in dich.«

»Scheiße, sag nicht so was! Ich meine, mal ganz abgesehen davon, dass er noch mitten in der Pubertät steckt, ist er voll gruselig. Der erinnert mich an Norman Bates.«

»Was? Wieso?«

Ich schüttelte mich. »Keine Ahnung. Der guckt manchmal so. So … ich weiß nicht. Als würde er bereits Pläne schmieden, wer sich als Nächstes zu der Leiche seiner Mutter im Keller gesellt.« Vermutlich war es kein besonders netter Charakterzug von mir, so über Malte zu reden, aber das änderte nichts daran, dass es sich für mich so anfühlte.

»Ich glaube, du tust ihm unrecht. Er ist wirklich nett.«

»Nett? Dieser Gedanke tötet in *mir* jedes Bedürfnis ab.«

Julian grinste, doch seine Augen blieben ernst. »Ich glaube, du bist dir gar nicht bewusst, welche Wirkung du auf Typen hast. Manchmal … manchmal lohnt es sich vielleicht, zweimal hinzusehen. Oder öfter. Du könntest jeden haben, wenn du es zulassen würdest.«

Julians Worte machten mich kurz sprachlos. Hatte ich an irgendeinem Punkt etwas verpasst? Sein wartender Ausdruck überforderte mich. Er schien völlig ruhig zu sein, doch sein Daumen, der immer wieder nervös über eine Stelle auf seinem Handrücken rieb, verriet ihn. Also steckte ich mir angedeutet den Finger in den Hals. »Würg. Nicht Malte, echt nicht, kein Interesse. Da würde ich eher dich ranlassen.«

Unsere Blicke trafen sich, hielten einander fest, während die Worte erstarben. Julian und ich saßen uns gegenüber, mein Körper brannte vor Anspannung, dahin war die Wirkung des Zauberkrauts. Niemand von uns machte den ersten Schritt, es war, als würden wir unsere Kräfte messen. Wer gab schneller nach, wer von uns gestand zuerst ein, worauf wir es beide abgesehen hatten.

Ich grinste ihn vielsagend an, und als Julian meinem Beispiel folgte, lehnte ich mich vor und drückte meinen Mund auf seinen.

»Außerdem ist es dir lieber, wenn ich nichts am Laufen habe, oder?«, wisperte ich in sein Ohr. Julian nickte wortlos, seine Lippen leicht geöffnet. Ich kletterte auf seinen Schoß, und unser Kuss fand einen neuen Anfang.

Mit Julian zu knutschen war nicht das, wonach es für andere aussah. Wir waren kein Paar und nicht verliebt. Dafür kannten wir uns zu lange. Aber ihn zu küssen war einfach. Es machte Spaß, und er schmeckte gut. Und in gewisser Weise erschien es mir logisch, dass wir das manchmal taten. Wir mochten uns genug, um einander ungezwungen die Zungen in den Mund zu stecken, wenn es gerade sonst niemanden gab. Trotz unserer Freundschaft bestand ein gewisses Maß an Anziehung zwischen uns, und solange es beim Küssen blieb, sahen wir keinen Grund, dieses natürliche Bedürfnis nach körperlicher Nähe nicht zu befriedigen. Unserer Beziehung schadete es nicht. Stattdessen hatte es unsere Verbindung gefestigt. Es gab niemanden, den ich mehr in meinem Leben wünschte und brauchte als Julian.

Später am Nachmittag trennten sich unsere Wege. Mein Vater beschwerte sich regelmäßig darüber, dass er mich an den Wochenenden, die ich bei ihm wohnte, viel zu selten zu Gesicht bekam, weshalb ich ihm versprochen hatte, den Samstagabend mit ihm zu verbringen. Die schattige Luft war warm und feucht, als wir ins Freie traten. Julians Rückweg würde ihn über den Friedhof führen, wo sein Fahrrad an einem Zaun geparkt stand. Meins lag in der entgegengesetzten Richtung.

»Was machst du heute noch?«, fragte ich ein wenig verlegen. In den ersten Minuten nach der geteilten Nähe war es kurz schwierig, vom Knutsch-Modus in den Beste-Freunde-Modus zurückzukehren, aber es war längst nicht so kompliziert, wie es uns die Romantic Comedys weismachen wollten.

Julian wirkte seltsam abwesend, als wäre er mit den Gedanken woanders. »Weiß nicht, vielleicht befrage ich das Orakel.«

Mir wurde unwohl. »Die Schicksalskurve? Julian, echt. Du musst damit aufhören.«

Vor ein paar Jahren hatte ich einmal dabei zugesehen, wie er auf dem Rad die Straße hinunterraste, der Kurve entgegen, die keinen Blick darauf zuließ, ob ihm ein Fahrzeug entgegenkam, Kopfhörer mit lauter Musik auf den Ohren, um eventuelle Motorengeräusche nicht zu hören. Weil es ihm sonst wie Schummeln vorkäme, meinte er.

Ich war beinahe hysterisch geworden, hatte ihm hinterhergebrüllt und heulend meine Hände vor die Augen gehalten. Nach diesem Tag hatte ich zwei Wochen nicht mehr mit ihm geredet und nur wieder damit angefangen, um ihn anzubrüllen, damit er das niemals wieder tat. Wie sich herausstellte, war es nicht das erste Mal gewesen und schon gar nicht das letzte Mal. Eine Weile hatte ich versucht, ihm diesen Wahnsinn auszureden, es inzwischen jedoch aufgegeben. Seine latente Todessehnsucht war stärker als sein Verständnis für die tausend Ängste, die ich seinetwegen ausstand.

»Übertreib nicht«, sagte er abwertend. »Es ist nicht halb so gefährlich, wie du immer behauptest. Da ist noch nie jemand gestorben.«

Ungläubig sah ich ihn an. »Und du willst jetzt der Erste sein, oder was?«

Julian betrachtete mich, als sähe er mich zum ersten Mal. Als kämen meine Wut und Enttäuschung aus dem Nichts, als gäbe es für sie keinen Grund. Sein Gesichtsausdruck bekam etwas Entschuldigendes, doch ich wusste, dass er seine Pläne nicht umschmeißen würde.

»Nimm wenigstens die Kopfhörer ab, okay? Für mich«, bat ich ihn hilflos.

Er zuckte mit den Achseln und nickte. »Ja, vielleicht.« Dann schlenderte er Richtung Friedhof davon, die Hände tief vergraben in den Taschen seiner kurzen Hose.

Ich sah ihm hinterher, ein unwohles Gefühl im Bauch. Keine Vorahnung, vielmehr die Angst, wir könnten uns im Unreinen trennen und uns niemals wiedersehen. Aus der Angst wurde Panik, alle möglichen Dinge, die nun zwischen uns stehen könnten, wirbelten durch meinen Verstand.

»Julian?«, rief ich ihm hinterher, und er blieb stehen.

»Ja?«

Ich zögerte, dachte an seine Lippen auf meinen, an den Fahrtwind in seinen Haaren, während er auf die Kurve zuraste. »Ist alles in Ordnung zwischen uns?«, fragte ich mit einem Kloß im Hals.

Er lächelte matt. »Klar. Slugman und Snailwoman forever!« Er hielt zwei Finger in die Luft, zeigte mir das Peace-Zeichen und setzte seinen Weg fort.

Weg von mir.

## 7

*Obderwede, 22. Oktober*

Mir ist eiskalt, und mein Magen randaliert bei dem Gedanken, etwas zu essen. Die Kartoffeln Lorraine wandern unberührt in den Kühlschrank, ich habe auch ohne fettige Kohlenhydrate Bauchschmerzen. Ich lege den Hausschlüssel auf den Esstisch im Wohnzimmer, ein brachiales Geräusch in der brüllenden Stille, und trage meinen unterkühlten Körper zu der Couch, setze ihn darauf, als wäre er eine Puppe. Mein Verstand fühlt sich an wie ein Dämon, der sich eines anfälligen Wirts bemächtigt hat. Ich kenne diese Entfremdung zu mir selbst, es sind Trümmer einer unterdrückten Panik. Sie machen mich unbeweglich, innere Vereisung wird mein Fleisch splittern lassen, sollte ich mich rühren.

Ich wehre mich nicht. Meine Gedanken sind Bewegung genug, sie bringen mich in der Zeit zurück. Zurück zu der Begegnung vor kaum dreißig Minuten.

Von allen Einwohnern dieses Dorfes ist es ausgerechnet Malte Henning, der mir über den Weg läuft. Er hat nachgeholfen, ich weiß es.

Er hat sich verändert, den Kokon aus Pickeln und Schlaksigkeit abgeworfen, um als Schmetterling wieder in Erscheinung zu treten. Aber er bereitet mir noch immer eine Gänsehaut.

Seine Frage nach dem Sternenhagel hat mich unvorbereitet getroffen. *Warum hast du es getan?*

Noch jetzt sitzt sie mir in den Knochen, spreizt meinen Brustkorb, jede einzelne Rippe zum Bersten bereit. Die Selbstverständlichkeit seiner Behauptung, plump versteckt in einer noch plumperen Frage, jagt mir Angst ein. Aber er hat geblufft. Er weiß nichts, kann nicht wissen, was es nicht zu wissen gibt.

Jeder Tag der vergangenen vier Monaten hat mich etwas

gelehrt. Menschen wie Malte dürfen nicht erfahren, wie kaputt mich das Sternenhagel wieder ausgespuckt hat. Weil sie mich sonst verschlingen.

Auch jetzt beschwört der Name der Cocktailbar wieder Bilder in mir herauf, bewegte Bilder des Grauens mit mir in einer der Hauptrollen, herangezoomt bis ins Unerträgliche, mit blutverklebten Händen und Tinnitus im Ohr. Dr. Fischer hat mir gezeigt, wie ich sie einschließen kann, in eine dunkle Kammer, verborgen in den Tiefen meines Hippocampus, und auch jetzt gelingt es mir, sie wegzusperren.

Was mir fehlt, ist ein Schlüssel.

Ich bleibe ungerührt sitzen, bis die Nacht vollständig über Obderwede hereingebrochen ist. Irgendwann muss ich die zusammengelegte Decke von der Couch über mir ausgebreitet haben, ich erinnere mich nicht daran. Die Wärme ist in meinen Körper zurückgekehrt, und ich verlasse den einsamen Ort in meinem Kopf. Nehme meine Umgebung wieder wahr, ergebe mich der Dunkelheit des Wohnzimmers, schärfe meine Sinne für die Gegenwart. Die Decke, grau wie alles um mich herum, sie riecht so sehr nach meinem Vater, dass ich weinen möchte. Doch es kommen keine Tränen, stattdessen besinne ich mich auf den Grund für meine Rückkehr.

Langsam entspannen sich meine Muskeln, ich spüre den Durst in meinem trockenen Mund und die Trägheit meiner Glieder. Aber vorher muss ich etwas anderes tun.

Ungeschickt krame ich mein Handy hervor. Das beleuchtete Display sticht in meine Augen, bis sie tränen. Es folgt ein routinierter Vorgang, ich ignoriere die eingegangenen Anrufe meiner Mutter und wähle eine kurze Nummer.

Meine Mailbox.

Die Computerstimme verfolgte mich zeitweilig bis in den Schlaf, meine innere Anspannung kehrt zurück, als die Ansage viel zu laut in mein Ohr plärrt, und ich presse meine Lippen aufeinander, bis sie schmerzen.

»Sie haben zwei neue Nachrichten und eine gespeicherte Nachricht. Erste neue Nachricht. Empfangen um –«

Ich lasse sie nicht aussprechen, lösche beide Nachrichten und beiße die Innenseite meiner Wange blutig, als eine Pause entsteht. Das Tonband will mich quälen, mir Angst einjagen, indem es mir vorgaukelt, es wäre leer. Ist es aber nicht, ich kenne diese Pause.

Als es weitergeht, wird meine freie Hand zu einer kleinen Faust. »Es liegen keine neuen Nachrichten für Sie vor. Sie haben eine gespeicherte Nachricht. Erste Nachricht, empfangen am Samstag, 20. August 2016, um einundzwanzig Uhr sechsunddreißig.«

Ich halte die Luft an, höre genau hin, obwohl ich die Nachricht kenne, jeden Atemzug darin, jede Pause, jedes Stottern, jede Nuance seiner Stimme, trotzdem will ich kein Wort verpassen.

»Scheiße, Olivia.« Julian klingt atemlos, aufgelöst, kurzzeitig sprachlos.

Seine Verzweiflung walzt mich nieder, springt auf mich wie ein Schwarm blutrünstiger Flöhe. Er zieht seine Nase hoch, als hätte er geweint. Als er weiterspricht, ist seine Stimme belegt, die Sätze kommen unkontrolliert, bleiben manchmal unvollendet.

»So eine Scheiße. Hör zu, ich weiß, du liebst ihn … ich meine, natürlich tust du das. Es ist nur … Olivia … Olive … Ich muss mit dir reden. Dringend. Du musst es erfahren, ich kann nicht … Du … ich kann dir das nicht auf die Mailbox sprechen. Ruf mich zurück, bitte. So schnell du kannst. Es geht um … deinen Vater. Ich habe … er ist ein Lügner, Olivia. Verstehst du? Du darfst nicht glauben, was er sagt. Scheiße, ich habe so einen verdammten Schiss, was … Ich will nicht … Ruf mich zurück, okay? Egal, wie spät, tu es einfach. Schnell.«

Da ist es wieder, mein Motiv. Mein Antrieb, zurück in Obderwede zu sein, ganz gleich, was es mich kosten wird. Ich spüre es mit jeder Faser meines Körpers. Dieses Mal werde ich nicht weglaufen wie vor fünf Jahren. Dieses Mal will ich antworten.

Wie fremdgesteuert speichere ich die Nachricht abermals ab und lege das Handy zur Seite.

Mein Vater. Ich habe ihn weder gesehen noch gesprochen, seit ich ihm vor Jahren den Rücken gekehrt habe. Zurückgeblickt habe ich, manchmal, bin aber nie der stillen Sehnsucht gefolgt. Das ist nun vorbei. Es wird Zeit, dass mir mein Vater von seinen Lügen erzählt.

# 8

*Obderwede, 23. Oktober*

Nachts kommen Schuld und Reue, legen sich zu mir ins Gästebett und starren mich an. Hätte ich Malte offener begegnen sollen, ihm die Möglichkeit gewähren, mir zu zeigen, dass er anders ist, als ich denke? Und habe ich wirklich meiner Nachbarin die Aloe-vera-Pflanze aus dem Hauswirtschaftsraum geschenkt? Jeder verfluchte Zweifel in diesem fragilen Leib ist frustrierend, denn egal, was ich tue, jeder bestätigt nur, was die Medien über mich sagen.

Dass mit mir etwas nicht stimmt.

Inzwischen glaube ich, sie haben recht.

Ich kann nicht schlafen. Die fremd-bekannten Geräusche des Hauses verhöhnen mich, die Stille setzt mir zu, sie ist anders als auf der anderen Seite des Flurs, anders als in meinem alten Zimmer, all die lästigen Beweise für das Leben, das um mich herum herrscht. Rauschende Rohre, dumpfe Schritte, entfernte Stimmen aus der Nebenwohnung waren dort meine Schlafbegleitung. Aber dorthin zurückzukehren ist unmöglich. Ich bin nicht bereit, den verlorenen Teil von mir selbst dort sitzen zu sehen, vielleicht am Schreibtisch mit den Fotos an der Pinnwand oder auf der Fensterbank, mit sehnsüchtigem Blick nach draußen, wie er wartet, ahnungslos, dass er längst gestorben und verrottet ist. Dieser Teil von mir.

Erinnerungen können in schlimmen Zeiten eine Stütze sein – oder die Ursache dafür. Ich werde die Stille aushalten. Sie kann mir nichts anhaben. Sie ist nicht meine Feindin.

Mein Herz fängt an zu rasen, es pocht in meinem Hals, schnürt ihn zu. Bevor ich begreife, was mit mir passiert, sitze ich aufrecht im Bett und schnappe nach Luft. Langsam sickert Erkenntnis in meinen Verstand, der Grund für meine Panik. Der Dachboden! Bevor ich heute auf die Nachbarin traf, habe ich Schritte gehört. Johanna war aus dem Hauswirtschaftsraum gekommen. Mir ist heiß und kalt. Ich konzentriere mich auf meine Atmung, doch das wird nicht reichen. Ich muss nachsehen.

Am ganzen Leib zitternd, steige ich aus dem Bett. Barfuß schaffe ich es bis zur Zimmertür, bevor mich die Angst überfällt und innehalten lässt. Ich will das nicht, will nicht nachsehen müssen, aber es wird mir keine Ruhe lassen. Ich habe nichts zu befürchten, rufe ich mir ins Gedächtnis. Die Männer sind tot, mein Vater ist im Pflegeheim.

Wieder höre ich die Schritte, diesmal nur in meinem Kopf. Das ist nicht das Trippeln einer Rattenfamilie gewesen. Es war ein Mensch. Auf meinem Dachboden.

Eine unerwartete Wut befällt mich. Kann mich die ganze Welt nicht einfach in Ruhe lassen? Suchend schaue ich mich im Zimmer um, meine Augen sind auf die nächtliche Dunkelheit eingestellt. Ich husche zurück ins Zimmer, krame aus meiner Tasche das Nageletui hervor und wage mich mit Nagelschere und Handy bewaffnet in den einsamen Flur.

*Ich fürchte mich nicht.*

Vor der Treppe bleibe ich stehen und blicke zur Luke hoch. Dann gebe ich mir einen Ruck. Ich bin es leid, Angst zu haben. Ich nehme einen tiefen Atemzug, flute mein Gehirn mit Sauerstoff und stoße die Luke auf.

Der Dachboden ist finster. Feuchter Staub steigt mir in die Nase. Eine Gänsehaut lässt mich erschaudern, und ich muss mich zwingen, die Kontrolle über mich zu behalten, um nicht unter die Decke im Gästezimmer zu flüchten.

»Julian?«, wispere ich in die Dunkelheit und werde mir der Hoffnung bewusst, die mich neben aller Angst vorangetrieben hat.

Vielleicht ist *er* hier. Julian. Immerhin sind wir verabredet. Womöglich hat er sich versteckt und auf mich gewartet, um mich zu erschrecken, wie er es früher gern getan hat.

Doch ich bekomme keine Antwort. Erst als ich mir sicher bin, dass sich niemand auf dem Dachboden befindet, hole ich mein Handy aus der Pyjamahose und beleuchte das Nichts in der Dunkelheit. Niemand ist dort, und ich wanke gefangen zwischen Enttäuschung und Erleichterung zurück. Ein paar Kartons, verstaubtes Material für den Ausbau, der nie stattgefunden hat. Es muss doch Johanna gewesen sein, versuche ich mir die Geräusche zu erklären. Oder ich habe sie mir eingebildet.

Fröstelnd schalte ich die Handylampe aus und kehre ins Gästezimmer zurück. Ein mulmiges Gefühl begleitet mich, die Ahnung, dass etwas nicht stimmt, ganz und gar falsch ist, obwohl es auf den ersten Blick nicht danach aussieht. Auch ich kann vortäuschen, ich wäre in Ordnung, doch die Oberfläche ist nur für faule Menschen, die sich nicht die Mühe machen, genauer hinzusehen.

Am Morgen, beim Licht des Tages, werde ich den Dachboden noch einmal überprüfen. Vielleicht. Es scheint leichter, mir einzureden, ich würde Dinge hören, die nicht da sind, aber ich bin mir sicher, sie gehört zu haben. Heute Nachmittag. Schritte über meinem Kopf.

Bevor ich zurück unter die Decke krieche, drehe ich den Schlüssel des Gästezimmers um. Nur zur Sicherheit. Mein kleiner Ausflug hat mich erschöpft, doch obwohl mein Körper nach Schlaf brüllt, ist mein Verstand hellwach. Ich liege da, eingerollt wie ein Embryo, und lausche der fremd-bekannten Stille. Ich werde sie überleben, auch ohne Schlaf.

# 9

*Obderwede, 23. Oktober*

Etwas hat mich niedergewalzt. Meine Glieder sind schwere Fremdkörper, ich fühle mich wie erschlagen. Mein Verstand bettelt darum, an den Ort der Schwerelosigkeit zurückzukehren, dorthin, wo alles bedeutungslos ist. Nicht vorhanden. Vergessen.

Irgendwann habe ich wider Erwarten doch in den Schlaf gefunden, und er hat mich mit warmen Armen empfangen. Das ist nun vorbei.

Nach einer kalten Dusche fühle ich mich kaum besser, immerhin hat mein Körper nun begriffen, dass er wach ist.

Mein Frühstück fällt kläglich aus. Die Kartoffeln Lorraine werden nur ein paar Zentimeter aus dem Kühlschrank gezogen, ehe mir klar wird, dass dieses fettige Zeug am besten direkt im Müll landen sollte. Trotzdem lasse ich es dort verweilen, man weiß ja nie. Ein Glas Leitungswasser und ein angebissener Müsliriegel, den ich von meiner Anreise noch im Rucksack hatte, müssen reichen, damit ich nicht verhungere. Hunger habe ich trotzdem, und er bringt dunkle Erinnerungen mit.

Als ich mich kurz nach neun Uhr fertig mache, um das Haus zu verlassen, bleibe ich zögerlich vor der Treppe zum Dachboden stehen. Ich weiß, ich sollte noch einmal nachsehen, bei Tageslicht und ohne Gespenster der Angst im Nacken, doch ich kann mich nicht überwinden. Es ist ein Gefühl, nicht ganz eindeutig, stärker als Misstrauen oder Ablehnung. Entschlossen schüttle ich es ab, ich werde ohnehin keine Ruhe finden, wenn ich mich nicht davon überzeuge, wirklich allein im Haus zu sein.

Doch bevor ich einen Fuß auf die erste Stufe setze, klopft es an der Haustür. Erschrocken fahre ich herum, starre die

Tür an, als könnte ich durchs Holz sehen, wer etwas von mir will. Augenblicke später folgt ein Klingeln.

Ich stelle mich tot. Es ist nicht auszuschließen, dass inzwischen ganz Obderwede von meiner Rückkehr weiß. Dennoch kann ich mir nicht vorstellen, wer sich hierhertraut, um mich willkommen zu heißen – oder zu verjagen.

Vermutlich ist es bloß die Nachbarin, beruhige ich mich. Johanna traue ich es zu, mich nach der ersten Nacht zu fragen. Obwohl ich ihr eine Aloe-vera-Pflanze geschenkt habe, damit sie mich in Ruhe lässt.

Mit wackeligen Knien gehe ich schließlich doch zur Tür und öffne sie. Doch es ist nicht Johanna, die mich dort erwartet.

# 10

*Obderwede, 23. Oktober*

Ein paar Tage sind zu lang, hat Malte an diesem Morgen entschieden. Eine Nacht muss genügen, damit Olivia sich akklimatisieren kann. Das ist es, was ihm seine Ungeduld zugeflüstert hat.

Die Nacht ist überfüllt gewesen mit Gedankenstürmen und Schlaflosigkeit. Stunde um Stunde hat er sich in seinem Bett herumgewälzt und sich vorgestellt, wie sich Olivia gerade fühlt. Was in ihr vorgeht, welche Sorgen sie umtreiben, welche Pläne sie schmiedet – und ob etwas davon sie ebenso wach hielt wie sie ihn.

Wiederholt hat er sich in der Dunkelheit seines Zimmers von der Displaybeleuchtung des Handys blenden lassen und seine Website aufgerufen. Die privaten Notizen über Olivia studiert. Die gesammelten Bilder betrachtet, Screenshots von ihrem öffentlichen Auftritt genauso wie die heimlichen Schnappschüsse von Möchtegern-Paparazzi. Fotos, auf denen sie, gestützt von ihrer Mutter, mit verstörtem Blick durch eine gehässige Welt spazieren geführt wird. Und natürlich die Bilder aus dem Sternenhagel. Malte ist nicht stolz darauf, aber als ernst zu nehmender Journalist gehören auch diese Bilder in sein persönliches Archiv. Ganz Deutschland kennt sie, kein Grund, deswegen ein schlechtes Gewissen zu haben.

Noch immer ärgert es Malte, dass es keine Fotos von ihm und Olivia aus der Zeit in Obderwede gibt. Die hätten sich gut in dem Interview gemacht, das er mit ihr plant. Zwei alte Freunde, die über alles sprechen können – diese Vorstellung gefällt ihm.

Die Tonaufnahme ihrer Unterhaltung kann er inzwischen mitsprechen, das gibt ihm ein Gefühl von Sicherheit. Das Gespräch aufzunehmen war eine gute Idee, von der er auch in Zukunft Gebrauch machen wird. Es beruhigt ihn in aufgeregten Situationen, die seine Konzentration beeinträchtigen. Er muss sich nun nicht mehr auf sein Gedächtnis verlassen. Erinnerungen haben die Angewohnheit, sich den eigenen Bedürfnissen anzupassen. Alle Menschen werden auf diese Weise von ihrem Gehirn betrogen. Die Informationen aber, mit denen er an die Öffentlichkeit will, müssen exakt sein und auf Fakten beruhen.

Mit den ersten Sonnenstrahlen ist Malte aufgestanden, aufgekratzt und bereit für eine neue Taktik. Er hat ein Talent dafür, sich in andere Leben hineinzudenken, und zudem die Notwendigkeit einer logischen Herangehensweise erkannt. Alle Umstände sind berechenbar, also hat er sich entsprechend vorbereitet.

Als es spät genug war, stieg er in sein Auto, einen anthrazitfarbenen Seat Ibiza, den Körper angespannt und den Blick fokussiert. Nun steht er vor Olivias Tür, gierig wie ein kleines Kind. Olivia ist sein Überraschungsei, und er ist fest entschlossen, das Geheimnis in ihrem Inneren zu knacken.

Erst nachdem er geklopft hat, entdeckt er die Klingel, versteckt unter Efeuranken an der Hauswand. Zur Sicherheit drückt er zusätzlich den Knopf, sieht konzentriert auf seine Schuhe und vergräbt die Hände in den Hosentaschen. Alles wird nach Plan laufen, immerhin hat er alles genau durchdacht. Die Sprachaufnahmefunktion seines Handys läuft bereits. Als die Tür geöffnet wird, positioniert er ein Lächeln in seinem Gesicht.

»Malte«, stellt Olivia fest, offensichtlich überrumpelt von seinem Besuch. »Was machst du hier?«

Kein Vorwurf in ihrer Stimme, er wertet es als gutes Zeichen. Sie sieht blass aus, dunkle Ränder zeichnen sich unter ihren blauen Augen ab, sie wirkt fahrig und gehetzt, und Malte erkennt mit einer gewissen Genugtuung, dass etwas sie in der vergangenen Nacht wach gehalten hat. Ein Punkt für seine Menschenkenntnis.

Olivia schließt die Tür, bis sie nur noch einen Spalt offen

steht, in den sie sich selbst stellt. Nachdenklich beäugt er ihr abwehrendes Verhalten, doch dann erkennt er es als das, was es ist: eine weitere Marotte, die die Großstadt ihr auf die harte Tour beigebracht hat. Olivia verhält sich nicht ablehnend, sie ist nur vorsichtig.

Sie hätte Obderwede nicht verlassen dürfen. Vollzeit in Hannover hat einen anderen Menschen aus ihr gemacht, sie traumatisiert. So etwas wäre hier niemals passiert. Er hätte auf sie aufgepasst.

»Ich wollte sehen, ob du gestern Abend gut nach Hause gekommen bist.«

Er zeigt sein charmantestes Lächeln. In der Früh hat er vor dem Spiegel daran gearbeitet, ein Foto des Sängers in die obere Ecke geklebt und seither an ihrer Ähnlichkeit gefeilt.

»Wie du siehst, habe ich es nach Hause geschafft«, sagt Olivia, und er stellt aufgeregt fest, dass sie sein zaghaftes Lächeln erwidert.

»Hast du dich inzwischen gut eingelebt?«

Olivia verlagert ihr Gewicht von einem Bein auf das andere. Auch heute trägt sie schwarze Leggings, die den Verlust ihrer muskulösen Tänzerinnenbeine beinahe exhibitionistisch zur Schau stellen. »Keine Ahnung, schätze schon«, erwidert sie schulterzuckend. Sie ist bemüht, ihre Unruhe zu verbergen, doch Malte entgeht sie nicht.

»Das freut mich«, sagt er lapidar und legt noch einmal das trainierte Lächeln auf, mit dem er bereits punkten konnte.

Wieder spiegelt sie seine Mimik, dieses Mal schwächer als zuvor. Malte nickt, und auch das imitiert sie mit einem fragenden Ausdruck im Gesicht. Sie wartet, erneut ist er in Zugzwang. Wo sind die Worte hin, die er sich zurechtgelegt hat? Er räuspert sich, lächelt angestrengt, um Zeit zu schinden, doch seine Mundwinkel zittern.

»Hör zu«, platzt es ungeduldig aus Olivia heraus, »ich habe echt keine Zeit, verstehst du? Ich wollte gerade los.«

»Willst du deinen Vater besuchen?«, fragt Malte, ohne darüber nachzudenken.

Ihr Gesicht zeigt pures Entsetzen. »Wie kommst du darauf?« Sie sieht ihn an, als hätte er sie bei etwas Verbotenem ertappt, und neugierig begutachtet er die Wirkung seiner Frage.

»Hab nur geraten. Erscheint mir irgendwie logisch.« Sein Selbstbewusstsein ist zurück, nun zahlen sich die Überlegungen der Nacht aus.

Olivias Bestürzung verwandelt sich nach der anfänglichen Verwirrung in Ablehnung. »Ich muss jetzt los«, sagt sie, die Stimme kühl.

Ihr Blick fordert ihn auf, zu gehen, doch Malte ist noch nicht bereit, Leine zu ziehen. Stattdessen übergeht er ihre stumme Aufforderung, als hätte er sie nicht bemerkt.

»Dein Vater ist im Pflegeheim von Lübbewirtz, oder?«

Olivia zieht verstört ihre sanft geschwungenen hellen Augenbrauen zusammen, dann bekommt ihr weiches Gesicht einen harten Ausdruck. »Was willst du, Malte?«

»Ich will nur sichergehen, dass du weißt, wo du deinen Vater besuchen kannst.«

Olivia verkneift sich offensichtlich eine Erwiderung, dreht den Kopf zur Seite, atmet tief ein, was sie jedoch zu verbergen versucht, und verschränkt die Arme vor der Brust. Dann wendet sie sich ihm wieder zu. »Was willst du von mir, Malte?«

Vermutlich erwartet Olivia die schlimmsten Dinge von ihm, was er ihr nach seinem plumpen ersten Versuch am Vorabend nicht einmal verübeln kann. Aber diesen Fehler wird er nicht noch einmal begehen. Er will sie überraschen. Positiv. Damit sie ihre Abwehrhaltung etwas herunterfährt. Wenn ihm das gelingt, hat er sie in der Tasche.

»Ich will gar nichts von dir, Olivia.« Er macht eine Pause, um ihr Zeit zu geben, seine Antwort richtig zuzuordnen. »Aber ich könnte dir helfen, wenn du das möchtest. Wir könnten einkaufen fahren. Dein Kühlschrank ist bestimmt leer, es sei denn, du bist mit voller Kühltasche angereist – was ich bezweifle. Ich habe ein Auto und du nur ein Fahrrad, zumindest vermute ich das –« Malte unterbricht sich, bevor er verrät, wie gut er über sie informiert ist.

»Das ist nett von dir, Malte, aber ich habe schon etwas vor«, erwidert sie etwas milder gestimmt.

»Also falls du zu deinem Vater im Pflegeheim von Lübbewirtz willst ... Besuchszeit ist dort erst ab elf.« Die Lüge kommt aus dem Nichts, aus seinem Kopf direkt über seine Lippen, ganz ohne Filter. Sein Glück, dass Olivia offensichtlich nicht vorbereitet ist, er kann ihr erzählen, was er will.

»Wirklich?« Sie zögert, Malte spürt, wie sie ins Wanken gerät. Er hat nicht die leiseste Ahnung, was damals mit ihrem Vater vorgefallen ist, ein kompletter Kontaktabbruch folgt jedoch selten auf eine Lappalie.

»Wir haben genug Zeit, um einkaufen zu fahren. Oder hast du schon jemanden, der dir hilft?« Natürlich weiß er, dass sie niemanden hat.

Stumm schüttelt Olivia den Kopf. Endlich wird es ihr klar. Sie hat nur ihn. Daran sollte sie sich gewöhnen.

»Ich meine es gut, Olivia«, sagt er nachdrücklich. Genau das will er ihr eintrichtern, denn für eine Reportage braucht er ihr Vertrauen.

*Reportage.* Das klingt wie Sirenengesang in seinen Ohren. Ideen wachsen, ein einfaches Interview ist ihm nicht mehr genug. In seiner Position – an Olivias Seite nämlich – will er die Sache direkt größer aufziehen. Viel größer.

»Von mir aus«, gibt sie endlich nach. Sie wird bald begreifen, was es für ein Glück ist, ihn zu haben.

Sie verschwindet im Haus, um sich schnell fertig zu machen. Malte tritt ein paar Schritte zurück, ausgesprochen zufrieden mit sich selbst. Ein Magenknurren macht ihn darauf aufmerksam, dass er vollkommen vergessen hat, etwas zu frühstücken.

Als Olivia ihm einige Minuten später in Jacke und mit geschultertem Rucksack entgegentritt, denkt er gerade an das wunderbar duftende Gericht, das er am Abend zuvor einer Mülltonne zugeführt hat.

»Wie waren deine Kartoffeln Lorraine? Wie früher?«, fragt er, während sie zum Wagen gehen.

»Ja, war lecker«, sagt sie abwesend und wartet darauf, dass er die Zentralverriegelung öffnet.

Ein seltsames Gefühl von Zusammengehörigkeit überkommt Malte, obwohl er seine Lorraine nicht gegessen hat. Trotzdem. Irgendwie wird das nun für immer *ihr Ding* sein. Ihre Verbindung. Die eine Sache, die sie immer aneinander erinnern wird.

»Meine auch«, lügt er und steigt ins Auto.

Olivia Bloch neben ihm in seinem Wagen. Freiwillig. Wenn er das seinem fünf Jahre jüngeren Ich erzählen könnte!

# 11

*Fünf Jahre zuvor – Obderwede, 13. August*

Ich übertrieb es an diesem Vormittag mit der Fahrradklingel. Seit ein paar Jahren war sie unser wenig subtiles Signal, wenn wir einander abholten. Julians Mutter hasste nicht nur das schrille Geräusch, sie hasste auch mich, was mich dazu motivierte, noch penetranter zu sein. Olivia Bloch, das Terrorgör mit der Fahrradklingel.

Als nach einigen Minuten der Dauerbeschallung Julians Mutter aus der Haustür trat und mir mit verschränkten Armen entgegenkam, wäre ich am liebsten losgefahren.

»Julian ist nicht da«, sagte sie verkniffen und blieb mit einigem Abstand zu mir stehen.

Ihr Verhalten verunsicherte mich. Es kam schon mal vor, dass ich Julian verpasste, doch noch nie hatte Frau Keller das Haus verlassen, um es mir persönlich mitzuteilen.

»Oh, okay. Und wo ist er?« Meine Stimme war belegt, alles in mir sträubte sich gegen ein Gespräch mit dieser Frau.

Ihre Lippen wurden schmal. »Die Kenntnis seines Aufenthaltsorts überschreitet den mütterlichen Informationsinput, den Julian mir gewährt. Aber ich bin mir sicher, dass *du* ihn finden wirst.« Ihre Art zu reden verursachte mir Unbehagen. Ein frecher Kommentar zuckte auf meinen Lippen, doch ich hielt es für klüger, ihn für mich zu behalten.

»Danke«, sagte ich lapidar und wollte schon in die Pedale treten, als Frau Keller in einer undurchschaubaren Geste den Arm nach mir ausstreckte.

»Warte. Ich möchte dir eine Frage stellen.«

Ich setzte die Füße auf den Boden und befürchtete das Schlimmste. »Okay.«

Einige Momente musterte sie mich. Nicht misstrauisch oder ablehnend wie sonst, sondern nachdenklich. Ich fühlte mich unwohl unter ihrem Blick. Julians Mutter hatte etwas Altbackenes an sich, fand ich, konnte aber nicht festmachen, woher dieser Eindruck kam. Ihr Haar trug sie in einem lockeren Dutt, dunkle Strähnen umrahmten ihr Gesicht und nahmen der Frisur ihre Strenge. Jeans und eine weiße Bluse, nichts an ihr machte offensichtlich, wieso ich das Bild einer unzeitgemäßen Hausfrau auf sie projizierte. Einzig dieser Glanz in ihren Augen zog sich wie ein feiner Riss durch meine Wahrnehmung, denn er ließ keinen Zweifel daran, dass etwas in ihr brodelte. Etwas, das sie zu verbergen versuchte.

Sie trat einen Schritt auf mich zu. »Julian und du, seid ihr ein Paar?«

Dem Teenager in mir zogen sich sämtliche Peinlichkeitsporen zusammen, wie Chitinplatten zwängten sie mich ein und trieben mir das Blut in den Kopf. »Wir sind nur Freunde, ehrlich.«

»Besteht die Möglichkeit, dass ihr irgendwann ein Paar sein werdet?« Ihr Gesicht war eine eiserne Maske.

Ich musste mir eingestehen, dass diese Frage nicht einfach zu beantworten war. Manchmal verhielten wir uns wirklich wie ein Paar. Es fehlten nur der nächste Schritt und Exklusivität. Waren wir zu mehr als Freunden geworden, ohne es zu bemerken? Nein, entschied ich. Das bisschen Geknutsche hatte nichts zwischen Julian und mir verändert. Seine Mutter sah Gespenster.

»Ich denke nicht, dass aus uns ein Paar wird«, sagte ich abwehrend und hoffte, dass sie mich nun wegfahren lassen würde.

Sie löste die verschränkten Arme und legte ihre Hand auf meine, die angespannt den Lenker umklammerte. Ihre Finger waren trotz der Hitze kühl, eine nett gemeinte Geste, vielleicht, serviert mit einer unausgesprochenen Botschaft. *Du entkommst mir nicht.*

»Hör zu, *Olivia*.« Frau Keller senkte die Stimme, als wollte sie mir ein Geheimnis anvertrauen, etwas Unmögliches in Dörfern wie Obderwede. »Du und Julian … ihr solltet nicht so viel Zeit miteinander verbringen.« Auf einmal fand ich ihren Tonfall ganz und gar nicht mehr verschwörerisch. Sie war eine Schlange, die mir ihren Willen aufzuzwingen versuchte.

Alles in mir forderte aufgebracht, mich von ihr loszureißen, ihr den Stinkefinger zu zeigen und diese Unterhaltung aus meinem Gedächtnis zu löschen. »Wir sehen uns nur an den Wochenenden, wie kann das zu viel Zeit sein?« Mein Herz klopfte wütend, garantiert hörte es auch Frau Keller und freute sich darüber. Aber ich würde mich von ihr nicht einschüchtern lassen. Julian war, mit all seiner Düsterkeit, der Vorliebe für das Makabre und seiner kleinen unsicheren Seele, die er zu verstecken versuchte, das Licht in meinem Leben. Wie konnte sie ernsthaft glauben, ich würde ihn aufgeben? Eher würde ich mit ihm in der Wildnis leben, als ihn zurückzulassen. Ausgeschlossen.

Frau Keller drückte meine Hand. Als sich unsere Blicke trafen, lief mir ein kalter Schauer über den Rücken.

»Ich habe keine Ahnung, *was* für Freunde ihr seid und welche … Vorzüge diese Freundschaft beinhaltet, aber du tust ihm nicht gut.«

Ihre Worte trafen mich, brutal, machten mich fassungslos. »Das sehe ich anders«, sagte ich beherrscht.

»Du hast keine Vorstellung davon, welche Wirkung du auf andere Mädchen hast, oder?«

Der Schock in meinem Gesicht hatte keine sichtbare Wirkung auf sie. Sie hasste mich – nein, schlimmer. Sie nahm mich nicht als Person wahr, nur als Störung.

»Wie soll Julian eine richtige Freundin finden, wenn alle Mädchen, die sich für ihn interessieren, von dir dermaßen eingeschüchtert sind, dass sie sich von ihm fernhalten?«

Mir blieb die Spucke weg, ihre Anschuldigung ließ keinen vernünftigen Gedanken mehr zu. Mein Kopf war leer, nur Frau Kellers Worte hallten in ihm wider. Ich verstand nicht, wie sie überhaupt auf diese Idee gekommen war, hatte keine Ahnung, wie ich mich gegen so einen Vorwurf verteidigen sollte. Gesprächsfetzen mit Julian kamen mir in den Sinn, ich erinnerte mich an Daja, die ich absichtlich Dörte nannte, weil ich nicht wollte, dass Julian sie mochte. Er selbst hatte behauptet, kein Interesse mehr an ihr zu haben, und ich war froh darüber gewesen. Erleichtert.

Mir wurde schlecht.

»Es wird über euch geredet«, fuhr Frau Keller unbeirrt fort.

»Scheiß auf die Leute«, entfuhr es mir fassungslos. Meine Augen brannten, ich war kurz davor, in Tränen auszubrechen. Obwohl sich in den letzten Minuten nichts zwischen Julian und mir geändert hatte, erschien mir auf einmal alles unerträglich kompliziert. Ein paar Sätze, und ich hinterfragte plötzlich, was für mich normal, sogar schön gewesen war.

Es musste das brüllende Chaos in meinem Kopf gewesen sein, das Frau Keller zurücktreten ließ. Die Arme erneut vor der Brust verschränkt, war meine Hand frei – aber sie würde niemals wieder warm werden. Verloren sah ich zu dieser Frau, der Mutter meines besten Freundes. Sie hatte ihn mir gegeben, und nun war sie entschlossen, ihn mir zu nehmen.

»Ich kann Julian nicht vorschreiben, was er zu tun hat. Er ist achtzehn und lässt sich von mir nicht reinreden – insbesondere nicht, wenn es um dich geht.«

Eine kleine Welle der Hoffnung wogte besänftigend durch mein aufgewühltes Bewusstsein, doch schnell zog sie sich wieder zurück. Frau Keller war der Mond, Julian und ich die Gezeiten.

»Deshalb wende ich mich an dich, *Olivia*. Ich halte dich für ein schlaues Mädchen und bin mir sicher, auch dir ist inzwischen aufgefallen, was für Außenstehende längst offensichtlich ist.« Sie sprach betont langsam, als hielte sie mich in Wahrheit für alles andere als schlau. »Ich kann nur an deine Vernunft und deine *freundschaftliche* Zuneigung zu Julian appellieren: Lass ihn gehen. Tritt einen Schritt zur Seite und lass ihn sein Glück finden.«

Mein Kinn zitterte. Da war ich, ein siebzehnjähriges Mädchen, das sich selbst noch finden musste. Seinen Platz in der Welt. Eine werdende Frau, die sich an einem Ort der Unbeständigkeit nach Stabilität sehnte und nun gesagt bekam, sie sei falsch für den wichtigsten Menschen in ihrem von Pflichten bestimmten Leben. Dem Fixpunkt auf hoher See.

»Ich weiß nicht, was ich sagen soll«, hörte ich meine Stimme aus weiter Ferne, spürte wie durch Watte den Wunsch, mir nicht anmerken zu lassen, wie sehr ich mich vor der Konsequenz fürchtete. Ich hasste diese Frau, und dieser Hass war nicht in Watte verpackt, sondern roh und schmerzhaft und stärker als alles andere.

»Du weißt, dass ich recht habe.«

»Ich muss los«, murmelte ich mehr zu mir selbst und suchte blind mit meinem Fuß nach dem Pedal.

»Denk an meine Worte«, würgte sie mir noch rein, bevor ich davonfuhr. Ich spürte ihren mahnenden Blick im Rücken, und noch während ich vor Frau Keller flüchtete, gestand ich mir ein, dass ich ihre Worte nicht ignorieren konnte. Weil sie vielleicht nicht mit allem falschlag. Julian und ich würden auf ein schmerzhaftes Ende zulaufen, wenn wir weitermachten wie bisher. In gewisser Weise hatte mir diese verhasste Frau die Augen geöffnet.

Ich raste durch die leeren Straßen von Obderwede, auf die Sonne zu, ihre Strahlen versengten meine Netzhäute, brannten mir Gesicht und Arme rot. Anna Keller hatte mich bereits als kleines Mädchen nicht gemocht. Es waren die Väter gewesen, meiner und Julians, Andreas Keller, die unsere Spieldates organisiert hatten. Die erlaubt hatten, dass Julian bei mir übernachtete, die sich über die Freundschaft gefreut hatten, die uns verband.

Für Julians Mutter blieb ich eine Fremde, das Haus, in dem sie wohnten, war das Niemandsland. Ich spürte ihre Ablehnung, sobald sie mich ansah. Als ich älter wurde, schob ich es auf meine Brüste, die meinen Kinderkörper ganz allmählich in den einer Frau verwandelten. Womöglich fürchtete sie die Versuchung, zu der ich wurde. Weil meine erblühende

Weiblichkeit unserer Freundschaft die Unschuld nahm und der Reiz wuchs, die viel zu früh entdeckte Sexualität zu erforschen. Für sie war ich vielleicht die Räuberin von Julians Unschuld.

Aber nichts dergleichen hatte ich getan. Inzwischen glaubte ich nicht mehr, ihre Abneigung gegen mich konnte mit meinen Brüsten zu tun haben. Vielmehr ahnte ich, dass es etwas damit zu tun hatte, Mutter zu sein. Die Angst, Julian an mich zu verlieren. Weil genau das schon einmal passiert war.

Julian war ein sehr scheues, in sich gekehrtes Kind gewesen. Zumindest behauptete das mein Vater, wenn er erzählte, wie wir Freunde wurden. Bis er drei oder vier Jahre alt war, hatten Julians soziale Kontakte allein aus seinen Eltern bestanden. Besonders Frau Keller war schnell in ihrer Rolle als Mutter aufgegangen. In der Kita fand Julian auch nach mehreren Versuchen keinen Anschluss und war sofort in hysterisches Weinen verfallen, sobald sie aus seinem Blickfeld verschwand. Wenn es den Erzieherinnen doch mal gelang, ihn zu beruhigen, spielte er alleine und sprach mit niemandem. Schließlich blieb er zu Hause, bei seiner Mutter, die mit selbstloser Hingabe ihr Leben mit ihm als Mittelpunkt ordnete.

Bis ich auftauchte, auf wackeligen Beinen und in übergroßer Windel. Den Erzählungen nach begegneten wir uns zum ersten Mal auf dem kleinen Spielplatz von Obderwede. Es war vorprogrammiert gewesen – obwohl Frau Keller jeglichen Aktivitäten außerhalb des Hauses kritisch gegenüberstand, aus Sorge, Julian könnte sich verletzen. Doch an diesem Tag im November hatte sie eine Ausnahme gemacht.

Wir waren die einzigen Kinder auf dem Spielplatz, ich schaukelte, während mein Vater mir Anschwung gab. Julian hatte mich bereits aus der Ferne beobachtet. Als ich von der Schaukel absteigen wollte, ging etwas schief, und ich landete mit dem Gesicht im Sand. Ich rappelte mich heulend auf, während mir Matsch aus Nase und Mund quoll. Mein Vater versuchte mich zu beruhigen, doch ich wurde nur hysterischer. Julian riss sich von seiner Mutter los, die ihn festhielt, während er über den Rand des Sandkastens balancierte, und lief zu mir. Mit seinen kleinen Händchen nahm er meine und flüsterte mir etwas ins Ohr. Sofort wurde ich still.

Lange Jahre unserer Kindheit war es unser Geheimnis, was er mir zugewispert hatte – bis wir es irgendwann vergaßen. Damals klopfte er mir den Sand von den Kleidern, wischte ihn mir aus dem Gesicht, während mein Vater stumm danebensaß und fassungslos zusah, wie wir zu *bonden* begannen. Julian ließ meine Hand auch dann nicht los, als wir gemeinsam zur Wippe liefen.

Mein Vater nannte unsere Begegnung im Nachhinein den wohl »längsten Spielplatzaufenthalt der Menschengeschichte«. Er brachte es nicht übers Herz, uns zu trennen. Erst Julians Mutter, die sich auf einer Bank sitzend von dem Geschehen ferngehalten hatte, trug nach mehreren Versuchen ihren tobenden Vierjährigen vom Spielplatz, und der Nachmittag war beendet.

Jahre später, wir waren zehn und elf, haben Julian und ich unsere erste Begegnung auf demselben Spielplatz nachgestellt. Da mein Vater mit seiner Digitalkamera die Position des Kameramanns einnahm, wurde seine Rolle von einem riesigen Teddybären namens Herr Li Cunxin gespielt, den ich in Hannover auf dem Rummel gewonnen hatte. Wir saßen an derselben Stelle vor der Schaukel, an der ich mich zuvor hatte fallen lassen, und ich würgte theatralisch heulend Sandbrocken aus. Julian nahm meine Hände, wie er es als kleiner Junge getan haben musste, und sah mich mitfühlend an, bevor er sich vorbeugte und mir ins Ohr flüsterte: »Du stinkst nach Sandwurmscheiße.«

Ich starrte ihn fassungslos an, dann brachen wir in kindliches Gelächter aus. Wir kugelten uns vor Lachen auf dem feuchtkalten Boden, bis uns die Bäuche wehtaten. Dann erinnerte sich Julian an unseren eigentlichen Plan, nahm meine Hand und zerrte mich übermütig zur Wippe.

Das Video war unser größter Schatz, und jedes Mal, wenn wir es uns auf dem Fernseher meines Vaters ansahen, lachten wir wieder so heftig wie an dem Tag. Nur wir zwei wussten, was daran so komisch war.

Meine kopflose Fahrt brachte mich zum Trampelpfad. Meine Augen tränten vom Wind, meine Haut brannte, aber ich war entschlossen, mit Julian zu reden. Frau Keller hatte eine schlummernde Angst in mir geweckt, ich rannte ihr davon oder auf sie zu, ich war mir nicht sicher, lief den Weg zwischen scharfen Halmen und kunstvollen Spinnennetzen entlang.

Als ich das leer stehende Gebäude erreichte, bekam ich kaum noch Luft. Die feuchtwarme Suppe verklebte mir die Lungenflügel, hektische Atemzüge trockneten meinen Mund aus. Mit schweißnassen Fingern holte ich eine Flasche aus meinem Rucksack, meine Lippen zitterten, als ich mit hastigen Schlucken meine Kehle befeuchtete. Wusste Frau Keller etwas über Julian, wovon ich keine Ahnung hatte? Etwas, das unsere Freundschaft verändern würde? Oder beenden? Mir wurde schlecht, ich hörte das Wasser in meinem Magen rumoren und stopfte die Flasche zurück in die Tasche. Ich musste mit Julian reden. Jetzt.

Etwas zog mich zu der angrenzenden Kapelle. Als wir angefangen hatten, uns im Leichenhaus herumzutreiben, hatten wir alle begehbaren Räume durchstreift und auch einen Abstecher in die Kapelle gemacht. Doch die Glaubensbekenntnisse, die mir in jeder Ecke begegneten, hatten mich schnell wieder hinausgetrieben. Mir war es dort unheimlich, die Atmosphäre bedrückte mich nachhaltig. Da war mir die Leichenhalle lieber. Mit dem Tod konnte ich umgehen, mit Verlust und Trauer nicht.

Dennoch folgte ich nun dem stillen Ruf. Weil die Angst stärker war. Die Tür stand einen Spalt weit auf und offenbarte jene Dinge, die zu sehen ich gerne vermieden hätte. Jesus, geschändet an einem mannshohen Kreuz, sein Kopf hing herab, Haare verdeckten sein Gesicht. Davor der Tisch, auf dem während der Trauerandacht der Sarg aufgebahrt wurde. Ich versuchte das alles auszublenden und spähte durch die kleine

Öffnung. Wie erhofft saß Julian in einer der Bankreihen und hatte mir den Rücken zugewandt. Vorsichtig drückte ich die schwere Holztür weiter auf und betrat die alte Kapelle. Der kleine Raum mit der hohen Decke war angenehm kühl, doch die Gänsehaut, die er auf meiner brennenden Haut verursachte, gefiel mir gar nicht.

Meine Sneakers quietschten auf dem schmutzigen Kachelboden, gespenstisch hallte jeder meiner Schritte von den schmucklosen Wänden wider. Unmöglich, dass Julian mich nicht gehört hatte, doch er zeigte keine Reaktion. Nach wenigen Schritte war ich bei ihm in der dritten Reihe und ließ mich auf der schmalen Bank nieder. Viel Platz für Trauernde gab es in der Kapelle nicht, eine schnelle Abwägung verriet mir, dass höchstens sechzehn Personen einen Sitz finden würden – dennoch mehr, als zu meiner eigenen Trauerfeier kämen.

Als ich mich Julian zuwandte, zog es schmerzhaft in meiner Brust. Sein Aussehen erschreckte mich. Eigentlich wirkte er wie immer, müde und verloren, nur die Andeutung von Witz, die sonst um seine Mundwinkel zuckte, war wie weggewischt. Er schien tief in sich gekehrt, und nur weil er mir auf der Bank Platz gemacht hatte, wusste ich, dass er mich bemerkt hatte. Seine Augen waren starr nach vorn gerichtet, als würde er ein Zwiegespräch mit seinem neuen Kumpel Jesus führen. Der Gedanke machte mir eine Heidenangst.

»Was tust du hier?«, fragte ich leise, damit nur Julian mich hörte.

»Weiß nicht. Nachdenken.« Sein Blick blieb der vergilbten Figur am Kreuz treu.

*Nachdenken.*

Bevor ich etwas erwidern konnte, sah Julian mich an, seine braunen Augen trafen mich. Sie glänzten fiebrig und voller Zweifel, brannten auf meiner sonnenverbrühten Haut und ließen mich schaudern.

»Glaubst du, dass Gott auch über Orte wie diesen wacht?« Auch er flüsterte. Es war die Kapelle, sie forderte respektvolles Verhalten, was einen kindischen Widerwillen in mir hervorrief.

»Ich glaube, dass Gott über überhaupt nichts wacht, weil es ihn nicht gibt«, sagte ich trotzig. Jesus hob als Reaktion auf meine Worte nicht erzürnt den Kopf und zeigte auch nicht anklagend auf mich.

»Aber wenn es ihn geben würde? Wäre er dann auch in einer heruntergekommenen Kapelle, in die sich niemand mehr verläuft?«

Ich sah ihn wieder an. Julian strahlte eine Verlorenheit aus, die mir die Kehle zuschnürte. »Ich glaube, wenn es ihn gäbe, hätte er sich längst von den Menschen abgewandt, weil er zu enttäuscht von uns ist, um sich noch länger mit uns herumzuärgern.«

Er schmunzelte, und vorsichtige Erleichterung lockerte meine angespannten Muskeln. »Ja, das macht Sinn«, sagte er, seine Aufmerksamkeit abermals auf den Heiland gerichtet.

Nun doch neugierig, sah ich mich genauer in der Kapelle um. An der linken Wand stand ein Tisch für Opferkerzen, die sich auf dem Boden verteilt hatten und zu bröckeligen Stücken zerfallen waren. Zwei halbmondförmige Fenster brachten trotz des Sonnentages mehr Schatten als Licht in den Raum, der kleiner war als das Wohnzimmer im Bungalow meines Vaters. An der rechten Wand befand sich eine altmodische Orgel. Julian und ich hatten sie bei unserem ersten Besuch ausprobiert, doch ohne Strom war dem Ding kein Ton zu entlocken gewesen. Vier umgestürzte Kunststoffpflanzen gaben der Kapelle ein Ambiente der Verwüstung, eine Spiegelung von Julians Innerem, wie ich ahnte. Besorgt wandte ich mich ihm wieder zu.

»Ist alles in Ordnung mit dir?«, fragte ich, und mir wurde bewusst, wie lange wir schweigend nebeneinandergesessen hatten.

»Ja, klar«, meinte er, als wäre nichts gewesen. Als hätte er eben nicht minutenlang einen verrottenden Toten am Kreuz angestarrt.

»Du kannst mit mir über alles reden.«

Eigentlich kannten wir uns zu lange, um solche Plattitüden nötig zu haben, und doch hatte sie sich aus mir gelöst.

»Ich weiß, Olive. Aber es ist alles okay.« Er lächelte schief, als wäre er der Alte, doch seine Mimik war falsch, eine Imitation seiner selbst, an der er kläglich scheiterte.

Eine Woge der Furcht überkam mich. Ich wünschte mir eine Rewind-Taste, um zurückzuspulen zu einem Punkt, an dem ich noch keine Ahnung hatte von Zweifeln und düsteren Geheimnissen, die seine Mutter anscheinend kannte. Den Tag von vorn starten, Anna Keller aus dem Weg gehen und mit meinem besten Freund kiffen, bis wir uns lachend auf dem Boden des Leichenhauses kugelten. Ich wollte mit ihm gemeinsam die Welt verfluchen, obwohl wir das Leben liebten.

Während wir einmal mehr schwiegen, begegneten sich unsere Blicke. Julian wirkte suchend, seine Pupillen waren das wärmste Braun, doch der Ausdruck in ihnen hatte sich verändert. Traurigkeit statt Lebensfreude, Verlorenheit anstelle von Neugier. Ich spürte es bis unter meine Haut und wollte weinen.

Stattdessen beugte ich mich vor und küsste ihn. Küsste ihn mit einer Dringlichkeit, die mich vergessen ließ weiterzuatmen. Küsste ihn, als könnte ich uns nur so vor dem Monster hinter der Kapellentür bewahren, das bereits darauf lauerte, uns auseinanderzureißen. Schmerzlich wurde mir meine Verzweiflung bewusst, ich ignorierte Julians sanften Versuch, sich von mir zu lösen, spürte den stummen Vorwurf Jesu Christi im Nacken, stellte mir vor, wie er den Kopf hob und mir ewige Verdammnis prophezeite. Ich versuchte, auf Julians Schoß zu klettern, doch er packte mich sachte an den Schultern und drückte mich zurück. Meine Lippen schmerzten, als wäre ich gegen eine Mauer gelaufen. Noch nie hatten wir uns geküsst, ohne bekifft zu sein. Ohne THC im Blut wären wir vermutlich nie auf die Idee gekommen, es zu tun. Ich hatte eine unausgesprochene Regel gebrochen.

»Sei nicht sauer, aber ich kann nicht«, flüsterte er, als hätte er etwas falsch gemacht, seine Stirn kurz an meinen Kopf gelehnt. Dann drehte er sich weg, und ich begann zu frieren.

*Lass ihn gehen. Tritt einen Schritt zur Seite und lass ihn sein Glück finden.* Frau Kellers Worte taten weh.

»Ist es wegen Dörte?«, fragte ich und schämte mich, weil ich praktisch nichts über Julians Leben abseits der Wochenenden wusste.

»Wie kommst du jetzt auf Daja?«

Er hatte Daja nur ein Mal erwähnt. Seitdem war ich ihretwegen die größte Nervensäge. Ich konnte es ihm daher nicht vorwerfen, dass er mir nichts von anderen Mädchen erzählte. Ich hatte mich über Daja lustig gemacht, erst vor zwei Sekunden wieder, was echt ein Arschloch-Move war. Ich wusste nichts über sein Liebesleben, nichts über seine Freundschaften. Einmal hatte er von einer Ex-Freundin erzählt, das war's. Unmöglich konnte das alles sein, es musste mehr geben, Dinge, die er mir nicht erzählte. Um sich vor meinem Spott zu schützen? Oder interpretierte er meine Neckereien als Eifersucht und schwieg deshalb, weil er mir nicht wehtun wollte? Wann war das alles so kompliziert geworden?

Frustriert schluckte ich meinen Ärger auf Anna Keller hinunter. »Deine Mutter hat so etwas angedeutet.«

Julians entsetzter Gesichtsausdruck verblüffte mich. »Seit wann quatschst du mit meiner Mutter?«, fuhr er mich heftig an.

Entschuldigend hob ich die Hände. »Bestimmt nicht freiwillig. Sie hat mich zugetextet und dabei was von anderen Mädchen gesagt und –«

»Vergiss Daja, sie interessiert mich nicht«, sagte er so gleichgültig, dass mir keine andere Wahl blieb, als ihm zu glauben.

»Aber es gibt ein anderes Mädchen.«

Er schüttelte den Kopf. »Vergiss es einfach. Meine Mutter redet Scheiße.« Er legte einen Arm um mich, und ich lehnte mich widerstandslos an seine Schulter. »Niemand wird jemals zwischen uns kommen.«

Das Gesicht von Jesus, unter Haaren versteckt, sollte gequält aussehen, aber ich wusste, dass er grinste.

Ich ertrug es nicht länger, setzte mich auf, Julians Arm löste sich von mir. »Das kannst du nicht wissen. Wenn es passiert, dann … passiert es eben. Ich will dir nicht im Weg stehen, verstehst du? Wenn –« Ich brach ab, verheddert in meinen Worten, holte Luft und versuchte es erneut. »Verzichte bitte nicht meinetwegen darauf, dich mit jemandem zu treffen. Wir sind Freunde, und das bleiben wir auch, wenn du eine Freundin hast. Ich will, dass du glücklich bist.«

Julian verdrehte die Augen. »Du solltest es sein lassen, auf meine Mutter zu hören.«

Damit hatte er zwar recht, doch seine Reaktion war die eines trotzigen Kindes, und ich war mir nicht sicher, ob er überhaupt verstand, was ich ihm zu sagen versuchte. Unsere Freundschaft stand für ihn an erster Stelle, und obwohl es mir ebenso ging, war es nicht das, was ich mir für ihn wünschte. Glaubte ich zumindest. Manchmal mussten sich Menschen einige Schritte voneinander entfernen, um wieder aufeinander zugehen zu können. Ich sah es auf einmal ganz klar vor Augen, wusste, was zu tun war, um Julians Blick für andere zu öffnen, und traf eine Entscheidung.

»Ich habe nächste Woche ein Date«, behauptete ich.

Julian sah mich bestürzt an. »Echt?«

Ich nickte und fühlte mich schlecht.

»Mit wem?« Seine Stimme war dünn und brüchig, beinahe wurde sie von der Kapelle verschluckt.

»Ist doch egal.« Ich hätte nicht damit anfangen sollen. Weil ich sah, dass es ihn verletzte. Eine Weile schwieg er, und auch ich sagte nichts. In der Stille der Kapelle hörte ich die Geister von Trauernden weinen.

»Nun sag schon«, forderte mich Julian wie ausgewechselt auf. »Wer lässt sich freiwillig auf eine Nervensäge wie dich ein?« Neckisch stieß er mich so heftig mit der Schulter an, dass ich beinahe von der harten Holzbank rutschte. Alles schien plötzlich wieder zurechtgerückt, doch ich durfte nicht länger meine Augen davor verschließen, dass unsere Verbundenheit kränkelte.

Nervös befeuchtete ich meine Lippen. Sie schmeckten nach Julian, und mein Gewissen meldete sich mit einem düsteren Ziehen in der Brust. Weil ich ihn anlog. Weil ich zu dieser Lüge greifen musste, um ihm klarzumachen, dass unsere Freundschaft es aushielt, wenn wir uns mit anderen trafen. Stattdessen fühlte ich mich, als hätte ich ihn verraten. Jesus an seinem Kreuz ließ mutlos den Kopf hängen.

Ich spürte Julians Blick auf mir, wagte es nicht, ihm zu begegnen. Alles an dieser Situation war falsch. Schließlich schaute ich doch auf, und wir sahen einander schweigend an. Obwohl Julian dicht neben mir saß, schien er ganz weit weg zu sein. Der Ärmel seines schwarzen T-Shirts kitzelte an meinem Oberarm. Etwas passierte zwischen uns, ohne Worte. Der Kloß in meinem Hals schwoll an, drückte auf meinen Kehlkopf, jeden Moment würde ich in Tränen ausbrechen. Aber ich wollte nicht weinen, also räusperte ich mich, schluckte den Klumpen hinunter, der ein Loch in meinen Magen riss.

Dann sprach ich die dümmste Idee aus, die ich jemals hatte.

»Malte. Ich treffe mich mit Malte.«

# 12

*Obderwede, 23. Oktober*

Ich habe mich ehrlich bemüht, ihm eine Chance zu geben, aber es ist unmöglich. Malte ist mir zuwider, seine geheuchelte Hilfsbereitschaft, sein falsches Lächeln, das aussieht, als würde es von unsichtbaren Schnüren gezogen. Dazu seine pseudosubtilen Andeutungen, die unser steifes Gespräch in eine bestimmte Richtung lenken sollen. Als wüsste ich nicht, worauf er es abgesehen hat. Sobald er in meiner Nähe ist, bekomme ich eine Gänsehaut, und manchmal, wenn wir schweigen, sieht er mich an, als würde ich eine tragende Rolle spielen in den dunklen Gedanken, die in seinen Augen durchscheinen.

Als wir vor dem Bungalow meines Vaters halten und die Einkaufstaschen aus seinem Kofferraum holen, zähle ich die Sekunden, bis Malte sich zwangsläufig aus meinem Kosmos verabschieden muss.

»Danke für deine Hilfe«, sage ich so höflich, wie ich es über die Lippen bringe, während ich zwei der drei Tüten an ihren Griffen packe. Sie sind schwer und schneiden in meine Handflächen, aber das ist mir egal.

Malte zeigt sein falsches Lächeln und versucht, mir eine der Taschen abzunehmen. »Ich trag sie dir noch schnell rein.«

Es kostet mich Überwindung, die Tüte nicht loszulassen, obwohl meine Hand dabei mit seiner in Berührung kommt. »Das ist nicht nötig«, weise ich ihn mit Nachdruck zurück.

»Ich weiß, aber ich möchte es machen.«

Sein Griff lockert sich nicht, stattdessen zieht er unnachgiebig an der Tüte. Das scharfe Plastik schneidet tiefer in meine Finger, aber unter keinen Umständen werde ich zulassen, dass Malte meine Wohnung betritt. Ich fürchte bereits, das billige Material könne jeden Augenblick reißen, dennoch zerre ich ebenfalls an der Tasche. Mein Herz rast, es pocht so heftig, dass es meine Lunge zu lähmen scheint. Meine Atmung wird flach, ich bilde mir ein, Maltes Grinsen zu hören, ein widerwärtiges Schmatzen, direkt neben meinem Ohr. Aber das ist nicht möglich, er steht zu weit weg, obwohl er niemals weit genug weg sein könnte. Ich sehe auf unsere Hände, starre auf das geräuschlose Ringen um die Tüte. Es ist ein Machtkampf, wird mir klar, Malte will mich erniedrigen, mir deutlich machen, dass ich auf seine Hilfe angewiesen bin. Schweiß sammelt sich unter meinen Armen, steigt mir auf die Stirn, Panik überkommt mich, die Angst zu sterben versucht mich zu paralysieren.

Nein!, brülle ich in Gedanken. Ich brauche Malte nicht, ganz egal, was er glaubt, und Wut ist stärker als Angst.

Ich hebe den Kopf. »Ich habe Nein gesagt, Malte. Lass los«, blaffe ich ihn an.

Damit hat er offensichtlich nicht gerechnet. Er gibt die Tüte frei und hebt beschwichtigend die Hände. »Du musst keine Angst vor mir haben, ich tu dir nichts.«

Seine herablassenden Worte machen mich noch wütender. Mit schmerzenden Fingern hebe ich die dritte Einkaufstasche vom Boden. »Ich habe keine Angst vor dir, Malte.«

Ich will weg. Kurz überlege ich, noch etwas zu ihm zu sagen, doch Malte wertet es als Zögern, wittert es über meine Wut hinweg als Schwäche.

»*Julian* dürfte dir helfen«, sagt er verachtend.

Zornig funkle ich ihn an. Er hält mich für eine undankbare Kuh, die Angst vor einem Wichser wie ihm hat. Bitte, soll er das denken. Aber ich lasse es nicht zu, dass er sich mit Julian auf eine Stufe stellt.

»Du *bist* aber nicht Julian«, zische ich und erwarte, dass er endlich begreift, wie unerwünscht er ist. Doch er rührt sich nicht von der Stelle.

»Danke für deine Hilfe, Malte. Ich schaffe es ab hier allein, du kannst jetzt gehen«, sage ich abschließend, wende mich von ihm ab und trage meine Einkäufe den schmalen Weg bis zur Haustür. Maltes Blicke folgen mir, ich spüre sie in meinem

Nacken, und obwohl ich vermute, dass meine Handflächen bluten, stelle ich die Taschen erst ab, als ich vor der Tür stehe. Zitternd versuche ich, den Schlüssel in meiner Tasche zu fassen zu bekommen, ermahne mich, ruhig zu bleiben, und doch habe ich Angst, Malte könnte hinter mir stehen und mich in die Wohnung drängen, sobald die Tür geöffnet ist.

*Mich einsperren.*

*Von der Außenwelt abschirmen.*

Wie es die Männer im Sternenhagel getan haben.

Ich breche in Tränen aus. Meine erstickten Schluchzer demütigen mich, mein Rücken wird krumm, ich will nicht zusammenbrechen, doch die Bilder der Angst packen mich mit einer Wucht, die ich unmöglich abschütteln kann. Malte ist ein ekelhafter Schleimer, aber er würde mir nichts antun.

*Malte ist harmlos.*

Ich versuche, den Satz als Mantra zu benutzen, doch es reicht nicht. Meine Sicht verschwimmt, die Umrisse sind verwaschen, alles wird zu einer misslungenen Imitation der Realität. Ich muss in diese Wohnung, mich einschließen, statt mich *einsperren zu lassen*, erst dann bin ich in Sicherheit.

Ich weiß nicht, wie ich es schaffe. Der Schlüssel, ich muss ihn gefunden, die Tür aufgeschlossen und die vollen Taschen hineingewuchtet haben. Ich bin da, und doch fühle ich mich verloren in mir selbst, wie ein kleiner Stein in einer leeren Dose.

Als ich wieder denken kann und meine Umgebung in all ihrer Klarheit wahrnehme, hocke ich in der Wohnung, den Rücken an der geschlossenen Haustür, die Einkäufe über den Flurboden verteilt. Eine Tiefkühlpizza hat bereits zu tauen begonnen und eine Pfütze hinterlassen.

Wie viel Zeit ist vergangen?

Langsam komme ich auf die Beine und sammle meine Lebensmittel zusammen. Die Pizza ist im Kern noch hart. Mit Kartoffeln und Salat unter den Armen wage ich im Vorbeigehen einen Blick durch das Milchglasfenster der Tür. Maltes Auto ist verschwunden, ich habe ihn nicht einmal wegfahren hören.

In der Küche verstaue ich die Lebensmittel in Kühlschrank und Regalen. Ich bin seltsam gefasst, aber abgekämpft. Als ich fertig bin, betrachte ich meine Hände. Sie bluten nicht, aber tiefe Striemen ziehen sich über beide Handflächen. Unter kaltem Wasser spüle ich sie taub, auch um Malte abzuwaschen, der an ihnen klebt. Hautschuppen, DNS, nichts davon möchte ich an mir haben.

Mit einem Geschirrtuch trockne ich erst meine Hände, dann mein Gesicht. Die Tränen sind verschwunden, aber ich spüre noch ihren Weg meine Wangen hinab, das Salz spannt auf meiner Haut. Eigentlich möchte ich nur noch ins Bett und schlafen, weiß aber genau, dass es mir nichts bringen wird. Denn trotz der Erschöpfung bin ich auch viel zu aufgewühlt, um einen Anflug von Ruhe zuzulassen.

Mit dem Tuch mache ich mich auf den Weg, um das Pizzawasser vom Boden im Flur zu wischen.

Doch dort ist keine Pfütze. Ungläubig gehe ich zu der Stelle, an der die Pizza gelegen hat, sinke auf die Knie, taste mit den brennenden Händen über die glatte Oberfläche. Alles trocken.

Das verstehe ich nicht. Ich setze mich auf den Boden und streife mir die Schuhe von den Füßen. Vielleicht bin ich ins Wasser getreten und habe es auf diese Weise … ja, was? Verwischt?

Keine Feuchtigkeit an den Schuhen, keine Fußspuren auf dem Parkett. Als wäre das Wasser nie dort gewesen.

Ist Malte hier gewesen? Sein Wagen ist weg, aber womöglich hat er ihn umgeparkt. Ist es ihm irgendwie gelungen, ins Haus einzudringen, und hat er, während ich in der Küche gewesen bin, den Boden gewischt? Das ist lächerlich. Angespannt stehe ich auf.

»Malte?«, rufe ich in den Flur. Meine Stimme ein festes Zittern, ich kämpfe schon wieder gegen eine Panikattacke.

Ich bekomme keine Antwort, natürlich nicht. Diese Wohnung ist zu groß, ich würde es nicht einmal bemerken, wenn noch jemand hier wohnte.

Hastig schlüpfe ich wieder in meine Sneakers, laufe in die Küche.

Die Kühlschranktür steht offen. Habe ich vergessen, sie zu schließen? Ich erinnere mich nicht.

»Malte, du verdammtes Arschloch!«, brülle ich in die leere Wohnung und beginne, in den Schubladen der Küche hektisch nach einem Messer zu suchen. Als ich eines finde, fluche ich leise. Ich will das nicht. Mich bewaffnen. Allein der Anblick der scharfen Klinge bereitet mir Übelkeit, und vor meinen Augen beginnt es zu flimmern. Ich bin wehrlos, ich habe keine andere Wahl. Mit dem Gemüsemesser bewaffnet, suche ich Zimmer für Zimmer ab, zwinge mich, dabei nicht zu penibel vorzugehen, sehe nicht unter Betten oder in Schränke. Ich habe Angst, aber Angst zu haben heißt nicht, machtlos zu sein. Ich bin stärker als das hier, Malte wird mich nicht in die Knie zwingen.

Niemand wird das.

Zuletzt überprüfe ich den Hauswirtschaftsraum, auch dort ist niemand. Langsam ebbt meine Angst ab, ich lasse das Messer sinken. Ich sehe durch das Türfenster, und abermals schnürt sich mir die Kehle zu. Draußen, fast außer Sichtweite, steht ein Auto. Davor kann ich eine Person ausmachen, die auf die Bungalows zukommt. Groß und dunkel. Von der erneut erhöhten Herzfrequenz wie erstarrt, gebe ich keinen Ton von mir. Halte die Luft an. Mein Denkvermögen setzt aus, dafür meldet sich ein Widerstand in mir, der mich fokussieren lässt.

Ich bin nicht im Sternenhagel.

Angst hat nur Macht über mich, wenn ich sie ihr überlasse. *Angst zu haben heißt nicht, machtlos zu sein.*

Ich wische mir die Feuchtigkeit aus dem Gesicht, hole tief Luft und öffne die Haustür.

An der Straße vor der Einfahrt zu meinem Haus steht eine Frau. Sie ist groß, trägt schwarze Jeans und eine schwarze Lederjacke. Ihr dunkles Shirt darunter ist ziemlich weit, und beim genaueren Hinsehen fällt mir die pralle Rundung auf, die sich über ihrem tief sitzenden Hosenbund abzeichnet. Die

Frau scheint sich umzusehen und mich noch nicht bemerkt zu haben.

Mein Puls beruhigt sich, und ich lege das Messer auf die kleine Ablage neben der Tür. Dann trete ich vorsichtig zwei Schritte ins Freie.

»Kann ich Ihnen helfen?«, rufe ich der Frau zu und wundere mich über meine fremd klingende Stimme.

Die Frau wirkt überrascht, lächelt zurückhaltend und tritt ebenfalls ein paar Schritte auf mich zu. Dann erstarrt sie, hält inne und fixiert mich aus ungewöhnlich großen Augen. Ihre ganze Erscheinung erinnert mich an eine Märchenfigur. *Ihre Haut ist weiß wie Schnee, ihre Lippen rot wie Blut und ihr Haar schwarz wie Ebenholz.* Sie ist eine brachiale Schönheit, und was sie ausstrahlt, ist Traurigkeit in ihrer reinsten Form.

»Geht es Ihnen gut?«, frage ich umsichtig, obwohl ich ahne, was gerade in ihr vorgeht. Ich komme ihr bekannt vor, mein Gesicht ist ihr vertraut, vermutlich verbindet sie damit sogar ein Gefühl des Unbehagens, kann es aber nicht zuordnen. Oder sie hat mich erkannt und ist unsicher, wie sie auf mich reagieren soll.

»Ja … Es ist …«, sagt sie, mit einem Mal wie wachgerüttelt. Ihre Stimme entspricht ihrer Erscheinung, sie klingt tief und samtig, nur die Unsicherheit darin will nicht zu ihr passen. »Ich suche Paul. Paul Mayr.«

Ich deute mit dem Kopf zum anderen Bungalow. »Der wohnt nebenan.«

»Ach so.«

Das Gespräch scheint beendet, doch die Frau rührt sich nicht von der Stelle. Sie sieht mich weiter unbeirrt an, vermutlich noch immer auf der Suche nach einer Verbindung. Vor ein paar Wochen noch war mein Gesicht wesentlich präsenter in den Medien, da wäre sie sicher sofort darauf gekommen.

»Okay …?«, schiebe ich freundlich hinterher.

Sie lächelt fahrig und deutet in die Richtung des kleineren Bungalows. »Dann klingle ich da mal. Danke.« Sie dreht sich um und eilt davon. Ich hebe zum Abschied die Hand und kann angesichts der Umstände, in denen sie sich befindet, nur hoffen, dass Paul sich nicht in Schwierigkeiten gebracht hat.

Mit der Tür im Schloss wird mir einmal mehr die Stille der Wohnung bewusst. Nur kurz flattert die Begegnung mit Schneewittchen durch meinen Verstand, schon hat mich die weite Enge der Flure und Räume wieder in ihrer Umklammerung. Ich wünschte, ich müsste mich nicht allein durch diesen Alptraum wühlen. Ich wünschte, Julian wäre bei mir. Doch es ist niemand da. Verloren stehe ich in der Diele, mit dem Rücken an der Tür, und scheine zu schrumpfen, während sich die Wände immer weiter von mir entfernen. Ich hasse es hier. Ich hasse es, nicht in allen Räumen gleichzeitig sein zu können.

Es gibt nur einen Weg für mich, und zwar hier raus.

Malte hat vorhin bezüglich der Öffnungszeiten des Pflegeheims gelogen, das weiß ich, und eigentlich war es nicht meine Absicht gewesen, direkt dorthin zu fahren. Ich bin wegen Julian hier, mit ihm will ich mich treffen. Doch aus mir unerfindlichen Gründen habe ich es mir nun anders überlegt. Es ist an der Zeit, meinen Vater zu besuchen.

## 13

*Obderwede, 23. Oktober*

Meine Augen tränen von dem beißenden Wind, als ich das Pflegeheim erreiche, in dem mein Vater lebt. Für die Strecke nach Lübbewirtz habe ich auf meinem Fahrrad eine gute halbe Stunde gebraucht, im festen Griff des stürmischen Herbstes, kleine gelb gefärbte Lindenblätter sind um mich herumgewirbelt wie Schneeflocken.

Ich fühle mich fehl am Platz, während ich mein Fahrrad vor dem großen Gebäude anschließe. Als hätte ich nicht das Recht, hier zu sein. Meine Beine sind weich und tragen mich nur widerwillig zum Haupteingang, während ich mich angespannt umsehe. Das Gefühl, verfolgt zu werden, das mir im Nacken saß, hat sich verflüchtigt, und auch jetzt sehe ich niemanden, der mich aus der Ferne beobachtet. Kein Malte, der mit etwas Abstand an seinen Wagen gelehnt steht und mich in seinem fehlgeleiteten Verständnis von Beschützerinstinkt im Auge behält. Hier sind nur ich, eine leere Straße und die drückende Angst, für die bevorstehende Begegnung nicht bereit zu sein. Mein Blick bleibt an einem halb kahlen Fächerahorn hängen, der auf einer kleinen Grünfläche in einem See aus roten Blättern steht. Als wäre er aus seinem eigenen Blut erstanden.

Mein Vater liebt Japanischen Fächerahorn, hat es immer bedauert, dass keiner in seinem Garten steht. Jetzt hat er einen.

Das große Haupthaus sieht neu aus, junge und moderne Architektur für alte, demente Menschen. Auch die zweigeschossigen Nebenhäuser – um das große Gebäude in einer eigenen inneren Ordnung errichtet, die sich mir nicht erschließt – heben sich von dem umliegenden Dorfmief ab.

Die Glastür öffnet sich automatisch, als ich kaum einen Meter vor ihr zweifelnd zum Stehen komme. Eine roboterhafte Aufforderung einzutreten. Ich fühle mich atemlos und gedrängt, doch die Tür lässt keine Unentschlossenheit zu, sie ist eine offene Erwartung, die ich erfüllen muss, bevor sie sich wieder schließt.

Es muss sein, sage ich mir, mein Magen ein krampfender Klumpen, und betrete das Pflegeheim. Ein kurzer Gang führt direkt zu einem Empfang, die Frau hinter dem verglasten Tresen hat mich noch nicht bemerkt. Konzentriert setze ich einen Fuß vor den anderen, fühle mich unwohl in meiner Haut, durchgefroren und verschwitzt zugleich, ein klebriger Film scheint meine Bewegungen zu behindern. Irgendwo draußen höre ich das Brummen eines Laubbläsers, das mir zuvor nicht aufgefallen ist. In einem Garten hinter dem Haus vielleicht.

Meine Schritte klingen seltsam schleifend, weshalb ich zu meinen Füßen blicke. Ein rotes Blatt klebt unter meinem linken Schuh, Blätter, sie scheinen mir heute präsenter zu sein als an allen anderen Tagen. Wann haben die Bäume begonnen, ihre Kleider abzuwerfen? Es ist doch erst Oktober.

Bevor ich mir darüber im Klaren bin, was ich sagen werde, erreiche ich den Empfangsbereich und schaue der jungen Frau hinter der Scheibe zu, wie sie sich handschriftliche Notizen macht. Geräusche von Besteck und Geschirr dringen an mein Ohr, machen mir bewusst, dass ich wirklich hier bin. Es riecht nach Essen, die Mittagszeit ist angebrochen. Es ist vermutlich besser, wenn ich später wiederkomme …

»Kann ich Ihnen helfen?« Die Frau sieht zu mir auf und lächelt mich fragend an. Das Schild über ihrer Brust weist sie als Schwester Melanie aus.

»Ich möchte –« Meine Stimme versagt. Ich breche ab, räuspere mich nervös und wage es kaum, erneut meine Stimme zu benutzen. »Entschuldigung.« Meine Lippen sind trocken, ich befeuchte sie mit meiner Zunge, was mich sofort verlegen macht. »Ich möchte bitte Martin Zagel besuchen.«

Der Gesichtsausdruck von Schwester Melanie wird ernst, das Lächeln nur noch ein zurückhaltendes Zucken in den

Mundwinkeln. Meine eiskalten Finger fummeln schmerzhaft an einem Nagelbett herum, und ich zwinge mich, damit aufzuhören, balle sie zu Fäusten. Wie Schneckenköpfe ziehen sie sich in die viel zu langen Ärmel meines Pullis zurück, die unter meiner Jacke heraushängen.

*Schnecken* … Eine Erinnerung blitzt durch mein Bewusstsein, Julian und ich und die Schnecken … Ich schlucke trocken, muss unser bekifftes Lachen von mir schieben und mich auf das Hier und Jetzt konzentrieren. Schwester Melanies Blick hängt erwartungsvoll an mir, ich fühle mich genötigt, mich zu erklären, mich für irgendwas zu rechtfertigen.

»Ich bin Olivia Bloch, seine –« Das letzte Wort geht mir verloren, doch Schwester Melanie findet es für mich.

»… Tochter?«

Es ist eine Ohrfeige, und ich habe sie verdient.

Sie nickt und mustert mich ohne Scheu. »Ich weiß, wer Sie sind.«

Natürlich weiß sie es. Abermals befreie ich meine Stimmbänder mit einem hässlichen Geräusch von dem Kloß in meinem Hals. »Kann ich ihn sehen?«, bringe ich heraus.

Schwester Melanie zeigt mit einem Mal eine Resolutheit, die mich unerwartet trifft. Sie steht von ihrem Platz auf, zupft ihre weiße Schwesternkluft zurecht und sieht mich mit einer Mischung aus Strenge und Verständnis an. Dann kommt sie hinter dem Tresen hervor.

»Es ist gerade Mittagessen, aber ich werde nachsehen, in welcher Verfassung sich Herr Zagel heute befindet. Er hat auf Sie gewartet.« Sie deutet auf einen kleinen Wartebereich schräg hinter mir, dann hastet sie eiligen Schrittes davon. Als bliebe ihr nicht mehr viel Zeit.

Ich rühre mich nicht von der Stelle. Hilflos lasse ich meinen Blick schweifen, versuche mir einzureden, dass die Tränen in meinen Augen vom Wind kommen, das Zittern meiner Muskeln von der Kälte. Dass das Gefühl, einen großen Fehler zu begehen und die Vergangenheit lieber ruhen zu lassen, falsch ist. Ich muss auf meinen Verstand hören, der mir zubrüllt, dass dieser Besuch längst überfällig ist. Dass ich als Tochter versagt habe – so wie er als Vater.

Ich wünschte, Julian wäre bei mir. In dieser Situation, jetzt, auf dem leeren Gang des Pflegeheims, *brauche* ich ihn. Weil ich das Gefühl habe, dass ich diesen Besuch nur dann überstehe, wenn er mich mit seinen dummen Witzen und absurden Gedanken ablenkt, bis ich vor meinem Vater sitze und nicht mehr weglaufen kann. Julian in meinem Rücken gäbe mir die Kraft, aufrecht zu bleiben.

Aber Julian ist nicht bei mir.

*»Was hast du mit ihm gemacht?«*, dröhnt ein verzweifelter Schrei durch die Halle und lässt mich zusammenzucken. Ich presse die Augenlider aufeinander, schlinge die Arme fest um meinen bebenden Körper. Ich erkenne die Stimme meines jugendlichen Ichs, spüre die anklagende Frage durch meine Venen pulsieren, jenen verhängnisvollen Vorwurf, den ich meinem Vater an den Kopf geworfen habe. Bei unserem Streit an jenem Tag, an dem ich meinen Vater das letzte Mal sah.

*»Hast du dich an ihm vergangen?«* Ich erinnere mich an die Tränen, die mein Gesicht in einen Hang verwandeln, meinen Hals in eine Schlucht zwischen Kinn und Herzen. Diese unverzeihliche Unterstellung, die ich niemals wieder zurücknehmen kann und die auch heute zwischen uns stehen wird. Gleich. Sobald ich ihm gegenübersitze, diesem kranken, gebrechlichen Mann, der einst mein Vater war.

Ich nehme mich in eine noch festere Umarmung, bis meine Arme schmerzen. Diese quälenden Fragen von früher lassen mir keine Ruhe. Ich höre mich meinen Vater anbrüllen, doch seine Worte sind verschüttet. Ich erinnere mich an seine tiefe Stimme, die mich zu beschwichtigen versucht, aber nicht an das, was er sagt. Ich weiß nur, dass er mir die Wahrheit schuldig geblieben ist.

Ein erbärmliches Würgen brennt in meiner Kehle. Von irgendwoher höre ich Schritte, Schwester Melanie, die zurückkommt, um mich zu meinem Vater zu bringen.

Ich kann das nicht. Ich bin nicht bereit.

Panisch blicke ich mich um, das leise Summen der elektrischen Tür schwillt an, ein feiger Ausweg. Ohne nachzudenken, folge ich meinem Impuls und laufe los. Durch die Tür, zu meinem Fahrrad. Blätter flattern mir entgegen, der Himmel hat sich verdunkelt.

Ich muss zu Julian, und es gibt nur einen Ort, wo er sein kann.

## 14

*Obderwede, 23. Oktober*

Ich begehe das Gelände der leer stehenden Leichenhalle wie einen Friedhof. Obwohl hier niemand begraben liegt und die Toten einige Meter weiter ruhen, ist es genau das für mich geworden: ein Ort der Trauer. Unendliche Erinnerungen haben hier ihr Ende gefunden, verschüttet unter Ereignissen, dem Bodensatz der Jauchegrube, zu der mein Leben geworden ist. Es verstört mich, wieder hier zu sein, gleichzeitig ist mir unbegreiflich, wieso ich so lange gewartet habe.

Kopflos wandere ich umher, auf der Suche nach unseren alten Spuren, nach neuen Hinweisen von Julian, und finde nichts. Unkraut und wucherndes Geäst, das sich wie alles auf den Winter vorbereitet. Ein hässliches Graffito verschandelt die Wand neben der Eingangstür, Fenster wurden eingeschlagen, die Natur hat die Gelegenheit genutzt und ihren Weg ins Innere gefunden. Andere Jugendliche, vielleicht Urban Explorer, haben das Gebäude entdeckt, eine Erkenntnis, die mich erschüttert. Es fühlt sich an wie ein Einbruch in unsere Privatsphäre.

Es ist bitterkalt, der beißende Wind zerrt an meiner zu leichten Kleidung. Über dem ganzen Dorf hängt eine grauschwarze Wolkendecke und verwandelt den Nachmittag in eine frühe Nacht. Spätestens jetzt sollte jeder Schutz gesucht haben, bevor das Monster in den Wolken ausbricht. Nur ich bringe es nicht über mich, den Rückweg anzutreten oder einen Fuß in das Leichenhaus zu setzen. Ich sehe mich selbst vor mir, wie ich durch das Gebäude irre, an jeder verschlossenen Tür rüttle, in jeder noch so kleinen Ritze suche, mein Gesicht tränenüberströmt, ein stummes Flehen auf den Lippen. Der bohrende Schmerz, als ich ihn nicht finde, diese lähmende Hilflosigkeit, ich spüre sie auch jetzt.

Der Geruch von Regen, kurz bevor er aufschlägt, treibt

mich voran, ich stolpere mehrmals über Schlingen am Boden, während ich das Haus umrunde, hin zur Rückseite, zum dreckigen Kellerfenster.

Beinahe laufe ich an dem Steinschacht vorbei, er ist begraben unter Morast und faulender Natur, fünf Jahre liegen auf der Schatulle, in der wir damals unser Gras versteckten. Die dunkelgrüne Sparkasse, in der ich Julian meine letzte Nachricht hinterlassen habe.

Mit den Füßen voran springe ich in die Grube, es ist mir egal, was der Dreck mit mir macht, ich ignoriere das Offensichtliche. Dass der Berg an Hinterlassenschaften der Jahreszeiten Antwort genug ist auf meine unstillbare Hoffnung, Julian hätte die an ihn gerichteten Worte gefunden.

Ich lande weich, es knackt unter mir, und sofort versinke ich. Zur Ecke gedreht, in der ich das Kästchen vermute, beginne ich zu graben, schaufle mit meinen kalten Fingern den Schmodder weg. Ich spüre keinen Schmerz, meine Hände sind tot für alles, was nicht ihre Aufgabe ist, stattdessen bin ich mir meiner laufenden Nase bewusst und ziehe sie hoch. Im Dämmerlicht, dem Vorboten des Unwetters, taste ich mich mehr voran, als dass ich etwas erkenne, mein Keuchen donnert in meinem Kopf. Die Anstrengung brennt in meinen Armen, und gerade als ich glaube, unter ihr zusammenzubrechen, stoßen meine tauben Finger an die Metallkasse. Ich halte inne, betrachte das mit Dreck überzogene Ding und werde eins mit dem Morast, der mich zu verschlingen droht. Bis zu den Oberschenkeln bin ich versunken, Schlamm und Rattenscheiße besudeln mich bis auf die Haut, doch mein Körper scheint nicht mehr zu existieren. Nur die Kassette und meine rasenden Gedanken.

*Julian. Ich habe so lange auf dich gewartet. Es ist Zeit zurückzukommen.*

Nachdem ich die rostige Oberfläche vom gröbsten Dreck befreit habe, wische ich mir die Hände an den Ärmeln ab. Ich brauche saubere Finger.

Das Gummiband, das früher die Kasse geschlossen hielt,

zerbröselt unter meiner Berührung. Blutgeschmack verteilt sich in meinem Mund, ich muss mich gebissen haben. Dann öffne ich die Schatulle.

*Er war nicht hier.*

Die Enttäuschung reißt mich mit, als mein Blick auf den Inhalt fällt. Ein gefaltetes Stück Papier neben einem Bleistift. Unverändert. Wie ich es hinterlassen habe.

Ich falte das Blatt auseinander, und obwohl sich meine Augen an das Dämmerlicht gewöhnt haben, krame ich mein Handy hervor. Der Lichtkegel der Taschenlampe macht es unwiderruflich wahr. Kein Raum für Hoffnung.

Julian hat nicht geantwortet.

Die Anspannung weicht aus meinem Körper, und ich sacke in mich zusammen. Ich möchte weinen, doch mir fehlt die Kraft. Es ist kalt, jetzt spüre ich jede stechende Frostnadel.

»Wo bist du?«, hatte ich geschrieben. Meine Anschrift, die er kennt, und meine neue Handynummer. Damals neu, seitdem musste ich sie mehrfach ändern.

»Bitte melde dich!«

Ich erkenne meine Schrift kaum wieder.

»Ich liebe dich.«

Damit endete meine Botschaft an Julian. Es war mir egal, wie er die letzten Worte deuten würde, jede Interpretation wäre richtig gewesen.

Ein verdorrter Laut entfährt mir, halb Lachen, halb Schluchzen, und gleichzeitig knackt es irgendwo laut. Ich schrecke hoch, raus aus dem Schlamm und meiner Lethargie, und sehe mich mit Herzrasen um. Das Geräusch, ich kann nicht genau sagen, aus welcher Richtung es gekommen ist. Mein Puls galoppiert, ich spüre ihn an meiner Halsschlagader, er vibriert in meinen Schläfen.

Vielleicht ein Tier. Das Licht der Taschenlampe hilft mir nicht, es reicht kaum weiter als bis zum Rand des Steinschachtes.

»Julian?«, flüstere ich ins Nichts hinein. Niemand außer mir kann es hören, doch seinen Namen auszusprechen löst etwas in mir aus.

Erkenntnis.

Wir sind verabredet. Er wird kommen.

Hastig greife ich mir den Bleistift aus der Kasse, plötzlich kann es mir nicht schnell genug gehen. Unter die drei letzten Worte schreibe ich drei neue.

»Bist du hier?«

Eilig falte ich das Stück Papier zusammen, stecke es mit dem Bleistift zurück in die Kasse und lege sie an ihren alten Platz. Zuletzt verteile ich ein paar Blätter darüber, damit nicht jeder sie sofort findet. Mit dem Handy zwischen meinen Zähnen wuchte ich mich aus der Grube und laufe zu meinem Fahrrad.

Noch bevor ich auf dem Sattel sitze, öffnen sich die schwarzen Wolken und entleeren sich über Obderwede. Den Weg vom Leichenhaus zum Bungalow finde ich blind. Regen peitscht mir ins Gesicht, tropft mir in die Augen und verschleiert meine Sicht. Das Unwetter ist da, Sturmböen versuchen, mich vom Rad zu zerren, doch eine ungeahnte Stärke ist in meinen Körper zurückgekehrt. Ein Blitz zuckt durch den schwarzen Himmel, ich zähle und komme bis vier, ehe sich ein krachender Donnerschlag entlädt. Wie die Sturzbäche vom Himmel den Dreck von mir und meinen Klamotten waschen, ist es der Gedanke an Julian, der die Erschöpfung aus meinem Körper spült.

Endlich erreiche ich den Bungalow. Ich lasse mein Fahrrad im verwahrlosten Vorgarten liegen und laufe zur Haustür.

Der Regen ist schuld, dass ich es erst sehe, als ich davorstehe. Ich kann mich nicht bewegen, bin wie erstarrt. Ich blinzle, es ist nicht mehr nur der Regen, der in meinen Augen brennt, und kann meinen Blick nicht von dem Wort nehmen, das in roten Buchstaben an die Tür geschmiert worden ist.

»MÖRDERIN!«

Es war nur eine Frage der Zeit, bis sich meine Rückkehr in Obderwede herumsprechen würde. Jetzt wissen es alle. Und sie wollen mir zeigen, was sie über mich denken. Mit allen Mitteln.

# 15

*Obderwede, 23. Oktober*

Ich will nicht rein, will nicht in das Haus, das mein Zuhause sein soll. Stattdessen stehe ich da, halte still, bin eine Statue, innen hohl. Das Wort an der Tür, es starrt mich an. Ich starre zurück. Ich könnte es wegwischen, es zumindest versuchen, doch das kommt mir nicht richtig vor. Für viele Menschen ist Schmerz erst real, wenn er zu sehen ist. Eine klaffende Wunde, zersplitterte Knochen, Einblutungen, die in violetten Farben unter der Haut schimmern.

Das ist dieses Wort für mich. *Mörderin.* Ein Hämatom, das sichtbar wird, obwohl es sich längst im Körper ausgebreitet hat. Es will gesehen werden, nicht nur von mir, sonst hat es nie existiert. Und wer bin ich, über sein Fortbestehen zu entscheiden?

Dennoch trifft es mich. Ganz tief drinnen, dort, wo niemand es sieht. Früher war ich Bestandteil dieser kleinen Stadt. Die Tochter des beliebten Architekten. Nicht wenige der Häuser in diesem Dorf hat mein Vater entworfen.

*Mörderin.*

Es war dumm gewesen und naiv, dass ich auf Rückhalt gehofft habe, sobald ich zurückkehre. Nicht auf Rückhalt von allen, nicht einmal von vielen. Aber vielleicht von jemandem, der sich daran erinnert, wer ich bin. Wer ich war. Nicht diese blasse, sprachlose, wütende Mädchenfrau, die sie in der Presse präsentiert bekommen. Von jemandem, der der reißerischen Berichterstattung widersteht und sich an das lachende, tanzende Mädchen von früher erinnert.

Doch alles, was ich bekomme, ist »MÖRDERIN!« in fetten Buchstaben, ein blutroter Schrei, der mich von den Füßen reißen soll. Ich kann ihm nicht widersprechen, kann dieser Unterstellung keine Verteidigung entgegenhalten. Die Anschuldigung ist ihr Urteil über mich, die Wahrheit interessiert die wenigsten.

Noch immer rühre ich mich nicht, werde von dem harten Regen geschunden und stelle mir vor, wie sie, die mir diese Nachricht hinterlassen haben, vor meiner Tür stehen und sie mit Farbe beschmieren.

Wer hat das getan? Der Typ, der mir gestern die Kartoffeln Lorraine gemacht hat? Die Enkelin der neugierigen Frau Bodenwald, angestachelt von ihrer Oma, dem »Sternenhagel-Mädchen« einmal näherzubringen, was das Dorf von ihrer Rückkehr hält.

Das *Sternenhagel-Mädchen*. Das bin ich. Mehr nicht.

Malte ist es gewesen. Ich habe ihn verärgert, weil ich ihm nicht das gebe, was er von mir einzufordern versucht. Bedürftigkeit. Er will, dass ich ihn brauche. Er hat kein Helfersyndrom, ganz sicher nicht, seine gruseligen Retter-Phantasien kann er sich sonst wohin stecken.

Wütend puste ich eine nasse Haarsträhne aus meinem Gesicht. Wasser spritzt in alle Richtungen, ich habe keine Ahnung, wie lange ich bereits die beschmierte Haustür anstarre.

Ich will nicht in dieses Haus. Etwas lauert darin, ich spüre es in meinem unterkühlten Körper. Ich könnte umdrehen, mein Fahrrad nehmen und in der Pension unterkommen. Oder aus Obderwede verschwinden, diesmal für immer. Aber dann fällt mir ein, dass das nicht möglich ist. Wegen Julian. Wir sind schließlich verabredet.

Ich krame meinen Schlüssel hervor und öffne die Tür. Betrete die Wohnung, die mich verschlingen will.

Im Flur scheint alles zu sein, wie es war, aber würde ich es merken, wäre etwas bewegt worden? Eine verschlossene Tür jetzt offen? Niemals in Sicherheit wiegen, das sind die Momente, in denen die Kreaturen der Dunkelheit angreifen.

Ich schließe hinter mir ab, obwohl mich die Vorstellung nervös macht, ich könnte mich mit jemandem einsperren. Mit Malte. Wenn jemand hier ist, dann er.

*Was ist mit Julian?*

Stickige Luft empfängt mich, ein warmer Mantel der Behaglichkeit umhüllt mich und versucht mich einzulullen. Einmal mehr durchsuche ich jedes Zimmer, dieses Mal sorgfältiger als zuvor. Das Licht lasse ich brennen, nachdem ich unter Betten und in Schränke gesehen habe. Draußen wütet der Sturm, wie durch das Wort an meiner Tür heraufbeschworen, der Bungalow im Auge eines Tornados.

Mein Weg durch die Zimmer hinterlässt eine Wasserspur auf dem guten Boden, es tropft aus meinen Kleidern, meinen Haaren, aus jeder meiner Poren. Das Parkett wird aufquellen, wenn ich das Wasser nicht wegwische, aber ich bin am Ende meiner Kräfte.

Ich breche in Tränen aus. Keine Schwäche, rede ich mir ein, nur Erschöpfung. An Ort und Stelle zerre ich die nassen Klamotten von mir und zwinge mich, nicht in den Schrecken des Lebens verloren zu gehen. Mein kalter, wunder Körper ist bedeutungslos.

Warme Luft streift meine nackte Haut, sie ist eisig und senkt die Raumtemperatur. Wie ich bin, schleppe ich mich ins Badezimmer. Mein verschlucktes Schluchzen blende ich aus, meine Zähne klappern, ein unregelmäßiges Hämmern in meinem Schädel.

Ich bin alleine, niemand außer mir ist hier, die Welt ist für heute ausgesperrt. Jeder Schritt scheint unmöglich, und doch setze ich einen Fuß vor den anderen. Mein Ziel, ich verliere es nicht aus den Augen, es ist die eine Sache, die mich vorantreibt.

Die tiefe Wunde, die nicht heilen will und mich seit Jahren quält. Ich werde sie versorgen, indem ich das Geheimnis um Julian lüfte. Meinen Julian, der vor fünf Jahren spurlos verschwand, einfach so. Ich werde ihm gegenübertreten und in seine warmen braunen Augen sehen – und wenn es das Letzte ist, was ich tue.

# 16

*Fünf Jahre zuvor – Obderwede, 20. August*

Das perfekte erste Date. Davon war ich weiter entfernt als von der Sonne, die unsere Umgebung in ein diffuses Licht tauchte. Er und ich auf der Rückenlehne einer Bank, jener Bank, von der aus mein Vater früher zugesehen hatte, wie wir miteinander spielten.

Julian und ich.

Dieser Ort gehörte uns.

Doch nun saß ich hier mit *ihm*. Malte. Er sollte nicht auf unserem Spielplatz sein, nicht mit mir, er war ein Fremdkörper an diesem öffentlichen Raum.

Es gab kein *Wir* wie bei jeder anderen Begegnung. Es gab nur ihn und mich – und zwischen uns meinen Plan, von dem kein Zurück möglich war. Nicht mehr. Dafür war ich mindestens einen Schritt zu weit gegangen.

Malte redete die ganze Zeit. Er hatte Dosenbier mitgebracht, das ich nicht einmal dann angerührt hätte, wäre ich kurz vor dem Verdursten gewesen. Seines war bereits geöffnet, als wir uns vor einer halben Stunde auf dem Spielplatz getroffen hatten. Seitdem war sie ein ums andere Mal an seine Lippen gewandert, getrunken hatte er aber nichts. Dennoch umklammerte er die Dose, als übertrüge sie Mut, durch die Haut seiner Hände in den Blutkreislauf und von dort direkt ins Gehirn.

Mein Blick klebte an der einsamen Schaukel, die sich trostlos vor und zurück bewegte, angestupst von dem lauen Lüftchen dieses schwülwarmen Sommerabends, während ich taub war für Maltes nervöses Geplapper. Dort hatte alles seinen Anfang genommen, und hier saß ich nun und schlug eine Richtung ein, so falsch und fehlgeleitet, dass sich mir der Magen umdrehte.

Aber vielleicht benebelte auch nur der Feigling meine Sinne und übersteuerte meine Emotionen.

Das Treffen kam mir vor wie Betrug, wie Verrat an Julian, und ich widerte mich selbst an. Da half auch die große Flasche Kleiner Feigling nichts. Dennoch nahm ich in unregelmäßigen Abständen tiefe Schlucke.

Seit ich hier saß, hielt Malte einen Monolog über das eine Mal, als er in Hamburg auf der Reeperbahn gewesen und von einer Dragqueen angebaggert worden war. Ich kaufte ihm kein Wort davon ab. Er versuchte mich damit zu beeindrucken, so viel begriff ich. Warum er allerdings glaubte, sein aufgesetzter Sexismus hätte irgendeine positive Wirkung auf mich, war mir ein Rätsel. Ich ließ ihn reden, hörte kaum zu, ging in Gedanken auf Reisen in eine andere Zeit.

Julian. Immer nur Julian. Je weiter wir uns voneinander entfernten, desto besessener wurde ich von ihm. Er war nun wirklich nicht der hübscheste, nicht der coolste Typ, und seine latente Morbidität verstörte mich nicht selten, aber ich liebte ihn, wie er war. Bei ihm fühlte ich mich verstanden und angekommen. Und nun traf ich mich mit Malte, um genau das zu zerstören. Um mich nicht fragen zu müssen, ob mehr als Freundschaft zwischen uns war. Ich war so dumm! Weil ich es doch längst wusste. Seit dem Tag, an dem ich ihn geküsst hatte. Mehr als eine alberne Challenge hatte es nicht gebraucht. Eine kleine Ballerina gegen das schulische Patriarchat, das Mädchen bei »Kiss your Bro« grundsätzlich ausschloss. Weil Julian es seit der Trennung von seiner Freundin vermisste, geküsst zu werden, und ich, mit Flügeln aus Gras, neugierig war und mich nicht fürchtete.

Ich wusste es, sobald ich es tat. Als Julian meinen plumpen Kuss erwiderte, erst zögerlich, dann wie ein Verhungernder, und wir erst wieder aufhörten, als unsere Lippen wund waren und unsere Körper ausgetrocknet.

Die Erinnerung erfüllte mich mit Sehnsucht, und ich fragte mich, welche Auswirkungen dieses Fake-Date haben würde. Mein Magen zog sich fester zusammen, eine schwarze Rosine, getränkt in Feigenlikör. Ich hätte mit Julian darüber reden sollen, statt dem Floh zu lauschen, den mir seine Mutter ins Ohr gesetzt hatte. Ihm sagen, wie viel er mir bedeutete, was weit über Freundschaft hinausging.

Gereizt wischte ich diese Gedanken beiseite. Es war zu spät, ich war mit Malte hier und hatte es Julian unter die Nase gerieben. Alles in meinem Kopf drehte sich, nichts ergab Sinn, ich traute meiner eigenen Entscheidung nicht. Vermutlich musste ich erst wieder nüchtern werden.

Etwas von dem, was Malte sagte, holte mich aus meinen Gedankenwolken. »Was war das?«, hakte ich nach, um mich zu vergewissern, dass ich ihm nichts in den Mund legte, was womöglich nur meiner Erwartung an ihn entsprach.

Er sah mich an, als wäre meine Nachfrage allein Grund genug, sich zu verteidigen. »Ist doch so! Bei dem Nuttendiesel darf sich die Transe echt nicht wundern, dass man kotzen will.«

»Gott, was stimmt nicht mit dir? Das ist auf so vielen Ebenen falsch, dass ich einen Exorzisten holen will!«

Malte sah aus, als würde er das Mysterium, das ich für ihn war, endlich durchschauen. »Oh. So eine bist du –«

*»So eine?«*, schnaubte ich. »Was genau ist denn *so eine*?«

Das Klingeln meines Handys brachte Malte von einer Erklärung ab. Mit unkoordinierten Fingern fummelte ich das muckende Telefon aus meiner Tasche, eine unerwartete Vorahnung lenkte meine Entrüstung in eine andere Richtung.

Meine innere Anspannung vervielfältigte sich, als ich Julians Namen auf dem Display sah. Er rief nie an, und ausgerechnet an diesem Abend brach er diese unausgesprochene Regel? Aufregung und Angst ließen mich zögern, kurz war ich versucht, den Anruf entgegenzunehmen, dieser ganzen Farce ein Ende zu machen und offen zu reden. Doch schnell verwarf ich diesen Wunsch. Ich würde ihm alles sagen, aber nicht jetzt, nicht betrunken und nicht mit Malte im Nacken.

Kurz nach dem vierten Klingeln drückte ich den Anruf

weg und schaltete den Ton aus, bevor ich das Telefon wieder in meiner Tasche versenkte.

»Du gehst nicht ran?« Malte war sichtlich perplex.

»Ist nicht wichtig«, sagte ich und nahm einen tiefen Schluck aus der Flasche. Der Likör war von der Hitze des Tages pisswarm und brannte in meiner Kehle.

»Ehrlich gesagt verstehe ich nicht, warum du überhaupt mit Julian rumhängst.«

»Ernsthaft? Ohne ihn wüsste ich nicht mal, dass du existierst.« Woher dieser pickelige Psycho seine Arroganz nahm, war mir schleierhaft.

Der Sonnenuntergang tauchte uns in rotes Licht, als stünde die Welt, und wir mit ihr, in Flammen. Ich nahm einen weiteren Schluck vom Feigling, den Kopf tiefer im Nacken als noch zuvor, das Gluckern unnatürlich laut in meinem Ohr. Der Alkohol ließ mich taumeln, als ich die Flasche absetzte und versuchte, meinen Gleichgewichtssinn zu reaktivieren. Vielleicht war es Zeit, mit dem Trinken aufzuhören.

Malte redete irgendwas, wieder hörte ich nicht zu, meine Gedanken schweiften davon, meine Sicht wurde unscharf, eine Abblende wie in einem schlechten Film, die mich davontrug.

Weg von hier.

Zu spät bemerkte ich eine Hand, die mich schlagartig ins Jetzt zurückholte. Maltes Gesicht hatte einen Ausdruck angenommen, der mich würgen ließ. Erregt, regelrecht gierig gaffte er an mir herab. Ich hielt die Luft an, folgte dem Verlauf seines Armes und erkannte, was ich bereits spürte, erschrocken, ohne zu begreifen. Der Ausschnitt meines weißen Trägerhemdes war nach unten geschoben und mit ihm der durchgeschwitzte Stoff meines Soft-BHs. Meine linke Brust entblößt. Eine Hand hielt sie, drückte sie vorsichtig, dann fester. Wo war der logische Kontext? Verzweifelt suchte ich ihn und fand endlich mein Entsetzen.

Ich erstarrte. Konnte mich nicht bewegen, glotzte Malte an, wie er sich an mir aufgeilte. Die Brustwarze wurde hart, eine Reaktion, keine Aufforderung. Malte hob die glasigen Augen, sein Gesicht näherte sich mir, er beugte sich vor, um was? *Mich zu küssen?*

Ich schreckte aus meiner Versteinerung. Ein panischer Atemzug, der Feigling rutschte aus meiner Hand, polterte zwischen Rückenlehne und Sitzfläche hindurch und schlug auf den Boden. Mein Verstand folgte meinem Körper, endgültig wach gerüttelt von dem Bersten der Flasche, das sich wie Splitter in meinen Kopf bohrte.

Malte zuckte zurück, und ich gab ihm einen Stoß, der mich beinahe selbst von der Bank beförderte. Ich sprang auf, bedeckte meine Blöße, umklammerte meinen Körper mit beiden Armen und sah Malte am Boden, im Sand des Spielplatzes. Eine Fratze des Unglaubens starrte zu mir hoch. Noch immer fühlte ich mich nackt.

»Du Arschloch!«

Malte rappelte sich auf, klopfte den Sand von seiner Shorts, seine gebeugte Haltung verbarg nicht, was sich in seiner Körpermitte abspielte.

Mir war kotzübel. Mein Blick huschte zum Feigling am Boden, ich könnte einen Schluck gebrauchen.

»Du hast mich von der Bank geschubst!«, schnauzte Malte, und sein aggressiver Ton ließ mich zurückweichen.

Doch sofort besann ich mich und streckte meinen Rücken durch. »Ich sollte dich anzeigen, du pubertierendes Arschloch!« Ich war kurz davor, in Tränen auszubrechen.

Trotz der Hitze wurde Malte kreideweiß. »Was, wieso denn? Ich habe dich doch gefragt!«

Ich erinnerte mich nicht. »Ich habe aber nicht Ja gesagt!«, schrie ich ihn an. Ob das stimmte, wusste ich nicht, aber ich war fest davon überzeugt.

»*Nein* hast du aber auch nicht gesagt.«

Fassungslos starrte ich ihn an, das Gefühl von Ekel und Schmutz auf meiner Haut ließ meinen Magen pochen. Ich musste hier weg.

»Fass mich nie wieder an, hast du das verstanden? Ich will

nicht, dass du jemals wieder in meine Nähe kommst.« Ich wankte rückwärts, war nicht bereit, ihn aus den Augen zu lassen, ihn im Rücken zu spüren. Die Angst, er könnte über mich herfallen, begleitete jeden meiner schweren Schritte.

Er folgte mir nicht, wollte meine Worte aber auch nicht stehen lassen. »*Du* wolltest dich doch mit *mir* treffen!«, rief er mir nach. »Julian darf dich ficken, kann ja nicht ahnen, dass du dich bei mir so anstellst.«

Seine Behauptung machte mich so wütend, dass ich mich zu ihm umdrehte. »Jetzt hör mir gut zu, du kleiner Psychopath: Was ich Julian erlaube und was nicht, geht dich einen Scheiß an und gibt dir nicht das Recht, mich anzugrapschen. Und das sage ich nicht, weil ich ›so eine‹ bin, sondern weil es so ist und weil ich dich widerlich finde und immer finden werde!«

Ich lief nach Hause, stürzte mehrfach und schürfte mir Handflächen und Knie auf. Mein Kopf spielte immer wieder die gleiche Szene ab. Alles schien in einem dichten Nebel zu verschwinden, unscharfe Bilder, Dämmerung wurde zu Dunkelheit. Keine Straßenlaternen, das üble Rumoren in meinem Magen das einzige Licht, das mich an die Realität band. Irgendwie schaffte ich es zum Bungalow, erbrach mich in die Toilette, in wässrigen Schwallen, die nach Feige und Schande stanken. Minuten oder Stunden oder Jahrzehnte später schleppte ich mich ins Bett, alles in mir verlangte nach einer Dusche, doch ich schaffte es nicht.

Ich sehnte mich nach Vergessen, das schließlich als ruheloser Schlaf über mich kam. Trotz wirrer Träume wachte ich nur einmal auf, irgendwann mitten in der Nacht, als ich meinen Vater nach Hause kommen hörte.

»Interessanter Geruch«, weckten mich seine nüchternen Worte am Sonntagmorgen. Ich brauchte einige Momente, ehe mein Bewusstsein zurückkehrte und ich meinen ausgedörrten Mund öffnete, in dem der Geschmack nach totem Tier meine Zunge am Gaumen festgeklebt hatte.

»Nicht schimpfen«, brachte ich leidend hervor, doch das

war schon zu viel, meine belegte Stimme wurde zu einem armseligen Stöhnen, mit beiden Händen hielt ich mir den Kopf. Mein Anblick musste erbärmlich sein.

»Habe ich jemals mit dir geschimpft?«, fragte mein Vater und schnalzte mit der Zunge. »So wie ich das sehe, bist du gestraft genug.«

In meinem Bett zusammengerollt, bestätigte ich seine Vermutung mit einem weiteren Wimmern.

»Außerdem holt dich deine Mutter in einer Stunde ab. Ich denke, sie wird das Schimpfen für mich übernehmen«, fügte er schadenfroh hinzu, und ich verzog mich leidend unter meine Decke.

Ich schaffte es erst unter die Dusche und schließlich in den Wagen meiner Mutter. Mein Vater sollte recht behalten, meine Mutter ließ es sich nicht nehmen, mir einen hitzigen Vortrag über die gesundheitlichen Gefahren von Alkohol zu halten und dabei besonders auf die Gewalt an meinem Tänzerinnenkörper einzugehen, die ich ihm mit meinem »infantilen Vollrausch« angetan hätte.

Ich saß unbeteiligt auf dem Beifahrersitz, hörte ihr schweigend zu und tat es doch nicht. Ihre Vorwürfe rauschten an mir vorbei wie die Felder an der Landstraße, die meine Augen einzufangen versuchten, während ich den Kopf zur Seite gewandt aus dem Fenster starrte.

Mir war übel.

Die Bilder des vergangenen Abends waren seltsam verwaschen in meinem Kopf, undeutlich, als läge die Verabredung mit Malte hinter einem dichten Wolkenvorhang. Einzig der nahezu manische Impuls am Morgen, mir unter der Dusche die Haut abzurubbeln, bis sie in feurig roten Flammen stand, ließ mich ahnen, dass etwas geschehen war.

Etwas, zu dem mir mein Bewusstsein den Zugang verwehrte. Ich beschloss, mich ihm zu beugen. Vermutlich wollte es mich schützen, und für die Zukunft genügte es, mich daran zu erinnern, dass ich mich von Malte fernhalten sollte.

Kurz vor der Ankunft zu Hause kämpfte sich Julians Anruf

durch den Nebel. Um meine Mutter nicht zu verärgern, sah ich erst in der Abgeschiedenheit meines Zimmers in Hannover auf mein Handy.

Elf Anrufe in Abwesenheit.

Eine Mailbox-Nachricht.

Alles von Julian.

Um fünfzehn Uhr achtundvierzig hörte ich zum ersten Mal seine Nachricht – mehr als achtzehn Stunden nachdem ich sie erhalten hatte. Als ich neunzig Sekunden später versuchte, ihn zurückzurufen, ging er nicht mehr an sein Handy. In meinem Ohr war nur das unendliche Klingeln, das mich für immer verfolgen würde. Julians Mailbox war aus, nichts Neues. Dass er nicht antwortete, hingegen schon.

»Scheiße, Olivia. So eine Scheiße. Hör zu, ich weiß, du liebst ihn … ich meine, natürlich tust du das. Es ist nur … Olivia … Olive … Ich muss mit dir reden. Dringend. Du musst es erfahren, ich kann nicht … Du … ich kann dir das nicht auf die Mailbox sprechen. Ruf mich zurück, bitte. So schnell du kannst. Es geht um … deinen Vater. Ich habe … er ist ein Lügner, Olivia. Verstehst du? Du darfst nicht glauben, was er sagt. Scheiße, ich habe so einen verdammten Schiss, was … Ich will nicht … Ruf mich zurück, okay? Egal, wie spät, tu es einfach. Schnell.«

Zu spät.

In der Woche, die darauf folgte, umkreiste mich eine lähmende Angst, betäubte mich, nahm meinen Verstand ein und ließ keine anderen Gedanken zu. War Julian sauer auf mich? War er enttäuscht, hielt mich für eine schlechte Freundin? Vielleicht war sein Handy kaputt und mit ihm meine Nummer verschwunden? Auf meine E-Mails antwortete er jedoch auch nicht.

Außerdem war da die Sache mit meinem Vater. Ich konnte mir keinen Reim darauf machen, was Julian gemeint hatte, aber meinen Vater zu fragen – dazu war ich noch nicht bereit. Das wäre zu krass gewesen.

Am Mittwoch brachen meine Angst, meine Sorgen und die

lähmenden Schuldgefühle, alles bis dahin unter Verschluss gehalten, mit einer Wucht aus mir heraus und zwangen mich in die Knie. Bei jedem Versuch, Julian telefonisch zu erreichen, fing ich an zu weinen und schluchzte hemmungslos, während ich auf meine Nachrichten starrte, auf die zwei Häkchen, die sich nicht blau färben wollten.

Am Donnerstag erstarb das Klingeln in meinem Ohr und wurde zu einer Computerstimme, die mir mitteilte, Julians Nummer sei nicht zu erreichen.

Alles, was ich versuchte, verlor sich im Orbit. Ich redete mir ein, dass ich mich völlig umsonst der Panik hingab. Alles würde gut werden. Das Leben konnte beizeiten verdammt beschissen sein, aber richtig schlimme Dinge geschahen nur anderen. Oder im Fernsehen.

Am Freitag nach der Schule setzte ich mich in den Bus nach Obderwede. Noch bevor ich meinen Vater mit meiner vorzeitigen Ankunft überraschte, versuchte ich, Julian im leer stehenden Leichenhaus zu finden. Die schwüle Hitze trieb Schweiß aus meinen Poren, durchnässte mich wie ein Sommerregen, während ich jeden Raum durchsuchte, an jeder verschlossenen Tür rüttelte und seinen Namen rief, bis die Silben zu etwas Fremdem wurden, sperrig und scharfkantig in meinem Mund, jeder Bedeutung entledigt.

Erst in der Kapelle bemerkte ich meine Tränen. Verlassen stand ich vor dem kleinen Altar, aus purer Verzweiflung versucht, ein stummes Flehen an einen Gott auszustoßen, an den ich nicht glaubte. Stattdessen kehrte ich dem Raum der Trauer den Rücken.

Ich fand nichts in der grünen Kasse unter trockenen Ästen und frühem Laub und auch nichts auf dem Spielplatz, der verlassen und mit verschütteten Erinnerungen an Malte auf mich wartete, die ich unangetastet ließ. Eine zerbrochene Flasche Kleiner Feigling lag unter der Bank, ich wusste, dass es meine war, aber nicht, warum sie dort lag.

Ich lief einen Schlenker, um an dem Haus vorbeizukommen, in dem Julian wohnte. Die Riemen meines Rucksacks schnitten mir in die Schultern, ich war ein aufgelöstes Wrack, völlig durcheinander, mit Zweifeln an dem Universum, durch das ich stolperte. Ich musste mich vergewissern, dass dieses Haus existierte und ich Julian nicht nur geträumt hatte.

Obwohl es nicht dunkel war, brannte Licht in den Zimmern der unteren Etage. Der Wagen von Julians Vater stand vor der Tür. Julians Fahrrad nicht.

An diesem Abend brachte ich es nicht über mich, bei Familie Keller zu klingeln. Ich wäre Julians Mutter nicht gewachsen gewesen.

Meinem Vater gegenüber hielt ich mich zurück, gab vor, müde zu sein und bald schlafen zu gehen. Keine Lüge, aber nicht der wahre Grund für meinen Rückzug. Seine Gegenwart verunsicherte mich.

Nachdem ich ihm einsilbig eine gute Nacht gewünscht hatte, verharrte ich. »Wo warst du letzten Samstag?« Diese Frage quälte mich bereits länger. Ich erinnerte mich an nicht viel von dem Abend vor einer Woche, doch die Geräusche seiner Heimkehr waren hängen geblieben.

»Bei Paul auf ein Bier. Wieso?«

In dieser Nacht lähmte mich eine grenzüberschreitende Müdigkeit, die mich keinen Schlaf finden ließ.

Am Samstag suchte ich das Haus der Familie Keller auf. Während ich mich mit weichen Knien und hämmernden Kopfschmerzen über den kleinen Gehweg der Haustür näherte, bemerkte ich abermals das Fehlen von Julians Fahrrad. Trotz Mittagshitze zitterte ich am ganzen Körper, als ich klingelte.

Ich biss mir auf die Unterlippe, puhlte an meinem Daumen, den Blick gehoben, als hätte ich keine Angst, und lauschte auf Geräusche aus dem Haus, verräterische Geräusche, horchte nach der einen Stimme, die es vermochte, die Qual der letzten Tage nichtig zu machen.

Ich ballte meine Hände zu Fäusten und streckte den Rücken, als mir Julians Mutter gegenüberstand. Einige wütende Herzschläge lang sahen wir uns wortlos an.

»Ist er da?«, brach ich als Erste das Schweigen, meine Stimme fest, nicht aber fest genug für einen Drachen. Wenn es ihr möglich gewesen wäre, hätte sie mich wie ein Insekt zertreten.

»Hallo, Olivia.« Sie verschränkte ihre Arme vor der Brust. »Nein, Julian ist nicht da. Ich gehe recht in der Annahme, dass du ihn meinst?«

*Scheiße!*

Ich kämpfte um Haltung, während der Boden unter mir nachzugeben schien. »Und wo ist er?« Aus mir sprach pure Verzweiflung.

»Hat er es dir nicht gesagt?«

In meinen Ohren begann es zu klingeln. »Was gesagt?«

»Er ist zum Studieren in den USA. Wisconsin, um genau zu sein.« Ihre Stimme drang wie durch Watte zu mir durch. Meine Augen huschten umher, auf der Suche nach der Bedeutung ihrer Worte, einer geheimen Logik darin, die sich mir nicht erschloss.

*Zum Studieren in den USA.*

Diese Information walzte mich nieder, schleuderte mit Wucht durch meinen Kopf, drohte mir das Genick zu brechen. Ich suchte nach Erinnerungen, in denen Julian etwas dergleichen erwähnt hatte. Aber da war nichts.

»Er war Obderwede ohnehin längst entwachsen, findest du nicht?«

Verstört sah ich zu ihr auf, weigerte mich, auf ihre Frage einzugehen. Ich holte tief Luft, dann ein zweites Mal. »Seit wann ist er in Amerika?«, brachte ich beherrscht hervor, doch in mir tobte das Chaos.

Statt einer Antwort erhielt ich nur eine aufgesetzt mitleidige Miene. »Er hat dir wirklich nichts gesagt? Ich war davon ausgegangen, dass er gerade mit *dir* diese Angelegenheit ausgiebig besprochen hätte.«

Ich probierte es erneut, suchte nach einem Indiz dafür, dass alles einen Sinn ergab. Aber da war wirklich nichts. Keine USA, kein *Ich bin Obderwede entwachsen.* Nichts.

Mein Mund war trocken, mein Hals fühlte sich rau an. Unter meinen Armen wuchs der Schweißfleck, ich verstand nicht, was gerade passierte.

»Wie kann ich ihn erreichen? Ich muss dringend mit ihm reden. Hat er eine neue Nummer?«, kam es schwerfällig über meine Lippen, ein letzter Strohhalm zurück in mein Paralleluniversum, in das ich gehörte. Dieses hier war falsch.

»Ja, die hat er. Aber ich werde sie dir nicht geben.«

Fassungslos blickte ich ihr ins Gesicht. Mir fielen ihre Augenringe auf, die ihre Züge verdunkelten, ihr strähniges Haar, offen, anders als sonst. Doch es kümmerte mich nicht, sollte es ihr ruhig schlecht gehen. »Wieso nicht?«

»Wie es aussieht, will Julian für dich nicht erreichbar sein. Ich werde ihn nicht hintergehen, das musst du verstehen, Olivia.«

Ich lachte bitter auf, diese Situation war so grotesk, dass sie sich meinem Verstand entzog. Doch auch mein freudloses Gelächter konnte die Tränen nicht aufhalten, die aus meinen Augen quollen, zwei Stück, für jede Wange eine.

Wütend wischte ich sie fort. Eine Bewegung hinter Frau Keller zog meine Aufmerksamkeit auf sich. Im Inneren des Hauses, im dunklen Flur, stand er und beobachtete unser Gespräch. In seinem Gesicht stand aufrichtiges Mitgefühl, seine entschuldigende Miene sagte mir jedoch alles, was ich wissen musste.

*Ich kann dir nicht helfen.*

Ich hatte Andreas Keller in den Jahren der Freundschaft zwischen Julian und mir immer seltener zu Gesicht bekommen. Er arbeitete viel, pendelte zwischen Obderwede und Wolfsburg, und so hatte es sich von alleine ergeben, dass sich seine Frau zunehmend mehr um die Belange ihres Sohnes kümmerte.

Während der wenigen Gelegenheiten, zu denen ich Herrn Keller begegnet war, kam er mir freundlich vor, genau wie Julian, aber verschlossen. Wie auch in diesem Moment blieb er bei Konfrontationen lieber im Hintergrund, und es war das erste Mal, dass ich den Eindruck hatte, er würde seine Zurückhaltung bedauern.

Ich löste meinen Blick von ihm und sah wieder seiner Frau in die Augen, bereit, bis zum Äußersten zu gehen.

»Ich weiß, dass Sie mich hassen«, begann ich beschwörend, »und ich verstehe nicht, warum das so ist, aber ich habe begriffen, dass ich es nicht ändern kann. Trotzdem … bitte tun Sie mir das nicht an. Julian ist mein bester Freund. Ich konnte mich nicht einmal von ihm verabschieden!«

Frau Kellers Gesichtszüge wurden weicher, ihr ganzer Körper schien, als legte er die Abwehrhaltung ab, als würde die Eisschicht, die sie stets umgab, ein kleines bisschen dünner. Hoffnung begann zu keimen, dass sie sich meiner erbarmte.

Sie atmete tief ein, als müsste sie sich zu etwas überwinden. »Ich hasse dich nicht, Olivia. Aber ich habe keine andere Wahl. Julian wird sich sicher bei dir melden, wenn er dazu bereit ist.«

Die aufrichtigsten Worte, die ich je von ihr gehört hatte, waren wertlos. Billige Phrasen, um mich zu vertrösten. Sie bedeuteten nichts. Ich spürte, wie mein Kinn zu zittern begann, und wollte mich wegdrehen, sie sollte mich nicht weinen sehen. Stattdessen biss ich mir auf die Unterlippe, um weitere Tränen zu unterbinden.

»Ich bin schwanger, okay? Finden Sie nicht, dass er es erfahren sollte?« Keinen Filter, keinen Eignungstest hatte diese Behauptung durchlaufen, ich hatte sie einfach ausgesprochen, ungeachtet der Tatsache, dass sie komplett gelogen war.

Ihr Blick wurde wieder hart, mehr noch, ein gefährlicher Ausdruck übernahm ihre Züge, und mir wurde klar, dass ich einen Fehler begangen hatte. Mit ausgestrecktem Zeigefinger kam sie einen Schritt auf mich zu.

»Wage es nicht, Julians Namen mit deinen Lügen in den Schmutz zu ziehen, Olivia Bloch.« Noch immer zeigte sie auf mich, ihre Stimme war zu einem Zischen geworden. »Ich bete für dich, dass du lügst, denn sollte sich herausstellen, dass du wirklich schwanger bist, werden alle erfahren, dass du ein

Flittchen bist, dafür sorge ich. Und dann brauchst du einen verdammt guten Beweis für deine Behauptung, weil jeder in Obderwede wissen wird, dass praktisch jeder Trottel die Dorfschlampe geschwängert haben könnte!«

Ihre Worte trafen mich mit einer Wucht, die mich in Schock versetzte. Ich wünschte, sie hätte mich geschlagen, ins Gesicht oder gegen die Rippen, jeder Bluterguss ein Beweis, wie tief sie mich verletzt hatte.

Als ich nichts erwiderte, ließ sie den Finger sinken und trat zurück in den Hausflur. »Geh und komm niemals wieder. Ich will dich nicht mehr sehen!«

Bevor mir die zugeworfene Tür die Nase brechen konnte, hatte ich mich umgedreht und war weggerannt. Mit tränenüberströmtem Gesicht sprang ich auf mein Fahrrad und raste los.

Ich fuhr zurück zum Leichenhaus, ließ mein Rad ins Gras fallen und lief ihren Worten davon. Trieb meinen Körper an den Rand des Zusammenbruchs, um meinen toxischen Gedanken die Kraft zu nehmen. Die Wände der verlassenen Räume warfen seinen Namen ungehört zu mir zurück, trotzdem hörte ich nicht auf, nach ihm zu rufen, bis meine Stimme in Tränen erstickte. Er war nicht hier. Die Särge waren leer, jede Tür, die immer verschlossen war, ließ sich auch jetzt nicht öffnen, und auch in der Kapelle suchte niemand nach Beistand. Ich durchwühlte noch einmal unser Versteck, die grüne Kasse, den gesamten offenen Steinschacht, ob ich etwas übersehen hatte.

Aufgewühlt und mit leeren Händen kehrte ich zu meinem Vater zurück. Als ich auf dem Weg in mein Zimmer war, kam er aus der Küche, eine alberne Schürze um den Hals, und mit deutlicher Verzögerung bemerkte ich den Essensgeruch, auf den mein leerer Magen mit einem Aufbrodeln von Säure reagierte. Ich nahm meinen Vater kaum wahr, ahnte nur abwesend, dass er etwas sagte. Erst als er mich an den Schultern packte, fasste ich wieder Fuß im Diesseits.

Mit vor Sorge geweiteten Augen sah er zu mir herab. »Was ist los, Olivia? Ist etwas passiert?«

In diesem Moment brach ich abermals in Tränen aus. »Ich habe Angst, dass etwas ganz Furchtbares passiert ist«, schluchzte ich und sank mit dem Gesicht auf die Brust meines Vaters. Während er mir Worte der Beruhigung zuflüsterte, blieben wir einfach stehen, zwischen Essensgeruch und dem Dreck, den ich aus dem Wald mitgebracht hatte. Mein Vater ließ mich weinen. Erst als ich mich beruhigt hatte, führte er mich ins Wohnzimmer und verfrachtete mich sanft auf die Couch. In der Küche schaltete er sämtliche Geräte aus und brachte eine Packung Taschentücher mit, als er sich zu mir setzte.

Ich erzählte ihm alles. Beinahe. Julians Anruf und seine Warnung vor meinem Vater verschwieg ich. Das alles erschien mir in seinen Armen so weit weg, als hätte Julian es mit nach Wisconsin genommen.

Sofern er sich wirklich dort aufhielt.

Mein Verstand wollte es nicht akzeptieren. Genau das ergab keinen Sinn, nicht für mich, nichts davon. Die Erklärungen seiner Mutter verloren immer mehr an Konturen, wurden schwammig und abwegig. Noch vor zwei Wochen hatte sie versucht, mich emotional zu manipulieren, damit ich der Zukunft ihres Sohnes nicht im Weg stand. Schon möglich, dass Julian meinetwegen ein vielversprechendes Angebot ausgeschlagen hätte, aber darum war es Frau Keller damals nicht gegangen. Julians Nachdenklichkeit der letzten Wochen konnte ich nicht leugnen. Er war schwermütig gewesen, schwermütiger als sonst, warum nur hatte er nicht mit mir geredet? Warum war er ohne ein Wort verschwunden? Auf diese Weise abzuhauen war keine sinnvolle Methode gegen ein schlechtes Gewissen. Das passte nicht zusammen.

Anna Keller war eine Lügnerin. Das war die einzige logische Erklärung. Allen Unsicherheiten zum Trotz war ich nicht bereit, ihr zu glauben. Denn wenn ich das täte, müsste ich mich damit abfinden, dass mein bester Freund mich im Stich gelassen hatte.

Und das würde er nicht tun.

Niemals.

Ich würde nach ihm suchen und erst damit aufhören, wenn ich ihn gefunden hatte.

Als meine Mutter mich am Sonntag abholte, umarmte ich meinen Vater innig – es würde das letzte Mal in meinem Leben sein. Danach suchte mein Blick den seinen, in seinen Augen lag aufrichtige Zuneigung, die sich bei dem Anblick der Schatten in meinem Gesicht in Sorge verwandelte.

»Du würdest mich niemals anlügen, Papa.« Es war eine Feststellung, eine Beschwörung, um mich selbst zu überzeugen, nicht an ihm zu zweifeln.

Doch mein Vater deutete sie als Frage.

»Natürlich nicht, kleine Olive.« Seine Stirn lag in Falten, er verstand nicht, woher meine Frage kam, und alleine das war mir Beweis genug, dass er die Wahrheit sagte.

## 17

*Obderwede, 23. Oktober*

Wie konnte er nur so blöd sein?

Die Konzentration will sich einfach nicht einstellen, während Malte sich durch das Material auf seinem Rechner scrollt. Bilder und Eindrücke prasseln auf ihn nieder, Zeugnisse von zurückliegenden Ereignissen, weitaus länger zurückliegend als jene, die seinen Kopf gegenwärtig nutzlos machen.

Erinnerungen an Olivias offene Ablehnung am Vormittag blockieren seinen Verstand, doch er gibt nicht ihr die Schuld daran, sondern einzig und allein sich selbst.

Wie konnte er nur so unsensibel und zudringlich sein? Wann ist ihm seine Fähigkeit, einfachste Zusammenhänge richtig zu deuten, abhandengekommen? Immerhin ist es ihm aufgefallen, bevor es zu spät ist, seinen Fauxpas zu korrigieren. Jetzt weiß er, was zu tun ist. Umso wichtiger, dass er sich auf seine Aufgabe konzentriert und die richtigen Bilder findet. Keines darf ihm durchrutschen, kein weiterer Fehler darf ihm unterlaufen, sein Kunstwerk, an dem er seit Stunden arbeitet, muss perfekt werden. Nur wenn alles stimmt, kann er das Ruder noch einmal herumreißen.

Die Grundidee nistet bereits seit Tagen in seinem Kopf, doch er ist es falsch angegangen. Er musste erst scheitern, um den richtigen Weg zu finden. Aber jetzt sieht er mit einer Klarheit, die ihm sein schändliches Scheitern nur noch unbegreiflicher macht. Die verlorene Zeit weckt seine Unruhe, obwohl er auch erkannt hat, dass dieser Umweg notwendig gewesen ist, um nicht länger im Sumpf der Möglichkeiten herumzustochern.

Aus dem Wohnzimmer seiner Eltern dringt klassische Musik, irgendwas von Beethoven oder Vivaldi, für ihn klingen sie alle gleich. Schrille Streichinstrumente, das penetrante Kreischen in Maltes Ohren überreizt ihn nur noch mehr. Offenbar hat seine Mutter wieder einmal das Bedürfnis, sich wie ein wertvollerer Mensch zu fühlen. Wie früher, wie sie glaubt. Gebildet, relevant, *sophisticated*, wie sie mit ihren Anglizismen nicht müde wird zu betonen. Sich in eine bessere Zeit zurückzuversetzen, um nicht in der heutigen Belanglosigkeit zu ertrinken, ist armselig. Malte hat kein Mitleid mit ihr. Wer aufgibt, hat sein Scheitern selbst verschuldet.

Noch bevor das unerträgliche Quäken der Geigen seinen Höhepunkt erreicht, setzt sich Malte seine Kopfhörer auf und entscheidet selbst, mit welcher Musik er seine Suche nach dem perfekten Material untermalen will.

Er wird die ganze Nacht hier sitzen, wenn es sein muss, und mit der höchsten Konzentration arbeiten, die er aufbringen kann. Den verkorksten Ballast der letzten zwei Tage abwerfen und es endlich richtig machen. Denn nun weiß er: Der Trick besteht nicht darin, Olivia an *irgendjemanden* zu erinnern, sondern an jemand *Besonderen*. Verschlungen in Fäden der persönlichen Bindung.

Malte muss für sie zu Julian werden.

# 18

*Obderwede, 23. Oktober*

Auch das heiße Wasser unter der Dusche vermochte es nicht, das Klappern meiner kalten Knochen zu vertreiben. Frierend und die Decke bis zum Kinn hochgezogen, liege ich mit verkrampften Muskeln im Bett des Gästezimmers und lausche in die unendliche Leere des Hauses. Horche, ob sich verborgene Geräusche in ihm verstecken. Mein Körper schmerzt, brüllt seinen Unwillen hinaus, hier zu sein, alleine, verloren. Aber ich habe nicht nur eine Verabredung einzuhalten, sondern auch keine andere Möglichkeit.

Es gibt keinen Ort, zu dem ich könnte, an dem ich sein möchte. Meine kleine Wohnung, die ich vor dem Sternenhagel geliebt habe, obwohl schäbig und überteuert, ist inzwischen neu vermietet. Ich konnte nicht zurück, nachdem mir dort die Presse aufgelauert hat. Ich vermisse sie, aber ein Geist wartet dort auf mich. Svenja ist in der Bar gestorben und auf der Suche nach mir dorthin zurückgekehrt, wo wir zusammen gelacht haben. Ich kann ihr nicht entgegentreten, mich den Erinnerungen in den Räumen nicht stellen, also habe ich die Wohnung aufgegeben und nur meine Schuld mitgenommen.

Das Sternenhagel hat mir nicht nur eine Freundin genommen, mein Gefühl von Sicherheit, meine Freiheit, sondern auch mein Zuhause. Es hat mich wie der wütende Sturm, der draußen tobt, gepackt und brachial entwurzelt. Nun liege ich hier, sterbe innerlich immer mehr und gehöre nirgendwohin.

Auch meine Mutter ist keine Option. Ihre Anrufe und Nachrichten, mit denen sie mich emotional zu erpressen versucht, bewirken nur das Gegenteil. Nach meiner Zeit im Krankenhaus hatte ich keine andere Wahl, als bei ihr unterzukommen, habe sogar gewagt, auf eine stabile Lebenssituation zu hoffen, auf ein wenig Unterstützung während der

Befragungen durch die Polizei, auf Rückhalt und Vertrauen, als Zweifel an meiner Person lauter wurden.

Nichts davon habe ich bekommen. Die Welt hatte sich während der Stunden der Geiselnahme nicht in ein Utopia verwandelt. Außerhalb der Bar drehte sich die Welt weiter, während sie im Inneren zerfiel.

Statt Rückhalt bekam ich von meiner Mutter Vorwürfe, Gaslighting und Bevormundung.

*»Hättest du das Ballett nicht aufgegeben, wärst du mit wichtigeren Dingen beschäftigt gewesen als mit Feiern.«*

*»Du hast das Ballett früher so geliebt, es brach mir das Herz, als du es hingeschmissen hast.«*

*»Du solltest öfter auf mich hören, alleine bist du der Situation ganz offensichtlich nicht gewachsen.«*

Nichts hatte sich geändert, seit ich mit achtzehn Jahren ausgezogen war, und auch jetzt ziehe ich es vor, in einem Haus zu bleiben, dessen Tür mich als Mörderin brandmarkt, als den Schritt zurück zu gehen.

Wie ich die Gedanken ans Sternenhagel, meine Mutter und das Leben der letzten vier Monate hasse! Sie sind Schmeißfliegen, setzen sich auf meine Wunde, infizieren sie, besudeln sie mit Fäkalien.

Ich drehe mich auf die Seite, die raschelnde Decke erschreckt mich, erinnert mich daran, dass in der Weite des Raums der Ton nicht abgestellt ist. An die Dunkelheit habe ich mich gewöhnt, sie kann nichts vor mir verbergen, und so sehe ich durch das bodentiefe Fenster hinaus, gebe dem Prasseln des Starkregens die Berechtigung, laut zu sein, beobachte die Bäume hinter dem schmalen Weg in unserem Garten, wie sie vom Unwetter geschüttelt werden, und spüre die Wucht, die sie empfinden müssen, obwohl mich kein Lüftchen streift.

Ein Klopfen reißt mich aus dem Scheinfrieden meiner Höhle. Sofort sitze ich aufrecht im Bett, den Blick auf die Zimmertür gerichtet, als erwarte ich jemanden, der mich durch den schmalen Schlitz hindurch beobachtet. Malte vielleicht oder eine andere Schattenkreatur dieses verwunschenen Dorfes.

Julian.

Ich verwerfe diesen Gedanken. Mit geschärften Sinnen sitze ich eine Weile da, und in mir werden Zweifel laut, ob ich das Geräusch tatsächlich gehört habe. Oder ob es sich aus einem Halbschlaftraum an die Oberfläche gedrängt hat. Das glaube ich, bis es abermals die Stille zerteilt.

Ein Klopfen, ein dumpfes Pochen, erst zaghaft, dann fordernd und hektisch. Angst packt mich an den Schultern, rüttelt mich wach, als mir klar wird, woher das Geräusch kommt. Nicht von der Haustür, sondern von einem Fenster, irgendeinem in diesem Haus mit den aufgerissenen Augen. Das Klopfen ist keine Bitte um Einlass, sondern ein Versuch, mir Angst einzujagen. Ich beiße mir auf die Unterlippe, bis ich Blut schmecke, zittere, dieses Mal nicht vor Kälte, und mein Herzschlag passt sich dem bedrohlichen Takt an.

Tock … tock … tock-tock-tock … tock …

Dann … Stillstand.

Ich halte die Luft an.

Es beginnt von vorne, in einem anderen Rhythmus.

Ich weiß nicht, was ich tun soll, obwohl die Antwort auf der Hand liegt. Mein Impuls, mich zu verstecken und zu warten, bis der Terror vergeht, ist ein Urinstinkt. Aber ich bin kein ängstliches Tier, habe keine Fressfeinde. Ich bin ein rational denkender Mensch, habe bewaffneten Geiselnehmern mit Horrorfratzen gegenübergestanden, einen Stapel aus Leichen gesehen, bin durch Blut gewatet.

Ich krieche aus meiner Höhle hervor und folge auf nackten Zehenspitzen dem Geräusch, das mit jedem meiner Schritte deutlicher wird. Im Haus ist es bitterkalt, bislang ist mir nicht in den Sinn gekommen, die Heizung aufzudrehen. Der Flur ist verlassen, entstellte Fratzen blitzen durch mein Bewusstsein. Meine Muskeln verkrampfen sich. Die *bösen* Männer sind tot, und doch bekomme ich keine Luft. Ich arbeite mich weiter voran, fordere meinen Mut heraus, und je mehr ich aktiv dem Klopfen lausche, desto überzeugter bin ich, dass es von keinem Menschen verursacht wird.

Im Arbeitszimmer meines Vaters finde ich den Grund für meine schlafwandlerische Suche. Seltsam emotional sehe ich eine Weile dem dunklen Ast zu, mehr Schatten als Materie. Der Sturm hat ihn aus einem Baum gerissen, und ich bin die Einzige, die um sein Schicksal weiß.

Ich sollte erleichtert sein, nicht mit etwas Schlimmerem konfrontiert zu sein, nur mit einem Ast, der ans Fenster klopft. Dieses Geräusch wird mich nicht schlafen lassen.

Ich muss nach draußen.

Bevor ich es mir anders überlegen kann, haste ich in mein altes Zimmer. Damals habe ich nicht meine gesamte Kleidung mitgenommen, ich erinnere mich an das zurückgelassene Regencape, das auf dem Boden meines Kleiderschranks auf diesen Moment gewartet hat. Dort ist es schnell gefunden, ich werfe mir das wasserabweisende Material über den Kopf und danke der Einheitsgröße, dass sie mich nicht darauf hinweist, wie sehr sich mein Körper verändert hat.

Ich will nicht raus ins Unwetter, und doch werde ich es tun. An der Haustür quetsche ich meine nackten Füße in die immer noch nassen Chucks, ziehe mir die Kapuze tief ins Gesicht und öffne das Tor zur Hölle.

Der Sturm empfängt mich, als hätte er auf mich gewartet. Laub wird in den Flur geweht, Regen peitscht mir ins Gesicht, packt die Kapuze und fegt sie mir vom Kopf. Ich fluche, doch auch das trägt der Wind davon. Mein schwarzer Regenponcho flattert um mich herum, sein Knistern wird von dem Lärm des Wetters übertönt. Mit größter Mühe umkreise ich das Haus, meine Schuhe haben sich mit Wasser vollgesogen, ich gehe, als würde ich durch Eisschollen waten, jeder Schritt ein nasses Schmatzen. Ich erreiche das Fenster, kann nun von der anderen Seite ins dunkle Haus blicken und mache mir nicht die Mühe, mir für den verräterischen Ast einen Plan zu überlegen. Auf Zehenspitzen strecke ich den Arm danach aus, Wasser läuft mir in den Ärmel, die harten Tropfen schmerzen im Gesicht, und es genügt ein Atemzug, um zu erkennen, dass ich den Ast nicht erreichen kann.

Ein Geräusch hinter mir, lauter als der prasselnde Regen auf dem überfluteten Steinboden, lässt mich herumwirbeln. Donner tost, die dunkle Gestalt steht dort, nur wenige Meter von mir entfernt, das Gesicht verborgen unter einem Schatten, als wäre sie Teil dieser Apokalypse. Ein erschrockener Schrei stirbt in meiner Kehle, als ein Blitz die Dunkelheit in Licht verwandelt und Ahnung endlich zu Gewissheit wird.

## 19

*Fünf Jahre zuvor – Hannover/Obderwede, 29. August bis 2. September*

In der zweiten Woche nach Julians Verschwinden legte ich meinen Fokus auf die sozialen Medien. Facebook bot mir einige Möglichkeiten, Julians Leben außerhalb der Olivia-Blase zu betrachten, und immer mehr sah ich mich mit der Wahrheit konfrontiert, dass ich kaum etwas über meinen besten Freund wusste. Mit wem war er in die Schule gegangen, mit wem traf er sich während der Woche? War er Mitglied irgendwelcher Vereine, Fußball, Handball, irgendwas? Wir hatten selten über solche Dinge gesprochen, nur ich beschwerte mich gelegentlich über den Ballettunterricht, wie sehr er mich vereinnahmte, jammerte wegen des Muskelkaters und meiner verunstalteten, schmerzenden Füße. Über sich hatte er nur wenig preisgegeben, und ich hatte nicht gefragt. Ich würde es wiedergutmachen, schwor ich mir. Sobald ich ihn gefunden hatte, wollte ich alles über ihn wissen.

Julian war nur selten auf Facebook gewesen, hat nur hin und wieder einen Beitrag geteilt, mehr nicht. Trotzdem hatten sich sechsundvierzig Freunde in seiner Liste angesammelt, die ich systematisch durchging. Woher kannte er sie, und wie intensiv war der Kontakt gewesen? Als ich damit durch war, hatte ich neunzehn Namen, die ich anschreiben würde.

Alle neunzehn erhielten eine Privatnachricht von mir, alle mit denselben Worten.

*Weißt du, wo Julian Keller ist? Es ist dringend, jeder Tipp kann helfen. Danke.*

Es wunderte mich nicht, dass mehr als die Hälfte mich mit Nichtachtung straften. Eine Handvoll Leute gaben mir eine kurze Antwort, dass sie es nicht wüssten. Mit zwei Mädchen hingegen kam ich ins Gespräch – keine von ihnen wusste etwas über Wisconsin oder andere Pläne, obwohl er sie regelmäßig getroffen hatte. Die bittere Pille meiner Eifersucht schluckte ich ungerührt.

Am Donnerstagabend bekam ich eine Information, die mich in einen Schockzustand versetzte. Ich schickte Miriam, die ein paar Dörfer weiter wohnte, ein Foto – und erhielt kaum Minuten später die Bestätigung für meinen ängstlichen Verdacht. Die Wahrheit, die sich vor mir ausbreitete, erwischte mich kalt.

Nichts auf der Welt hätte mich darauf vorbereiten können.

Die folgende Nacht lag ich wach, hässliche Bilder zuckten durch meinen Kopf, Visionen eines Alptraums, der real geworden war.

Um ein Uhr morgens erbrach ich Galle. Ich wollte es nicht wahrhaben, ertrug die Vorstellung nicht, aber meine Befürchtung ergab genau dort Sinn, wo ich ihn bislang vermisst hatte. Am Morgen täuschte ich meiner Mutter eine Magenverstimmung vor, grummelnd ließ sie mich alleine zu Hause, um zur Arbeit zu fahren. Sie hatte keine Ahnung, dass ich bereits in den letzten Tagen den Ballettunterricht geschwänzt hatte.

Ich machte mich auf den Weg zu meinem Vater. Er arbeitete von zu Hause aus, und als ich Stunden später an der Tür zu seinem Büro auftauchte, sah er mich überrascht an.

»Olive, was machst du schon hier? Solltest du nicht in der Schule sein?«, fragte er lächelnd, er freute sich, mich zu sehen. Warum auch nicht? Für ihn hatte sich die Welt nicht in einen Vorhof zur Hölle verwandelt. Er stand von seinem Schreibtisch auf und wollte mir einen Kuss auf die Wange geben, doch ich wich zurück.

»Was hattest du mit ihm zu schaffen?«, schmetterte ich ihm entgegen, schon jetzt trieb mir mein Entsetzen Tränen in die Augen.

Erstaunt über meine Reaktion nahm er seine Lesebrille ab und zog fragend die Augenbrauen zusammen. »Wovon sprichst du?«

Doch ich hatte ihn durchschaut, seine aufgesetzte Gelassenheit war bloß ein Trick. »Ich spreche von *Julian*. Was hattest du mit ihm zu schaffen?«

Seine Fassade bröckelte, etwas Hässliches kam darunter zum Vorschein, und ich identifizierte es als Angst. »Ich weiß wirklich nicht, worauf du hinauswillst.« Er war sichtlich bemüht, sich seine Unsicherheit nicht anmerken zu lassen.

»Du lügst!«, schrie ich ihn an und wischte die Rotze weg, die aus meiner Nase lief. Seine Heuchelei machte mich krank, dennoch versuchte ich mich zu beruhigen, gerade genug, um ihn mit der geballten Ladung Wahrheit zu konfrontieren. »Ihr wurdet gesehen«, brachte ich gequält hervor. »Ihr seid in einem Café gewesen! Wie kannst du glauben, dass sich das in diesem Scheißdorf nicht herumspricht?«

Noch immer sah er mich irritiert an, dann entspannten sich seine Züge. »Ach, das meinst du. Ich wusste nicht sofort, was du meinst, weil es ewig her ist. Ich habe Julian zufällig im Café Sehle getroffen und ihn spontan eingeladen.« Er lachte beinahe, wirkte gelöst und setzte sich wieder auf seinen Schreibtischstuhl, als wäre die Angelegenheit damit erledigt.

»Ihr habt euch gestritten«, fuhr ich fort, jeden Muskel angespannt, um Ruhe zu bewahren, doch meine Stimme zitterte, genau wie meine Hände. Ich versteckte sie in einer hilflosen Verschränkung vor der Brust.

Endlich bemerkte er, wie ernst die Lage für ihn war. Dass ich ohne sein Wissen die rote Pille geschluckt hatte, die mir die Welt zeigte, wie sie wirklich war. Abermals stand er auf und packte mich sanft an den Schultern. »Beruhige dich, Olivia.«

Ich riss mich los, wandte mich ab. Entfernte mich von ihm, nur um mich sofort wieder zu ihm umzudrehen.

Er seufzte gereizt. »Ich unterhalte mich nicht mit dir, wenn du so aufgebracht bist.«

»Warum habt ihr euch gestritten?«

Beschwichtigend hob er die Hände. »Wir haben uns nicht gestritten.«

»Du lügst schon wieder!«

»Wie kommst du nur darauf?«

Ich biss mir auf die Unterlippe, um Übelkeit und Ekel nicht zu spüren. Um die Bilder zu verdrängen, die sich von Neuem in mein Bewusstsein schoben. Kein Schmerz könnte je genug sein. »Ihr wurdet gesehen, schon vergessen?«, schnauzte ich ihn an. »Es gibt Zeugen. Ihr habt an einem Tisch gesessen, du und Julian, bis er plötzlich aufgesprungen ist und dich angeschrien hat, dass du ihn in Ruhe lassen sollst. Nachdem du deine beschissene Hand auf seine gelegt hast.«

Mein Vater schüttelte vehement den Kopf, und doch sah ich es in seinem Blick. Schuld. Schuld, die er nicht bereit war einzugestehen. »Das stimmt so nicht, Olivia. Dein ›Zeuge‹ hat sich falsch erinnert.« Auch er wurde immer ungehaltener, noch darum bemüht, das Feuer auszutrampeln, das ich entzündet hatte.

Doch seine leeren Behauptungen drangen kaum zu mir durch. Ich erfasste nur den Ausdruck in seinen Augen, die mir offenbarten, dass es stimmte, was ich mir in meinen dunkelsten Stunden zusammengesponnen hatte.

»Was hast du mit ihm gemacht?«, brachte ich heulend hervor, die Kraft, die mich bis in sein Arbeitszimmer geführt hatte, verließ mich nun, und meine Beine gaben nach. Ich sackte zusammen, ging in die Knie, weil die Realität eine so grausame Wendung genommen hatte.

»Ich habe gar nichts mit ihm ›gemacht‹.« Seine Stimme kam von weit oben, ich spürte, wie er auf mich herabblickte, und fühlte mich noch kleiner. Schwächer. Ich hatte Julian im Stich gelassen. Alleine mit meinem Vater.

Wie ein geschlagener Hund hob ich den Kopf. »Ist Julian deinetwegen nach Amerika abgehauen? Will er *deswegen* nichts mehr mit mir zu tun haben?« Im nächsten Moment packte mich mein Vater am Arm und zog mich wieder auf die Beine.

Sein Gesicht war verzerrt, ich erkannte Wut und Enttäuschung, die ihm in meinen Augen nicht zustand. »Sprich es aus, was du mir unterstellst, Olivia«, zischte er mich an, und ich stieß ihn einmal mehr von mir, nur um selbst zurückzuwanken und beinahe erneut auf dem Boden zu landen.

Ich nickte stumm, Tränen liefen mir über die Wangen. Langsam hob ich die Augen, begegnete seinen und sprach sechs verhängnisvolle Worte: »Hast du dich an Julian vergangen?«

Entsetzen breitete sich zwischen uns aus, füllte den Raum und trennte die unsichtbare Verbindung zwischen Vater und Tochter. Unwiderruflich.

»Wie kannst du es wagen …?«, wisperte er irgendwann. Tränen stiegen in seine Augen, doch er blinzelte sie weg.

Hilflos hob ich die Hände. »Dann klär mich auf, belehre mich eines Besseren.«

»Ich habe es dir bereits gesagt. Wir haben uns zufällig getroffen, ein verdammtes Stück Kuchen gegessen und uns nach fünfzehn Minuten verabschiedet. Aber es ist egal, was ich sage, oder? Du glaubst deinen ›Zeugen‹ mehr als mir.« Mit dieser Feststellung ließ er mich stehen, nun war *er* es, der sich von mir entfernte. Weil er meine Anwesenheit nicht ertrug. »Ich fasse es nicht, dass du so etwas über mich denkst«, schnaubte er aufgebracht, mehr zu sich selbst als an mich gerichtet. Dann sah er mich an, sein Blick durchbohrte mich. »Was in drei Teufels Namen habe ich getan, um diese Verdächtigung zu verdienen?«

Wieder begann ich zu schluchzen. »Ich will das nicht glauben, aber du lässt mir keine andere Wahl. Du lügst mich an, und ich verstehe nicht, wieso und –«

»Ich lüge dich nicht an«, fuhr er mir ins Wort.

»Was hast du Julian angetan? Wo ist er? Sag es mir!«

»Genug jetzt. Das reicht! Geh auf dein Zimmer und bleib da, bis du deinen Verstand wiedergefunden hast.«

Ohne ein weiteres Wort drehte ich mich um und folgte seiner Aufforderung. Noch nie hatte ich seine Autorität zu spüren bekommen.

In meinem Zimmer sprang ich nach wenigen Momenten des Nachdenkens von meinem Bett und stopfte willkürlich

Dinge in meinen mitgebrachten Rucksack. Ich hatte eine Entscheidung getroffen.

»Was tust du?«, fragte mein Vater, als ich ihm im Wohnzimmer begegnete, während ich ein paar Zeitschriften zusammenklaubte, die ich dort liegen gelassen hatte.

»Ich gehe«, antwortete ich schroff und hielt schließlich doch inne. »Ich glaube dir nicht, und das macht mir Angst. Weil ich befürchte, dass du nicht der Mensch bist, für den ich dich siebzehn Jahre lang gehalten habe.«

»Das habe ich nicht verdient, Olivia. Ich bin dein Vater!«

»Ja, das bist du. Aber du bist auch ein Lügner, genau wie Julian gesagt hat.«

Eben noch war er meinem Streifzug durch die Zimmer gefolgt, nun erstarrte er. »Wann hat er das gesagt?«

Ich blieb ebenfalls stehen, ein gehässiges Grinsen auf meinem Gesicht, eine ekelhafte Maske. »Kriegst du jetzt Schiss?«

»Gott, du bist wie deine Mutter.«

Fassungslos glotzte ich ihn an. Ein Vergleich mit meiner Mutter, der Frau, die mich seit Jahren mit *ihrem* Traum vom Ballett quälte, war die gemeinste Bösartigkeit, die er mir an den Kopf hatte werfen können.

»Weißt du was? Vergiss es. Lass mich in Zukunft in Ruhe. Keine Anrufe, keine Nachrichten. Irgendwann wird sich Julian bei mir melden und mir alles erzählen. Und dann bist du am Arsch!«

Seine Miene wurde finster, ein unangenehmes Kribbeln in meinem Nacken versetzte mich in Alarmbereitschaft.

»Und wenn Julian sich nicht bei dir meldet, Olivia? Wirst du dann nie wieder mit mir sprechen?«

Die Art und Weise, wie er das sagte, ließ mich schaudern. Er verbarg etwas, und zum ersten Mal in meinem Leben fragte ich mich, ob mein Vater fähig war, einen Mord zu begehen.

## 20

*Obderwede, 23. Oktober*

»Geh schon mal vor ins Wohnzimmer, du kennst dich ja aus«, fordert Johanna mich überschwänglich auf, nachdem ich im Flur meine Füße aus den klitschnassen Schuhen gezerrt habe. Sie deutet den langen Flur entlang und verschwindet mit meinem tropfenden Cape im Badezimmer. Sie hat recht, ich kenne den Bungalow, bin früher gelegentlich hier gewesen, aber auch ohne meine Erinnerung würde ich mich zurechtfinden. Das Innere beider Häuser unterscheidet sich nur wenig, der gleiche lange Flur, ähnliche Raumaufteilung.

Noch immer von der Anstrengung außer Atem, schaue ich Johanna hinterher. Anscheinend hat sie es sich zur Aufgabe gemacht, meinen Puls bis zum Anschlag zu treiben, wenn wir aufeinandertreffen, dabei will sie bloß helfen.

Davon gehe ich zumindest aus.

Nachdem sie hinter mir aufgetaucht war und ich den ersten Schreck überwunden hatte, ist es uns zusammen gelungen, den Ast von meinem Fenster zu entfernen. Mein begossener Anblick und das Wort auf meiner Tür hatten sie vermutlich dazu bewogen, mich in ihr Haus einzuladen, auf ein Heißgetränk und eine Decke, wenn ich wollte. Da die Vorstellung, in den leeren Bungalow zurückzukehren, mit einem Gefühl von Verlorenheit verbunden war, wollte ich.

Nun tapse ich auf feuchtnackten Sohlen den Flur entlang. Vor ein paar Jahren noch hätte ich niemandem meine Füße gezeigt.

»Olivia!« Paul Mayr schaltet den Fernseher aus, als er mich im Türrahmen des Wohnzimmers bemerkt, und steht von seinem Sessel auf. »Du bist es wirklich.« Er kommt auf mich zu und sieht mich fassungslos an. Kurz befürchte ich, er würde mich umarmen, er scheint es sich aber anders zu überlegen.

Weil ich nicht mehr das siebzehnjährige Mädchen von früher bin – und meine Haare sein Hemd durchnässen würden.

»Hey, Paul«, erwidere ich mit belegter Stimme und bin mir der schlabberigen Leggings und des alten Schlaf-T-Shirts bewusst, die ich trage. Manchmal hilft nicht einmal Zeit dabei, sich weniger wie ein Kind zu fühlen. Unbeholfen husche ich an ihm vorbei und lasse mich auf der Couch nieder.

Auch Paul kehrt zu seinem Sessel zurück und mustert mich dabei eingehend. Er ist sichtbar älter geworden, die grau melierten Schläfen und kleinen Fältchen um die Augen stehen ihm. Seine Holzfällerhemden scheint er eingemottet zu haben – gut so. »Und ich dachte, meine Frau hätte mir einen Bären aufgebunden, als sie erzählte, du wärst zurück. Wäre nicht das erste Mal gewesen.«

Er lässt mich nicht aus den Augen, unsere Dynamik ist nicht die von früher und muss neu ausgelotet werden. Ich bin nicht länger die Tochter seines Vermieters, stattdessen das Mädchen, das seinen Vater von sich gestoßen hat. Die Frau, die womöglich Komplizin eines großes Geiselkomplotts ist.

»Wieso wäre es nicht das erste Mal gewesen?«, hake ich nach, weil mich etwas an seiner Formulierung aufhorchen lässt.

Sein Blick wandert kurz zur Seite, im selben Moment kommt Johanna mit mehreren Handtüchern im Arm ins Wohnzimmer. »Nicht so wichtig, nicht so wichtig«, sagt Paul schnell und schenkt mir ein halbherziges Lächeln. Seine Erwiderung erinnert mich daran, dass er schon früher die Angewohnheit hatte, Sätze oder Satzteile zu wiederholen.

Johanna reicht mir eines der Handtücher. »Olivia bleibt heute Nacht hier, Schätzchen«, sagt sie an Paul gerichtet und setzt sich, die übrigen Handtücher auf dem Schoß, neben mich.

Seine skeptische Miene sagt mir genug, um mich schlagartig für meine Bedürftigkeit zu schämen. Ich entspreche genau dem klischeebehafteten Bild eines traumatisierten Opfers, und ich hasse es, dass mir automatisch diese Rolle zuteilwird.

Weil alle meine Geschichte zu kennen glauben. Das Bild, das die Medien zu Beginn von mir gezeichnet haben. Überhaupt habe ich die Erfahrung gemacht, dass es nur zwei Lager gibt. Die einen halten mich für ein Opfer, die anderen für die böse Mittäterin, die alle anderen mit ihrem zerbrechlichen Wesen um den Finger gewickelt hat. Für all diese Menschen habe ich mit der Geiselnahme im Sternenhagel zu existieren begonnen.

Auch Johanna scheint Pauls wortlose Zweifel zu bemerken. »Nicke stumm und frag nicht. Die Sache ist längst entschieden«, sagt sie sanft, aber bestimmend. Dann wendet sie sich mir zu. »Möchtest du einen Tee, Olivia? Du bist ja ganz durchgefroren.« Sie nimmt mir das Handtuch aus den Händen und rubbelt mein Haar damit trocken. Ich habe es kaum für möglich gehalten, doch ein Anflug von Wärme breitet sich langsam auf meinem Kopf aus. Ich bin versucht, die Augen zu schließen, doch dann hört Johanna auf. Wie ein kalter Sack bleibt das Handtuch auf meinem Kopf zurück, die Wärme so schnell verschwunden, wie sie gekommen ist.

»Okay. Danke.« Obwohl ich mich in diesem Haus wie ein Fremdkörper fühle, möchte ich nicht zurück in das meines Vaters. Johanna nickt verständnisvoll, als wisse sie genau, was in mir vorgeht, dann verschwindet sie in der Küche.

»Du bist also wieder da«, sagt Paul so unbeholfen, wie ich mich fühle.

»Ich werde nicht lange bleiben.«

»Das ist schade, sehr schade. Du gehörst doch hierher.«

Unwillkürlich verziehe ich das Gesicht. »Ich bin mir ziemlich sicher, dass es nicht alle so sehen.«

»Wie kommst du darauf?«

Ich zucke mit den Achseln. Auf einmal bin ich so müde, dass mir jede Erklärung zu anstrengend erscheint.

»So ein paar Dorfdeppen haben ein unerhörtes Wort an ihre Tür geschmiert«, kommt es von der Wohnzimmertür. Ich habe nicht bemerkt, dass Johanna unsere linkischen Kommunikationsversuche beobachtet hat. »Es ist eine Schande, dass sich einige Leute wie ein verdammtes Klischee aufführen.«

Paul sieht mich fragend an. »Was steht denn an der Tür?«

Johanna schnaubt verächtlich. »Das ist unwichtig. Es ist ein Zeugnis ihrer Einfältigkeit, mehr musst du –«

»*Mörderin*«, unterbreche ich sie, meine Stimme fest, mein Rücken gerade. Paul wird es ohnehin spätestens morgen früh selbst sehen.

»Verstehe, verstehe«, murmelt er mit Falten auf der Stirn. »Wegen der Sache in dieser Bar –«

Johanna bedenkt ihn mit einem strafenden Kopfschütteln. »Paul, nicht –«

»Ist schon in Ordnung. Das Thema steht sowieso im Raum, das bringt eine Geiselnahme so mit sich.« Ich verschlucke mich beinahe an meinen albernen Worten und rede trotzdem weiter. »Mehr bin ich ja nicht. ›Die einzige Überlebende‹. Ob gut oder schlecht, wer weiß das schon genau? Warum also so tun, als wäre es nicht passiert?«

Betroffenes Schweigen erhöht den ohnehin schon angestiegenen Verlegenheitspegel. Johanna zieht sich in die Küche zurück, schließlich muss mein Tee zubereitet werden.

Nervös trommelt Paul mit den Fingern auf der Fernbedienung in seiner Hand. Ich wünsche mich ins Unwetter zurück.

»Ganz schön erwachsen bist du geworden. Wirklich erwachsen«, stellt er hilflos fest, ohne mich anzusehen.

»Hat dich die schwangere Frau gefunden?«, frage ich, erleichtert, ein unverfänglicheres Thema zu haben.

»Welche schwangere Frau?« Paul zieht irritiert die Augenbrauen zusammen.

»Das interessiert mich allerdings auch.« Johanna kommt mit einer dampfenden Tasse zurück ins Wohnzimmer und wirft ihrem Mann ein neckendes Schmunzeln zu. Die Tasse vor mir auf dem Couchtisch, widerwillig sehe ich sie an. Ich mag keinen Tee.

»Heute so gegen Mittag war eine Frau hier. Groß. Schwarze Haare, etwa so lang.« Ich deute bis zu meiner Schulter. »Sie stand mit ihrem Wagen an der Straße, und als ich sie gefragt hab, ob ich ihr helfen kann, meinte sie, sie will zu dir, Paul.«

Paul scheint kurz zu überlegen, schüttelt dann aber den Kopf. »Sagt mir nichts.«

»Was wollte sie denn?«, fragt Johanna, die sich wieder zu mir gesetzt hat.

Ich zucke mit den Achseln. »Das hat sie nicht gesagt.«

»Was soll's? Wenn es was Wichtiges war, wird sie sich schon wieder melden.«

Ich nicke. Dahin ist mein redseliges Selbstbewusstsein, peinliches Schweigen bringt die alte Befangenheit zurück. Ich bemerke den stummen Austausch, der zwischen Johanna und Paul stattfindet, wortlos fordert er sie auf, das Gespräch am Laufen zu halten, macht es aber so ungeschickt, dass es mir unmöglich ist, es nicht zu bemerken. Verlegen kratzt er sich im Nacken und fixiert die Fernbedienung. Bei welchem Programm ich ihn wohl gestört habe? Nur weil Klein Olivia alleine in der großen Wohnung Angst hat.

»Bist du schon bei deinem Vater gewesen?«, fragt Johanna mich vorsichtig.

Ein Kloß steckt in meinem Hals fest. »Nein … Das ist nicht so einfach«, krächze ich, fast ein Flüstern, weil ich ahne, welches Bild ich damit heraufbeschwöre: die undankbare Rabentochter.

»Aber deswegen bist du hier, oder? Um dich mit ihm auszusprechen«, hakt Johanna verwundert nach.

»Ja, schon.« Es geht sie nichts an, dass das nur ein Teil der Wahrheit ist, aber ich habe nicht die Absicht, meine inneren Konflikte vor ihnen auszubreiten.

Johanna rückt ein Stück an mich heran, ich sehe ihre Hände zucken, doch sie überlegt es sich anders und berührt mich nicht. »Wenn ich einmal kurz meine höfliche Zurückhaltung strapazieren darf …«, dramatische Pause, theatralisches Einatmen, »… zögere es nicht hinaus. Es ist wunderbar, dass du diesen Schritt auf ihn zugehst, und ich verstehe, wie schwer es dir fällt. Aber dir bleibt nicht viel Zeit. Und Martin braucht diese Aussprache ebenso wie du.«

Ich weiche ihrem Blick aus, verstehe ihre Worte und verstehe sie auch nicht. Mein Vater wird nicht mehr lange leben. Mein Herz, der Teil, in dem die schönen Erinnerungen wohnen, zieht sich schmerzhaft zusammen. Der Tod ist allgegenwärtig, in jedem Schritt, den wir tun, in jeder Bewegung. Der schönste Atemzug könnte auch der letzte sein, und wir würden es vorher nicht wissen. Mein Vater wird sterben, ich wusste, dass es unausweichlich so kommen wird. Doch statt Angst zu empfinden, Angst, ihn zu verlieren, beschäftigt mich vielmehr die Sorge, er könnte das Geheimnis um Julian mit ins Grab nehmen, und diese Erkenntnis verstört mich nachhaltig.

»Was hat er dir damals erzählt, Paul? Warum ich nicht wiedergekommen bin?«

Paul, eben noch äußerst beschäftigt mit seinen Fingernägeln, sieht mich mitfühlend an. »Nichts. Er hat nichts gesagt.«

Das zu glauben fällt mir schwer.

»Das war auch nicht nötig«, mischt sich Johanna wieder ein. »Ich war damals zwar noch nicht in Obderwede, aber nach allem, was ich gehört habe, von Paul und von Martin, kann ich es mir denken.«

Hin- und hergerissen zwischen Erstaunen und Sorge ziehen sich meine Augenbrauen zusammen. »Ach ja?«

»Ich will mir kein Urteil erlauben, aber Streit zwischen Vater und Tochter ist ganz normal, gerade in deinem Alter. Wie alt warst du damals? Sechzehn?«

»Siebzehn.«

»Siehst du. Weibliche Pubertät und die Suche nach Selbstbestimmung –«

Sogar Paul bemerkt, dass sie dabei ist, ihre Kompetenzen zu überschreiten. »Johanna!«, fällt er ihr ins Wort.

»Bin ja schon still. Du sollst nur wissen, dass es keine Rolle spielt, was damals war. Was zählt, ist jetzt.«

Sie redet immer weiter, ich spüre, wie meine Sicht verschwimmt, wie die alte Kälte in meinem Inneren erwacht und sich ausbreitet.

»Diese verfluchte Demenz. Er hat ja lange dagegen gekämpft, ins Pflegeheim zu müssen, hat sich von mir sogar eine Pflegerin aufschwatzen lassen, die ihn regelmäßig besucht hat. Aber als er anfing, nachts ums Haus zu irren und nach dir zu suchen, hat er eingesehen, dass es nicht länger geht.«

»Er hat nach mir gesucht?«, frage ich bestürzt.

»Ja, leider. Manchmal auch nach diesem Julian, aber meistens hat er dich verloren geglaubt.«

Schlagartig habe ich das Gefühl, ihr vor die Füße kotzen zu müssen. Ich will weglaufen, aber nicht unhöflich sein, will vergessen und darf doch nicht verzeihen. Dann habe ich all die Jahre also recht gehabt? Ich kann nicht denken.

»Tut mir leid, ich bin sehr müde …«

»Oh ja, natürlich.« Johanna steht auf, plötzlich ist sie ganz rücksichtsvoll. »Du kannst auf der Couch schlafen, sie ist wirklich gemütlich. Ich beziehe dir eben frische Bettwäsche, dann ziehen wir uns zurück.«

Bewegungslos bleibe ich auf der Couch sitzen. Paul ist mittlerweile verschwunden, Johanna bringt mir die versprochene Bettwäsche. »Wir haben noch den Schlüssel deines Vaters, aber den brauchen wir ja jetzt nicht mehr.« Sie legt ihn neben die Tasse auf den Tisch. Inzwischen ist der Tee kalt, ich habe nicht einen Schluck davon getrunken.

Wie ferngesteuert gehe ich ins Bad, spüle mir den Mund aus, um den bitteren Geschmack nach Galle loszuwerden, betrachte die blasse Frau mit den strähnigen blonden Haaren und sehe nichts.

Als ich im Dunkeln auf der Couch liege, höre ich Johanna und Paul im Schlafzimmer leise miteinander reden. Es ist mir egal, ob sie über mich reden, ich habe es satt, mir deswegen Gedanken zu machen.

Schritte kommen näher, Paul hockt sich neben meinen Kopf.

»Olivia?«, flüstert er, ein Test, ob ich noch wach bin.

»Hm?«, mache ich, weil mir alle anderen Worte an diesem Abend abhandengekommen sind.

»Du solltest wirklich mit deinem Vater sprechen. Damit du

ihm verzeihen kannst. Er liegt im Vergessen, Olivia, und das ist schlimmer als sterben.« Paul drückt sachte meine Schulter, dann lässt er mich alleine. Der Nachdruck seiner Worte klingt noch lange in mir nach.

Ein kleines Nachtlicht im Flur bleibt an, ich bin froh, nicht blind einschlafen zu müssen, doch es dauert, bis sich meine Muskeln entspannen. Schließlich gleite ich davon, bewege mich durch meinen Geist, strecke meine Arme danach aus, um Gedanken so nebulös wie Wolken zu fassen zu bekommen.

Der Klingelton von *Billy*, dem Horrorpuppengesicht mit den roten Augen, reißt mich aus meinem Dämmerschlaf. Ein Handy, es klingelt. *Sein* Handy. Ich bin hellwach und kann mich nicht rühren. Ich kriege keine Luft, mein Herz pocht brachial in meinem Hals, droht mir das Genick zu brechen. Im Flur geht das große Licht an, Johanna eilt herein.

»Das ist meins, tut mir leid«, flüstert sie hektisch, als würde in diesem Haus jetzt noch jemand schlafen. Fahrig durchsucht sie am Fußende der Couch die Ritzen und zieht endlich das Telefon heraus. Das Klingeln ist ohrenbetäubend in der nächtlichen Stille, ich versuche mich zu beruhigen. Es ist nur der gleiche Klingelton. Ich bin nicht zurück im Sternenhagel. Alles ist gut.

Aber nichts ist gut.

Johanna nimmt den Anruf entgegen und verschwindet mit einem fragenden »Ja?« aus dem Wohnzimmer. Langsam setze ich mich auf, froh, dass das schrille Geräusch verstummt ist.

Paul steht im Türrahmen, verschlafen, mit Knitterfalten im Gesicht und zerzausten Haaren. »Alles in Ordnung? Du zitterst ja«, stellt er ehrlich besorgt fest, obgleich ich mir nicht sicher bin, wem seine Sorge gilt.

Nächtliche Anrufe sind selten ein gutes Omen.

»Ich habe mich erschreckt«, murmele ich, nicht in der Lage zu erklären, wie viel tiefer dieser Schreck geht.

Paul wagt es nicht, ins Schlafzimmer zurückzukehren, wir beide lauschen Johannas Schweigen, es scheint ein sehr einseitiges Gespräch zu sein. Aus dem Nichts bricht es los, Johannas erschütterndes Schluchzen.

»Johanna!« Paul hastet ins Schlafzimmer, wir beide haben sofort begriffen, dass etwas Grauenhaftes geschehen sein muss.

»Melanie ist tot«, höre ich sie durch zwei offene Türen weinen. Ich bleibe sitzen, bin erstarrt, fühle mich schuldig, weil ich Zeugin ihres Schmerzes bin. Ich sollte nicht hier sein. Ihr Leid ist zu persönlich, und meine Anwesenheit macht mich zur Voyeurin. Viel zu oft schon habe ich den Verlust anderer Menschen beobachten müssen, es wird niemals einfacher.

Johanna stößt noch mehr gequälte Worte aus, und über all der Trauer liegt ein beruhigendes Zischen, das der Frau in Pauls Armen Trost spenden soll. Er bekommt die Bedeutung des Gesagten mit voller Wucht zu spüren. Bis zu mir scheinen nur die wichtigen Informationen durchzudringen.

»... hinter dem Pflegeheim ... unter Laub begraben ... sie ist tot ... umgebracht ...«

Zusammenhänge finden einander, und langsam tritt das Grauen auch in meinen Verstand.

Melanie ... so hieß auch die Schwester im Pflegeheim meines Vaters.

# Teil 2
# Sternen-hagel

# ALLE TOT!

Geiselnahme in hannoverscher Cocktailbar nach eineinhalb Tagen Nervenkrieg blutig beendet.

Nur eine Geisel überlebte wie durch ein Wunder.

Mehr als sechsunddreißig Stunden lang verfolgte ganz Deutschland die Geiselnahme, sah auf wechselnden YouTube-Kanälen die schrecklichen Livevideos der Gefangenen und wurde Zeuge ihrer grausamen Ermordung. Heute Mittag um 13:13 Uhr wurde die Geiselnahme gewaltsam beendet. Nach erfolglosen Verhandlungsversuchen stürmten Einsatzkräfte des SEK die Bar und lösten dabei zwei zuvor unentdeckte Sprengsätze aus. Die Detonation nahe dem Eingang tötete zwei Polizisten und verletzte fünf weitere zum Teil schwer. Bei der zweiten Explosion im Innenraum der Bar kamen mehr als zwanzig Menschen ums Leben, darunter die Geiselnehmer. Über deren Identität ist bisher nichts bekannt.

In der Nacht vom 12. auf den 13. Juni überfielen unbekannte Männer die beliebte Cocktailbar Sternenhagel in Hannover, eröffneten das Feuer auf Personal und Gäste und nahmen im Anschluss die Überlebenden als Geiseln.

Der Geiselnahme vorausgegangen war der Mord an Sternenhagel-Inhaber Madsen Wisser, der am frühen Abend des 12. Juni in seiner Wohnung mit einem Kopfschuss hingerichtet worden war. Was in den darauffolgenden Stunden geschah, war eine Tour de Force des Grauens. Auf der Videoplattform YouTube tauchten Livestreams auf, die aus der Hölle zu kommen schienen. Gefesselte Geiseln, Angst, Blut, Schrecken. Die Spezialeinheit unter der Einsatzleitung von Herbert Großmann und Verhandlungsexperte Guido Schöne konnten jedoch nicht verhindern, dass die Geiselnehmer ihre Drohungen wahr machten und Geiseln vor laufender Kamera töteten. Über die Forderungen der unbekannten Männer ist bislang kaum etwas bekannt, Informationen zufolge soll es sich u.a. um einen zweistelligen Millionenbetrag handeln.

Nun hat das Verbrechen ein tragisches Ende gefunden.

Einzig eine Geisel soll die Explosionen überlebt haben. Berichten zufolge handelt es sich dabei um die 22-jährige Olivia Bloch, die zuletzt den Zuschauern mit ihrem eindrucksvollen Video den Atem geraubt hat. Die Schwere ihrer Verletzungen ist nicht bekannt.

# DIE GEISELNEHMER AUS DEM STERNENHAGEL: DAS SIND SIE!

Die für das Massaker in der hannoverschen Cocktailbar verantwortlichen Männer identifiziert!

Einzige Überlebende weiterhin auf Intensivstation.

Einen Tag nach dem dramatischen Ende der Geiselnahme sind die Täter identifiziert. Bei den Männern handelte es sich um Industriekaufmann Dominik Fuhrmann (25), Altenpfleger Raphael Döring (29), Koch Rene Walther (33) und Berufssoldat Hannes Nickel (52). Ersten Ermittlungen zufolge lernten sich die Männer in der Justizvollzugsanstalt Hannover kennen, wo sie für verschiedene Straftaten einsaßen, u.a. für Vergehen wie Einbruch, unterlassene Hilfeleistung, aber auch Kapitalverbrechen wie schwere Körperverletzung. Vor nicht einmal einem Monat war der letzte Inhaftierte, Hannes Nickel, auf Bewährung entlassen worden. Er hatte wegen Waffenhandels eine mehrjährige Haftstrafe abgesessen.

Die einzige Überlebende Olivia Bloch befindet sich weiterhin auf der Intensivstation, schwebt jedoch nicht in Lebensgefahr. Die junge Frau hatte wie durch ein Wunder die verheerende Explosion überlebt, nachdem sie zuvor bereits dem Amoklauf und einer sechsunddreißigstündigen Geiselnahme standgehalten hatte. Die Befragungen werden fortgesetzt, sobald die Patientin die Intensivstation verlässt.

Derweil wurden weitere schockierende Einzelheiten über die Geiselnahme bekannt … (Lesen Sie weiter auf Seite 3.)

# WERDE SCHNELL GESUND, STARKE OLIVIA!

Überlebenswunder Olivia Bloch nach Geiselnahme in Cocktailbar aus Krankenhaus entlassen.

Was die Zukunft in Freiheit für sie bereithält.

Heute am frühen Vormittag, eine Woche nach dem Ende der Geiselnahme in der hannoverschen Cocktailbar Sternenhagel, hat Olivia Bloch in Begleitung ihrer Mutter das Krankenhaus verlassen. Dort hat das Überlebenswunder einige Tage auf der Intensivstation verbracht und im Anschluss ihre Verletzungen durch die Explosion sowie eine schwere Dehydrierung auskuriert. Während ihrer Aussagen am Krankenbett wurde das ganze Ausmaß der Zustände während der Geiselnahme bekannt.

Wir sprachen mit Krankenhauspsychologin Juliane Blast über die Zukunft der starken jungen Frau, die sich während der Gefangenschaft stets kämpferisch und menschlich zeigte.

»Für gewöhnlich ist es bei Patientinnen und Patienten, die wie Frau Bloch ein schweres Trauma erlitten haben, ratsam, sich in psychotherapeutische Behandlung zu begeben, um das Erlebte aufzuarbeiten und einer posttraumatischen Belastungsstörung vorzubeugen. Dabei handelt es sich jedoch lediglich um Empfehlungen, in der Regel entscheiden die Patientinnen und Patienten selbst darüber. Jeder Mensch ist anders und bedarf einer individuellen Behandlung.«

Über Blochs psychischen Zustand ist derweilen nichts bekannt, erste Interviewanfragen wurden abgelehnt. Ganz Deutschland schaut bewundernd auf diese bemerkenswerte junge Frau, der es entgegen allen Umständen gelungen ist, zu überleben. »Olivia Bloch ist eine große Inspiration, ein Vorbild für uns alle, die mit ihrem Leben zu kämpfen haben, und ein Licht der Hoffnung, dass nichts verloren ist, egal, wie hoffnungslos es auch scheint«, sagt Fernsehmoderatorin Stefanie Altmann, die sich während ihrer Berichterstattung viel mit der Person Bloch beschäftigt hat. Und weiter: »Die Medienlandschaft hat mit ihr eine Superheldin der etwas anderen Art, und ich bin sehr gespannt, was wir über Olivia Bloch in Zukunft noch hören werden.«

Ganz Deutschland sagt: Werde schnell wieder gesund, starke Olivia!

# ZWEIFEL AN OLIVIA BLOCH

Wie glaubwürdig ist das Überlebenswunder aus der Cocktailbar?
Was ein Blog-Forum mit den Zweifeln zu tun hat.

Vor einem Monat entkam sie aus dem Sternenhagel. Ganz Deutschland zeigte seine Solidarität mit der einzigen Überlebenden der grauenhaften Ereignisse in der Cocktailbar, bei denen insgesamt mehr als fünfzig Menschen den Tod fanden, sorgten sich um ihr Wohlbefinden und zeigten ihre Unterstützung in Tausenden Fanbriefen. Nun steht Olivia Bloch selbst im Zentrum von immer lauter werdenden Spekulationen, zu denen sie sich bislang nicht geäußert hat.

Erste Fragen tauchten in dem Forum eines Fanblogs auf, in dem die Videos, die zwischenzeitlich von YouTube entfernt worden waren, unter den Interessierten getauscht wurden.

Wie konnte Olivia Bloch die Explosion überleben? Wieso hat sie in dem Livestream, den die Geiselnehmer mit ihr machten, so beherrscht und furchtlos gewirkt, während die anderen ihre Angst und Verzweiflung nicht verbergen konnten?

Der leitende Ermittler Michael Raabe, auf die Ungereimtheiten angesprochen, sagte Folgendes: »Olivia Bloch ist über jeden Verdacht erhaben, ihre Aussagen bestätigen die Ergebnisse unserer Ermittlungen und das, was wir durch die Videos über die Geiselnahme wissen, und weisen auch sonst keine Widersprüche auf. Die Menschen müssen nicht jedes grauenvolle Detail der Geiselnahme kennen, auch zum Schutze ihrer [Anmerkung der Redaktion: Olivia Blochs] Persönlichkeitsrechte.«

Angesichts seiner ausweichenden Antwort stellt sich Deutschland nun die Frage, wie glaubwürdig die 22-jährige Überlebende tatsächlich ist und was hinter den offensichtlichen Vertuschungsversuchen der Polizei steckt. Olivia Bloch könnte selbst etwas dazu beitragen, das neue Misstrauen gegen sie im Keim zu ersticken, doch sie lehnt weiterhin jede Interviewanfrage ab. Hat sie womöglich doch etwas zu verbergen?

# VERDÄCHTIGUNGEN ERHÄRTEN SICH

Olivia Bloch in Wahrheit Komplizin?

Angebliche Beweise für Mittäterschaft aufgetaucht: Hat das Überlebenswunder aus dem Sternenhagel ganz Deutschland an der Nase herumgeführt?

Drei Monate nach der Geiselnahme in der beliebten hannoverschen Cocktailbar Sternenhagel hat sich die einzige Überlebende Olivia Bloch den mittlerweile kritischen Fragen in einem Fernsehinterview gestellt; Antworten blieb sie den geschockten Zuschauern jedoch schuldig. Mit dem katastrophalen Auftritt in der Talkshow von Moderatorin Stefanie Altmann hat sich Bloch keinen Gefallen getan. Sie wirkte gleichgültig, herablassend und nicht wie das traumatisierte Geiselopfer, als das sie sich sonst gerne ausgibt. Ehemals treue Bewunderer mussten live im Fernsehen mitansehen, wie Bloch abweisend auf Zuschauerfragen reagierte, ihr Interview kurz vor Ende mit den Worten »Ihr könnt mich mal!« abbrach und wütend das Studio verließ.

Ist das das Ende des Lieblings der Nation?

Nur wenige Stunden nach der Ausstrahlung tauchten neue Bilder in dem bekannten Fanforum (wir berichteten) auf, die bislang unveröffentlichte Aufnahmen aus dem Sternenhagel zeigen sollen, auf denen die Geiselnehmer zu sehen sind – und zwar alle. Sollte sich dieses Foto als echt herausstellen, stellt sich uns vor allem eine Frage: Wer hat dieses Foto aufgenommen? Und warum wurde es den Medien bislang vorenthalten? Fest steht, dass es sich dabei um keine Aufnahme der beliebten Instagram-Influencerin Senta Krawczyk handelt, die bei der Geiselnahme ebenfalls ums Leben gekommen ist und mit dem letzten Foto vor dem ersten Schuss in der Cocktailbar traurige Berühmtheit erlangt hat.

Es ist kaum vorstellbar, doch manchmal ist die Wahrheit unglaublicher als jede Lüge. Könnte es sein, dass Olivia Bloch nur vorgetäuscht hat, eine Geisel gewesen zu sein, und in Wahrheit eine Komplizin der Männer ist, die für den Tod von mehr als fünfzig Menschen verantwortlich sind?

Genaueres lässt sich erst nach der Analyse des aufgetauchten Fotos sagen, doch auch wenn es sich als Fälschung herausstellt, hat Olivia Bloch mit ihrem Verhalten der letzten Tage endgültig die Sympathien ihrer früheren Anhänger verspielt.

# 21

*Hannover, 12. Juni*

Der Geschmack von Minze und Limette lag auf meiner Zunge, der kubanische Rum stieg mir in den Kopf, und ich leckte den klebrigen Rohrzucker von meinen Lippen.

Einen Atemzug später fielen die ersten Schüsse.

Panisches Geschrei brach um uns herum aus, und bevor ich überhaupt begriff, was geschah, riss mich etwas zu Boden. Ich landete auf Knien und Händen und zog meinen Kopf ein, legte schützend die Arme über ihn, machte mich ganz klein, damit das ausgebrochene Chaos mich nicht verschluckte.

Was passierte hier? Ich gab ein Schluchzen von mir und hörte es nicht, unartikulierte Schreie der Panik, splitterndes Glas und immer wieder ohrenbetäubende Schüsse machten meine Laute des Entsetzens stumm. Ich wollte nicht in den Gesang des Todes mit einstimmen, ich musste hier raus, bevor mich eine Kugel traf, bevor der Schrecken mich lähmte, bevor ich starb.

Ich wollte nicht sterben!

Mit eingezogenem Kopf versuchte ich davonzurobben, doch etwas hinderte mich daran, hielt mich fest. Packte mich um die Taille, zog mich zurück. Verzweifelt versuchte ich mich loszumachen, schlug um mich, schrie meine Kehle wund, bis sich eine Hand auf meinen Mund drückte und mich zum Schweigen brachte. Meine Sicht verschwamm, der Alkohol in meinem Kopf nahm mir den Verstand. Übelkeit traf mich wie ein Blitzschlag. Ich wand mich in dem festen Griff, der mich hielt, Schreie vermischten sich mit Weinen, etwas presste sich an meine Wange, und erst da erkannte ich Miko. Er bedeutete mir mit einem Finger über seinem Mund, leise zu sein, ich hyperventilierte, nickte aber und ließ mich von ihm bis an den Tresen der Bar zerren. Wir versteckten uns hinter den langbeinigen Barhockern, ich zitterte am ganzen Leib, stumme Tränen waren alles, was ich mir erlaubte, während ich, von Miko gehalten, dennoch erwartete, getroffen zu werden.

Menschen liefen an uns vorbei, und etwas Brachiales in mir brüllte danach, mich ihnen anzuschließen. Immer wieder zerrissen Schüsse den Schreigesang und streckten Menschen nieder, eben noch auf den Beinen, nun mit starrem Blick und blutbesudelt am Boden. Miko hielt mich zurück, ihm verdankte ich mein Leben.

Jahrtausende später verstummte das Chaos schlagartig, keine panischen Schritte von Turnschuhen und High Heels mehr, keine Schreie, keine Schüsse. Mein Herz pochte so voller Nachdruck, dass es mir vorkam wie das lauteste Geräusch in der Bar. Aber das stimmte nicht. Aus verschiedenen Ecken kam leises Weinen, verzweifeltes Schluchzen – und wieder Schritte. Dieses Mal langsam und bedrohlich. Mächtig.

Miko begann, wild mit den Armen zu gestikulieren, bedeutete mir, geduckt um die Theke herum hinter die Bar zu kriechen; ich begriff auch ohne Erklärung die neue Gefahr. Für jene, die die Bar absuchten, mit Waffen und Blutdurst, ohne Gewissen oder Reue, hockten wir auf dem Präsentierteller.

Irgendwie schafften wir es auf allen vieren und an die Theke gepresst zu dem schmalen Durchgang, der hinter den Tresen führte, ohne uns zu verraten. Ich zog mich über den klebrig-verschmierten Boden – eine Wolke aus hochprozentigen Dämpfen stieg mir in die Nase – und dachte an das gesplitterte Glas. Fragte mich, welches Cocktailgemisch sich in meine Jeans sog.

Dann stieß ich auf einen Körper, und aus dem Cocktailgemisch wurde Blut. Blut an meinen Händen, meinen Ellenbogen, meinen Klamotten. Ich wollte nicht hinsehen, meine Augen handelten ohne Zustimmung, sahen zwei schlaffe Füße, Beine, alles darüber war durchlöchert, blutgetränkt, ermordet. Ich drehte den Kopf weg, und mit einem ungläubigen Wimmern ereilte mich die Erkenntnis.

Dante.

Keine Blowjobs mehr, nicht von ihm. Ich schämte mich, dass ich ausgerechnet daran als Erstes dachte. Dante war sicher mehr gewesen als ein guter Barkeeper.

In seinem Körper steckten Kugeln, die auch mich hätten treffen können. Dante war tot, aber ich lebte noch, und ich war nicht bereit, mich den Waffen auszuliefern. Ich dachte nicht nach, reagierte nur auf eine Situation, die zu grauenhaft war, um sie sich vorzustellen, und sprang auf. Starrte auf meine blutigen Hände, bekam keine Luft mehr.

Fremdes Leben an meiner Haut.

Ich musste hier raus. Sofort.

Rausrausrausrausrausraus.

Ich wirbelte herum, bereit zur Flucht …

… und blickte in die grauenvolle Fratze eines Horrorclowns.

## 22

*Obderwede, 24. Oktober*

Ich erwache aus einem Alptraum und fühle mich, als hätte mir jemand ein Kissen aufs Gesicht gedrückt. Ich schnappe nach Luft wie eine Taucherin, die an die Oberfläche zurückkehrt, dann beginne ich sofort mit der Atemtechnik, die Dr. Fischer mir gezeigt hat. Mein Herz rast, die Haare kleben an meinem Kopf.

Das Unwetter ist vorbei – zumindest draußen.

Sie sind wieder da. Die Alpträume. Die Angst, im Schlaf zu sterben. Alles andere wird folgen. Ein kleiner Trigger genügte, um die Wand der Verdrängung einzureißen, fast vier Monate Intensivtherapie, Traumabewältigung und tiefenpsychologische Verarbeitung für nichts.

Allerdings würde ich einen Mord nicht als einen *kleinen* Trigger bezeichnen – obwohl ich dieses Mal nicht zusehen musste.

Allmählich ebbt die Angst ab, mein Herzschlag normalisiert sich. Ich stehe auf, gehe duschen, wasche den Nachtschweiß ab, kriege den Klingelton von Johannas Handy, *seinem Handy*, nicht aus dem Kopf. Meine akustische Begleitung für den Tag, als wäre ich die Figur aus einem alten Computerspiel, mit der Aufgabe, am Abhang zu balancieren und nicht in die Tiefe zu stürzen.

Nach der Todesbotschaft bin ich noch in derselben Nacht in das Haus zurückgekehrt, das mich »Mörderin« nennt. Es steht an der Tür, empfängt mich, wenn ich komme, flüstert verstohlen hinter meinem Rücken, sobald ich sie schließe. Der Kampf, irrationale Gedanken nicht zuzulassen, ihnen nicht nachzugeben, ist direkt verloren.

Ich habe das Opfer gekannt.

Sie war eine Fremde.

Ich bin vielleicht die Letzte gewesen, die mit ihr gesprochen hat. Und dann bin ich weggelaufen.

Wirkt verdächtig.

MÖRDERIN.

Der Kühlschrank ist vollgestopft, ich erinnere mich nicht, was ich mir dabei gedacht habe, so viele Lebensmittel einzukaufen. An manchen Tagen fühlt es sich falsch an, meinen Magen zu füllen. Als müsste Hunger eine Strafe dafür sein, dass ich noch am Leben bin und die anderen nicht, dazu verdammt, das Sternenhagel niemals vollständig zu verlassen. Ich trinke ein Glas Wasser aus der Leitung, weil ich immerhin trinken muss, um am Leben zu bleiben und meine Schuld zu spüren.

Danach zieht es mich zurück ins Gästezimmer. Ich weiß, was jetzt kommt, die alten Prozeduren sind mit dem Trigger zurückgekehrt.

Womöglich sollte ich Dr. Fischer anrufen.

Ich fahre meinen Laptop hoch, das letzte Mal ist schon länger her, irgendein Update lässt mich warten, in der Zwischenzeit krame ich mein Handy aus dem Rucksack, ich habe es ein wenig vernachlässigt. Ich will nur sichergehen, dass ich die Nummer von Dr. Fischer gespeichert habe.

Zwei Anrufe in Abwesenheit von meiner Mutter blinken mir entgegen. Sie hält sich zurück, und ich werde den Teufel tun, sie anzurufen.

Außerdem sieben Nachrichten auf WhatsApp, alle von unbekannten Nummern. Ich setze mich im Schneidersitz auf das Bett, ich ahne bereits, was das zu bedeuten hat.

*Geh sterben, du Fotze!*

Mit so einer Nachricht beginne ich gerne den Tag. Es gibt nichts, was ich noch nicht erhalten habe, keine Morddrohung, Selbstmordaufforderung oder sonstigen kranken Scheiß, ich kenne alles. Die Menschen sind in ihrer Boshaftigkeit bedenklich einfältig. Hass tut der Intelligenz anscheinend nicht besonders gut. Ich lösche die Nachricht und sperre die Nummer, schaue mir aus Neugier aber noch weitere an.

*Ich fand dich von Anfang an scheiße. Jemand anderes hätte überleben sollen. Du bist hässlich und dumm.*

*Jemand sollte dich mit einem Schwert vergewaltigen. Ich habe ein Schwert. Ich zeig's dir!*

Mein Masochismus lässt mich das lesen, stelle ich fest, aber jetzt ist genug. Ich lösche alle Nachrichten, auch die ungelesenen, und sperre sämtliche Nummern. Die Drohungen sollten mir vielleicht Angst machen, stattdessen bin ich wütend. Irgendjemand hat einmal mehr meine Nummer rausgegeben, dabei hat sie kaum noch jemand. Es gibt Leute, die dafür Geld bezahlen, hat mir ein Polizist einmal erzählt. Ich habe keine Lust, schon wieder meine Nummer zu wechseln, es wäre das – fünfte Mal? Ich habe den Überblick verloren. Ich beschließe, erst einmal abzuwarten. Sollten sich die Nachrichten häufen oder einige von den ganz Mutigen anrufen, muss ich etwas unternehmen.

Ich bin es so satt. Inzwischen habe ich begriffen, dass Menschen gerne reden, aber nichts von den Dingen tatsächlich tun, die sie mir androhen. Sie wollen mir Angst machen, genau deshalb versuche ich, solche Nachrichten nicht an mich ranzulassen.

Beschissen fühle ich mich trotzdem. Ich werde nicht gerne gehasst.

Mein Laptop ist mit dem Update fertig, und es zieht mich zu YouTube. Warum sollten die Menschen aufhören, mich zu hassen, wenn ich mich von allen doch am meisten verachte? Eigentlich sollten sämtliche Videos der Geiselnahme aus dem Internet verschwunden sein. Trotzdem finde ich sofort, wonach ich suche. Das Wort »Miko« in der Suchleiste genügt, und ich habe unzählige Treffer.

Das vollständige Video finde ich an vierter Stelle. Es hat

eine halbe Million Klicks, obwohl es erst vor drei Wochen hochgeladen wurde.

Ein nicht unwesentlicher Teil der Klicks ist von mir.

Ich weiß, was mich erwartet, wie ich mich fühlen werde, trotzdem lasse ich das Video laufen. Das Vergessen könnte mich retten, aber Miko kann ich nur retten, indem ich mich an ihn erinnere.

Und das muss ich.

Die Aufnahme zeigt sein Gesicht, Teile seines Oberkörpers. Rechts im Bild taucht immer wieder meine eigene vorgestreckte Schulter auf, weiße, mit Blut verschmierte Haut, ein schwarzer Träger. Jenes Oberteil, das mir im Krankenhaus vom Leib geschnitten worden war. Nun in irgendeinem Lager als Beweismittel bei der Polizei liegt. Ich wünschte immer noch, sie hätten es verbrannt.

Miko sieht schrecklich aus. Erschöpft, verstört, krank, voller Angst. Dennoch lässt seine Schönheit hinter alledem mein Herz schmerzen. Nur ich erkenne unter dem Offensichtlichen seine Entschlossenheit, die Bereitschaft, zu tun, was nötig ist, um zu überleben. Trotz Schmerzen in den Schultern, dem nagenden Hunger und diesem grauenhaften Durst, der seine Lippen trocken und rissig gemacht hat. Miko hatte sich seine Würde erhalten, seine Menschlichkeit, und besaß eine emotionale Kraft, die mir das Leben gerettet hat.

In dem kleinen Fenster des Videos huschen seine dunklen Iriden unsicher umher, niemand außer mir weiß, was er sieht. Fratzen, die ihn zwingen, diese Aufnahme zu machen. Dann nickt Miko und blickt direkt in die Kamera. Direkt in meine Augen.

»Mein Name ist Miko Sowa, und also … ich bin siebenundzwanzig Jahre alt und von Beruf Sanitäter.« Obwohl er sich darum bemüht, seine Unsicherheit zu verbergen, bebt seine Stimme. »Wir … also noch einige andere und ich … werden hier gegen unseren Willen festgehalten. Was genau sie wollen, weiß ich nicht, und ich … bitte tun Sie, was sie sagen. Das ist kein Spiel, jedes Mal, wenn Sie ein Ultimatum ablaufen lassen, töten sie jemanden. Hier sind so viele Tote –« Er bricht ab, muss sich fassen.

Ich starre auf den kleinen Monitor mit dem noch kleineren Fenster, auf dem das Video läuft, und spüre, wie sich meine Nasenlöcher aufblähen. Mein Kinn zittert, meine Augen brennen.

Es ist nur eine Kopie einer Kopie einer Kopie, das Bild ist unschärfer geworden, der Ton schlechter, doch Pixel und Rauschen ändern nichts an der Wirkung, die es auf mich hat. Die es auf alle haben sollte. Aber für die Menschen ist es bloß eine entfernte Realität, genauso gut könnte es Fake Found Footage sein und Miko ein Schauspieler.

Miko bereitet sich für seine letzten Worte vor, befeuchtet seine Lippen, die danach genauso rissig sind, genauso ausgedörrt wie zuvor. »Kazuki, Luisa, ich bin unendlich dankbar, dass ihr es geschafft habt. Ich liebe euch so sehr und hoffe, dass wir uns bald wiedersehen. Und … ihr wisst, warum ich noch bleiben wollte.« Er lacht scheu, als dürfe er das nicht, ein sehnsuchtsvolles Geräusch, das viel zu schnell wieder erstirbt. Sein Kopf zuckt fast unsichtbar in meine Richtung, man sieht es nur, wenn man es weiß, und in meiner Kehle beginnt ein Geschwür zu wuchern. »Es hat geklappt. Ich werde sie euch vorstellen, sobald wir hier fertig sind, versprochen!« Dann bricht er in Tränen aus. Es war das einzige Mal während der ganzen Zeit, dass ich ihn habe weinen sehen.

Ich stoppe das Video, wische meine feuchten Augen trocken und schließe die Lider, damit keine neuen Tränen kommen. Atme tief ein und aus, um mir Linderung zu verschaffen, die ich nicht verdiene. Als ich sie wieder öffne, fällt mein Blick auf die Leiste rechts neben dem Standbild von Miko mit den vorgeschlagenen Videos.

Gleich bei dem obersten Vorschaubild schießt mir das Blut in den Kopf, die Überschrift gibt mir den Rest.

*Die Bloch-Wahrheit | Sternenhagel | Truth #Crack Pt. 1*
*notOliviaBloch*
*20.183 Aufrufe * vor 9 Stunden*
*NEU*

Auf dem Vorschaubild bin ich zu sehen, ein Screenshot von meinem einzigen TV-Interview, das zu einem katastrophalen Reinfall geworden war; auf dem Screenshot bin ich gerade am Reden, meine Augen sind unterschiedlich weit geöffnet und leicht nach oben verdreht – ich sehe aus, als wäre ich von einem Dämon besessen. Neben meinem Gesicht steht in einer comichaften Sprechblase die Frage: »Schuldig oder nicht schuldig?«

Ich zögere, das Video anzuklicken, tue es dann aber doch. Natürlich.

Das Video ist fast zehn Minuten lang und besteht aus verschiedenen Zusammenschnitten von mir, entweder aus dem Sternenhagel oder dem Interview, Sätze, die ich gesagt habe, völlig aus dem Zusammenhang gerissen, die mich in einem schlechten Licht dastehen lassen. Diese Videosequenzen werden unterbrochen von einer Bildershow, Fotos von mir, die mich in unvorteilhaften Situationen zeigen, geknipst von irgendwelchen Reportern, die mir aufgelauert haben.

Meine Mutter und ich nach einem Einkauf, ich trage zwei Packungen Toilettenpapier.

Ich mit tief in die Stirn gezogener Kapuze, wie ich vor dem Eingang der psychiatrischen Klinik stehe und ein Gesicht mache, als würden mich die anderen Patienten anekeln.

Ich mit einem Handy am Ohr bei einem Spaziergang, im Schlabberlock und – höchst verdächtig – lachend.

Und so weiter.

In einem eingeblendeten Text am unteren Bildrand werden Dinge behauptet, die mich vor Wut und Fassungslosigkeit zittern lassen. Ich sei eine Lügnerin, würde mein Trauma nur vortäuschen und hätte noch immer keine vernünftige Erklärung zu den Vorwürfen gegen mich abgegeben. Es taucht ein

Bild auf, auf dem die Geiselnehmer zu sehen sind, jemand scheint das vorhandene Bildmaterial Frame für Frame gesichtet zu haben, um an diese Aufnahme zu gelangen. Ein Bild, auf dem alle identifizierten Männer zu sehen sind, in schwarzer Kleidung, mit grässlichen Masken und schwer bewaffnet.

Darunter die Frage: »Wer hat gefilmt?«

Nur ich scheine zu erkennen, dass dieses Foto nicht echt und eine offenkundige Fotomontage ist, was durch das nächste Bild bekräftigt wird. Denn darauf bin auch ich zu sehen, ein absurd fremder Körper mit meinem Kopf. Mein Gesicht ist ausgeschnitten aus einer der Aufnahmen, auf denen ich lache, nur dass das Telefon an meinem Ohr entfernt worden ist und stattdessen an einem ausgestreckten Arm die Geiselnehmer filmt. Es ist eine so unfassbare Farce, dass ich es kaum glauben kann.

Was als Nächstes kommt, trifft mich trotz allem unvorbereitet. Ein Foto von Julian, eines von früher, als er und ich noch Freunde waren und unsere Welt kaum Schlimmeres zu bieten hatte als Stress mit Eltern und Zukunftsängste.

Die Worte unter dem Bild, das ihn freundlich und mir so vertraut zeigt, dass ich heulen möchte, lassen mich erstarren:

»Was die wenigsten wissen: Es ist nicht das erste Mal, dass Olivia Bloch in einen mysteriösen Kriminalfall verwickelt war. Ein Junge verschwand spurlos, die Dorfbewohner munkelten, das damals siebzehnjährige Mädchen könnte etwas mit seinem Verschwinden zu tun haben.«

Und dann:

»Hat Olivia Bloch schon einmal zugeschlagen?«

Ich stoppe das Video, hämmere so heftig auf das Touchpad, dass der Laptop beinahe von meinem Schoß rutscht.

Dieser verdammte Wichser Malte! Er hat das Video gemacht, das ist so klar wie nichts anderes. Ich möchte kotzen, doch ich habe nichts im Magen. Aus Julians Verschwinden einen Kriminalfall zu machen und mich als Hauptverdächtige hinzustellen ist so weit weg von der Realität, dass niemand diesen Mist glauben dürfte. Die Erfahrung hat mir jedoch gezeigt, dass die Menschen nur zu gerne bereit sind, Scheiße zu fressen, wenn man ihnen erzählt, es wäre Schokopudding, völlig gleich, wonach er riecht.

In der Beschreibung unter dem Video finde ich meine Handynummer. Für ein paar Sekunden starre ich sie an, warte darauf, dass die Zahlen neu gemischt werden.

Bevor ich das Video wegen »irreführender Inhalte« melde, scrolle ich mich durch die dreihunderteinunddreißig Kommentare.

Der Tenor ist einstimmig.

*Olivia Bloch ist eine Lügnerin.*

*Olivia Bloch hätte sterben sollen.*

*Olivia Bloch ist schuldig.*

»Obwohl die Fotos von O. B. und den Geiselnehmern offensichtlich gephotoshopt sind, glaube ich inzwischen, dass sie was mit denen zu tun hat. Die Sache mit dem verschwundenen Jungen hat mich überzeugt, dass O. B. eine notorische Psychopathin ist.«

Ich klappe meinen Laptop zu. Lege ihn zur Seite. Bin überfordert von der Vielfalt und Wucht meiner Gefühle, und eine alles umfassende Frage drängt sich mir auf: Was mache ich überhaupt noch in Obderwede? Julian ist nicht hier, eine schmerzhafte Wahrheit, der ich noch nicht ins Auge sehe. Weil diese Enttäuschung kaum zu verkraften ist. Mit jedem Tag, den ich länger hier bin, entferne ich mich weiter von der Realität. Meine Lebensfäden laufen alle in Obderwede zusammen, miteinander verschlungen zu einem wüsten Knäuel, kaum zu entwirren. Womöglich wäre es am besten, den Knoten einfach abzuschneiden und von vorne anzufangen. Neue Lebensfäden spinnen, andere Verbindungen eingehen und nicht zurückblicken.

Vielleicht bin ich deswegen hier.

Um Abschied zu nehmen.

# 23

*Hannover, 13. Juni*

Sie trieben uns zusammen wie Kühe, drängten uns in den hinteren Teil der Bar, zwangen uns auf Stühle und banden uns mit Kabelbindern die Hände auf dem Rücken zusammen, die sich sofort in unsere Haut schnitten. Wir waren neunzehn. Zehn Frauen und neun Männer zwischen achtzehn und sechsundfünfzig.

Svenja war keine von uns. Ihre Leiche sah ich am Boden liegen, als mich die bewaffneten Männer vorwärtsstießen, ihr Kopf in einer Blutlache, das rot verschmierte Gesicht zu einem Ausdruck des Entsetzens erstarrt, die Augen weit aufgerissen. Eine Kugel hatte sie unterhalb des Mundes getroffen und ihren Unterkiefer zerfetzt. Vermutlich war sie gerade von der Toilette gekommen und nichts ahnend in den Tod gelaufen. Wäre sie doch bloß dort geblieben, versteckt in ihrer Kabine! Sicher hätten die Männer sie dort gefunden und zu uns gebracht, zwar nicht in Sicherheit, aber lebendig. Dann hätte sie nicht an ihrem eigenen Blut ertrinken müssen.

Zusammengepfercht saßen wir da wie eine Gruppe von Freunden, die bei einem Klassentreffen von bewaffneten Männern überrascht worden waren. Aber wir waren Fremde, die Verbliebenen eines feuchtfröhlichen Abends in einer Bar, unsere einzigen Gemeinsamkeiten die Todesangst und die Unfähigkeit zu begreifen, was gerade mit uns geschah. Dabei war die Antwort einfach.

Wir waren die, die nicht gestorben und nicht entkommen waren. Nun war der Eingang verrammelt, es gab keinen Weg hinaus.

Wir waren Geiseln.

Wir alle wussten es, aber niemand sprach es aus. Da waren nur Verzweiflung, Schluchzen und Weinen, aber keine Worte.

Noch nicht.

Eingeklemmt zwischen Miko auf meiner rechten Seite und einem Mann Anfang vierzig, Carsten, wie ich später erfuhr, saß ich in der linken Ecke des Us, das die Männer aus den Stühlen gebaut hatten, als wären wir ein seltsamer Debattierclub. Damit wir uns alle ansehen konnten. Die wenigsten taten das, schauten sich nicht um, zogen sich stattdessen in sich selbst zurück, beschäftigt mit der zentralen Frage: Werde ich jetzt sterben?

Einige von ihnen hielten den Blick gesenkt, weinten still in sich hinein. Eine Familie rechts von mir, Eltern mit drei erwachsenen Kindern, hatte sich zusammengekauert, und wenn sie einander auch nicht in die Arme nehmen konnten, so zeigten ihre verrenkten Körper und angelehnten Köpfe, dass sie zusammengehörten.

Ich hingegen starrte geradeaus. Alles an mir zitterte, und ich wurde einfach nicht Herrin über meine leisen Tränen, aber es war mir unmöglich, die grotesken Gestalten vor uns aus den Augen zu lassen. Ich musste wissen, was sie taten, wo sie sich aufhielten, welche Gefahr von ihnen ausging.

Aber sie taten nichts. Einfach gar nichts. Sie standen nur da, nebeneinander in einer Reihe, und warteten zwischen den fremdartigen liegenden Skulpturen, das Leben in einem Akt der Gewalt aus ihren gewundenen Körpern gerissen, ihr Blut am Boden vereint zu einem See des Todes. Ich weigerte mich hinzusehen, nahm die Leichen bloß als unscharfen roten Hintergrund wahr.

Die Männer sprachen kein Wort. Starrten uns nur aus toten Gesichtern an. Links an der Wand stand ein gedrungener Mann mit einer gelblichen Donald-Trump-Maske, die sich um seinen Kopf legte. Er war der kleinste der Männer und mit vier Waffen ausgestattet, von denen sich zwei Pistolen in Holstern unter seinen Armen befanden. Der breite Griff eines Gewehrs ragte hinter seinem Kopf hervor. Mit einer abgesägten Schrotflinte zielte er auf uns.

*Pinhead* und *Art the Clown*, wie *Donald Trump* in Schwarz gekleidet und mit Waffen in ihren Seitenholstern, starrten uns nur an, als würden sie auf etwas warten. Ihre Fratzen brachten in mir eine ursprüngliche Hysterie zum Schwingen, die mit jedem Atemzug anschwoll.

Der Schweinekopf aus grauen Leinen, der an eine verstörende Vogelscheuche erinnerte, war anders. Er trug keine Waffe bei sich, stattdessen richtete er ein iPhone auf uns, schwenkte es über uns hinweg, raubte unsere Seelen und bannte sie auf Video.

Das waren sie. Die Männer, die in diese Bar gekommen waren, mit der Absicht, zu töten und Gefangene zu nehmen, und nun standen sie da, als erwarteten sie von uns, dass wir den ersten Schritt machten.

Diese Minuten oder Stunden zermürbten mich. Niemand begehrte auf, doch die Unruhe unter uns wuchs. Dazusitzen, den Lauf vor Augen, der im Bruchteil einer Sekunde den Tod bedeuten konnte, kitzelte die Situation in Richtung Eskalation. Noch wagte es niemand, unsere neue Realität auf die Probe zu stellen, noch ließen wir uns erschlagen von der Mauer ihres Schweigens, doch es lag in der Luft, dass es nicht so bleiben würde.

Und dann tauchte *Billy* auf. *Billy* wegen der Maske, die er trug, eine weitere Gestalt aus einem Horrorfilm, das weiße Gesicht einer Bauchrednerpuppe mit hoher Stirn und schwarzen Haaren und den charakteristischen roten Spiralen auf den Wangen. Ich hatte die Filme dieser Horrorfratzen alle gesehen, mir aber in meinen schlimmsten Alpträumen nicht ausdenken können, ihnen jemals in der Realität zu begegnen.

*Billy* war groß und strahlte trotz Maske eine Bedrohlichkeit aus, die auch das letzte Schluchzen zum Schweigen brachte. Er trug ebenfalls Schwarz, sein ganzes Auftreten machte uns klar, dass er nicht einen Augenblick zögern würde, die Waffe in seiner herabhängenden Hand erneut abzufeuern, den Lauf auf unsere Gesichter gerichtet.

Schweinekopf ließ das iPhone sinken.

»Wir sind nicht aus politischen Gründen hier«, begann

*Billy* ohne Umschweife. Seine Stimme war durch die Maske gedämpft. »Es geht um Geld. Kriegen wir es nicht, sterbt ihr.«

Neues Schluchzen wallte auf. Ich presste meine Lippen aufeinander, damit die Cocktails in meinem Magen nicht aus dem Mund schossen.

»Unterhaltet euch, das ist mir scheißegal. Heult rum oder verflucht einen beliebigen Gott, geht mich alles nichts an.« Er senkte die Stimme, gab ihr einen scharfen Ton. »Aber wer aufmuckt, ist tot.« Symbolisch deutete er auf den Mann mit der Schrotflinte, ohne dabei die Augen von uns zu nehmen. »Wenn ihr trinken oder pissen müsst, sagt es *Pinhead*.« Sein Blick schien über uns zu huschen, unter der Maske war es nur zu erahnen, aber niemanden von uns sah er länger an. »Die Männer kommen mit, bringt die Leichen in den Kühlraum der Küche.«

Wie aufs Stichwort zog *Art the Clown* seine Waffe und zielte auf die Männer, die sich widerwillig von ihren Plätzen erhoben, ihren Liebsten beruhigende Worte zuwisperten und sich vom Schwein die Kabelbinder an den Handgelenken entfernen ließen.

*Billy* sah dabei zu, wie die toten Leute abtransportiert wurden, einer nach dem anderen, begleitet von Würgen und Fluchen der Männer, denen diese unmenschliche Aufgabe aufgetragen worden war.

Ich schloss die Augen, ertrug es nicht, die Filmmonster zu beobachten, spürte die leeren Plätze neben mir und kämpfte verbissen darum, die überdimensionale Panik in den Griff zu bekommen.

»Wer Durst hat, sagt *Pinhead* Bescheid. Jetzt.«

Ich wollte nichts trinken, nichts sehen, nichts hören, nichts fühlen. Aber das hysterische Biest in mir ließ sich nicht beruhigen.

Es war schließlich eine der älteren Frauen, die Mutter mit den erwachsenen Kindern, die es wagte, etwas zu sagen. »Wasser. Ich hätte gerne ein Wasser. Bitte.«

Ein verächtliches Schnaufen ließ mich meine Augen aufreißen. *Billy* stand weiterhin vor uns, ich hatte vermutet, er wäre gegangen.

»Wir sind in einer verdammten Bar«, sagte er herablassend, »hier wird kein Wasser getrunken!«

## 24

*Obderwede, 24. Oktober*

Beim Verlassen des Hauses renne ich mit gesenktem Blick in Paul rein, der mit seinem Handy in der Hand vor meiner Tür steht.

»Paul, was machst du hier? Ich dachte, du bist gestern mit Johanna nach Lübbewirtz gefahren.«

Er steckt das Handy in seine Gesäßtasche, dann nickt er.

»Bin ich auch, aber wir haben in dem Durcheinander ein paar Sachen vergessen, die ich holen soll.« Er sieht müde aus, viel geschlafen haben kann er nicht, sein Alptraum findet im Wachzustand statt. Es ist immer schwierig, etwas Hilfreiches zu sagen, wenn es keine Worte gibt, die dem Schmerz nach einem Verlust gerecht werden. Ich fühle mich ohnehin wie ein Eindringling in dieser einschneidenden Lebenssituation, eine Fremde, die einen Moment der emotionalen Blöße miterlebt hat, obwohl es ihr nicht zustand.

Dennoch versuche ich, den gesellschaftlichen Verhaltenskodex einzuhalten. »Wie geht es Johanna?«, frage ich vorsichtig, die Stimme gesenkt.

Auf Pauls schmalen Lippen zeigt sich ein freudloses Lächeln, zu vage, als dass ich es deuten könnte. »Wie soll es ihr schon gehen? Sie hat ihre Nichte verloren, einfach so. Mitten aus dem Leben gerissen. Das ist unmöglich zu begreifen.«

Ich nicke, fühle seine Erklärung mehr, als mir guttut.

Paul atmet schwer aus. »Für Lizzy ist es natürlich noch schlimmer. Viel schlimmer. Johanna hängt irgendwo fest zwischen der eigenen Trauer und dem Wunsch, ihrer großen Schwester eine Stütze zu sein. Es ist nicht leicht.«

»Was ist eigentlich passiert?« Die Frage kommt ohne Vorwarnung meines Bewusstseins, und innerlich fluchend beiße ich mir auf die Unterlippe.

Paul zuckt mit den Achseln. »So genau weiß das niemand. Melanie wurde hinter dem Pflegeheim in einem Laubhaufen gefunden. Erschlagen. Wie es aussieht, während ihrer Schicht. Es wird noch ermittelt.«

Mir läuft es kalt über den Rücken. Ich erinnere mich an den Laubbläser, den ich bei meinem kurzen Besuch gehört habe, weiß noch genau, wie ich der Pflegerin hinterhergeblickt habe, als sie losgegangen war, um nach meinem Vater zu sehen. Er steckt überall, in jeder Ritze, in jeder noch so unscheinbaren Situation, der unerwartete Tod, in Gestalt von Unfällen, Zufällen, Umständen – und viel zu häufig durch fremde Hand.

»Könnte es ein Bewohner des Pflegeheims getan haben?«, frage ich ins Blaue, um mich von meinen Angstgedanken loszureißen.

Paul sieht mich an, als hätte ich einen schlechten Scherz gemacht, und angesichts der Tatsache, dass in dem Heim Menschen leben, denen es nicht einmal mehr möglich ist, selbstverantwortlich auf die Toilette zu gehen, kann ich seinen Gesichtsausdruck gut nachvollziehen.

»Einer von den senilen und fragilen Tattergreisen?«, fragt er skeptisch, und augenblicklich entgleisen seine Gesichtszüge. Peinlich berührt sieht er mich an. »Tut mir leid, das hätte ich nicht sagen sollen. Du weißt, dass ich Martin sehr schätze. Schon immer.«

Ich nicke. »Ja, das weiß ich.« Mit dem Schlüssel im Schloss ziehe ich die Tür zu. Obwohl Paul zu den netten Menschen gehört, von denen ich in den letzten Monaten eindeutig zu wenige um mich hatte, bringe ich nicht die Energie auf, mich weiter mit ihm zu unterhalten. Es ist anstrengend. Reden ist anstrengend. Alles ist anstrengend.

Paul tritt zur Seite, lässt mir Platz, damit ich mich nicht bedrängt fühle.

»Was machst du eigentlich vor meiner Tür?«, hake ich nach, während ich abschließe. Nett oder nicht, seltsam ist es schon. Bevor ich mich wieder an Paul wende, überprüfe ich zweimal, ob die Tür wirklich verschlossen ist.

Er deutet auf einen Farbeimer, der neben seinen Füßen steht. »Mir ist eingefallen, dass ich auf dem Dachboden noch passende Farbe für deine Tür habe. Ich dachte, dir kommt es bestimmt entgegen, wenn ich die Schmiererei verschwinden lasse.«

Ich kann meine Überraschung nicht verbergen. »Das ist echt nett von dir, Paul.«

»Hast du vor, zur Polizei zu gehen?«, fragt er.

»Nein«, sage ich kopfschüttelnd. Ich habe darüber nachgedacht, kurz und schnell erkannt, dass es nichts bringen würde.

Er sieht aus, als hätte er sich das bereits gedacht, nickt bestätigend, dennoch wirkt sein Gesichtsausdruck auf mich ein wenig resigniert. »Dann habe ich deine Einwilligung?«

Ich lächle schwach. Paul gehört wirklich zu den Guten. »Hast du.«

Ich umrunde das Haus, auf der Suche nach meinem Fahrrad, das ich am Abend zuvor während des Unwetters einfach auf dem Rasen liegen gelassen habe. Wie vermutet lehnt es am Geräteschuppen. Johanna muss es in der Nacht gerettet haben, wann genau, kann ich nur raten. Diese fremde Frau kümmert sich schon jetzt fürsorglicher um mich, als meine Mutter es je getan hat. In meiner Brust lodert ein brennender Schmerz auf, als ich daran denke, was sie gerade durchmacht.

Letzte Wassertropfen glitzern auf den glatten Oberflächen der bunten Aufkleber, der Sattel hingegen ist bereits von den Sonnenstrahlen des Vormittags getrocknet. Dennoch wische ich mit dem Ärmel meines Hoodies darüber.

Das Fahrrad neben mir herschiebend, kehre ich zur Vorderseite des Hauses zurück. Paul hat schon begonnen, die Tür zu streichen, von dem schändlichen Vorwurf darauf ist nichts als ein bedeutungsloses Wortfragment geblieben.

Ich müsste erleichtert sein, empfinde aber nichts dergleichen.

»Du solltest trotzdem zur Polizei gehen«, ruft Paul mir zu, und ich bemerke, dass ich wohl ein paar Sekunden gestarrt habe.

»Du überstreichst gerade den Beweis«, gebe ich gespielt

leichthin zurück. Einer jungen Frau, die Scherze macht, kann es nicht schlecht gehen.

»Ich habe ein Foto gemacht. Fürs Erinnerungsalbum.« Mit einem Grinsen, das ihn um zehn Jahre jünger erscheinen lässt, klopft er mit der freien Hand auf seine Gesäßtasche, aus der der Rand seines Smartphones herausblitzt.

»Danke, Paul.« Ich zögere, füge dann aber hinzu: »Sag Johanna, dass mir ihr Verlust leidtut.«

Dann stecke ich mir die ausgeschalteten In-Ear-Kopfhörer in die Ohren und fahre davon.

Wie früher zieht es mich zum Refugium, obwohl es mir längst nicht mehr die Antworten gibt, die ich suche. Das Gelände rund um das Leichenhaus ist nach dem Unwetter die reinste Schlammgrube. Meine immer noch feuchten Chucks versinken zentimetertief im Morast, ich werde sie im Anschluss wegschmeißen müssen. Mir ist klar, dass die Wahrscheinlichkeit gleich null ist, eine Antwort in der kleinen grünen Kasse vorzufinden, trotzdem quäle ich mich durch den Matsch, um wenigstens etwas zu tun. Ein erbärmlicher Versuch, meine Anwesenheit in Obderwede zu rechtfertigen.

Denn die Wahrheit ist, dass Julian nicht kommen wird. Er wird nicht einfach auftauchen, im Dorf seiner Jugend, das er aus unklaren Gründen vor Jahren verlassen hat, nur weil ich es mir wünsche.

Ich bin eine dumme Kuh.

Mit hochgekrempelten Ärmeln suche ich blind nach der Schatulle, bin schon jetzt von oben bis unten mit Dreck und Schlamm beschmiert. Ich weiß, dass ich mich wie ein kleines Kind benehme, mich nicht darum schere, wie ich aussehe oder ob ich mir so durchnässt im schattigen Wald den Tod hole. Für mich zählt nur diese verdammte Kasse, ich bin eine Besessene, eine Fieberkranke, unfähig, mich meinem Dämon zu widersetzen.

Sie ist nicht mehr grün, dafür braun. Ich wische mir die Hände an der Hose ab, entfalte den Zettel und sehe meine einsame Frage.

Die nächsten zehn Minuten sitze ich da und fühle nur Leere, Erschöpfung, Verlorenheit. Was soll ich nur tun? Mein Leben mit seinem Zickzackkurs hat ein Dead End erreicht. Zurückgehen ist keine Option, aber wohin dann? Zurück in die Zeit vor dem Sternenhagel? Mir eine Wohnung mieten, mein Studium wieder aufnehmen? War ich damals glücklich? Ich habe meinen Vater verstoßen, meinen besten Freund an das große Unbekannte verloren. Seit ich siebzehn war bis heute, hier und jetzt, gab es keinen Moment, in dem ich sorglos war. Frei. Unbeschwert.

Gibt es das überhaupt?

Was mache ich jetzt? Das verdammte Schild umfahren und einen Neuanfang starten? In einem Land, das mich hasst?

Mit einem Mal weiß ich es. Hastig lege ich die Kasse zur Seite und laufe zurück zu meinem Fahrrad. Die Gänsehaut in meinem Nacken, da bin ich mir sicher, rührt von der Kälte her. Denn es ist niemand im Wald oder nahe dem Leichenhaus, dessen Blicke ich spüren könnte.

Ich bin durchgeschwitzt und atemlos, als ich den oberen Startpunkt der Schicksalskurve erreiche. Julians Orakel, wie er sie auch genannt hat. Damals habe ich seine Mutprobe, auf dem Fahrrad mit Kopfhörern und ohne Helm die nicht einsehbare Kurve hinunterzurasen, gehasst. Es war nichts anderes als leichtsinniger Nervenkitzel, eine typische Art für gelangweilte Jugendliche, sich zu beweisen. Viel zu spät habe ich begriffen, dass mehr dahinterstecken musste. Eine unterschwellige Todessehnsucht, angewachsen durch die Dinge in seinem Leben, auf die er keinen Einfluss hatte. Seine Unfähigkeit, die Entscheidung zu treffen, ob er unter diesen Bedingungen leben wollte oder nicht.

Genau diese Unfähigkeit verspüre ich jetzt auch. Fühle mich schuldig, weil ich ihn im Stich gelassen habe. Und stelle meine eigene Daseinsberechtigung in Frage. Die Notwendigkeit, noch auf der Welt zu sein.

Das Handy in der Tasche meines verschlammten Hoodies gibt ein aufmerksamkeitheischendes Piepen von sich. Obwohl ich weiß, dass von diesem Ding keine positiven Nachrichten zu erwarten sind, hole ich es hervor.

Eine WhatsApp einer unbekannten Nummer.

Ich sollte sie löschen, stattdessen lese ich sie.

*Tu der Gesellschaft den Gefallen und bring dich um.*

Ich stecke das Telefon zurück in die Tasche. Schaue die abschüssige Straße hinunter, bis sie in einer Linkskurve hinter einem kleinen Felsen verschwindet.

Vielleicht weiß das Orakel, was aus mir werden soll.

Mein Herz pumpt aufgeregt in meiner Brust, als ich schnell Geschwindigkeit aufnehme. Der frische Wind schlägt mir ins Gesicht, lässt meine Haare nach hinten peitschen. Ich sehe die Kurve näher kommen, bin mir des dumpfen Rauschens in meinen Ohren bewusst, von den Kopfhörern nicht vollständig nutzlos gemacht. Angst wallt in mir auf, will, dass ich abbremse, aber ich schicke sie zum Teufel. Sie bestimmt nicht über mich. Gleich ist die Kurve da, ich fahre in der Mitte der Fahrbahn, trete noch mehr in die Pedale. Fühle mich Julian nahe. Fühle, was er gefühlt haben muss.

Absolute Freiheit. Pures Leben. Spannung.

Als die Kurve da ist, will ich nur noch, dass es vorbei ist. Was für eine bescheuerte Idee! Ich kreische panisch, verreiße das Lenkrad.

Ein Hupen dröhnt durch meinen Kopf, ich versuche zu begreifen, was passiert, sehe kein Auto, doch das drängende Hupen kommt näher.

Ich trete in die Bremsen, meine Brust explodiert, ich verabschiede mich vom Leben.

In einem großen Bogen rauscht ein silbernes Auto an mir vorbei, landet dabei beinahe im Straßengraben auf der anderen Seite und kommt mit quietschenden Rädern zum Stehen. Ich schramme an der Felswand entlang, höre Stoff reißen, stoße mir das Knie so heftig an, dass ich erneut aufschreie. Dann ist es still. Nein, nicht ganz.

Ich atme. Laut und hektisch. Überall spüre ich meinen Puls, im Hals, in den Ohren, in meinem Kopf. Meine Wangen sind kalt vom Wind und heiß von der Angst.

Die Seitenscheibe des Wagens öffnet sich. Der Typ darin streckt seinen Kopf in meine Richtung und wirft mir einen wütenden Blick zu.

»Was soll die Scheiße? Wenn du dich umbringen willst, tu das nicht vor meinem Wagen. Wüsste da ein paar Leute, die es erledigen würden.«

Dass er mich zu kennen scheint, schockiert mich. Er kommt mir zwar entfernt bekannt vor, zuordnen kann ich ihn aber nicht. Statt zu antworten, zeige ich ihm den Mittelfinger. Der Typ Ende zwanzig zieht eine Grimasse, und ich wende mich von ihm ab.

Die Welt will mich nicht, aber das Orakel hat entschieden. Ich lebe noch. Als der Typ mit seinem aufgemotzten Audi davongebraust ist, breche ich in Tränen aus. Ob vor Erleichterung oder Enttäuschung, weiß ich nicht.

## 25

*Hannover, 13. Juni*

Erschöpfung drückte mich nieder, und sobald ich dehydrierte, würde mich mein Kreislauf vollständig in die Knie zwingen. Dennoch wollte ich nichts trinken. Hochprozentiges durch einen Strohhalm zu schlürfen, den *Pinhead* mit sadistischem Vergnügen vor meine Nase hielt, würde meinen Kopf noch wirrer machen, meine Nerven herausfordern, meinen Verstand lähmen.

Hilflos hatte ich meinen Kopf auf Mikos Schulter gelegt. Die meisten hier hatten jemanden, den sie kannten, dessen Anwesenheit ihnen Zuversicht gab, nur wir hatten niemanden, also klammerte ich mich an ihn.

»Wo ist deine Freundin, mit der du hier warst? Hat sie es rausgeschafft?«, fragte Miko irgendwann im Flüsterton, sein Gesicht dem meinen zugewandt.

Bei dem Gedanken an Svenja, den ich erfolgreich ausgeblendet hatte, seit die toten Körper aus unserem morbiden Orbit entfernt worden waren, zog sich mein Brustkorb zusammen, als hätte sich eine tonnenschwere Last auf ihn gelegt. »Nein«, wisperte ich, meine Stimme ein fremdartiges Gewächs, das seinen Weg aus meinem Mund fand.

Ich hatte zugesehen, wie zwei der Geiseln meine Freundin an Beinen und Schulter packten, habe für ihre Leichenträger in ihr Gesicht gesehen, weil sie es nicht ertrugen. Mit dem surrealen Gefühl eines Klartraumes hatte ich ihnen hinterhergesehen, als müsste ich mir trotz dieses verstörenden Bildes keine Sorgen machen, weil alles wieder an Ort und Stelle sein würde, sobald ich erwachte. Ein Trugschluss, den ich mir bewahren wollte, weil mit ihm alles leichter zu ertragen war.

»Was ist mit dir? Wo sind deine Leute?«

Miko atmete tief ein, und ich hob den Kopf, um zu begreifen, was diese Reaktion verursacht hatte. »Mein jüngerer Bruder und seine Freundin sind gegangen, kurz bevor ich dich angesprochen habe.«

Ich keuchte auf, begegnete entsetzt Mikos Augen. Er war meinetwegen in der Bar geblieben, nun würde er meinetwegen hier sterben.

»Das tut mir leid«, brachte ich irgendwie hervor, meine Schuld legte ihre Finger unerbittlich um meinen Hals.

Miko sah weg, schüttelte langsam den Kopf. Seine Augen waren geradeaus gerichtet, auf *Billy*, der hinter der Theke stand und telefonierte.

»Das muss dir nicht leidtun, tut es mir auch nicht. Ich bin nur dankbar, dass es Kazuki und Luisa gut geht.«

»Entschuldigung?« Die schüchterne Stimme einer jungen Frau zerriss die Stille, die erfüllt gewesen war von dem unterschwelligen Zischen geflüsterter Worte. Sie gehörte zu den glitzernden Mädchen. Alle drei hatten sich für den Abend in Schale geworfen, doch inzwischen waren die mit Pailletten besetzten Outfits zerrissen, ihr Make-up war verlaufen. »Entschuldigung, wir müssen auf die Toilette.« Senta war ihr Name, sie sprach leise und umsichtig, ihr Kinn zitterte, und ich senkte den Blick. Ich spürte ihre Furcht, die Tränenspur auf ihrer Wange machte mich nervös, aber ich war auch erleichtert. Erleichtert, weil ich kurz vor dem Überfall auf der Toilette gewesen war. Deswegen sah ich weg. Weil ich mich für meine Erleichterung schämte.

*Pinhead*, der uns wie die anderen Maskenmänner beobachtet hatte, nahm seine Pistole aus dem Holster, dann bedeutete er Senta mit einer Kopfbewegung, dass sie mitkommen sollte. Er zielte nicht auf sie, ließ die Waffe in seiner linken Hand einfach hängen, mit seinen mindestens einen Meter neunzig war er der zierlichen Senta ohnehin überlegen.

Senta erhob sich, ihr Auftreten strahlte Angst aus. Sie hatte ihre High Heels ausgezogen und bewegte sich langsam, wollte zeigen, dass sie nicht die Absicht hatte, ihn zu provozieren. Ihre Freundinnen taten es ihr gleich, und *Pinhead* schien sich nicht daran zu stören, dass sie sich ihnen anschlossen. Mit einem Deut seiner Pistole ließ er die drei Frauen vorangehen und folgte ihnen die Treppe nach unten. Ein ungutes Gefühl befiel mich, während ich ihnen nachsah.

Senta erlangte später schreckliche Berühmtheit als die Frau, die das letzte Foto aus dem Sternenhagel auf Instagram gepostet hatte, kurz bevor die Schüsse losgingen.

Ich sah wieder zu *Billy*, behielt ihn stoisch im Auge. Er telefonierte, vermutlich mit der Polizei. Ich hatte keine Ahnung von dem, was sich jenseits des Sternenhagel abspielte, wusste nichts von Einsatzleitern, Scharfschützen, Fristen. Ich folgte nur den stummen Gesprächen, die *Billy* außerhalb meiner Hörweite mit dem Telefon führte, außerstande, seine Mimik zu deuten. Manchmal gestikulierte er, ein Ausdruck seines hohen Frustrationslevels, und manchmal brüllte er so laut in das Handy, dass einige von uns wimmernd zusammenzuckten.

Zu spät bemerkte ich die Unruhe um mich herum. Plötzlich ging alles ganz schnell. Einer der Männer Ende zwanzig, der blonde Typ mit den zwei schwarzen Kumpels, stürzte nach vorne. Zuerst dachte ich, er würde fallen, doch dann erkannte ich, dass er es auf Schweinekopf abgesehen hatte. Irgendwie hatte er seine Arme befreit, hielt nun ein kleines Taschenmesser in der Hand, hinter ihm einer seiner Freunde. Mein panischer Blick sprang zu *Donald Trump*. Noch immer hatte er die Pumpgun angelegt, jedoch abgelenkt von *Art the Clown*, der ihm etwas zuflüsterte.

Und dann war er plötzlich nicht mehr abgelenkt.

Ein Schuss fiel, ein ohrenbetäubender Knall, tief und schwerfällig.

Jemand schrie einen Namen.

Noch mehr Schüsse explodierten, in schnellerer Abfolge nun, *Art the Clown* hatte seine Pistole gezogen, drückte unkoordiniert ab, zwei-, drei-, vier-, fünfmal.

Schreie. Gebrüll. Weinen.

Ich wagte es nicht, hinzusehen, hatte nur den Mund aufgerissen, ohne einen Ton herauszubringen, zitterte so heftig, dass ich beinahe vom Stuhl rutschte. Miko neben mir, den Kopf eingezogen, richtete sich wie in Zeitlupe auf.

Ich sah mich um.

Altes Blut vermischte sich mit neuem.

Zwei Männer lagen am Boden, bewegungslos, atmeten nicht. Kugeln steckten in ihren Körpern, das Entsetzen über diese unbegreifliche Tatsache stand in ihren Gesichtern.

Ihre Namen waren Samuel Diekmann und Hobi Onwudiwe. Sie hatten versucht, Schweinekopf zu überwältigen, nachdem es Samuel gelungen war, seine Hände aus dem lockeren Kabelbinder zu befreien. Mit seinem Taschenmesser hatte er Hobis Fesseln entfernt und die Gelegenheit nutzen wollen, das Ruder rumzureißen. Er und sein Kumpel hatten alle retten wollen.

Nun waren sie tot.

»Ja, verdammt, hier sind gerade Schüsse gefallen. Also besorgt endlich das verfickte Geld, kapiert?«, schrie *Billy* in sein Handy, so laut, dass es alle anderen verstummen ließ. Seine Wut war trotz der Maske zu spüren. Mit schweren Schritten war er innerhalb eines Atemzuges bei uns, sein Kopf bewegte sich von rechts nach links, er betrachtete das Chaos, das angerichtet war.

»Was soll die Scheiße?«, brüllte er uns an. »Wollt ihr sterben, oder was?« Während *Art the Clown* die Waffe hatte sinken lassen, zog *Billy* seine aus dem Holster und drückte sie einem blutenden Mann an den Kopf.

Erst jetzt drang das Schluchzen von dessen Frau zu mir durch, das Heulen ihrer erwachsenen Kinder, bislang ein Hintergrundgeräusch, nun im Mittelpunkt der Aufmerksamkeit. Blut sickerte aus der Wunde des Mannes, er stöhnte und schnaufte und schloss, den Lauf von Billys Waffe an der Stirn, die Augen. Miko hielt die Luft an, ich auch, niemand in dieser Bar schien zu atmen.

Als von unten die verzweifelten Schreie einer Frau zu uns aufstiegen, brach ich in Tränen aus.

## 26

*Hannover, 13. Juni*

Ihr nicht enden wollendes Kreischen gewährte uns einen hilflosen Blick in die Hölle. Niemand sprach ein Wort, *Art the Clown* und Schweinekopf flüsterten angespannt miteinander. *Billy* hatte sich abermals zur Bar zurückgezogen und blieb außer Hörweite verschwunden.

Ich weinte die ganze Zeit, meine Augen hatten sich in einen Sturzbach verwandelt. Sie versiegten irgendwann, als ich ausgedörrt war, und so schluchzte ich trocken weiter. Wir alle empfanden pures Entsetzen, ich las es in ihren verzerrten Gesichtern. Ein schwarzer Mann Anfang dreißig mit langen Dreads kniete am Boden und betrauerte den Tod seiner Freunde. Der verletzte Vater war umgeben von seiner Familie, *Billy* hatte Schweinekopf die Erlaubnis gegeben, die Fesseln von dessen Frau zu entfernen, damit sie ein schmutziges Geschirrtuch auf die Schulter ihres stöhnenden Mannes pressen konnte. Seine Kinder, ein Junge, der, wie ich später erfuhr, an diesem Tag seinen achtzehnten Geburtstag feierte, sowie die eineiigen Zwillingsschwestern Anfang zwanzig, hockten vor ihrem Vater auf dem Boden, damit er sie sehen konnte. Das Grauen hatte sich in diesem Raum manifestiert, war zu einem von uns geworden. Ich hätte es ertragen, irgendwie, wüsste ich, dass es sich nur zwischen diesen vier Wänden austobte. Doch es verbreitete sich, wütete bereits im Keller und würde bald schon die gesamte Welt infiltrieren.

Unten wurde es still. Ich war mir sicher, noch jemand wäre gestorben.

Als sie Ewigkeiten später die Treppe heraufkamen, flankierten Senta und eine der jungen Frauen ihre Freundin, sie wichen nicht von ihrer Seite, obwohl sie mit den auf dem Rücken gefesselten Händen nichts ausrichten konnten. Sie alle hatten geweint, ihre jungen Züge waren ein Spiegel der Hölle, der sie Augenblicke zuvor noch ausgeliefert gewesen waren. Jene von ihnen, die es am schlimmsten getroffen hatte, die mit den schulterlangen roten Haaren und der zierlichen Statur, war zerbrochen. Nichts, nicht einmal goldener Kleber, würde sie wieder zusammensetzen können, das Leben war für immer aus ihren Augen gewichen. Als sie unsere Blicke bemerkte, machte sie sich von ihren Freundinnen los. Ihre Unabhängigkeit, ihren Wert durfte ihr niemand nehmen.

Ihr Gang war steif, staksig, niemand sagte ein Wort, als sie an uns vorbeiwankte. Der kurze Rock verbarg kaum etwas von den blutverschmierten Innenseiten ihrer Schenkel, ihre Haut leuchtete bleich neben den Blutergüssen in ihrem Gesicht. Als sie sich setzte, wurden ihre Züge zu einer Grimasse, doch sie hielt den Blick gesenkt, sah niemanden an. War allein, gefangen in ihrem geschundenen Körper.

Ich wünschte *Pinhead* einen langsamen, schmerzhaften Tod. *Billy* tauchte plötzlich neben ihm auf, kein Handy mehr am Ohr, packte seinen Komplizen am schwarzen Pullover und zerrte ihn von uns weg. Die Worte, die er brüllte, musste ich nicht verstehen. *Billys* Gebärden waren eindeutig. Immer wieder schubste er *Pinhead*, bis dieser mit dem Rücken an einer der Außenwände stand. Dann versenkte er sein Knie in *Pinheads* Schritt, und ich empfand einen kurzen, aber heftigen Anflug von Genugtuung.

Meine Augen brannten vom Weinen, aber es war mein Durst, der mir immer mehr zusetzte. Ausgetrockneter Mund, die Kehle brannte, dazu der pochende Schmerz in meinen Schläfen. Ich war mittlerweile neben der Familienmutter, ihr Name war Silke, die Einzige, die nichts trank. Bier gab es nicht, Cocktails wurden mangels Fähigkeiten nicht serviert, und wer den Fehler beging, um Rum-Cola oder Wodka-Orange zu bitten, bekam den Alkohol pur.

Wer musste, trank Sekt oder Wein.

Ich baute körperlich immer weiter ab. Wiederholt sackte ich benommen zusammen, und Mikos sanfte Stöße mit der

Schulter holten mich zurück ins Bewusstsein, das Kinn auf die Brust gesunken und mit einem Knirschen im Nacken, als mein Kopf hochschreckte. Ich sah die Angst in Mikos Augen, ich könnte dehydrieren, fürchtete mich selbst noch mehr davor, was mit meinem Körper passierte, sollte die Dunkelheit über meinen Verstand siegen. Also bat ich um ein Glas Cidre.

Alles an der Vorstellung des Trinkens bereitete mir Unbehagen. *Pinhead* in meiner Nähe war schon in meiner Vorstellung kaum zu ertragen. Seine übelkeiterregenden Hände, die mein Getränk halten würden, die Gedanken daran, was sie getan hatten … ich machte mir Sorgen, die Flüssigkeit in meinem Magen sofort wieder zu erbrechen. Als er mir das Halb-Liter-Glas mit pinkem Strohhalm vor die Nase hielt, zögerte ich nicht. Ich war entschlossen, nur genug zu trinken, um das klebrig-trockene Gefühl in meinem Mund zu benetzen. Nicht so viel, um meinen Kopf zu benebeln oder später auf die Toilette zu müssen. Eher würde ich elendig verdursten, als mit *Pinhead* auf die Toilette zu gehen. Doch als ich am Strohhalm zu saugen begann, konnte ich nicht mehr aufhören. Obwohl ich bereits nach dem ersten Schluck schmeckte, dass es kein Cidre war. In mir erwachte eine unstillbare Gier, der zwanghafte Reflex, einfach weiterzutrinken, selbst dann noch, als es meine Kehle verbrannte. Mein Verstand setzte aus, bis das Glas leer war. Ein Hustenanfall der krönende Abschluss.

Danach war alles anders. Meine Muskeln lockerten sich, ein durchscheinender Schleier legte sich über alles, was ich sah. Ein inneres Feuer machte mich schläfrig, selbst das beißende Gefühl in meinem Magen quälte mich nicht genug, um meine Realitätsflucht zu beenden. Mir weit weg einer vagen Gefahr bewusst, ließ ich mich fallen in die verwaschene Grenze zwischen Wachsein und Träumen.

»Die Zeit ist abgelaufen.« *Billys* Wut zerrte mich zurück, nicht in die Realität, aber in einen Zustand, der dem Wachsein glich. Mein Kopf lag auf Mikos Schulter, langsam hob ich ihn, machte ihn wieder zu einem Teil meines eigenen Körpers.

Meine Wangen brannten, alles an mir glühte, und mir brach der Schweiß aus.

»Was bedeutet das?«, fragte jemand mit angespannter Vorsicht.

Miko neben mir rutschte nervös auf seinem Stuhl herum, und langsam begriff ich, woher die greifbare Angst kam, die zwischen den aufgeschreckten Menschen waberte.

Wir waren Geiseln. Und nun sollte einer sterben.

»Du!«, bellte *Billy*, und ich schreckte zusammen. Er stand zwischen seinen Leuten vor uns und deutete in meine Richtung. Aber er zeigte nicht auf mich, sondern auf die Person zwei Plätze links neben mir.

Maren Grabowski, Anfang vierzig, schüttelte den Kopf, ihre leicht gelockten schulterlangen Haare fielen strähnig vor ihr Gesicht. »Bitte nicht!«, brach sie in raues Schluchzen aus.

Verzweifeltes Entsetzen neben mir. »Oh Gott, bitte nicht! Heute ist unser Hochzeitstag«, flehte der Mann neben ihr.

Zeitverzögert hörte ich den Schuss. Zuckte zurück. Kreischte auf. Oder waren es die anderen? Ich wusste es nicht. Ein dunkelrotes Einschussloch prangte in Marens Stirn, die Ränder zerfranst, ein Rinnsal Blut lief zwischen ihren toten Augen an ihrer Nase vorbei. Ich begriff nicht. Schreie betäubten mich, ich fühlte mich schlagartig schwach, meine Atmung ging zu schnell, mir wurde schwindelig.

Ihr Mann sprang von seinem Stuhl, rief den Namen seiner Frau, immer und immer wieder, doch sie reagierte nicht. Atmete nicht. Lebte nicht mehr.

Keuchend sah ich zu den Männern mit den Masken. *Donald Trump* lud seine Schrotflinte nach und legte sie wieder an. *Billy* war einen Schritt auf uns zugekommen, und am Rand stand Schweinekopf, die Kamera seines Handys auf uns gerichtet.

»Warum habt ihr das getan?«, brüllte der Mann an die Mörder seiner Frau gerichtet.

Ohne ein Wort wandte sich *Billy* von uns ab und stampfte davon.

## 27

*Obderwede, 24. Oktober*

Obwohl es warm geworden ist, ziehe ich mir die Kapuze über den Kopf, als ich das große Backsteinhaus erreiche. Achtlos stelle ich mein Fahrrad in einen der leeren Ständer und humple zügig zum Eingang der kleinen Pension. Ich komme mir vor wie eine Verbrecherin, tatsächlich fürchte ich mich aber, selbst angegriffen zu werden. Irrational oder nicht, der Schock des Beinahe-Unfalls sitzt mir in den Knochen und macht mich empfänglich für eine völlig neue Paranoia.

Ein stechender Schmerz durchzuckt bei jedem Schritt mein Knie, mit dem ich bei meiner Vollbremsung an den Felsen gestoßen bin, vermutlich eine Prellung, kein Grund, mich davon aufhalten zu lassen.

Der Empfangsbereich mit angrenzender Bar und einem kleinen Restaurantbereich ist wie ausgestorben, verursacht aber trotzdem ein drückendes Gefühl in meinem Magen. Es sieht anders aus, dennoch erinnert es mich ans Sternenhagel, was meinen Puls explosionsartig in die Höhe schießen lässt. Unbewusst muss ich geahnt haben, dass mich dieser Anblick triggern könnte, weshalb ich erst jetzt der einzigen Gästeunterkunft in Obderwede, Zum Schlafenden Reh, einen Besuch abstatte. Aber nach der letzten Begegnung mit meiner Sterblichkeit brauche ich eine vertraute Stimme, die mir wohlgesinnt ist.

Misstrauisch sehe ich mich um, ob ich wirklich alleine bin, und gehe zum Empfang, darauf vorbereitet, mich mit der kleinen Klingel auf dem Tresen bemerkbar zu machen. Doch die ältere Frau mit den kurzen grauen Haaren kommt mir zuvor und tritt gerade durch die Tür aus dem Hinterzimmer. Als sie mich entdeckt, bleibt sie überrascht stehen, ihre wässrigen

Augen fixieren mein Gesicht im Schatten der Kapuze, dann zieht sie ihre Brauen fragend zusammen.

»Olivia?«, flüstert sie ungläubig, und ich kann ihre Zweifel verstehen. Es ist Jahre her, dass wir uns zuletzt gesehen haben, lange vor meinem Weg durch die Hölle. Ich reagiere nicht, ich weiß, dass sie mich erkannt hat, und wie zur Bestätigung winkt mich Elke Unterhoff, die Eigentümerin des »Rehs«, um den Empfangstresen herum und kommt mir auf halbem Weg entgegen. Als ich schließlich vor ihr stehe, weiten sich ihre Augen vor Schreck.

»Was ist passiert?«

Ich blicke an mir herunter, obwohl ich weiß, was für einen Eindruck ich mache – langsam trocknende Erde klebt mir an Sweatshirt und Leggings, die am Knie einen unübersehbaren Riss aufweist –, und zucke mit den Schultern. Meine Situation zu erklären erscheint mir zu anstrengend.

Nun ist es Elke, die sich hektisch erst im Eingangs- und dann im Restaurantbereich umsieht. »Du solltest nicht hier sein«, sagt sie, ihre strenge Miene wieder auf mich gerichtet. Sie packt mich am Arm, nicht grob, aber entschieden, und zieht mich in den kleinen Raum hinter dem Empfang, aus dem sie eben gekommen ist. Ich lasse es über mich ergehen. Meine Erschöpfung macht mich gleichgültig, doch ich vertraue der älteren Frau.

Insgeheim hat sie mich sicher bereits erwartet. Sie zieht hinter mir die Tür ins Schloss, dann erst lässt sie mich los und dreht sich zu mir um. Endlich wieder jemand auf Augenhöhe, doch in ihrem von sanften Linien durchzogenen Gesicht zeichnen sich widersprüchliche Gefühle ab. Ich bin unsicher, was mich erwartet, ob sie mir nach dem ersten Schreck ihr herzliches Lächeln zeigt oder ich mir eine Standpauke anhören muss, die ich so schnell nicht vergessen werde.

»Ich freu mich auch, dich zu sehen, Elke«, sage ich, um die spürbare Spannung zwischen uns aufzulockern, klinge aber zynisch, was ich gar nicht wollte.

Elke tritt einen Schritt zurück und begutachtet mich von oben bis unten. »Du siehst schlecht aus.«

»Danke, das höre ich gerne.« Dieses Mal ist mein Zynismus gewollt. Demonstrativ ziehe ich die Kapuze von meinem Kopf. Ich weiß, wie ich aussehe, dafür brauche ich keinen Spiegel. Die Wangen eingefallen, die langen blonden Haare strähnig und verknotet, die Augen rot. Sie brennen, vielleicht habe ich geweint, ich bin mir nicht sicher.

»Du bist schmutzig.« Sie deutet auf das Offensichtliche.

»Hab im Dreck gespielt.«

Elke gibt ein scharfes Seufzen von sich. Irgendetwas an mir scheint sie zu missbilligen, doch ihre Sorge siegt. »Darf ich dich umarmen?«

»Wenn du keine Angst hast, ich könnte dir ein Messer in den Rücken rammen.« Sofort bereue ich meine Worte. Sie ist immer gut zu mir gewesen und hat mir bislang keinen Grund gegeben zu vermuten, sie würde etwas von dem glauben, was in den Medien über mich erzählt wird.

Entsprechend streng fällt ihre Erwiderung aus. »Zynismus hilft dir nicht.«

Schuldbewusst lasse ich den Kopf hängen. Vermutlich wäre es besser gewesen, nicht ins »Reh« zu kommen, ich bin ohnehin nicht sicher, warum es mich ausgerechnet jetzt hierher verschlagen hat.

Erneut seufzt Elke, ich höre Mitgefühl in diesem kleinen Laut und sehe entschuldigend auf. Elke schenkt mir ein schmerzhaftes, aber aufrichtiges Lächeln, ganz klein ist es und bringt die hellen Fältchen in eine neue Anordnung. Dann zieht sie mich in eine warme Umarmung. Mein Körper versteift sich, ich bin Nähe nicht mehr gewohnt, doch kaum nehme ich ihren vertrauten Geruch wahr, entspannen sich meine Muskeln. Ich erwidere die Umarmung, schlinge hilfesuchend meine Arme um ihren schmächtigen Oberkörper und vergrabe mein Gesicht in ihrer Halsbeuge. Es ist, als wäre mein Verstand, mein gesamtes inneres Wesen bereit, sich von diesem Körper zu trennen und irgendwo anders als in dem Leben dieser jungen Frau nach Frieden zu suchen. Aber sie bleiben zusammen, Körper und Geist, und meine schweren, hastigen Atemzüge sind das lauteste Geräusch in diesem Universum.

Nur widerwillig löse ich mich aus der Umarmung. Elke hält mich weiterhin fest. Ihre von der Arbeit kräftigen, aber kleinen Hände an meinen Oberarmen, betrachtet sie mich eingehend, ihre Augen glänzen feucht. »Mädchen, was machst du nur für Sachen?«, bricht sie die Stille zwischen uns. Ich bin mir nicht sicher, ob sie den Schmutz an meinen Klamotten, mein Auftauchen im »Reh« oder die Vorwürfe meint, die über mich kursieren. Meine defensive Seite glaubt dennoch, es zu wissen.

»Ich war nicht die Komplizin dieser Männer«, sage ich matt. Elke ist die Erste, der gegenüber ich diese Tatsache ausspreche.

»Das weiß ich«, sagt Elke streng und lässt meine Arme los.

Ich glaube ihr, obwohl sie mich nicht länger ansieht. Es riecht nach Kaffee, und ich bemerke die halb leere Tasse auf dem Tisch. Der Raum ist aufgeräumt, überall stehen Schränke mit Ordnern, vollgestopft mit Belegen und anderem Papierkram, Relikte aus einer Zeit, als Elke noch ohne Computer gearbeitet hat. »Du solltest etwas essen, wenn du dich nicht in Luft auflösen willst.«

»Führe mich nicht in Versuchung«, gebe ich zynisch zurück, lasse aber den verlockenden Gedanken nicht an mich heran.

Ihr Blick ist strafend, dann bedeutet sie mir, mich auf ihren Stuhl zu setzen, und lässt mich kurz alleine.

Elke ist wie eine Großmutter für mich. Manchmal ein bisschen kratzbürstig, aber vielleicht bin ich gerade deshalb hier. Weil ich jemanden brauche, der mir die Leviten liest und meinen Geist wieder für das Wesentliche öffnet.

Sie ist die Einzige, mit der ich seit meinem Weggehen aus Obderwede in Kontakt geblieben bin. Weil sie mich stets so akzeptiert hat, wie ich bin. Und weil sie über alles, was in diesem Kaff passiert, am besten Bescheid weiß. Sie ist immer die Erste, die meine neue Handynummer bekommt, wenn ich sie wieder einmal wechseln musste. Damit sie mich anrufen kann, sollte sie etwas über Julian hören.

Als Elke zurückkehrt, trägt sie ein braunes Tablett vor sich her, das sie vor mir auf dem Tisch abstellt.

»Schokoladenkuchen?«, frage ich, ein kleines Schmunzeln auf den Lippen. Ehrfürchtig drehe ich den Teller mit der schokoladigen Sünde, um sie mir anzusehen. Tiefbrauner, luftiger Biskuit, hellbrauner, cremiger Guss und eine Spur von Puderzucker. Dazu steht ein Glas Orangensaft auf der Unterlage.

»Eigentlich ist er für heute Nachmittag zum Kaffee, aber Marlene hat schon zwei Stücke zum Frühstück serviert, und da habe ich gedacht, ach, was soll's.« Sie klingt beinahe entschuldigend, obwohl es eigentlich unmöglich ist, meinen zugeneigten Ausdruck nicht zu bemerken. Sie zieht den Drehstuhl vom Empfang an den kleinen Tisch und setzt sich neben mich, während sie mir dabei zusieht, wie ich ihren berühmten Schokokuchen koste. Im Kern ist er fast noch ein bisschen warm.

»Warum bist du hier, Olivia? In Obderwede, meine ich?«, fragt sie nach einer Weile ernst.

»Ich weiß nicht.« Der Kuchen verklebt meinen Mund, doch das ist mir recht. Ich möchte nicht darüber sprechen.

»Das solltest du aber wissen.«

Das Drängen in ihren Worten lässt mich aufhorchen. Zwischen Elkes grauen Augenbrauen hat sich eine tiefe Falte gegraben, sie macht sich Sorgen.

Ich lege die Gabel zur Seite, das Wohlwollen in meinem Magen wird zu Übelkeit, die Schokolade ist mit einem Mal viel zu süß. »War Julian hier, seit wir das letzte Mal telefoniert haben?« Ich kenne die Antwort, und doch ist die Frage einfach da, seit fünf Jahren auf meine Zunge gebrannt.

»Bist du seinetwegen hier?«

»Weißt du doch. Bei mir dreht sich alles nur um ihn.«

»Wieso ist er dir wieder so wichtig? In den letzten zwei Jahren dachte ich, du hättest –«

»Was, ihn vergessen?« Ich sehe sie fassungslos an. Unmöglich kann sie das geglaubt haben, gerade sie müsste es besser wissen.

»– dich mit der Situation abgefunden«, beendet sie selbst ihren Satz und sieht mich vorwurfsvoll an.

Ich schüttle nachdrücklich den Kopf. »Niemals. Julian ist mir immer wichtig, und ich werde mich niemals damit *abfinden*, dass er verschwunden ist.«

Elke seufzt. »Du tust dir damit keinen Gefallen.«

Aus dem Empfangsbereich kommen Geräusche, und obwohl Elke womöglich neue Gäste hat, stößt sie die halb offene Tür zu. »Er war nicht hier, Olivia«, sagt sie energisch, und ich höre an ihrer Stimme, wie sehr die Situation auch sie belastet. »Nicht vor vier Jahren, nicht vor drei, nicht vor zwei und nicht vor einem. Warum sollte er ausgerechnet jetzt auftauchen?«

Es fällt mir schwer, ihrem Blick standzuhalten. Ich greife nach dem Glas Orangensaft, nehme kleine Schlucke, er schmeckt bitter und sauer nach der ganzen Schokolade, und spüre Elkes Augen, die sich in mich bohren. »Er muss mich in den Nachrichten gesehen haben«, beginne ich, doch meine Stimme ist belegt und rau, also räuspere ich mich. »Alle haben übers Sternenhagel berichtet, ich habe Interviewanfragen aus den USA bekommen, aus Neuseeland, Japan. Die ganze Welt kennt mein Gesicht. Egal, wo Julian ist, er weiß, was passiert ist. Er wird kommen, irgendwann. Wie könnte ich weiter an unserer Freundschaft festhalten, wenn ich nicht davon überzeugt wäre, dass er sich um mich sorgt?«

Ich scheine Elke mit meiner Erklärung zum Nachdenken gebracht zu haben. Die Stimmen aus dem Empfangsbereich sind verschwunden, wieder vernehme ich nichts weiter als die Geräusche meines Körpers, meinen Herzschlag, das Rauschen meines Blutes, meine viel zu lauten Gedanken. Und dann Elkes sorgenvolles Ausatmen. »Du kannst nicht bleiben, Olivia, Obderwede tut dir nicht gut, und du tust uns auch nicht gut. Fahr nach Hause. Wenn Julian wie durch ein Wunder doch auftaucht, rufe ich dich an, aber du solltest nicht dein Leben damit verschwenden, auf ihn zu warten.«

Ich erkläre ihr nicht, dass es für mich kein Zuhause mehr gibt. Sie würde es nicht verstehen, aber sie kennt meine Mutter auch nicht.

»Ich bin hier noch nicht fertig«, sage ich, weil genau das mein Gefühl ist. »Es gibt so viel ... Ihr werdet mich früh genug wieder los. Aber noch nicht heute.«

Elke nimmt meine Hand vom Tisch und drückt sie. »Was auch immer du hier suchst, finde es schnell oder lass es sein«, sagt sie mit einer Dringlichkeit, die mir Angst macht.

»Das klingt, als wäre ich in Gefahr.« Ich versuche, diese Vermutung mit einem halbherzigen Grinsen abzutun, doch genauso wie das Grinsen selbst misslingt es mir. Ausgesprochen erhalten manche Worte erst die Gewichtung, die ihnen zusteht.

Elke nickt, noch mehr Falten in ihrem Gesicht verwandeln sich in Schluchten. Sie drückt erneut meine Hand. »Ich kriege viel mit, Olivia, das weißt du. Und ich kenne die Leute. Einige reden viel und handeln wenig. Aber an deiner Stelle würde ich es nicht darauf ankommen lassen.«

Meine Übelkeit verstärkt sich. Obwohl ich das weiß, spätestens seit dem Wort »Mörderin« an meiner Tür, zupft ihre indirekte Warnung heftig an meinen Nerven. »Wow, so sehr hassen sie mich? Ich habe ihnen nichts getan.«

»Du bist nun einmal die Sau, die gerade durchs Dorf läuft. Ach ja, und dann ist da noch die tote Frau, die zufällig die persönliche Pflegerin deines Vaters war.«

Ich erstarre. Werde mir meiner kalten Hände bewusst, bemerke meine Atemzüge, die hektisch werden. Eine Maske zuckt vor meinem inneren Auge auf, eine Vogelscheuche aus hellem Leinen, der Kopf eines Schweins. Ich verdränge das Bild, nur ein weiterer Trigger, der mich lahmlegen will. Ich beiße mir auf die Unterlippe, bis ich Blut schmecke und sich meine Atmung normalisiert.

»Ich werde mich beeilen«, erwidere ich und meine es so. Trotzdem kann ich nicht sofort weg, noch nicht.

Elke nickt, erleichtert wirkt sie jedoch nicht. »Aber rüttle bei deiner Suche nicht an zu vielen fremden Apfelbäumen. Es könnten dabei auch Früchte herabfallen, die verdorben sind.«

Ich löse meine Hand aus ihrer. »Deine Metaphern habe ich echt nicht vermisst.«

Sie lächelt mich herzlich an, doch aus irgendeinem Grund ist mir genau das gerade zu viel. Ich stehe auf. Etwas, das mich vorhin hierhergezogen hat, drängt mich nun von hier fort.

»Brauchst du ein Zimmer? Du kannst hier wohnen, dann habe ich ein Auge auf dich. Dass du genug isst.«

Ich schüttle den Kopf. Ihr Angebot ist gut gemeint, doch das »Reh« ist ein bisschen auch Treffpunkt in Obderwede, ich käme mir vor wie auf dem Präsentierteller. »Nicht nötig, ich hab ein großes Haus mit Terrasse und drei Badezimmern, du weißt schon. Aber danke.«

Elke erhebt sich ungewohnt schwerfällig. »Wohin gehst du jetzt?«

Ich zucke die Achseln. »In den Bungalow, denke ich.« Eine Lüge, denn mir ist ein anderer Gedanke gekommen, eigentlich so offensichtlich, dass ich stets daran vorbeigesehen habe.

»Pass auf dich auf, verstanden?« Ein Befehl, keine Bitte.

Ich nicke, würde es nicht wagen, ihrer Anweisung nicht zu folgen. Meine Hand liegt bereits auf dem Türgriff, da fällt mir noch etwas ein. »Hast du jemandem meine aktuelle Handynummer gegeben?«

Elke sieht mich überrascht an. »Natürlich nicht. Nur Malte, wie immer.«

Ich verstehe kein Wort, dennoch bekomme ich eine Gänsehaut. »Wie immer? Wie kommst du ausgerechnet auf Malte?«

»Seid ihr denn nicht mehr befreundet? Er hat gesagt, das wäre so mit dir abgesprochen.«

Sämtliche Fragezeichen fallen von mir ab, und eine kalte Wut befällt mich. Nicht auf Elke, nicht wirklich, dafür auf Malte. Ich kann mir vorstellen, wie er sich bei Elke eingeschmeichelt und ihr seine dreisten Lügen aufgetischt hat, wahrscheinlich glaubt er sie inzwischen selbst. Somit ist für mich bewiesen, dass er hinter dem Crack-Video auf YouTube steckt. Dieses Mal bin ich es, die Elke an den Schultern packt und sie eindringlich ansieht. »Egal, was passiert und unter welchen Umständen auch immer: Malte und ich sind niemals Freunde. Gib ihm nie wieder meine Nummer.«

Ich gebe Elke einen Kuss auf die Wange, dann mache mich auf den Weg.

# 28

*Hannover, 13. Juni*

Minuten zogen sich zu Stunden, und Stunden wurden zu etwas nicht Zählbarem. Es existierte keine Zeit im Sternenhagel, sie hatte uns verlassen, seit der Ausgang von Menschenhassern verbarrikadiert worden war. Später nach meiner Befreiung, als mich die Menschen noch als mutiges Opfer betrachteten, fragte mich mal jemand, was es für ein Gefühl sei, als Einzige zu wissen, wie es wirklich im Sternenhagel gewesen war. Ich fand keine Antwort darauf, weil ich nicht das Gefühl hatte, den Außenstehenden irgendwie überlegen zu sein. Ich wusste gar nichts, und es gab Tage, da begriff ich nicht einmal das grundsätzliche Prinzip der menschlichen Existenz.

Meiner Existenz.

Miko war mein Anker. Er hielt mich ohne Arme, sprach mit mir, wenn ich weinte und zitterte und nicht mehr atmen konnte. Ließ mich nie spüren, dass auch er sich vor jeder weiteren Minute als Geisel fürchtete.

Meistens schwiegen wir. Andere redeten gedämpft, die zwei Paare, bei denen ich anfangs nicht durchschaut hatte, wer zu wem gehörte, lenkten sich durch Erinnerungen an schöne Ereignisse ab, während stumme Tränen ihre Wangen benetzten.

»So habe ich mir die Nacht mit dir nicht vorgestellt«, flüsterte Miko neben meinem Ohr.

Ich löste meinen schwankenden Blick von den Paaren und wandte mich Miko zu. »Bist du sicher, dass ich dich mitgenommen hätte?«, fragte ich, meine Worte waren leicht verwaschen.

»Nein. Aber ich habe es mir gewünscht.«

Ich fühlte mich fiebrig, in meinem Kopf hämmerte es, doch

die angedeuteten Bilder, die Mikos Worte in mir zum Leben erweckten, ließen mich vage lächeln.

»Wenn wir hier raus sind, möchte ich ein Date mit dir.« Miko scherzte nicht. Ich erkannte es an seinem Gesichtsausdruck, erkannte den verzweifelten Wunsch, Pläne für ein *Danach* zu machen. Um die Illusion aufrechtzuerhalten, dass es sie für uns gab. Eine Zukunft.

Ich nickte zaghaft, mein Mund war zu trocken, die Anstrengung nicht lohnenswert genug, um etwas zu sagen. Miko sprach weiter, phantasierte eine Geschichte zusammen, in der wir im Fokus der Aufmerksamkeit standen und die Lieblinge der Medien waren, doch ich konnte ihm nur eingeschränkt folgen. Meine Gedanken drifteten davon, besuchten einen Ort aus meiner Vergangenheit, den ich lange Zeit meines Lebens geliebt hatte. Damals, als alles noch nicht kompliziert war, als mir mein Vater noch perfekt schien und ich Julian hatte.

Obderwede. Dort wäre ich jetzt gerne gewesen. Ein paar Jahre in der Vergangenheit. Am Ende kehrte man immer wieder dorthin zurück, wo man am glücklichsten war.

Unbändiger Widerstand befiel mich, kämpfte sich an die Oberfläche meines schwindenden Bewusstseins. Das sollte alles gewesen sein? Mein Leben, auf das ich zurückblickte, bloß Wochenenden während meiner Kindheit? Was war mit jetzt? Mit gestern oder morgen? Ich wollte leben, etwas *erleben*, das nicht in Trauer und Schmerz gipfelte.

Das hier, mein Leben, durfte noch nicht vorbei sein. Ich wollte Dinge tun, verrückte, spannende, schöne Dinge, Momente erleben, die erst noch vor mir lagen. Ein Date mit Miko war ein guter Anfang, das erste mehrerer unausgesprochener Versprechen.

*Das alles ist irgendwann vorbei.*

*Ich komme hier raus.*

*Ich werde nicht sterben.*

Etwas in meinem Kopf setzte sich in Gang, eine Erinnerung, die eine Idee befreite, eine Erkenntnis, die schon die ganze Zeit dort gewesen war, zu verängstigt, um sich ans Licht zu trauen.

Es gab einen Weg aus dem Sternenhagel, von dem nur ich wusste.

Was ich jetzt brauchte, war ein Plan.

# 29

*Obderwede, 24. Oktober*

Lange habe ich das Haus gemieden. Es hat sich in den Jahren kaum verändert, abgesehen von dem Wildwuchs im Vorgarten – und dem rot-schwarz-weißen »Zu verkaufen«-Schild an der Straße davor. Das mulmige Gefühl in meinem Bauch will mich abhalten, an die Tür zu gehen und zu klingeln, ich kann mir kaum ausmalen, was ich von Frau Keller zu hören bekomme, sobald sie mich sieht. Aber es ist an der Zeit. Obderwede versucht mich auszuspucken wie einen alten Kaugummi, deshalb muss ich gewisse Dinge besser früher als später erledigen. Ein weiterer Versuch, meinen Vater zu besuchen, steht ebenfalls auf meiner Agenda, doch aufgrund der Ereignisse im Pflegeheim habe ich es vorgezogen, zunächst einmal Julians Eltern mit meiner Gegenwart zu beglücken. Nach all den Jahren sollten sie genug haben von ihren durchschaubaren Lügen.

Böser Fehler, sagen meine Bauchschmerzen. Doch mein Kopf hält dagegen. Ich habe eine Geiselnahme und eine Explosion überlebt, dann werde ich auch Anna Keller überleben.

Trotzdem bewege ich mich nicht von der Stelle, halte mich an meinem Fahrrad fest und warte darauf, dass mein Mut übernimmt, von dem ich dachte, ich hätte ihn mir mit dem unstillbaren Willen, alles über damals zu erfahren, angeeignet.

Das Haus. Die angrenzende Garage. So viele Erinnerungen, obwohl ich es selten von innen gesehen habe. Ich bin kurz versucht, meine Fahrradklingel zu benutzen und zu schauen, ob Julian herausgerannt kommt, in gut gelaunter Vorfreude, ein bisschen im Leichenhaus zu kiffen und die Welt auszusperren. Aber dann tue ich es doch nicht, ich will mir diese Enttäuschung ersparen.

»Kann ich Ihnen helfen?«, ruft mir eine männliche Stimme zu, und ich blicke mich erschrocken um, fühle mich ertappt, obwohl ich nichts getan habe. Als Silhouette, die Sonne im Rücken und das Gesicht im Schatten, kommt der Mann auf mich zu. Mein Herzschlag beschleunigt sich, eine ungesunde Frequenz in meiner Brust, meine Vernunft in heller Aufregung, und doch komme ich nicht umhin, Julian zu vermuten. Zu erhoffen, zu ersehnen.

»Olivia?« Der Mann tritt in den Schatten eines Baumes, nur noch wenige Meter entfernt, und seine Gesichtszüge zeichnen sich unter dem lichten Haar ab. Enttäuschung saugt die Kraft aus meinen Gliedmaßen, ich möchte ihr nachgeben, mich fallen lassen, doch ich halte mich weiter an meinem treuen Rad fest, bis die Mutlosigkeit vergeht.

Das erst ungläubige, dann überraschte Lächeln von Andreas Keller wiegt sie fast wieder auf.

Julians Vater lädt mich ein, ins Haus zu kommen. Gemeinsam erreichen wir die Tür, und mit ihm an meiner Seite fühle ich mich dem gewachsen, was mich im Inneren erwartet.

Die Luft ist abgestanden und muffig, niemand sonst scheint zu Hause zu sein. Und auf einmal frage ich mich, ob ich wirklich hier sein sollte. Was in mich gefahren ist zu glauben, ich könne einfach unangekündigt auftauchen und Gastfreundschaft erwarten. Antworten einfordern.

»Tut mir leid, dass ich Sie so überfalle«, sage ich entschuldigend und zögere, mich aus dem Flur weiter ins Haus zu bewegen.

Herr Keller schüttelt den Kopf und schenkt mir ein herzliches Lächeln. »Entschuldige dich nicht, ich freue mich, dich zu sehen.«

Ich glaube ihm.

Er führt mich ins Wohnzimmer, und im Vorbeigehen fällt mein Blick in den Spiegel neben der Garderobe. Ich bin noch immer voller getrocknetem Matsch, sehe absolut desaströs aus.

»Ich mache alles ganz dreckig«, sage ich verlegen und deute

auf meine Schuhe, die von allen Kleidungsstücken an mir am schlimmsten aussehen.

»Dann habe ich endlich wieder einen Grund zu saugen«, meint er linkisch und sieht mich sofort beschämt an, als ihm klar wird, wie unbeholfen er auf mich wirken muss. Dass er das nicht hätte sagen sollen. Ich schenke ihm ein verständnisvolles Lächeln. Wir sind wohl beide ziemlich durch den Wind.

Im Wohnzimmer bietet er mir an, Platz zu nehmen, dann entschuldigt er sich für ein paar Minuten.

Ein bisschen verloren bleibe ich stehen und fühle mich im Wohnzimmer ein. Es ist gemütlich eingerichtet, wenn auch ein wenig unordentlich. Kram liegt herum, benutztes Geschirr, gestapelte Zeitungen, die Kissen der anthrazitfarbenen Couchgarnitur sind verschoben, eine schwermütige Einsamkeit macht den Raum unbewohnbar. Meine Augen wandern weiter, über die Fernsehschrankwand und das große Fenster mit der Terrassentür. Die Vorhänge sind zugezogen und verbergen vor mir die Sicht auf den hinteren Garten.

Rechts von mir entdecke ich eine Kommode mit mehreren gerahmten Bildern. Vorsichtig wanke ich zu der Anrichte, mein Knie tut noch immer weh, und bleibe schließlich vor der ausgestellten Familienchronik stehen. Die Fotos sind ordentlich sortiert, mit immer anderen Rahmen, zeigen aber stets das gleiche Bild. Eine glückliche Familie, Vater, Mutter, Kind, in unterschiedlichen Stadien.

Julian als kleiner Junge, als Vorschüler, in der Anfangsphase seiner Pubertät. Und als letztes Julian, wie ich ihn in Erinnerung habe. Ein junger Mann, noch nicht ganz im Erwachsenendasein angekommen, aber auf dem besten Weg dorthin. Ihn anzusehen versetzt mir einen Stich, mein Herz hüpft und weint und trauert, alles zugleich, eine verwirrende Überforderung. Besonders auf dem letzten Bild ist deutlich die Ähnlichkeit mit seiner Mutter zu erkennen, obwohl er mit den ihm gegebenen Merkmalen etwas anderes hervorbringt als die ernste Frau neben ihm, die zwar lächelt, aber wie jemand, der dir gerade ein Messer in die Brust gejagt hat. Julian hingegen strahlt Wärme aus. Obwohl seine Mundwinkel kaum nach oben deuten, ist in den braunen Augen seine Freundlichkeit zu erkennen.

Herr Keller kommt zurück, in seinen Händen ein Glas Wasser und eine offene Packung Butterkekse.

»Julian hat die nette Ausstrahlung eindeutig von Ihnen geerbt«, sage ich aus einem Impuls heraus.

Ein verlegenes Lächeln huscht über das Gesicht des Mannes, den ich seit meiner Kindheit kenne. »Oh, danke, das ist sehr schmeichelhaft von dir.«

Er stellt alles auf den kleinen Couchtisch und bedeutet mir, mich zu setzen. Ich entscheide mich für einen der zwei Sessel, während Herr Keller mir gegenüber auf der Couch Platz nimmt. Unbeholfen bietet er mir Kekse an, und nur aus Höflichkeit nehme ich einen, obwohl ich mir bei ihrem Anblick nicht sicher bin, wie lange die Packung bereits geöffnet ist. Er schmeckt pappig und feucht, als wäre er nass geworden, und ich spüle den klebrigen Teig mit einem Schluck Wasser hinunter.

»Du bist wegen Julian hier.« Es ist eine Feststellung, die mir prompt ein schlechtes Gewissen macht. Das Haus ist verlassen, ich fühle die Leere der Räume. Dieser gealterte Mann so offensichtlich einsam, dass sich mir ein Kloß im Hals bildet.

»Ja«, nicke ich. Mir wird bewusst, wie sehr sich Andreas Keller in den letzten Jahren verändert hat. Während wir alle fünf Jahre älter geworden sind, scheint er um zwanzig Jahre gealtert. Seine braunen Haare, die Julian ebenfalls von ihm hat, haben ihre Farbe behalten, doch seine Stirn ist sichtlich nach hinten gerutscht. Er hat tiefe Falten um die Augen, obwohl er erst Ende fünfzig sein kann, und geplatzte Äderchen auf seiner Nase deuten darauf hin, wie er versucht, die Leere in seinem Inneren zu füllen.

»Es tut mir sehr leid, wie meine Frau dich damals behandelt hat. Ich wusste immer, dass sie dir unrecht getan hat.«

Seine Worte überraschen mich. Ich erinnere mich an den letzten Tag, den ich hier war. Als Julians Mutter mir erzählte, Julian sei zum Studieren in die USA gegangen. Ich habe Herrn

Keller hinter seiner Frau im Flur stehen sehen, doch statt einzugreifen, ist er einfach verschwunden, als ginge ihn die Sache nichts an.

»Warum haben Sie mich ihr gegenüber nie verteidigt?«, platzt es aus mir heraus. Ich empfinde die Ungerechtigkeit von früher, diese Hilflosigkeit, wenn mich Frau Keller hat spüren lassen, wie wenig sie mich ausstehen kann.

Herr Keller senkt den Blick. Ich kann ihm ansehen, dass er sich meinen Vorwurf zu Herzen nimmt. »Ich habe es versucht, ihr immer wieder gesagt, wie unfair sie sich verhält. Wenn wir unter uns waren. Ihr vor dir in den Rücken zu fallen – das hätte unserer Ehe nicht gutgetan, ich hoffe, du verstehst das.«

Tatsächlich tue ich das. Er hat sie geliebt, aber es war auch schwer, mit ihr zu leben.

»Haben Sie sich getrennt? Ich habe gesehen, dass Sie das Haus verkaufen wollen«, frage ich vorsichtig.

Julians Vater schüttelt langsam den Kopf, sein Kinn zittert leicht. »Nein, wir haben uns nicht getrennt. Sie ist gestorben. Vor ein paar Jahren.«

Mir stockt der Atem, die Information trifft mich hart. »Oh, das tut mir leid«, sage ich ehrlich betroffen, und mir wird einmal mehr bewusst, wie schmerzvoll sein gesamtes Dasein ist. »Was ist passiert?«

Er zuckt mit den Achseln, wirkt dabei aber alles andere als gleichgültig. »Es war ein Autounfall. Kennst du die scharfe Kurve hier im Dorf?«

Ein kalter Schauer läuft mir über den Rücken. »Ja, die kenne ich.« Ich bringe die Worte kaum hervor, meine Stimme ist ein tonloses Wispern.

»Sie war zu schnell unterwegs, keine Ahnung, was sie getrieben hat. Sie musste einem entgegenkommenden Wagen ausweichen, hat die Kontrolle verloren und wurde gegen den Felsen geschleudert.«

Die Schicksalskurve hat ihren ersten Tribut gefordert, und ich habe es nicht einmal gewusst. Was für ein schrecklicher Zufall, dass ausgerechnet Julians Mutter ebendort den Tod fand, wo ihr Sohn unzählige Male das Schicksal herausgefordert hat. Wo ich heute beinahe selbst verunglückt wäre. Es stimmte, was Julian immer gesagt hat. Das Schicksal entscheidet, ob du lebst oder stirbst. Julian und ich leben, Frau Keller nicht.

»Scheiße.« Mehr fällt mir nicht ein, meine anderen Gedanken kann ich unmöglich aussprechen.

Herr Keller macht eine wegwerfende Handbewegung, doch seine Augen schimmern feucht. »Lassen wir das. Du wolltest über Julian reden.«

Mir kommt ein anderer furchtbarer Gedanke. »Weiß er, dass seine Mutter tot ist?«

»Ich habe keine Ahnung. Von mir jedenfalls nicht.«

Ich bin mit einer vagen Vorstellung zu diesem Haus gekommen, davon ausgehend, ich müsste mir mit unendlicher Geduld und geheuchelten Worten jede noch so kleine Erklärung von Julians Mutter erkämpfen. Stattdessen sitze ich seinem Vater gegenüber, ein so freundlicher, aber tieftrauriger Mann, der es mir schwer macht, die Fragen auszusprechen, die mich seit Jahren quälen. Weil sie ihm vielleicht wehtun. Aber ich kann unmöglich wieder gehen, ohne auch nur eine Antwort bekommen zu haben. Ich muss es tun, es weiter vor mir herzuschieben bringt keinem etwas. Also hole ich tief Luft.

»Ist Julian damals wirklich zum Studieren in die USA gegangen?«

Er wirkt weder überrascht noch verletzt. »Nein, das ist er nicht. Anna hat dich angelogen. Sie hat alle angelogen.«

Mein Herz macht komische Dinge, beginnt zu stolpern und zu stottern. Ich hatte all die Jahre recht gehabt. Endlich Gewissheit zu haben fühlt sich an, als hätte sich eine neue Tür in meinem Verstand geöffnet. Langsam und voller Konzentration schreite ich durch sie hindurch.

»Wo war Julian?«

»Ich weiß es nicht.«

Ich stocke, begreife nicht, was er damit meint. »Das verstehe ich nicht.«

Herr Keller presst die Lippen aufeinander, sieht sich kurz unwohl im Wohnzimmer um, dann trifft sein eindringlicher Blick den meinen. »Du möchtest alles wissen, was ich weiß, hab ich recht?«

Ich nicke, spüre das Flehen in meinen Augen. »Wenn es Ihnen nichts ausmacht.«

»Macht es nicht. Aber du solltest dir nicht zu viel davon versprechen. Es ist nicht viel, was ich weiß.«

»Ist nicht so schlimm«, lüge ich.

Herr Keller nickt, dann ist er es, der tief einatmet. »Die Wahrheit ist, dass Anna und Julian an jenem Abend einen Streit hatten. Das ist jedenfalls das, was sie mir erzählt hat. Ich war beruflich unterwegs. Julian ist irgendwann danach aus dem Haus gelaufen, hat sie vorher noch angeschrien, er würde abhauen und nicht wiederkommen. Wir dachten damals, es wäre nur eine Drohung.«

Die Worte des Mannes wühlen mich auf, rütteln an mir, machen es mir schwer, sie in ihrer ganzen Bedeutung zu begreifen. Julian war weggelaufen? Wieso?

»Worum ging es in dem Streit?«

»Das hat Anna mir nicht gesagt. Sie bat mich, ihr zu vertrauen, und das habe ich getan. Es sei eine persönliche Sache, meinte sie, und nur Julian hätte das Recht, darüber zu entscheiden, wer davon erfährt. Sie war eine gute Mutter, die ihrem Sohn nicht in den Rücken fallen wollte, und ich habe das akzeptiert.«

Nichts davon ergibt für mich Sinn. Seine Worte lassen vermuten, Julian hätte ein großes, vermutlich schwerwiegendes Geheimnis gehabt. Wenn Julian damals wirklich von meinem Vater belästigt worden ist und er seiner Mutter davon erzählt hat, würde sie dann so reagieren? Wäre es nicht wahrscheinlicher, *menschlicher*, dass sie nicht nur Julians Vater, sondern auch die Polizei davon in Kenntnis setzt? Oder es im Dorf verbreitet, um alle vor Martin Zagel zu warnen? Was gibt es bei Missbrauch zu streiten? Hat sie ihm nicht geglaubt?

»Haben Sie eine Vermutung, was sie gemeint haben

könnte?«, frage ich hilflos, obwohl ich keine zufriedenstellende Antwort von ihm erwarte.

»Unzählige. Ich hatte viel Zeit, darüber nachzudenken. Letztendlich glaube ich, dass es um ein Outing ging.«

Meine Überlegungen nehmen eine Kehrtwende, die mich beinahe aus dem Sessel haut. »Ein Outing? Glauben Sie, Julian ist schwul?« Es fällt mir schwer, mir das vorzustellen. Julian war damals mit Mädchen zusammen gewesen, hat mit mir nie über irgendwelche Typen gesprochen. Wäre er schwul oder bi, hätte er mir das gesagt.

*Oder?*

»Möglich wäre es, oder nicht? Ich meine, wie gut kennen Eltern ihre jugendlichen Kinder wirklich? Uns wird doch nur ein zensierter Blick auf ihr Leben gestattet. Wenn Julian schwul ist und nicht wollte, dass wir es erfahren, dann hätte er es uns einfach nicht gezeigt.«

Ich denke an die vielen Male, die wir rumgeknutscht haben, erinnere mich aber auch, dass es kurz vor seinem Verschwinden seltsam zwischen uns geworden war.

»Angenommen, er ist schwul und hat es geheim gehalten … warum hat er es dann seiner Mutter erzählt?«

»Ich könnte mir vorstellen, dass Anna ihn mit jemandem erwischt hat.«

Schlagartig wird mir schlecht, richtig übel, ich spüre, wie mein Magen sich bereit macht, Schokokuchen und Butterkeks ungebremst wieder rauszuschmeißen. Ich greife nach dem Glas Wasser, meine Finger sind verschwitzt, beinahe rutscht es mir aus der Hand. Das kühle Wasser beruhigt meinen Magen, aber nicht meine schockierende Vermutung.

Herr Keller sieht mich besorgt an, ich tue jedoch so, als würde ich es nicht bemerken.

»Könnte das denn ein Grund für den Streit zwischen Julian und seiner Mutter gewesen sein? Hatte Ihre Frau etwas gegen Schwule?«

Herr Keller wiegt nachdenklich den Kopf hin und her. »Sie hatte selten etwas gegen ganze Gesellschaftsgruppen. Es waren eher einzelne Individuen, mit denen sie ein Problem hatte.«

Die Übelkeit kehrt zurück, noch heftiger als zuvor. Was ich mir da zusammenreime, kann unmöglich wahr sein, völlig egal, wie gut plötzlich alles zusammenpasst.

Ausgeschlossen!

»Dann haben sie sich wegen der Person gestritten, mit der sie ihn erwischt hat?«, schlussfolgere ich zittrig.

Er bleibt zurückhaltend. »Kann schon sein, aber das sind doch alles nur Spekulationen. Damals jedenfalls, als Anna gesagt hat, Julian soll es mir selbst erzählen, habe ich es nicht weiter hinterfragt. Das bereue ich sehr. Sie hat mir versichert, dass Julian bald wiederkommt.«

Unruhig knete ich meine Hände, sie wollen einfach nicht warm werden. »Das muss Ihnen jetzt seltsam vorkommen, aber wissen Sie, um welche Uhrzeit der Streit damals ungefähr stattgefunden hat?«

Er zieht irritiert die Augenbrauen zusammen, scheint in seinen Erinnerungen zu graben. »Anna und ich haben an dem Tag noch miteinander telefoniert. Ich war am Abend der Geschäftsreise mit einigen Kollegen zum Grillen verabredet und weiß noch, dass ich mir währenddessen Sorgen gemacht habe, ob Julian wieder nach Hause kommt.« Zögerlich kratzt er sich die Wange. »Eine genaue Uhrzeit kann ich dir nicht sagen, aber es muss vor zwanzig Uhr gewesen sein.«

Seine Antwort trifft mich wie ein Tritt in den Magen. Julians Anruf während meines Dates mit Malte kam nach einundzwanzig Uhr, die Nachricht auf der Mailbox hatte er um einundzwanzig Uhr sechsunddreißig hinterlassen. Was hatte er in der Zwischenzeit gemacht? Ich ahne es, obwohl es alles auf den Kopf stellt, was ich zu wissen glaubte, was genug ist, um mich von der neuen Ordnung der Schwerkraft davonreißen zu lassen.

»Waren Sie jemals bei der Polizei?«, frage ich, immer noch in Gedanken.

Julians Vater mustert mich seltsam betroffen, als bemerke

er, welches Chaos in mir herrscht, und so erwidere ich seinen Blick, um mich von dieser Idee abzubringen, von dieser wahnwitzigen Vermutung, die ihre Wurzeln immer tiefer in mich treibt. Unmöglich kann ich ihm davon erzählen. Noch nicht.

»Zuerst nicht«, antwortet er schließlich. »Dazu bestand kein Grund. Erst nach Annas Tod habe ich eine Vermisstenanzeige aufgegeben. Aber die Polizei konnte nichts unternehmen. Julian war volljährig, zurechnungsfähig und hat sein Weggehen angekündigt.«

Ich nicke, da ich mir so etwas bereits gedacht habe. »Hat sich Ihre Frau denn keine Sorgen gemacht? Ich meine, sie wusste nicht, wann Julian zurückkommt. Stattdessen hat sie diese Geschichte von dem Studium verbreitet. Was für eine Mutter tut so was?« Meine Absicht, diese Frage möglichst neutral zu formulieren, ist kläglich gescheitert.

Doch Herr Keller scheint mir den Vorwurf nicht übel zu nehmen. »Olivia«, beginnt er, leicht vorgebeugt, »Anna war eine gute Mutter. Natürlich hat sie sich Sorgen gemacht. Gerade deshalb wollte sie nicht bei jedem im Dorf erklären müssen, wo ihr Sohn ist, und hat diese dumme Lüge verbreitet. Sie dachte wirklich, dass Julian bald wieder zurückkommt, hat immer gesagt, er würde sich vermutlich für zwei oder drei Wochen bei einem Kumpel verstecken. Ihr Autounfall passierte drei Wochen nach dem Streit. Sie hat nicht mehr erfahren, dass Julian nicht wiedergekommen ist.«

Damit ist auch meine letzte offene Frage beantwortet. »Und deswegen konnte sie Ihnen auch nicht mehr verraten, worum es in dem Streit ging.«

»Anna hätte es mir erzählt. Sobald ihr klar geworden wäre, dass Julian wirklich weg war, hätte sie mir sein Geheimnis verraten.«

Eine tiefe Traurigkeit erfasst mich. Ich habe das Leben vor Augen, das dieser Mann seit fünf Jahren führt, erst den Sohn verloren, dann die Frau. Jeden Tag die Reue zu spüren, nicht früher auf eine Erklärung gedrängt zu haben, die Erkenntnis, dass sein Versuch, ein verständnisvoller Vater und vertrauensvoller Ehemann zu sein, ihn überhaupt erst in diese Situation gebracht hat. Die Lektion, die das Leben ihn gelehrt hat, ist von vorne bis hinten falsch und ungerecht.

»Es tut mir sehr leid, Herr Keller, was Sie durchmachen mussten«, bringe ich mühsam hervor. Mir ist das alles gerade selbst zu viel.

Er schüttelt den Kopf. »Muss es nicht, Olivia, du kannst nichts dafür.« Er lächelt mich traurig an. »Wir haben etwas gemeinsam, du und ich. Wir sind die Einzigen, die über Julians Verschwinden nicht hinwegkommen. Wir werden ihn für den Rest unseres Lebens suchen und auf ihn warten, weil wir nicht akzeptieren können, dass er für immer verschwunden ist. Dafür danke ich dir.«

Seine Worte berühren mich, gleichzeitig möchte ich ihm widersprechen. Wir müssen nicht akzeptieren, dass er verschwunden ist, weil es nicht stimmt. Er wird kommen, heute oder in zwei Wochen oder in zwei Monaten, aber wir sind nicht dazu verdammt, für immer zu warten. Doch das kann ich ihm nicht sagen, ich *darf* ihn nicht in das einweihen, was ich weiß.

»Wieso wollen Sie das Haus verkaufen?«

Herr Keller seufzt müde. »Es wird Zeit. Ich kann nicht länger an einem Ort bleiben, in dem mich alles daran erinnert, was ich verloren habe. Jeden Tag an der Kurve vorbeifahren, in der meine Frau gestorben ist. In einem Haus leben, das zu viele Zimmer hat für das bisschen Leben, das ich hier führe.«

»Und wenn Julian zurückkommt?«, frage ich vorsichtig weiter. Er braucht eine Unterkunft und vertraute Gesichter, allein die Vorstellung erscheint mir grausam – zurückzukehren und niemanden anzutreffen, der auf einen wartet.

»Ich bin doch geblieben, Olivia, fünf Jahre lang. Obwohl ich auf ihn warte, weiß ich auch, dass ich es mehr für mich tue als für ihn. Falls ich einen Käufer finde, hinterlasse ich meine neue Anschrift. Warten kann ich überall, hier gibt es nichts, was mich noch hält.« Herr Keller ringt um Fassung, ich habe es zu weit getrieben, es steht mir nicht zu, ihm noch mehr Schuldgefühle einzureden. Davon trägt er genug herum, er hat ein Recht darauf, das Beste aus seinem Leben zu machen, nachdem es ihm so übel mitgespielt hat. Lieber möchte ich ihm Mut machen, wenn ich ihm schon nicht die Wahrheit sagen kann.

»Geben Sie nicht auf! Er wird wiederkommen, davon bin ich überzeugt. Bald. Ganz bestimmt, ich *spüre* es«, beschwöre ich ihn aus tiefster Überzeugung.

Er sieht mich aus glasigen Augen an, der gebrochene Mann mit dem verlorenen Leben, als wäre ich eine Erscheinung, an die er nicht zu glauben wagt. Dann entgleisen ihm seine Gesichtszüge, und er beginnt leise zu weinen.

»Ich möchte doch nur wissen, ob es meinem Jungen gut geht«, schluchzt er, ohne sich für seine Tränen zu schämen.

Unbeholfen stehe ich auf, setze mich neben ihn auf die Couch, bleibe an seiner Seite, bis er wieder Ruhe findet, und hänge meinen eigenen Gedanken nach. Eines Tages, wenn sich meine Vermutung bestätigt hat, wird er davon erfahren.

Meine Vermutung, die mich selbst noch fassungslos macht, die aber alles zu einem passenden Bild zusammenfügt. Ein Bild von Julian und Martin Zagel, meinem Vater, die nicht durch eine missbräuchliche Beziehung miteinander verbunden waren, sondern durch eine einvernehmliche. Eine Beziehung der Zuneigung. Eine Beziehung, die Julians Mutter niemals geduldet hätte. Die Löwenmutter, die ihrem Sohn den Kontakt zu dem älteren Mann verbot, als sie von der Beziehung erfuhr. Eine Beziehung aus Liebe und Verrat, als mein Vater sich weigerte, mit Julian zusammen wegzugehen. Was Julian so sehr verletzte, dass er mich anrief, um mich vor meinem Vater zu warnen. Ihn als Lügner bezeichnete.

Ist das die Wahrheit?

# 30

*Obderwede, 24. Oktober*

Malte steht an der Straße vor dem Bungalow meines Vaters, lässig an seinen Wagen gelehnt, als ich mit dem Rad dort ankomme. Eigentlich sehne ich mich danach, meine schmutzigen Klamotten loszuwerden, mein Knie zu verarzten und nach dieser emotional verwirrenden Offenbarung über Julian und meinen Vater etwas Ruhe zu finden, doch angesichts dieses unerwünschten Besuchs packt mich die Wut. Kurz überlege ich, an ihm vorbeizufahren, ohne ihn eines Blickes zu würdigen, und mich im Haus zu verschanzen, entscheide mich aber dagegen. Ich will Malte im Auge behalten, ihn nicht in meinem Rücken wissen, außerdem ist es an der Zeit, ihm seine Grenzen aufzuzeigen. Dieses Arschloch ist dermaßen dreist, mit meiner geduldigen Freundlichkeit ist es jetzt vorbei. Keine Zurückhaltung mehr.

»Verpiss dich, Malte«, rufe ich ihm aus einiger Entfernung zu.

Malte stößt sich von seinem Wagen ab und kommt mir mit zur Schlichtung erhobenen Händen entgegen. »Olivia, ich wollte nur –«

»Ich habe gesagt, du sollst dich verpissen!«, schnauze ich ihn an und springe von meinem Rad. Ich schiebe es zwischen uns, eine Barrikade aus Metall, damit er mir nicht wieder zu nahe kommen kann.

»Hör mir bitte zu, Olivia.«

Mir fällt auf, dass er anders klingt, und ich entdecke auch keine der Masken, die er bei den letzten Begegnungen aufgesetzt hat. Sein gesamtes Auftreten wirkt aufrichtiger. Als würde er mir zum ersten Mal sein eigenes Gesicht zeigen. Das ändert jedoch nichts daran, dass ich mich vor ihm ekele.

»Nein, Malte, du hörst mir zu: Du bist ein sensationsgeiles

Arschloch, das keine Grenzen kennt, weder physisch noch verbal. Du hast keine Ahnung, was du mit deinen Aktionen anrichtest. Soll ich dir zeigen, wie viele Nachrichten ich heute schon erhalten habe?« Während ich mich mit einer Hand am Lenkrad festkralle, fische ich mein Handy aus der Tasche meines Hoodies. Ich habe mittlerweile den Ton auf stumm gestellt, weshalb es mich nicht wundert, dass mir das Symbol von WhatsApp eine schwarze Zahl auf weißem Hintergrund anzeigt. »Oh, schon wieder vier neue«, sage ich mit zynischer Freude und halte mein Smartphone am ausgestreckten Arm Malte vors Gesicht, jedoch nicht lange genug, um ihn wirklich etwas erkennen zu lassen. Ich öffne den ersten Text und lese vor: »›Du bist zwar irre, aber ficken würde ich dich trotzdem!‹« Ich überspiele das mulmige Gefühl bei dieser Aussage und lächle überzogen, als würde sie mir schmeicheln. »Das ist aber nett, findest du nicht?« Ich öffne die nächste. »Oder die hier. ›Watch your back, jemand zielt auf deinen Kopf.‹« Ich unterdrücke den Impuls, mich umzusehen, doch statt noch mehr vorzulesen, schalte ich mein Handy ab und funkle Malte aufgebracht an. Mein Herz pumpt wie verrückt, Adrenalin verteilt sich in meinem Körper, so wütend bin ich. »Ist es das, was du wolltest, Malte? Ernsthaft, fühlst du dich jetzt mächtig, oder geht es dir nur darum, mich zu demütigen, weil ich keinen Bock habe auf dich und dein falsches Gehabe?«

Malte, der meine Vorwürfe stumm über sich hat ergehen lassen, sieht mich fragend an. »Wovon sprichst du?«

Ich kann es nicht fassen, dass er selbst jetzt noch einen auf unschuldig macht. »Du bist so ein Wichser!«

»Sag es doch einfach.«

Nun bin ich es, die ihn fragend anglotzt. Was bezweckt er damit? »Ich habe das Video gefunden, Malte.«

»Welches Video?«

»Verarsch mich nicht!«

Malte stöhnt auf. »Wir könnten dieses Gespräch deutlich effektiver führen, wenn du einfach meine Fragen beantwortest.«

Was für ein arroganter Scheißkerl! Ich bin kurz davor, ihn anzuschreien, ihn einfach stehen zu lassen oder ihm schlichtweg ins Gesicht zu schlagen, besinne mich aber. Ich will diese Konfrontation endlich beenden. »Das Crack-Video. Auf YouTube, du Arschloch.«

»Und du denkst, dass ich es hochgeladen habe?«

Ich verdrehe die Augen. »Hör auf, dich dumm zu stellen. Ich weiß, dass du meine Handynummer hast. Von Elke. Hast ihr Bullshit erzählt, von wegen, wir wären Freunde.« Ich schüttle ablehnend den Kopf. »Wir sind keine Freunde, Malte. Alles an dir widert mich an. Und jetzt halte dich von mir fern, sonst gehe ich zur Polizei. Das hätte ich schon vor Jahren tun sollen.« Mein letzter Satz überrumpelt mich selbst, ich denke aber nicht weiter darüber nach. Meine Drohung ist ohnehin ein Bluff, aber das weiß Malte nicht.

Nun muss ich ihm doch den Rücken zudrehen, denn ich habe genug von diesem Gespräch. Ich sehe mich um, suche nach möglicher Unterstützung, sollte mir Malte wieder zu nahe kommen. Aber niemand ist da, Obderwede scheint mit einem Mal wie ausgestorben, ein Geisterdorf mitten in Niedersachsen. Nicht einmal das Auto von Paul steht vor dem Haus, er und Johanna haben gerade ganz andere Sorgen. Einmal mehr muss ich mich alleine aus dieser unangenehmen Situation winden.

»Olivia, bitte warte«, ruft Malte mir hinterher. Wie erwartet. Dennoch versteife ich mich. Will ihn ignorieren und bleibe trotzdem stehen, drehe mich zu ihm um, um nachzusehen, ob er mir gefolgt ist.

Zu meiner Überraschung steht er fast an derselben Stelle. Als hätte er sich nach einem Schritt selbst gestoppt. Als hätte er etwas aus unserer letzten Begegnung gelernt.

»Ich war das nicht«, beteuert er beunruhigend aufrichtig. »Es stimmt, ich habe Elke deine Nummer abgeschwatzt, aber das Video ist nicht von mir. Ich schwöre es.«

Er lügt, natürlich tut er das. Niemals würde er bei so was Krassem die Wahrheit sagen. Dennoch gerät meine Überzeugung ins Wanken. Hilflos zucke ich mit den Schultern. »Wer soll es sonst gewesen sein? Elke vielleicht? Meine Mutter? Sonst hatte nämlich niemand die verdammte Nummer.«

Malte macht es mir gleich. »Ich kenne mich mit solchen Dingen nicht aus, aber ich bin mir sicher, dass es Wege gibt, Nummern herauszufinden.« Er macht eine Pause, sucht offensichtlich nach einer weiteren Erklärung, um mich von seiner Unschuld zu überzeugen, und ich lasse ihn gewähren. Weil er recht hat. Ich weiß selbst ziemlich genau, was im Internet abgeht. »Du stehst im öffentlichen Leben, obwohl du es dir nicht ausgesucht hast. Das verstehe ich. Aber ich bin nicht der Einzige, der sich für dich –«, er stockt, setzt aber sofort neu an, »der sich für deine Zeit im Sternenhagel interessiert.«

Vollkommen verunsichert verfluche ich Malte im Stillen. Ich bin mir so sicher gewesen, dass das Video auf seinem Mist gewachsen ist. Nun bin ich es nicht mehr, und die alte Angst kehrt zurück, wie ein böser Geist steht sie neben mir, ganz dicht, und entzieht mir meine Energie.

Ich beginne trotz der Wärme des schönen Altweibersommertages zu frieren.

»Verschwinde von hier, Malte. Deine Anwesenheit ist mir unangenehm. Du machst mir Angst, wenn du mir so auf die Pelle rückst. Respektier das.« Meine Offenheit ist verletzend, aber darauf kann ich keine Rücksicht nehmen.

Doch statt etwas darauf zu erwidern, nickt Malte, als verstehe er tatsächlich, geht ein paar Schritte rückwärts, sichtlich betroffen, steigt in seinen Wagen und fährt davon. Verblüfft blicke ich ihm hinterher, empfinde eine befremdliche Dankbarkeit für seinen Rückzug, vielleicht auch Misstrauen, und bleibe noch einige Momente stehen, um sicherzugehen, dass er wegbleibt.

Schließlich schiebe ich mein Fahrrad den restlichen Weg bis zum Bungalow und lasse es wieder achtlos auf dem Rasen liegen. Vor der Tür fällt mir auf, dass Paul gute Arbeit geleistet hat. Von dem Wort, das sie mir dorthin geschmiert haben, ist nichts mehr zu sehen, mein Ruf ist wiederhergestellt. Ich hätte Malte darauf ansprechen sollen, aber vermutlich ist er auch in diesem Fall absolut unschuldig.

Was, wenn es stimmt? Wenn er es nicht gewesen ist? Wer dann? Ich vertreibe die Gedanken, hole meinen Schlüssel aus der Tasche meines Hoodies, und mit einem unguten Geräusch landet mein Handy auf dem Boden. Müde hebe ich es auf, erleichtert, dass es keinen Schaden von meiner Ungeschicktheit davongetragen hat, als mir auffällt, dass ich eine weitere neue Nachricht erhalten haben. Ich stöhne frustriert auf und öffne sie trotzdem.

*Es tut mir leid, bitte entschuldige. Ich respektiere deinen Wunsch und halte mich ab sofort von dir fern. Aber das Crack-Video ist wirklich nicht von mir. Bitte glaub mir. Malte.*

Aber von wem dann?, möchte ich zurückschreiben, tue es aber nicht. Weil die einzige Antwort darauf Julian ist und das keinen Sinn ergibt. Warum sollte er das tun? Es sei denn … Aufregung überkommt mich. Hat Julian vielleicht versucht, mir eine geheime Botschaft zukommen zu lassen? Habe ich mir das Video nicht genau genug angesehen? Oder bin ich dabei, endgültig den Verstand zu verlieren? Fest entschlossen, genau das zu überprüfen, schließe ich die Haustür auf.

Sie ist nicht abgeschlossen, nur zugezogen. Irritiert, mit einem Anflug von Panik, versuche ich mich zu erinnern, ob ich beim Gehen den Schlüssel im Schloss umgedreht habe.

Ich bin mir nicht sicher.

Vorsichtig betrete ich den Flur, überlege, ob ich die Tür offen lassen soll, tue es aber nicht. Etwas ist seltsam, ein fremder Geruch scheint mich zu umhüllen, ich kann ihn nicht zuordnen. Dann höre ich es. Eine Stimme. Sie kommt aus dem Gästezimmer, meinem Zimmer, seit ich wieder hier wohne. Jemand redet, hält eine monologartige Rede, und ich kenne die Stimme.

Es ist meine eigene.

Mein Herzschlag setzt aus, mir wird schwindelig. Ich zögere, dann setze ich mich in Bewegung, gehen genügt nicht, ich kann nicht länger warten, also renne ich den Flur entlang zum Gästezimmer.

Mein Laptop steht geöffnet auf dem Bett, wie ich ihn zurückgelassen habe. Doch das Video, das auf YouTube abgespielt wird, habe nicht ich ausgewählt.

Hundertprozentig nicht. Weil ich mich bislang geweigert habe, mir diese Aufnahme anzusehen. Die Aufnahme aus dem Sternenhagel.

»Mein Name ist Olivia Bloch, und ich bin eine der Gefangenen in der Cocktailbar Sternenhagel.«

Ungläubig gehe ich näher heran, als müsse ich nur besser hinsehen, um zu erkennen, dass ich mich irre. Aber ich irre mich nicht. Das Video kann nicht zufällig von alleine gestartet sein. Es ist auf Repeat gestellt und beginnt gerade wieder von vorne.

»Ich werde gezwungen, vor der Welt da draußen um Hilfe zu flehen, damit *Billy* und die anderen bekommen, was sie wollen«, spricht mein vier Monate jüngeres Ich ruhig weiter, den Blick nicht in die Kamera gerichtet, sondern starr auf den Menschen dahinter, »aber das werde ich nicht tun. Stattdessen werde ich das sagen, was sich sonst noch keiner getraut hat auszusprechen: Ihr kommt hier nicht lebend raus. Wir sind eure Geiseln, dazu verdammt, hier zu sterben. Genau wie ihr. Auch ihr werdet sterben, hier, vielleicht sogar jetzt gleich. Also fickt euch.«

Wie gebannt schaue ich mir selbst bei meiner Rede zu, erinnere mich kaum daran, das alles gesagt zu haben, fühle jedoch mit dieser Fremden, spüre den gleichen Impuls, den Männern mit den Masken, die dort hinter der Kamera lauern, auch in dieser Wohnung, weit weg von damals, den Mittelfinger zu zeigen. Zitternde Finger zeichnen die dünne Narbe an einem meiner Handgelenke nach, dort, wo der Kabelbinder sich in mein Fleisch geschnitten hat. Dann beuge ich mich vor, sage meinem alten Ich Lebewohl und klappe den Laptop zu.

Meine Stimme verstummt. Stille empfängt mich. Jemand war in meinem Zimmer, in diesem Haus. Mir bleibt keine Möglichkeit mehr, dies alles auf meinen vernebelten, schwachen, schwindenden Verstand zu schieben. Ist der Eindringling noch hier? Langsam drehe ich mich um, auf alles gefasst, geradezu in Erwartung, dass jemand hinter mir steht.

Nein, nicht jemand. Julian.

Doch der Flur ist leer, niemand ist zu sehen.

»Julian?«, rufe ich in die Wohnung und komme mir vor wie ein Klischee.

Keine Antwort. Ich bin allein, und gleichzeitig bin ich es nicht. Das Video ist eine Botschaft, eine Botschaft von Julian, mit der er mir unmissverständlich sagen will: »Ich bin zurück.«

## 31

*Hannover, 14. Juni*

Mein Magen war ein schwarzes Loch, mein ganzer Körper ein Vulkan kurz vor der Eruption, brachial und zerstörerisch.

Er war da, der Weg nach draußen, praktisch direkt unter meinen Füßen, und ich hatte ihn vergessen.

Den verdammten Geheimgang.

Madsen, der Besitzer des Sternenhagel, hatte ihn mir an meinem ersten Arbeitstag bei dem obligatorischen Rundgang vor ein paar Monaten gezeigt. Der Gang war ein Sternenhagel-Geheimnis, von dem nur die Angestellten wussten. Er war auf keiner Karte vermerkt. Wohin er führte, wusste niemand außer ihm. Aber es gab ihn, und er hatte einen Ausgang. Früher verhalf er Juden zur Flucht vor der SS, nun könnte er uns retten.

Über einen Plan nachzudenken stellte eine übermächtige Herausforderung dar, meine Gedanken beisammenzuhalten und nicht abzudriften fiel mir mit zunehmender Austrocknung immer schwerer.

Der Eingang zu dem Geheimgang befand sich im Lagerraum, hinter einem Regal mit Wischmopp, Staubsauger und anderen Putzutensilien versteckt, die perfekte Tarnung. Wer davon nicht wusste, sah ihn nicht, das wusste ich aus Erfahrung.

Das erste einer Reihe von Problemen dabei war, dass sich der Lagerraum im Keller befand, und soweit ich das mit meiner eingeschränkten Denkkapazität sah, bestand die einzige Möglichkeit, in den Keller zu gelangen, durch einen Gang zur Toilette.

Mit einem Anflug von Widerwillen sah ich zu den drei jungen Frauen hinüber. Ihr Anblick ließ die Säure in meinem Magen gefährlich ansteigen.

Blaulila Blutergüsse zierten den Kiefer der Frau, die von *Pinhead* am schlimmsten zugerichtet worden war. Eines ihrer Augen war beinahe vollständig zugeschwollen, beide schwarz unterlaufen. Ihr Gesicht sah beängstigend deformiert aus, ihre Schmerzen mussten unerträglich sein, vermutlich nichts im Vergleich zu ihren anderen Qualen. Apathisch saß sie auf ihrem Stuhl, ihren Unterleib hatte sie weit nach vorne geschoben, sodass sie nur mit einem kleinen Stück ihres Steißbeins die Sitzfläche berührte. Ihre Beine waren gespreizt, soweit es der Rock zuließ, und eine ihrer Freundinnen hatte unterwürfig um ein Handtuch gebeten. *Billy* hatte es ihr gewährt und Schweinekopf damit beauftragt, es über ihre Beine zu legen.

Obwohl es seit diesem Übergriff durch *Pinhead* zu keinem weiteren Zwischenfall auf den Toiletten gekommen war, wollte ich unter keinen Umständen mit *Pinhead* in den Keller gehen.

»Du da!« Ertappt schreckte ich zusammen und begriff im selben Moment, dass nicht ich gemeint war. »Du bist der Nächste.« *Billy* deutete auf den Jüngsten unter uns, der überhaupt nicht wohl aussah. Er hatte seinen Kopf auf die Schulter einer seiner Zwillingsschwestern gelegt und vergoss stumme Tränen. »Die nächste Frist läuft bald ab, drück also auf die Tränendrüse. Euer Publikum soll wissen, auf wen die hannoversche Polizei und der«, er malte Gänsefüßchen mit zwei Fingern beider Hände in die Luft, »›große Führungsstab für Geiselnahmen‹ einen Scheiß geben.«

Ein eiskalter Schauer überkam mich in der schwülwarmen Luft des Sternenhagel und beendete meinen zaghaften Versuch, über einen Fluchtplan nachzudenken. Die nächste Frist lief ab. Ich begann zu zittern, bekam nicht mehr genug Sauerstoff in meine Lungen, dieses stickige Zeug schien einfach nicht durch meine Luftröhre zu passen.

»Atme, Olivia. Du wirst nicht sterben. Wir haben ein Date, vergiss das nicht.« Mikos geflüsterte Worte kitzelten an meinem Ohrläppchen, und ich nickte heftig, bekräftigte seine

Worte. Vor meinen Augen begann sich alles zu drehen, und ich zwang mich zu einem tiefen Atemzug.

Schweinekopf holte sein iPhone aus der Hosentasche und richtete die Kamera auf den erschrockenen Jungen, der benommen den Kopf schüttelte.

»Nun mach schon, oder willst du, dass ich deine beschissene Familie auslösche?«, brüllte *Billy* ihn an. Von Zynismus war nichts mehr zu spüren, er schien selbst die Nerven zu verlieren.

Der Junge schluchzte, schüttelte weiter den Kopf, begann dennoch zu reden. »Bitte, helft uns!«, flehte er in die Kamera, während Rotze aus seiner Nase lief. Jedes Wort war ein Kampf. »Bitte, mein Vater ist verletzt, hier sterben Menschen, und ich habe so schreckliche Angst.« Heftiges Heulen brachte seine Worte zum Stillstand, sein Gesicht verzog sich zu einer gequälten Fratze, und ich sah, dass er eine Zahnspange trug.

Er war noch ein verdammtes Baby, er sollte nicht hier sein, sollte nicht zum Werkzeug skrupelloser Geiselnehmer gemacht werden, die sich erhofften, mit kurzen Videos ihrer Geiseln das Mitgefühl der Bevölkerung zu erpressen. Er war bereits der Vierte, der zu dieser herabwürdigenden Bloßstellung genötigt wurde, der vor laufender Kamera sein Innerstes nach außen kehren musste, dabei war er doch bloß ein hilfloser und verstörter Junge mit Zahnspange.

»Mir geht es nicht gut«, presste Felix zwischen den Schluchzern hervor, nicht länger in die Kamera, sondern an *Billy* gerichtet, der neben Schweinekopf stand und schwieg. Sobald die Kamera lief, verstummte er. Der Junge sah wirklich nicht gut aus. Er war aschfahl, seine Lippen waren aufgesprungen, tiefe Ränder unter seinen Augen.

Bevor er noch etwas sagen konnte, erbrach er sich heftig vor seine Füße auf den Boden.

Die maskierten Männer stolperten zurück, Schweinekopf sprang zur Seite und begann hektisch auf dem iPhone zu tippen.

Ein Raunen erfüllte den Raum, Ekel und Mitgefühl. Der

Junge heulte laut, hustete und weinte ungestüm weiter, er hatte jede Selbstbeherrschung verloren. Nur Silke war aufgesprungen, riss ihren Sohn in eine Umarmung, an ihren Händen das Blut seines Vaters.

*Billy* war regungslos stehen geblieben. Spritzer des Erbrochenen zierten seine schwarzen Sneaker. Wut, nicht sichtbar, aber gewaltig, ging von ihm aus.

Ich hielt die Luft an. In meinem Kopf donnerte jedes Geräusch, mein Magen war ein verkrampfter Klumpen Schmerz. Ich ertrug diesen Wahnsinn nicht länger, wollte schreien, um mich schlagen, aufhören zu existieren. Stattdessen begann ich wieder zu atmen, der üble Geruch in meinen verklebten Nasenlöchern brachte mich beinahe zum Würgen.

»Wisch das weg«, war das Einzige, was *Billy* an *Pinhead* gerichtet sagte, dann ging er davon. Auf seinem Rückzug verpasste er einem Turm gestapelter Stühle einen Tritt, der mit einem ohrenbetäubenden Rums zur Seite stürzte. Die Stühle verteilten sich auf dem Boden, eine sichtbar gewordene Grenze zwischen ihm und uns.

Wir waren das Chaos. Als was er sich sah, wusste ich nicht.

Eine unheilvolle Ruhe kehrte ein. Niemand weinte, viele Köpfe lagen auf Schultern anderer, die Augen geschlossen. Wir waren unendlich müde.

Die Stille machte mir Angst, das Schweigen von *Billy* und den anderen Männern. Sie hatten sich Sitzgelegenheiten herangeholt, die Hände an den Waffen in ihren Schulterholstern, die Augen unter den Masken vielleicht geschlossen.

Vielleicht auch nicht.

Eine Weile wälzten sich meine Gedanken hin und her. Ich verlor immer mehr den Bezug zur Realität, überlegte mir Szenarien, eine Flucht, die damit endete, dass sich alle Geiseln in den Keller schlichen, während die Maskenmänner schliefen, und wir durch den Geheimgang einen Strand mit goldenem Sand und türkisfarbenen Wellen erreichten. Als ich nicht mehr in der Lage war zu unterscheiden, ob dieser Plan umsetzbar war oder nicht, wurde mir klar, dass ich Hilfe brauchte.

»Ich weiß einen Weg hier raus.«

Mikos Blick sprach Bände. Er war interessiert. Und zu allem bereit. Danach besprachen wir im Flüsterton und mit abgewandten Gesichtern einen Plan, wie wir aus dem Sternenhagel fliehen konnten.

Ob diese Unterhaltung tatsächlich oder nur in meiner Phantasie stattgefunden hatte, wusste ich Augenblicke später nicht mehr. Mein Kopf war wirr und schwerfällig, schlimmer als bei jedem Joint.

*Billys* Telefon klingelte, und eine Welle der Panik ging durch die teilweise weggetretenen Geiseln. Wir alle kämpften mit den gleichen Dämonen, denen im Kopf, in unseren Körpern und vor unseren Augen. Sitzen war zur Qual geworden, doch niemand wagte aufzustehen.

*Billys* Telefonat am anderen Ende des Raums dauerte nicht lange, ich bekam nur mit, wie er, das Handy vor sein Gesicht gehalten, hineinbrüllte: »Das werdet ihr schon sehen, ihr verdammten Hurensöhne!«

Etwas war gekippt, nicht die Stimmung, aber die Art, wie ich die Dinge betrachtete. Wir waren nicht länger im Auge des Orkans, wir *waren* der Orkan. Mit der Stille war es vorbei. Etwas Grauenhaftes würde geschehen. Ab jetzt gab es nur noch Verwüstung.

*Billy* war geladen, als er auf uns zustapfte. Er schnipste mit den Fingern, wies Schweinekopf an, das iPhone auf uns zu richten.

Das hier war die Hölle. Mit einem Mal sah ich es klar und deutlich vor mir. *Billy* war der Teufel und ich ein dummes, dummes Lämmchen, das an eine Flucht geglaubt hatte. Ich biss mir auf die Lippe, schmeckte Blut, schluckte es.

*Billy* ging zu *Donald Trump* und zischte ihm etwas zu. Dieser legte seine Schrotflinte an und zielte. Ich schloss die Augen, schwindelig erkannte ich, dass es mich treffen könnte, ganz bestimmt würde es mich treffen. Mein Kinn zitterte, und ich versuchte, an etwas Schönes zu denken, doch mein ausgedörrtes Hirn produzierte nur ein Knäuel nichtssagender

Versatzstücke. Um mich herum schwoll ein Wimmern an, wieder schluchzte jemand, womöglich ich selbst.

Der Schuss zerriss mir das Trommelfell. Ich hörte Schreie, unartikuliert, Worte, die ich nicht verstand, und wartete auf den Schmerz. Auf das Ende, die Dunkelheit, mein Leben vor meinen Augen.

Irgendwas.

Ein Brennen in der Brust. Ich riss die Augen auf. Atemnot, keine Schusswunde. Panisch schnappte ich nach Luft.

Ich war nicht tot. Chaos. Entsetzen. Zwei Frauen und ein Mann waren aufgesprungen, hockten um einen bewegungslosen Körper am Boden. Abgehackte Bewegungen, verzerrte Geräusche, meine Wahrnehmung fuhr Achterbahn, zu schnell für Details.

»Scheiße, Olivia. Scheiße!«, stieß Miko aus, und ich verstand nicht, was er mir damit sagen wollte. Doch als ich ihn ansah, begriff ich. Blut klebte in seinem Gesicht, eine weiße Masse im dunklen Haar, Schock und Entsetzen in reinster Form verzerrten seine Züge. Der Platz neben ihm war leer, ebenso wie die nächsten drei.

*Donald Trump* hatte den Mann neben Miko hingerichtet, einfach so. Ein unauffälliger Typ, der keinen Ärger gemacht hatte. Völlig willkürlich hingerichtet. Nichts in meinem Kopf ergab noch Sinn, nichts machte mir noch Mut.

Sein Name war Leon, Anfang dreißig, am Abend des 12. Juni war er zu einem Doppeldate mit seinen zwei besten Freundinnen Deike und Tanja und seinem Partner Torben ins Sternenhagel gekommen. Für ein paar Stunden mit guten Cocktails, guten Gesprächen und herzlichem Lachen.

*Pinhead* und *Art the Clown* stießen Leons trauernde Freunde zur Seite, dann trugen sie den Leichnam zu den anderen in den Kühlraum.

Was für eine Drecksarbeit für ein bisschen Geld.

*Billy* war indes zu Schweinekopf gegangen und unterhielt sich leise mit ihm. Schweinekopf nickte, dann kam er zu mir und hielt mir die Kamera des iPhones direkt vors Gesicht.

»Du bist dran«, höhnte *Billy*.

Mühsam schüttelte ich den Kopf. »Nimm die Kamera aus meinem Gesicht.« Ich fühlte mich wie eine Ertrinkende. Schweinekopf kam näher, hielt weiter drauf. Ich hob den Blick, sah ihn das erste Mal direkt an, sah mehr als die Maske, durch die Löcher für die Augen hindurch.

Es traf mich brutal, unvorbereitet und ohne Gnade, zuerst ein Tritt in den Magen, dann ein Schlag mit der Faust gegen den Kopf. Der Schmerz dieser Offenbarung holte meinen Verstand zurück.

Diese Augen.

Ein warmes Braun. Sie bereiteten mir eine Gänsehaut.

Ich kannte diese Augen. Unzählige Male war ich in ihnen versunken gewesen, seit fünf Jahren vermisste ich sie so schmerzlich, dass es mir manchmal die Kraft nahm, am Morgen aufzustehen. Ich war mir sicher. Unter Tausenden braunen Augenpaaren hätte ich sie jederzeit wiedererkannt.

Ich wusste jetzt, wer unter der Schweinekopf-Maske steckte, und ich wollte weinen.

Julian.

## 32

*Obderwede, 24. Oktober*

Ich laufe, so schnell ich kann, so schnell der schlammige Untergrund meine Füße für jeden mühseligen Schritt freigibt, laufe, obwohl meine Beine nicht mehr wollen, meine Lunge nicht mehr mitmacht. Laufe davon, der Ungewissheit entgegen.

Julian ist nicht mehr der Junge, den ich kannte. Dessen bin ich mir bewusst, empfinde neben der Aufregung auch Angst und Abscheu, aber ich kann mich nicht dagegen wehren. Sechzehn Jahre Freundschaft und fünf Jahre Ungewissheit haben ihre Spuren hinterlassen, Julian ist ein Teil meiner Seele, meine Zellen verkümmern ohne ihn.

Also laufe ich, bevor er wieder verschwindet, spüre keine Erschöpfung, keinen Schmerz, nur Gleichgültigkeit für meine Bedenken, für die Ahnung, dass ich aufpassen sollte.

Julian ist im Bungalow gewesen, das Video eine Nachricht an mich, denn nur wir beide wissen, dass mein Blick vor vier Monaten nicht in die Kamera gerichtet war, sondern auf ihn. Die ganze Zeit.

Ich muss ihn sehen. Muss mit ihm reden. Um zu begreifen, was geschehen ist. Wie es so weit kommen konnte.

Als ich unser Refugium erreiche, bleibe ich stehen, die Hände auf den Oberschenkeln, durchgeschwitzt und atemlos. Die Baumwipfel lassen kaum Sonne durch, schon immer hat es hier länger gedauert, bis das Wasser verdampft war. Als würde die Zeit hier langsamer vergehen.

Ich kann nicht darauf warten, dass sich mein Körper von der Anstrengung erholt, mich zieht es zu der kleinen grünen Kassette, ich bin von der Überzeugung getrieben, dass endlich eine Antwort da ist. Dass die aufflammenden Zweifel eine Lüge sind.

Als ich mich erneut in Bewegung setze, bemerke ich die Tür. Sie steht offen. Der Hinterausgang des Leichenhauses hat seinen Schlund zu einem stummen Schrei aufgerissen, offenbart einen Blick ins innere Dunkel, was er sonst nicht tut.

Ich bin mir sicher. Jemand ist in dem leer stehenden Gebäude, die offene Metalltür, zu schwer, um von alleine in dieser Position zu verweilen, eine Einladung an mich.

Die Kasse kann warten.

Ich fixiere den Ausgang, während ich mich ihm nähere, versuche auszumachen, was dahinter auf mich wartet, halte die Anspannung kaum aus und beschleunige meine Schritte. Ein schwerer Ast hält die Tür offen, damit sie nicht zufällt. Julian weiß, dass das Schloss kaputt ist, dass er nicht im Inneren gefangen ist, sobald sie sich von alleine schließt. Er ist hier, und er will, dass ich es weiß.

Sieht ihm ähnlich. Er liebt diese Spielchen, versteckt sich vor mir, um mich zu erschrecken. Ich bin bereit.

Der vertraute Geruch nach Feuchtigkeit und Tod steigt mir in die Nase, als ich das Leichenhaus betrete. Die hohen Fenster bringen gerade genug Licht in den Gang, um mich weiter voranzutreiben. Ich zittere am ganzen Leib, und obwohl ich bereits unzählige Male diesen Weg gegangen bin, fühlt es sich zum ersten Mal real an. Als wäre ich davor nur ein Geist gewesen, Rückstände einer Leiche, die vor einer Dekade an diesem Ort gewaschen worden war, und während meine sterblichen Überreste irgendwo bestattet wurden, ist meine körperlose Seele hier verblieben, um auf ewig ihren besten Freund zu treffen. Heute wandle ich nicht, bin ich kein Gespenst, sondern ein Wesen aus Fleisch und Blut, das sich erstmals der wahren Morbidität dieses verrottenden Gebäudes bewusst ist.

Ich zittere noch heftiger, atme zu viel der stinkenden Luft voller Schimmelsporen ein und drücke beide Hände auf meinen Oberkörper, damit mein wild gewordenes Herz nicht herausspringt.

»Julian?«, flüstere ich, meine eigene Stimme erschreckt mich. Sollte Julian sich versteckt haben, wird es nicht wie früher sein, ermahne ich mich. Er wird mir Angst machen, ich werde hin- und hergerissen sein zwischen Freude und Wut, sicher wird sein Anblick etwas in mir triggern und mich durch die Hölle jagen. Für all das versuche ich mich zu wappnen.

Ich lasse den Gang hinter mir und steuere direkt den Hauptraum an, in dem die Waschung der Toten stattgefunden hat, früher, als es noch das Haus des Abschieds war und nicht des Wiedersehens.

Die Anspannung meines Körpers ist kaum noch zu ertragen, und zum ersten Mal spüre ich einen Anflug von Widerwillen, Julian jeden Augenblick gegenüberzustehen. Am liebsten wäre es mir, ich könnte ihn zunächst aus der Ferne beobachten, doch er bestimmt die Regeln. Diese Erkenntnis macht mich wütend.

Meine rechte Schläfe pocht nervös. Wie befriedigend es wäre, Julian warten zu lassen, doch nur in meiner Vorstellung. Ich bin seinetwegen hier, bin seine Marionette, und ich tanze an seinen Fäden. Weil ich ihn genau darum gebeten habe.

»Hallo?« Ein Wort, das meine Traumblase zerplatzen lässt. Eine Stimme, vorsichtig, aber nicht zaghaft, aus dem Inneren des Leichenhauses, fremd – und weiblich. Überrumpelt bleibe ich stehen. Das ist nicht Julian.

»Ist da jemand? Ich bin hier! Wenig hilfreich, ich weiß, aber was Besseres fällt mir nicht ein.« Etwas zieht mich zu der Stimme, als wäre es die einer Sirene und ich ein hilfloser Seemann. Sie klingt heiser, tief für eine Frau, vielleicht hat sie eine Vorliebe für Whisky. Ich folge ihr, ohne etwas zu sagen, möchte meine Anwesenheit noch nicht verraten, obwohl sie mich längst gehört haben muss. Langsam komme ich voran, biege das erste Mal ab, halte mich immer rechts, vorbei an der verschlossenen Tür, die in den Keller führt.

»Hallo? Ist jemand hier, oder fange ich an zu spinnen?« Bei dem erneuten Klang verkrampfe ich, halte die Luft an. Überlege, wegzulaufen. Ein tiefer Atemzug, dann laufe ich, nicht davon, sondern der Stimme entgegen, die Frau braucht vielleicht Hilfe. Vorbei an noch mehr Türen, bis ich jemanden am Ende des Gangs durch die Glastür sehen kann. Ich zögere nicht, stoße sie auf und offenbare mich.

Die Frau am Boden, den Rücken an einen Metallsarg gelehnt, den irgendjemand in den Durchgang gestellt hat, zuckt bei meinem impulsiven Auftritt zurück, als hätte sie niemanden mehr erwartet. »Oh, fuck!«, stößt sie atemlos aus.

Ich bleibe stehen, ein beißender Geruch steigt mir in die Nase, sauer und verdorben. Ich erkenne die Frau sofort, erinnere mich daran, wie sie am Tag zuvor an der Straße vor den Bungalows stand und nach Paul suchte. Von ihrer Stirn läuft Blut, aus einer unsichtbaren Wunde, versteckt in ihrem schwarzen Haaransatz. Aus übernatürlich großen Augen sieht sie mich an, blass und erschöpft, aber seltsam unverwüstlich. Ein Ausdruck von Erleichterung legt sich auf ihr Gesicht. »Hi, ich bin Tokessa!«, sagt sie und hebt die Hand zu einem Gruß, als träfen wir uns gerade zufällig im Supermarkt.

Noch immer ist sie unübersehbar schwanger, natürlich, mit der anderen Hand hält sie ihren Bauch, als würde er sonst abfallen.

»Was machen Sie hier?« Ich bin wütend und enttäuscht, will es mir nicht anmerken lassen, was mir vielleicht genau deshalb nicht gelingt. Ich will nicht, dass sie hier ist statt Julian, ich fühle mich von ihrer Anwesenheit gestört. Weil sie in unsere Privatsphäre eingedrungen ist. Das Leichenhaus ist unser Geheimnis, das von ihm und mir. Diese Frau gehört nicht hierher.

Meine letzte Hoffnung implodiert in meiner schmerzenden Brust, echter Schmerz in meiner Kopfwelt.

»Ich habe mich umgesehen«, antwortet sie und zuckt mit den Achseln, verzieht dabei aber das Gesicht, als täte ihr bereits diese Bewegung weh. Sie greift an ihre Stirn, ich erkenne getrocknetes Blut an ihren Fingerspitzen, die Wunde hat sich bereits geschlossen. Die Frau schnaubt verächtlich. »Ist dämlich, ich weiß, aber als ich den Weg gesehen habe, konnte ich nicht widerstehen. Ich steh auf ›Lost Places‹, nur manchmal vergesse ich, dass ich einen blinden Passagier dabeihabe.«

Ich kann meine Verwirrung nicht verbergen. »Was ist mit Ihrem Kopf passiert?«

Sie macht eine wegwerfende Handbewegung. »Halb so wild, ich habe auch nur einmal gekotzt.« Sie deutet auf eine Stelle hinter dem Kopfende des Sargs, aber ich brauche nicht hinzusehen, um ihr zu glauben. Der Geruch in meiner Nase ist Beweis genug.

»Mein Knöchel hingegen … Ich kann nicht aufstehen. Nicht mit dem Bauch.« Sie hat ihr rechtes Bein angewinkelt, während das andere Bein ausgestreckt vor ihr liegt. An diesem Fuß fehlen Schuh und Socke. Eine Verletzung erkenne ich nicht, aber vielleicht bin ich zu weit weg.

Mir wird bewusst, dass ich wie versteinert dastehe, als ginge von ihr eine tödliche Gefahr aus. Wie soll ich wissen, dass es nicht so ist? Ich muss mich überwinden, auf sie zuzugehen, obwohl ich nicht weiß, was ich tun soll. Erwartet sie von mir, dass ich ihr auf die Beine helfe? Erwarte *ich* es von mir? Mein unsteter Blick huscht über den schmutzigen Boden, anthrazitfarbenes Linoleum, und bleibt an einem glänzenden Gegenstand hängen, der sich schräg hinter das Fußende des Sargs verirrt hat. Ich knie mich hin und greife danach. »Ist das Ihr Handy?«, frage ich und halte es ihr entgegen. Ich bin ihr nun näher, erkenne das dunkle Grün ihrer Augen und die geisterhaften Schatten darunter.

»Scheiße, da ist es ja!« Sie nimmt es mir fast hastig aus der Hand, wobei mir das Zittern ihrer Finger auffällt, und lässt es sofort in der Tasche ihrer schwarzen Lederjacke verschwinden. Als sich unsere Blicke treffen, springe ich eilig wieder auf, mir ist die Nähe zu dieser Fremden unangenehm, und wende mich von ihr ab, damit sie nicht darauf kommt, woher sie mein Gesicht kennt.

»Ich hab's verloren, als ich mich hingepackt habe.«

Etwas an ihr ist seltsam, auch wenn ich nicht sagen kann, was genau. Ein Verdacht wallt in mir auf, die Befürchtung, dass ihre Anwesenheit kein Zufall ist, obwohl mir ihre Erklärung plausibel erscheint.

»Ist ja echt Ihr Tag«, sage ich gedankenverloren.

»Ach, na ja. Er ist nur im hinteren Teil meiner Top Ten der schlechtesten Tage.«

Mein Unbehagen wächst, Schweigen übernimmt unsere Unterhaltung. Es fällt mir schwer, mich zu konzentrieren, in meinem Kopf schwirrt noch immer Julian umher. War er hier und ihr Auftauchen hat ihn verscheucht? Oder habe ich das Video auf meinem Laptop falsch gedeutet, und es war doch Malte, der in den Bungalow eingebrochen ist, bevor er scheinheilig davor auf mich gewartet hat? Ich finde kein Bild, die Puzzleteile wollen nicht zusammenpassen, obwohl sie immer wieder den Anschein erwecken. Ich spüre Tokessas prüfende Musterung, spüre ihr Misstrauen mir gegenüber und besinne mich auf das, was ich unter normalen Umständen tun würde.

»Soll ich Ihnen auf die Beine helfen?«, frage ich befangen.

Tokessa zieht eine ihrer kräftigen Augenbrauen hoch. »Wenn es nicht zu viel verlangt ist?«

Mir entgeht der indirekte Vorwurf nicht, und ich schäme mich für mein anfängliches Zögern. »Tut mir leid. Ich hab's nicht so mit Nähe.«

Ihr Ausdruck wird sanfter. »Schon gut, war nicht so gemeint. Ich bin nur ein wenig reizbar, das ist aber mehr meiner eigenen Dummheit geschuldet und liegt nicht an dir.«

Ich gehe um Tokessas ausgestrecktes Bein herum und hocke mich hin. Nun kann ich den verletzten Knöchel sehen, er ist auf die Größe eines Tennisballs angeschwollen, die Haut auf der Schwellung schimmert bereits lila. Mit einem Arm um meine Schulter gelingt es uns, Tokessa auf den beschuhten Fuß zu hieven, während sie den verletzten vorsichtig aufsetzt und bei jeder leichten Belastung frustriert flucht. Ihren Schuh in der freien Hand, legen wir die Strecke durch das Leichenhaus zurück, sie auf mich gestützt und humpelnd. Obwohl sie abgesehen von dem Babybauch beinahe ausgehungert wirkt, lastet das Gewicht ihres Körpers, der meinen um mindestens fünfzehn Zentimeter überragt, schwer auf mir. Ich beginne zu schwitzen, aber schließlich schaffen wir es nach draußen. Auf einem beim Unwetter umgestürzten Baum lässt Tokessa sich nieder, auch sie ist sichtlich an ihre Grenzen gekommen. Mit verzerrtem Gesicht legt sie beide Hände auf ihren Bauch. Ich sehe ihr schwer atmend zu und fühle mich wie eine Voyeurin. Als würde ich einem intimen Moment zwischen Mutter und Kind beiwohnen, obwohl es mir überhaupt nicht zusteht. Als Tokessa den Blick hebt, sehe ich verlegen weg.

»Du bist stärker, als du aussiehst«, schnauft Tokessa anerkennend, und ich lache erschöpft. Da hat sie verdammt recht. Ich neige nur dazu, es zu vergessen. »Wie heißt du eigentlich?«

Verblüfft sehe ich sie an und hoffe im selben Moment, dass ihr meine Irritation entgangen ist. Ich bin davon ausgegangen, dass sie meinen Namen kennt. »Olivia.«

»Danke für die Rettung, Olivia.« Sie hält meinen Blick fest, ich spüre mit einem Mal eine Verbundenheit zu dieser Frau, die ich mir nicht erklären kann. Wir sind so unterschiedlich, wie es nur geht, nicht nur optisch, auch ist sie deutlich älter als ich, Ende dreißig vielleicht. Ich lasse den Kontakt abreißen und sehe mich im Wald um – obwohl mir durchaus bewusst ist, dass sich in den vergangenen dreißig Minuten vermutlich nicht besonders viel verändert haben kann.

»Und wie bekommen wir Sie jetzt ins Krankenhaus?«

»Ins Krankenhaus?« Tokessa scheint die Vorstellung völlig abwegig zu finden.

Toughe Frau, denke ich und lächle in mich hinein. »Oder zu einem Arzt. Jemand sollte sich Ihren Kopf und den Fuß ansehen.« Ich setze mich neben sie auf den Baumstamm und begutachte noch einmal ihren Knöchel, obgleich die Kopfverletzung vermutlich relevanter ist, zumal sie sich erbrochen hat. Ich sollte ihre Pupillen überprüfen, nachsehen, ob sich Dreck in der Wunde befindet. Stattdessen betrachte ich den Matsch an ihrer Fußsohle und komme mir albern vor.

»An der Straße steht mein Wagen. Wenn du mich zu ihm bringst, kannst du mich fahren.«

»Kann ich nicht. Kein Führerschein. Hat sich nie ergeben.«

»Dann fahre ich selbst, wird schon gehen.«

»Ehrlich gesagt ist das eine ziemlich schlechte Idee. Gibt es jemanden, den Sie anrufen können? Den Vater vielleicht?«

Tokessa schüttelt den Kopf. »Eher nicht.«

»Oh.« Ich kann mir denken, was das bedeutet, und ziehe es vor, nicht weiter auf das Thema einzugehen.

Tokessa ist kurz still, dann grinst sie mich an, als könnte sie meine Gedanken lesen. »War meine Schuld.«

Ich nicke. »Sonst jemand?«

»Alle, die in Frage kommen, sind in Hannover.«

Das ist zu weit, es würde zu lange dauern und vermutlich bereits dunkel sein, ehe jemand hier wäre. Ich hole mein Handy aus der Hoodietasche, ignoriere die neun neuen WhatsApp-Nachrichten und zwei Anrufe unbekannter Nummern und werfe einen Blick auf die Uhr. Es ist siebzehn Uhr dreiundfünfzig, in weniger als einer Stunde geht bereits die Sonne unter, so schnell schafft es niemand aus Hannover nach Obderwede.

Ich ziehe Elke in Erwägung, sofern ich sie auf meinem Handy gespeichert habe. Darüber hinaus ist die Nummer der Pension im Internet zu finden, dort anzurufen möchte ich allerdings vermeiden, weil ich nicht weiß, wer den Anruf entgegennimmt.

»Ich kenne auch niemanden, den ich fragen kann«, sage ich leise vor mich hin, darauf konzentriert, mein Telefonbuch durchzuscrollen. Eine weitere unerwünschte WhatsApp-Nachricht geht ein, und frustriert öffne ich die App, um diese Arschlöcher alle zu sperren, als mir eine von den älteren auffällt. »Oh, verdammt«, fluche ich frustriert.

»Was ist?« Tokessa wirkt besorgt.

Ich stöhne. »Ich weiß doch jemanden.«

Malte. Vorhin hat er mir seine Entschuldigung geschickt. Demnach habe ich seine Nummer. Und er besitzt ein Auto. Alles in mir windet sich bei dem Gedanken, ausgerechnet ihn um Hilfe zu bitten, schon alleine deshalb, weil er genau das wollen würde.

»Und das ist schlecht, weil …?« Tokessa ist sichtlich irritiert.

Noch einmal betrachte ich ihren Fuß. Die Verfärbung des Hämatoms breitet sich bereits bis in die Zehen aus. Ihre Kopfwunde muss ich nicht begutachten, damit ist nicht zu spaßen. Tokessa muss zu einem Arzt, einen Krankenwagen zu rufen ist zu umständlich, und alleine kann ich sie nicht zu ihrem Auto bewegen, was ohnehin nichts bringen würde. »Scheiße, egal!«, sage ich. Schnell speichere ich seine Nummer ab und rufe ihn an, bevor ich es mir anders überlege.

»Malte, ich brauche deine Hilfe.« Kurz angebunden erkläre ich ihm, worum es geht, und wie erwartet ist er sofort bereit vorbeizukommen, obwohl es noch keine Stunde her ist, dass ich ihn in die Schranken gewiesen habe. Über meine Inkonsequenz kann ich mich später immer noch ärgern.

»Malte ist gleich da«, informiere ich Tokessa, als das Gespräch beendet ist.

»Dein Freund?«

Ich verschlucke mich beinahe an meiner eigenen Spucke. »Nicht mal, wenn die Hölle zufriert.«

Skeptisch zieht Tokessa eine Augenbraue hoch. »Okay …«

»Erzählen Sie mir, was passiert ist?«, wechsele ich schnell das Thema.

Doch statt meine Frage zu beantworten, verdreht die andere Frau die Augen. »Mein Gott, sag endlich Du zu mir. Ist ja furchtbar, das Gesieze.« Sie schnaubt verächtlich. »Wow, so was sagen nur alte Leute. Verdammt!«

Ihre Worte bringen mich zum Schmunzeln. »Du bist nicht alt«, versichere ich ihr, und Tokessa lächelt mich ironisch an. Fasziniert stelle ich fest, dass sich ihr ganzes Gesicht verändert, sobald sie lächelt. Feine Linien um ihre Mundwinkel deuten darauf hin, dass es eine Zeit gab, in der sie viel gelacht hat. Ihre Augen hingegen erreicht das kurze Aufflackern von Heiterkeit nicht. Das spröde Lächeln schafft es nicht einmal über ihre Wangen hinaus. Vielleicht ist ihre letzte Begegnung mit ungefilterter Freude zu lange her.

»Okay, also was ist passiert?«, beginnt Tokessa dann. »Ich habe mich umgesehen, und plötzlich war jemand hinter mir. Ich dachte ja, ich wäre alleine, deswegen habe ich fast einen Herzinfarkt bekommen, bin rückwärts über irgendwas gestolpert und habe mir den Kopf angeschlagen. An der Kante von einem Sarg, glaube ich. Außer dir wird mir das vermutlich niemand glauben.«

Bei ihren letzten Sätzen höre ich nicht mehr richtig hin. Etwas in mir zieht sich aufgeregt zusammen.

»Jemand war da?« Meine Stimme zittert.

Tokessas Gesicht verfinstert sich. »Ja.«

Ich habe plötzlich das Gefühl, keine Luft mehr zu kriegen. »Wann war das?«

»Keine Ahnung, vor ein paar Stunden, vielleicht zwei.«

Ich spüre, wie sich meine Brust hebt und senkt, viel zu schnell, und doch scheint der Sauerstoff nicht auszureichen. »Wie sah er aus?«

Tokessa bemerkt meine Veränderung, mit zusammengezogenen Augenbrauen sieht sie mich an. »Keine Ahnung. Ich habe nur verschwommene Umrisse gesehen, mein Kopf hat ziemlich geschwurbelt …«

»Und er hat dich einfach liegen lassen?«

Sie grummelt verächtlich. »Entzückendes menschenähnliches Wesen, oder? Stand nur kurz da und ist dann abgehauen.«

*Julian war hier.* Mehr bringt mein schwindelnder Kopf nicht zustande. Ich springe auf, krächze ein atemloses »Ich bin gleich zurück« in Tokessas Richtung, spüre ihren fragenden Blick, bin mir bewusst, wie seltsam ich mich verhalte. Ich zwinge mich, nicht zu laufen, und haste um das Gebäude. Zu der Geldkasse, unserem Versteck für Gras und verzweifelte Nachrichten. Sie steht noch dort, wo ich sie gestern zurückgelassen habe. Mit zitternden Fingern greife ich danach, wimmere vor Aufregung und Angst, ich könnte mich irren und es ist nur ein beliebiger Urban Explorer gewesen, der Tokessa erschreckt hat. Der Zettel in meinen klammen Händen hat Macht, er vermag den Fortlauf meiner und Julians Geschichte neu zu schreiben – oder sie für immer zu zerstören. Ohne zu zögern, entfalte ich ihn.

»Bist du hier?«, erkenne ich meine eigene krakelige Schrift.

»Immer in deiner Nähe«, steht als Antwort unter meiner Frage.

Ich kann nicht atmen. Julian ist in Obderwede. Endlich. Doch mit der Erkenntnis kriecht Furcht in meine Glieder. Er ist nicht mehr nur mein bester Freund aus der Kindheit. Er ist auch ein Geiselnehmer, der für den Tod von vielen Menschen mitverantwortlich ist. Kann ich es mit meinem Gewissen vereinbaren, ihn davonkommen zu lassen? Kann ich seine dunkle, gefährliche Seite ignorieren und so tun, als wären die Stunden im Sternenhagel, in denen er die Handykamera in die Gesichter der verängstigten Geiseln gehalten hat, nie geschehen?

Ganz sicher nicht.

Aber das alles ändert nichts daran, dass ich Fragen habe, so viele Fragen, deren Antworten ich brauche, um ein bisschen Frieden zu finden.

Nur deswegen fische ich am ganzen Körper zitternd den Stift aus der Kasse.

»Wann können wir uns treffen?«, kritzele ich unter Julians Nachricht, bevor ich die Kasse mit dem Zettel darin verschließe, wieder ins Irgendwo stelle und zurück zu Tokessa gehe.

## 33

*Hannover, 14. Juni*

Meine Welt drehte sich von einem Moment auf den anderen in die entgegengesetzte Richtung. Julian war hier, war nicht mehr verschwunden, war am Leben. Doch er stand nicht auf meiner Seite, war nicht länger mein bester Freund, er gehörte zu den Bösen. Hatte sich verbündet mit Mördern und Vergewaltigern, seine Hände mit fremdem Blut besudelt.

Er war es. Ich hatte keinen Zweifel, hätte selbst dann keinen gehabt, wäre da nicht dieser Ausdruck der Erkenntnis in seinen Augen gewesen. Er wusste, dass ich ihn erkannt hatte.

Julian. Was war mit ihm geschehen? Die alte Frage aus einer neuen Perspektive. Wie war er zu jemandem geworden, der Menschen als Geiseln nahm und tötete? Woher kannte er solche Leute wie die, die unter den anderen Masken steckten? Ich kapierte es nicht, nicht einmal im Ansatz, nicht einmal dann, wenn ich mir sagte, dass auch Julian ein Opfer war, das meines Vaters, in welcher Form auch immer.

Julian. Julian. Julian. Julian. Julian. Julian. Julian.

In den Stunden nach meiner Videoaufnahme entwickelte ich eine regelrechte Besessenheit. Von seinem Namen, von ihm hinter der Schweinemaske, der mich auszublenden versuchte, während ich ihn nicht aus den Augen ließ. Seit ich ihn erkannt hatte, bemerkte ich eine Veränderung in seinem Verhalten. Er wirkte unruhig, regelrecht nervös, das alles war er vorher nicht gewesen.

Oder erinnerte ich mich falsch?

Julian. Ich musste mit ihm reden, irgendwie, damit ich endlich aufhören konnte, darüber zu spekulieren, was damals an dem Abend seines Anrufes vorgefallen war.

Aber wie nur? Wie? Ich spürte, wie sich immer mehr meiner Gehirnzellen verabschiedeten, Denken war zu einem Kampfsport geworden, von dem ich keine Ahnung hatte. Ich wusste nicht, wie lange ich überhaupt noch durchhalten würde. Alles an mir war ausgetrocknet, meine Augen brannten, meine Haut spannte, ich schmeckte das Blut meiner rissigen Lippen auf der geschwollenen Zunge. Sobald mich meine Konzentration verließ, phantasierte ich von Wasser. Wasser in meiner Kehle, in meinem Mund, in mir. Einige Zeit zog ich es ernsthaft in Erwägung, eine volle Blase vorzutäuschen, um in einem unbemerkten Moment aus der Toilette zu trinken. Nur der Entschluss, Julian nicht mehr für eine Sekunde aus den Augen zu lassen, hielt mich zurück.

Ich wusste, dass ich kurz vor einem Zusammenbruch stand. Mein Kreislauf schickte mich durch die Hölle, ich fürchtete um mein Bewusstsein, fürchtete um mein Herz, das von einer Sekunde auf die andere zu rasen begann und dann wiederum so langsam schlug, dass mir übel wurde und ich mich kaum auf dem Stuhl halten konnte.

Niemand sprach es aus, aber allen ging es so. Ich sah bleiche Gesichter, aufgesprungene Lippen, halb geschlossene Augen, schwindende Geister. Nicht mehr lange und wir benötigten keine Kugel mehr, um zu sterben.

Verzweifelt suchte ich den Blickkontakt mit Julian. Was würde geschehen, wenn ich seinen Namen ausspräche? Wenn alle erfuhren, dass ich wusste, wer er war? Würde *Donald* mich sofort erschießen? Vermutlich. Also ließ ich es sein, diesen schwerfälligen Gedanken weiterzuverfolgen, wusste ohnehin nicht, ob meine Logik noch den Naturgesetzen folgte.

Der dünne Schrei einer Frau flutete für einige Augenblicke meinen Körper mit Adrenalin. Erschrocken sah ich mich um, entdeckte mit verwaschener Sicht Silkes weit aufgerissenen Mund, aus dem jetzt kein Laut mehr drang. Sie weinte stumm, ihrem Schmerz wurde kein Ton gerecht.

Ihr Mann war gestorben. Still und ohne Kamera, die auf sein Gesicht hielt. Der Blutverlust habe die Dehydrierung beschleunigt, die Nieren versagten, Exsikkose, erklärte mir

Miko später, auch seine Worte schleppend, die Symptome machten auch vor ihm nicht halt.

Sein Name war Georg, und seine Leiche wurde entsorgt wie die anderen, der Stapel der Toten im Kühlraum wuchs.

»Planänderung.« *Billy* drängte sich aus dem Nichts in meine Gedanken. Allein seine Stimme verriet, dass sein Frustrationslevel drastisch gestiegen war. Meine Brust schnürte sich zu, einmal mehr sackte mein Kreislauf zusammen, und ich hatte Mühe, mich aufrecht auf dem Stuhl zu halten. Ich wollte mich in mein Inneres zurückziehen und ausblenden, was um mich herum passierte, bis es vorbei war.

*Billy* betrachtete uns, fixierte einen nach dem anderen. Es war das erste Mal, dass er uns wirklich ansah. Ich schloss die Augen, um mich unsichtbar zu machen.

»Du siehst aus wie jemand, der einiges aushält.«

Eine furchtbare Ahnung überkam mich, und ich riss die Augen auf. *Billy* deutete mit einem länglichen Gegenstand in der Hand auf jemanden und bedeutete Schweinekopf – Julian –, mit der Aufnahme zu starten. Anspannung lag greifbar in der Luft.

*Billy* machte eine drehende Handbewegung, mit der er jemanden aufforderte, etwas zu erzählen. Ein weiteres Video? Ich wagte es noch nicht, eine vorläufige Erleichterung zu empfinden. Etwas stimmte nicht.

»Fick dich!«, hörte ich eine tiefe Stimme und zwang mich, nun doch hinzusehen, wen *Billy* ausgewählt hatte. Es war der schwarze Typ mit den Dreads, der bereits seine zwei Kumpels bei dem Fluchtversuch verloren hatte. Sein Gesicht zeigte keine Regung, nur in seinem Blick glaubte ich trotz meiner eingeschränkten visuellen Fähigkeiten Entschlossenheit zu entdecken.

*Billy* schüttelte langsam den Kopf, dann reichte er Horror-Clown den länglichen Gegenstand. Ich begann, unkontrolliert zu zittern. Der Clown machte mir Angst, obwohl ich ihn bislang kaum bemerkt hatte. Etwas an seinem fratzenhaften Maskengesicht und der Art, wie er sich dem gefesselten Mann näherte, sich hinter ihm positionierte, den seltsamen Gegenstand in der Hand, machte mich panisch.

Ich wollte wegsehen, doch ich konnte nicht. Mir fehlten die Kraft und der Mut. Dehydrierung führte nicht nur zu Erschöpfung, sondern auch zu Feigheit.

Ein Wimmern drang an mein Ohr. Aus dem Augenwinkel sah ich, dass die Frau ein paar Plätze neben mir das Gesicht zu einer Grimasse verzogen hatte. Nur kurz zuckten meine Augen zu ihr, und auch ihre streiften mich. Etwas in ihrer Miene zerbrach, bevor sie auf ihren Stuhl urinierte.

Ein kollektiver Aufschrei brachte meinen Kopf beinahe zum Bersten. Erschrocken flog mein Blick zu dem Mann, mein Gehirn weigerte sich zu erfassen, was meine Augen ihm sendeten. Blut. So viel Blut. Es sickerte. Es beschmutzte. Er, der Fick-dich-Mann, der seine Zähne mit verzweifelter Kraft zusammenbiss. Gleich … gleich würden sie brechen und aus seinem Mund springen. Was konnte er dann noch tun, um den Schmerz zu ertragen?

Julian hatte das Gesicht abgewandt, das iPhone aber hielt er weiter auf das Massaker. *Wer bist du, Julian, was machst du hier?*

Als ich mich wieder dem Fick-dich-Mann zuwandte, konnte mein Gehirn das Offensichtliche nicht länger vernebeln. Sein linkes Ohr fehlte. *Art the fucking Clown* hielt das ausgefahrene Springmesser noch in der Hand, das Ohr auf dem Boden. Ich würgte, nichts kam, nicht einmal Galle, und ich weinte trockene Tränen. Lider wurden gesenkt, Lippen zusammengepresst, Köpfe in einer nicht enden wollenden Bewegung geschüttelt. Wimmern. Gequälte Laute, unterdrückt und bedeutungslos.

Keine Tränen.

Der Fick-dich-Mann begann zu atmen, richtig zu atmen, vielleicht eine Technik, um Herr über den Schmerz zu werden.

»Du besitzt mich nicht«, brüllte er mit einer unmöglichen Kraft, und ich bekam eine Gänsehaut. Seine dunklen Augen schimmerten zornig. »Ich werde dir nicht gehorchen. Das ist der einzige Widerstand, den ich leisten kann. Ich bin nicht deine Marionette, *Puppengesicht*.«

*Billy* verharrte bewegungslos, dann nickte er, drehte sich um und ging davon.

Das Nicken galt nicht dem Fick-dich-Mann.

Es galt *Art the Clown*.

Blitzschnell war das Springmesser an seinem Hals, die spitze Klinge grub sich unterhalb der Wunde des abgeschnittenen Ohres in die Haut. Tief. Noch mehr Blut, tiefrot, verließ seine lebensspendenden Wege und färbte Kleidung schwarz. Ein Schrei brach aus der klaffenden Wunde mit Zähnen und Zunge, eine Bekräftigung der Grausamkeit, die ihm angetan wurde. Sein Brüllen folgte dem Mann mit dem Puppengesicht, der zu feige war, um anzusehen, was er veranlasst hatte.

In einem Akt der Brachialgewalt zog der Clown die Klinge der Länge nach durch das lebende Fleisch. Blut ergoss sich in einem Sturzbach, spritzte und sprudelte.

Um mich herum wurde es still, das bestialische Rauschen meines eigenen Blutes war das Einzige, was durch die tote Ruhe der unsichtbaren Watte in meine Ohren drang. Nicht die gequälten Laute der anderen, nicht das blutige Gurgeln des sterbenden Mannes oder das Schmatzen seiner klaffenden Wunde, gewaltig und grauenhaft.

Nichts.

Seine schwarzen Dreads fielen in den Nacken, die Zerstörung aus Fleisch und Sehnen und Muskeln wurde in einem exhibitionistischen Akt des Sterbens sichtbar. Das Monster hatte ihm beinahe den Kopf abgetrennt.

Sein Name war Rouven.

Zeit rauschte an mir vorbei, ich saß in meinem stillen Gefängnis, lauschte meinen viel zu lauten Atemzügen, meinem schwerfälligen Herzen und wartete darauf, dass es mit mir zu Ende ging. Dass es stehen blieb, meine Organe versagten, meine Lungenflügel ausgequetscht. Ich wünschte es herbei, war bereit aufzugeben, doch mein Körper ließ mich nicht, trotz seiner katastrophalen Verfassung hing er am Leben – anders als mein Verstand.

Blut lief von innen über meine geschlossenen Lider, tauchte die Dunkelheit in tiefes Rot, ein Schleier, der für die Ewigkeit war. Ich hatte den Bezug zur Realität verloren.

Aber ich starb nicht. Also machte ich andere Pläne.

Hier raus. Mit Julian reden. Ohne Angst vor dem Tod.

Ich kehrte zurück, verließ den stillen Raum in meinem Kopf und konfrontierte mich mit der Realität. Verstört sah ich mich um, fühlte mich benommen, als hätte ich geschlafen, erschöpft und leer.

Mein Blick begegnete dem von Miko, der mich anscheinend seit einiger Zeit beobachtete.

»Olivia? Bist du wieder da?«

Eine seltsame Frage, als wäre ich physisch verschwunden gewesen, dabei hatte sich mein wunder Körper seit Stunden, vielleicht Tagen nicht vom Fleck bewegt. Statt zu antworten, sah ich nach vorn. Drei Gestalten hockten vornübergebeugt im Kreis auf dem Boden. Mit den auf den Rücken gefesselten Händen wirkten ihre Arme wie kleine verkümmerte Flügel. Nackte Vogelbabys, die an ihrer bewusstlosen Mutter pickten.

»Was ist passiert?«, fragte ich, meine Stimme ein geflüstertes Krächzen.

»Ihre Mutter ist zusammengebrochen. Einfach vom Stuhl gerutscht und nicht mehr aufgestanden.«

Mehr musste Miko nicht erklären. Dehydrierung, Schock, Trauer – das war zu viel.

»Der Puppenkopf ist gereizt as fuck. Pöbelt ständig seine Leute an«, flüsterte er beunruhigt. »Überhaupt sind alle ziemlich nervös. Irgendwas ist los.«

Ich sah verstohlen zu *Billy* hinüber. Julian stand bei ihm und reichte ihm sein iPhone. Ich wusste, was das bedeutete, hatte das Verhalten der Männer lange beobachtet, schon bevor ich Julian erkannt hatte.

»Olivia?«, drang es schwerfällig zu mir durch, Miko sagte noch mehr, aber ich konnte ihm jetzt nicht zuhören.

»Ich muss auf die Toilette!«, rief ich in *Billys* Richtung, als sich Julian auf den Weg zur Treppe in den Keller machte. Ich sprang von meinem Stuhl auf, musste völlig den Verstand verloren haben, denn endlich sah ich klar.

*Billy* schaute sich suchend nach *Pinhead* um, ich musste eingreifen, bevor es zu spät war. »Ich will mit ihm gehen.« Ich deutete mit dem Kopf zu Julian, als mir bereits schwarz vor Augen wurde. Ein heftiger Anfall von Schwindel überkam mich, und meine Beine zitterten. Mein erschöpfter Körper würde meinem Vorhaben kaum gewachsen sein, doch ich schob diese Erkenntnis zur Seite.

Als sich mein Kreislauf wieder gefangen hatte, blickte ich zu Julian und sah gerade noch, dass er mit den Schultern zuckte.

»Ich komme mit.« Miko stand ebenfalls auf, in seinen Worten schwang der Ton eines Beschützers mit. Er wirkte deutlich gefestigter auf den Beinen. Gehörte das zu unserem Plan? Ich war mir nicht sicher. Aber ich hatte ihm etwas versprochen. Ein Date in Obderwede und eine gemeinsame Flucht durch den unterirdischen Gang.

Ich wollte mein Versprechen halten, das wollte ich wirklich. Aber ich *musste* zuerst mit Julian reden. Alleine.

Ich hatte genau eine Sekunde, mich zu entscheiden.

»Nicht nötig, ich schaff das alleine«, sagte ich zu Miko und schüttelte langsam den Kopf. Sein Ausdruck wurde fragend, dann regelrecht alarmiert.

Vertrau mir, sagten meine stummen Lippen. Miko wirkte wie vor den Kopf gestoßen, doch er nickte und setzte sich zurück auf seinen Stuhl. Sobald ich mit Julian gesprochen hatte, würde ich ihn holen. Das schwor ich mir.

Julian ließ sich von *Billy* eine Pistole geben, bevor wir in den Keller hinabstiegen. Ich verstand das, er musste den Schein wahren.

Meine Beine waren aus Gummi, meine Füße mit Blei gefüllt. Ich machte kleine Schritte, fühlte mich zunehmend sicherer, doch bereits nach den ersten Stufen knickten meine

Knie ein. Julian hielt mich am Ellenbogen fest, und ein kreischender Schmerz in meinen Schultern ließ mich ächzen.

Am unteren Ende der Treppe ließ Julian meinen Arm los. Wieder zitterten meine Beine, doch es würde gehen.

»Scheiße, Olivia! Was soll das?«, motzte Julian mich augenblicklich an. Ich war so überrascht, dass ich ihn nur anstarren konnte. Diese Erleichterung, nach all den Jahren der Ungewissheit, der Angst, der Sorge war es wie ein Wunder, seine Stimme zu hören. Sie klang wie früher. Ein bisschen tiefer war sie geworden, aber er war auch nicht mehr achtzehn.

»Ich wusste, dass du mich erkannt hast«, wisperte ich, als ich endlich meine Stimme wiederfand.

Sichtlich nervös blickte er die Treppe hoch. Die Pistole an seinem ausgestreckten Arm zeigte auf den Boden, doch seine Hand zuckte mehrfach. »Natürlich habe ich dich erkannt. Was willst du von mir?«

Unendlich viele Fragen schwirrten durch meinen Kopf. Es war nicht der richtige Ort und noch weniger der richtige Zeitpunkt, aber wenigstens *eine* Antwort musste ich schon jetzt einfordern.

Doch bevor ich etwas sagen konnte, drang *Billys* Klingelton zu uns herunter. Julian und ich standen am Fuße der Treppe wie auf dem Präsentierteller, und oben konnte jeden Moment die Stimmung eskalieren. Meine Frage musste warten.

Mit verklebter Kehle flüsterte ich Julian zu, dass er mir folgen sollte, dann ging ich voraus durch die erste Tür und stieß sie mit meiner schmerzenden Schulter auf.

Der Lagerraum war aufgeräumt und sauber, Toilettenpapier und anderes Zeug war aufgetürmt wie die Leichen eine Etage über uns im Kühlraum. Julian folgte mir, als ich zielstrebig zu dem Regal an der linken Wand eilte, selbst überrascht von der Stabilität meiner Beine.

Balletttänzerinnenbeine. Es war lange her, aber sie hatten nicht vergessen.

Ich stemmte mich mit dem Rücken gegen die Seitenwand

des Regals und schob es mit Hilfe von Adrenalin, zitternden Muskeln und eisernem Willen zur Seite.

»Ich werde dich nicht laufen lassen«, stieß Julian fassungslos hervor, als der kleine Metallring in der Wand hinter dem Regal sichtbar wurde.

»Ihr kommt hier nicht rein!« *Billys* gebrüllte Worte ließen uns beide zusammenschrecken. »Bleibt sitzen! Ihr bleibt alle sitzen!«

»Scheiße. Er verliert die Nerven.« Julians Unruhe übertrug sich auf mich, wie es schon immer zwischen uns gewesen war. Ich fühlte, was er fühlte. Er wollte wieder nach oben, doch bevor er den ersten Schritt machte, explodierten Schüsse. Unzählige. Unkontrolliert. Schreie, Kreischen, es nahm kein Ende. Panik überkam mich. Die Situation war außer Kontrolle geraten, es war nur noch eine Frage von Minuten, ehe die Bar gestürmt wurde.

»Du musst hier weg, die Polizei darf dich nicht kriegen.« Seine vertrauten braunen Augen huschten hektisch hin und her. »Wenn du aus dem Tunnel raus bist, musst du dich verstecken. Geh nach Obderwede. Ich komme nach, sobald ich kann.« Ich hatte das nicht geplant, aber es erschien mir absolut logisch.

Julian zog an dem Ring, der Durchgang öffnete sich einen Spalt, kaum mehr als dreißig Zentimeter.

Aber er zögerte.

»Jetzt mach schon, schnell!«, drängte ich, mein Herz schlug mir bis zum Hals. Julian sah durch die offene Tür auf die Treppe, erneut fielen Schüsse. Dann schlüpfte er durch die Öffnung, ohne mich noch einmal anzusehen.

Mein Atem ging schwer, in meinem Kopf wirbelten Gedanken durcheinander, Eindrücke suchten nach Erklärungen, mein Verstand verlangte nach einer Rechtfertigung dafür, einem Geiselnehmer zur Flucht zu verhelfen.

Es war Julian!

Ich stand da, bewegte mich nicht, wusste nicht, was ich tun sollte. Wusste, dass ich mein Versprechen gegenüber Miko halten wollte, zweifelte daran, dass es noch möglich war. Ich würde mich in Gefahr bringen. Der Weg nach draußen lag vor mir. Falls es noch nicht zu spät war, könnte ich die Polizei auf demselben Weg ins Sternenhagel schicken und *Billy* damit überrumpeln. Die Geiseln retten.

Falls noch jemand am Leben war.

Wieder nur eine Sekunde für eine weitreichende Entscheidung. Ich drückte die Steinmauer in die geschlossene Position, schob das Regal zurück an seinen Platz. Falls ich es nicht schaffen sollte, würde niemand erfahren, dass Julian entkommen war.

Sterne tanzten vor meinen Augen, mein Kopf war kurz vor dem Zerspringen, der Geruch von frischem Schweiß stieg mir in die Nase. Irgendwie schaffte ich es aus dem Lager bis an den Fuß der Treppe, wo ich mich auf die unterste Stufe sinken ließ. Mit Grauen blickte ich nach oben. Das Chaos schien vorüber, kein Gebrüll mehr, kein Kreischen, absolute Stille, als wäre ein Zauber über Geiselnehmer und Geiseln gekommen, der sie schlafen gelegt hatte.

Mir wurde flau im Magen. Etwas war ganz und gar nicht in Ordnung. Mit letzter Kraft versuchte ich, auf die Beine zu kommen, doch sie brachen immer wieder zitternd zusammen. Ich musste hoch. Ich hatte es Miko versprochen.

Hoffentlich war ich noch nicht zu spät.

In völliger Erschöpfung schob ich mich seitlich die Treppe hinauf, scharfe Kanten der beschlagenen Stufen zerkratzten meinen Oberarm, ein Schmerz wie in einem Traum.

Aus dem Nichts der Stille eine gigantische Explosion, die Wucht der Druckwelle schleuderte mir etwas entgegen, und dann …

… die Auslöschung meiner Existenz.

## 34

*Obderwede, 24. Oktober*

In manchen Situationen versuche ich nachzuvollziehen, welche Umstände mich in diese Lage gebracht haben. An diesem späten Nachmittag befinde ich mich in einem als Wohnzimmer getarnten Wartezimmer, das seine besten Zeiten in den achtziger Jahren hatte, und sitze in einem tiefen Korbstuhl. Die Wand rechts von mir ziert eine vergilbte Motivtapete, ein dichter Wald, in dem Sonnenlicht durch die Baumwipfel bricht. Meine eigenen Klamotten sind schmutzig, und ein Schuh, ein linker Sneaker Größe dreiundvierzig, liegt auf meinem Schoß, obwohl ich ihn auf den Boden stellen könnte. Links von mir, an einem ovalen Tisch aus dunklem Holz, wartet Malte auf einem der ebenso dunklen Stühle. Seine Arme auf die Tischplatte gelegt, die Zeitschriften darauf zur Seite geschoben, fummelt er nervös an seinen Fingern herum. Auf die abgewetzte Couch im weinroten Lederimitat hinter uns haben wir uns beide nicht getraut. Ein roter Perserteppich auf dem altbeigen Auslegeteppich rundet das Bild ab.

Tokessa ist erst seit wenigen Minuten im Behandlungszimmer des Dorfarztes, den ich während meiner gesamten Zeit in Obderwede nie persönlich kennengelernt habe, und schon überkommt mich eine vertraute Kurzatmigkeit, die mich wissen lässt, wie unwohl ich mich fühle.

Julian ist in Obderwede, rufe ich mir wiederholt ins Gedächtnis.

Es fällt mir schwer, diese Wahrheit zu realisieren, nachdem sie so lange nur eine Hoffnung gewesen ist.

Malte hatte Tokessa bereits gefunden, als ich zu ihr zurückgekommen war. Gemeinsam brachten wir sie zu seinem Auto, wobei Malte die Aufgabe übernommen hatte, Tokessa zu stützen, und ich nur ihren Schuh trug. Wiederholt warf er mir Blicke zu, doch ich ignorierte sie und hoffte, dass ich es nicht bereuen würde, ihn um Hilfe gebeten zu haben.

Es war Malte gewesen, der mich davon abgebracht hatte, an einem Sonntag in das fast hundert Kilometer entfernte Krankenhaus zu fahren, wo es vermutlich von Patienten nur so wimmelte und wir als Andenken einen hübschen Magen-Darm-Infekt mitbringen würden. Tokessa schien es egal zu sein. Wäre es nach ihr gegangen, hätte sie auf eine Untersuchung verzichtet. Das konnte ich ihr allerdings nicht durchgehen lassen. Etwas in mir summte wie eine verschluckte Biene und verursachte mir zunehmend Schuldgefühle. Die schwangere Frau, so tough sie sich auch gab, hatte sich meinetwegen verletzt. Weil Julian mich erwartet hatte. Der Schreck, den er ihr eingejagt hatte, galt mir.

Statt ins Krankenhaus zu fahren, schlug Malte Dr. Fünfziger vor, Obderwedes einzigen Mediziner.

»Vertrau mir«, hat Malte gewispert, eine Herausforderung, die ich mit gemischten Gefühlen annahm.

Tatsächlich habe ich es nicht bereut. Dr. Fünfziger war nicht unbedingt angetan, an einem Sonntagabend eine neue Patientin zu behandeln, hat uns aber auch nicht davongejagt. Während sich Tokessa einer Ganzkörperuntersuchung unterzieht, schlagen Malte und ich in diesem innenarchitektonischen Alptraum unsere Zeit mit betretenem Schweigen tot.

»Olivia, was ich dir noch sagen wollte …«, beginnt Malte irgendwann. Ihm scheint schon länger etwas auf der Seele zu brennen, seine fummeligen Finger haben ihn verraten. »Es tut mir leid«, sagt er schließlich beinahe unterwürfig, sieht mir dabei aber tapfer in die Augen.

Seine plötzliche Entschuldigung trifft mich unerwartet. Mir wird noch unwohler, und ich suche eine bequemere Position auf meinem Stuhl, der dabei aufdringlich knarzt. »Was genau meinst du?«, frage ich ein wenig ratlos, aber interessiert. Wahrscheinlich wäre es klüger, mich auf keine Unterhaltung mit ihm einzulassen, doch mir ist langweilig, und ich bin müde und kann jede Ablenkung gebrauchen. Ein Gespräch mit Malte wird meinen Blutdruck garantiert in die Höhe treiben.

»Alles irgendwie«, druckst er herum, und es ist mir unangenehm, mit anzusehen, wie er sich unter seinem Erklärungsversuch windet. »Dass ich mir deine Nummer erschlichen habe und dir zu nahe getreten bin, um ein blödes Interview zu bekommen.«

Ich ziehe eine Augenbraue hoch und bin erstaunt, wie einsichtig er sich mit einem Mal zeigt.

»Und die Sache von damals. Du weißt schon, was bei unserem Date passiert ist«, fügt er reuig hinzu.

Ich stutze. Meine Erinnerungen an unser sogenanntes Date sind irgendwie verwaschen, wenn auch mit einem Gefühl von Ekel und Scham behaftet, was ich bislang auf den Feigenlikör, die daraus resultierende Kotzerei und den abgelehnten Anruf von Julian geschoben habe. »Ehrlich gesagt weiß ich nicht, was du meinst«, sage ich zögerlich und bereue sofort, überhaupt darauf eingegangen zu sein. Ich bin mir ziemlich sicher, dass ich es gar nicht wissen will.

»Nicht?« Mit seinen Fingern spielt er nervös an der Ecke irgendeiner Zeitschrift herum. Meine Unwissenheit macht ihn kurz sprachlos, und ich nutze die Pause, um das Thema zu wechseln.

»Was ist mit dem Crack-Video?« Dafür hat er sich nicht entschuldigt, und obwohl ich böse dazu tendiere, an seiner Schuld zu zweifeln, will mir einfach niemand in den Sinn kommen, der sonst dafür verantwortlich sein könnte. Weil es jemand sein müsste, der von Julian weiß.

»Das war ich nicht«, beteuert er abermals, sein eben noch zusammengesunkener Körper nun aufrecht, bereit, sich zu verteidigen. »Wie kann ich dir beweisen, dass ich nichts damit zu tun habe?«

Ich schüttle den Kopf. Diese ganze Unterhaltung führt zu nichts, und meine Frustrationsgrenze ist gerade schlagartig gesunken. »Vergiss es.« Mit unbändigem Widerwillen räuspere ich mich – gute Erziehung ist manchmal ein furchtbares Los – und sage: »Danke, dass du uns hierhergebracht hast.«

Ein kleines Lächeln legt sich um seine Mundwinkel, und ich sehe weg. Ich kann nur hoffen, dass Malte diese einfache Geste der Höflichkeit nicht falsch interpretiert.

»Wer ist sie eigentlich?«, will er wissen und deutet mit dem Kopf in die Richtung, in der sich das Untersuchungszimmer befindet.

Ich zucke mit den Schultern. »Keine Ahnung. Ich habe sie nur gefunden, eigentlich kenne ich sie nicht.«

»Du bist ein netter Mensch, Olivia.«

Ich stöhne leise, verdrehe die Augen, mache mir nicht die Mühe, es vor Malte zu verbergen. Dann sehe ich schließlich doch zu ihm. »Ich bin jetzt mal brutal ehrlich zu dir, okay?« Ich befeuchte meine Lippen, fühle mich schlagartig wie ausgetrocknet. Wasser ist keines da, also kann ich genauso gut weiterreden. »Ich mag dich nicht. Dieses Date damals … war ein Fehler. Es ist wirklich … entgegenkommend von dir, dass du mir mit Tokessa hilfst, aber die Wahrheit ist, dass ich dich nur angerufen habe, weil ich sonst niemanden hätte fragen können.« Meine Worte klingen weitaus härter als vorgesehen. Ich kann förmlich zusehen, wie sich Maltes Mimik in ihre Bestandteile auflöst. Irgendwie tut er mir sogar leid. »Deine Entschuldigung ist wahrscheinlich gut gemeint, aber offen gestanden glaube ich dir nicht. Was ich dir eigentlich sagen will«, ich schlucke gequält, »wir sind keine Freunde, Malte, und wir werden in diesem Leben auch keine mehr werden.«

Zuerst bleibt Maltes Gesicht völlig ausdruckslos, doch dann presst er die Lippen zusammen und nickt gedankenschwer. »Okay. Das war wirklich brutal«, sagt er leise, und mein Mitleid wallt ungewollt auf.

Ich bemühe mich, ihm ein unverfängliches Lächeln zu schenken. Nicht aufrichtig, aber mit bestem Willen. »Das musste sein. Du sollst nämlich nicht glauben, dass du mich mit deiner neuen Art um den Finger wickeln kannst.«

Mit leicht geöffnetem Mund, als wären seine Worte auf

dem Weg direkt wieder umgekehrt, steht ihm eine gewisse Ahnungslosigkeit ins Gesicht geschrieben. »Welche neue Art?«

»Du bist jeden Tag jemand anderes, Malte. Du spielst mir vor, jemand zu sein, von dem du glaubst, dass ich ihn sehen will. Ich habe nicht das Gefühl, jemals dein wahres Gesicht gesehen zu haben, und ehrlich gesagt ist das ziemlich gruselig.«

Für ein paar Minuten erwidert er nichts, scheint meine Einschätzung auf sich wirken zu lassen, und als ich langsam glaube, dass er meinen Vorwurf gänzlich unkommentiert lassen wird, hebt er den Blick und sieht mich an.

»Du hast recht.« Seine Stimme ist ruhig, tief, gefasst. Kein trotziges Kind, keine beleidigte Leberwurst. Mehr kommt nicht, was mich ein wenig aus dem Konzept bringt.

»Das war's? Mehr hast du dazu nicht zu sagen?«

Malte atmet geräuschlos ein. »Du musst keine Angst vor mir haben. Ich wollte nur mit einem Interview deinen Ruf wiederherstellen.«

Ich schnaube verächtlich, als mich seine Bemerkung an das grauenhafte TV-Interview erinnert. »Weißt du, diese katastrophale Fernsehsache hat mich eins gelehrt: Ich kann es den Leuten nicht recht machen. Wochenlang wurde in den Medien diskutiert, warum ich nicht öffentlich über diese bescheuerten Anschuldigungen spreche. Es wurde danach *verlangt*, dass ich mich dazu äußere. Und dann gebe ich dieses verdammte Interview, um die Leute zufriedenzustellen, und was passiert? Ich werde arrogant genannt, herzlos und geldgierig. Und mir werden Worte in den Mund gelegt.« Ich rede mich in Rage, die Fragen von damals wieder im Ohr, die Enttäuschung über meine Antworten.

*»Wie hat es sich angefühlt, von mehreren Männern gleichzeitig bedroht zu werden?«*

*»Was für eine Verbindung haben Sie zu den anderen Geiseln aufgebaut, sind sie zu Freunden, Verbündeten geworden?«*

*»Was würden Sie Ihren Geiselnehmern sagen, wenn Sie sie noch einmal sehen könnten?«*

Was hätte ich darauf antworten sollen? Ich hatte kein Interesse daran, irgendwelche Erwartungen zu erfüllen, und die Wahrheit wollte ohnehin niemand hören. Irgendwann war es mir zu viel geworden, und ich flüchtete mit den Worten *»Ich kann das nicht«* aus dem Fernsehstudio, das Mikro bereits von meinem Oberteil gerissen. Irgendjemand der Anwesenden behauptete später, ich hätte *»Ihr könnt mich mal!«* gemurmelt, und so wurde ich endgültig zum Hassobjekt.

Obwohl ich diese Worte niemals gesagt habe, erinnern sich seitdem alle daran, sie aus meinem Mund gehört zu haben. Inzwischen wünschte ich, ich hätte sie gesagt.

»Es ist egal, was ich mache, es ist falsch. Die Leute werden nicht aufhören, diesen Schwachsinn zu glauben, den irgendwelche Trolle ohne Hobbys im Internet verbreiten.« Frustriert stelle ich Tokessas Schuh von meinem Schoß auf den Boden neben den Korb, der erneut unter meiner Bewegung penetrant knarzt.

Malte nickt einsichtig, trotzdem kann ich mein Misstrauen nicht ablegen, dass dies alles Teil seiner neuen Rolle ist, die er für mich spielt. Der verständnisvolle, schuldbewusste und sanfte Malte, den man nur mögen kann. Ich werde nicht auf ihn hereinfallen.

Nachdem er sich meine Darstellung der Dinge einige Augenblicke hat durch den Kopf gehen lassen, räuspert er sich. »Aber … also … falls du es dir irgendwann anders überlegen solltest, versprich mir, dass ich dich dann interviewen darf.«

»Warum sollte ich?«

Malte sucht nach einer Antwort, doch offensichtlich erkennt auch er, dass es keinen guten Grund dafür gibt.

Ich verdrehe unwillig die Augen, dann zucke ich mit den Schultern. »Von mir aus. Da es ohnehin nie passieren wird, kann ich es dir ruhig –«

Im selben Moment geht die Tür zum Wohn-/Wartezimmer auf, und Tokessa stakst an Krücken und mit Dr. Fünfziger an ihrer Seite herein.

»Alles in Ordnung?«, frage ich und erhebe mich mühsam.

Meine Aufmerksamkeit springt von Tokessa zu dem glatzköpfigen, hageren Mann Ende fünfzig und wieder zurück.

Tokessa sieht blass aus, aber das ist wohl ihr Hauttyp. »Alles bestens, mir wurde gerade wieder bestätigt, dass ich einen Dickschädel habe.«

Dr. Fünfziger verteilt einen tadelnden Blick an alle, die Tokessa diesen Unfug abkaufen. »Das war nicht meine Diagnose«, grummelt er lustlos.

Tokessa schnaubt verächtlich. »Leichte Gehirnerschütterung, verstauchter Knöchel, Baby gesund«, leiert sie herunter.

»Und?«, hakt Dr. Fünfziger genervt nach.

Wie ein trotziges Kleinkind verzieht sie das Gesicht. »Jemand muss mich über Nacht beobachten.«

»Schluss jetzt, raus hier. Heute ist Sonntag.« Und schließlich wirft uns Dr. Fünfziger doch noch aus seiner Praxis.

# 35

*Obderwede, 24. Oktober*

Malte und sein Auto erweisen sich als ausgesprochen nützlich, und obwohl ich ihm seit unserem Gespräch und seiner vielleicht, vielleicht auch nicht aufrichtigen Entschuldigung eventuell ein wenig wohlgesonnener bin, behagt es mir nicht, mich von ihm abhängig zu machen. Ich tue es für Tokessa. Um meine Schuldgefühle zu bändigen, auch wenn ich ihre Erklärung, was sie im Leichenhaus gemacht hat, inzwischen durchaus skeptisch betrachte. Als Malte vor der Pension Zum Schlafenden Reh parkt, hadere ich damit, den Wagen zu verlassen. Es ist Abend, im Restaurant der Pension werden einige Gäste an den Tischen sitzen, keine Touristen, sondern Einheimische, denen ich nicht begegnen möchte. Doch als Malte nach mir ruft, um Tokessa aus dem Beifahrersitz zu helfen, denke ich nicht weiter darüber nach. Ich steige vom Rücksitz und helfe der blassen Frau auf die Beine, während sie leise vor sich hin flucht und unterdrückte Zischlaute des Schmerzes von sich gibt. Malte hält sich abseits, die Krücken bereithaltend, als hätte er plötzlich Berührungsängste. Grundsätzlich ein vorbildliches Verhalten, käme es nicht von Malte, der bereits mehrfach bewiesen hat, dass Zurückhaltung nicht seine Stärke ist.

Wir passen unsere Schritte an Tokessas Humpeltempo an, während wir sie in die Pension begleiten. Inzwischen habe ich es mir angewöhnt, mir die Kapuze über den Kopf zu ziehen, sobald ich ungewollt mit anderen Menschen in Kontakt kommen könnte, aber gegen das nervöse Pochen in meinem Kopf hilft es nicht.

Das Restaurant ist nur spärlich besetzt, dafür sitzen ein paar dickbäuchige Männer an der Bar und trinken Bier, begleitet von ihrem lautstarken Gelächter. Als Elke mich entdeckt, schaut sie mich erschrocken an und hastet um den Tresen, wobei sie sich besorgt umsieht, dann drängt sie uns etwas abseits des Lärms in eine weniger einsehbare Nische.

»Was ist passiert?«, fragt sie beunruhigt an Tokessa gerichtet und wendet sich dann an mich, als wäre ich die Ursache allen Übels. »Olivia?« Ihr vorwurfsvoller Tonfall verletzt mich.

»Nicht so schlimm, ich hatte nur einen kleinen Unfall. Morgen bin ich wieder fit«, beschwichtigt Tokessa sie. »Ist Marlene gerade da?«, fragt sie und lässt ihren Blick wie einen Suchscheinwerfer schweifen. Irritiert beobachte ich sie. Hatte sie nicht gemeint, sie würde hier niemanden kennen?

Doch Elke schüttelt den Kopf. »Marlene hat Frühschicht. Kann ich Ihnen irgendwie helfen?«

Tokessa stöhnt frustriert. »Nein, es geht schon«, sagt sie mit einem gequälten Lächeln und greift an die Wunde an ihrem Kopf.

Einer der angetrunkenen Männer ruft nach Elke, und bevor sie wieder ihrer Arbeit nachgeht, von der sie anscheinend nie Feierabend hat, gibt sie Tokessa ihren Zimmerschlüssel und bedenkt mich mit einem warnenden Ausdruck im Gesicht.

Eine absolut abwegige Überlegung kommt mir in den Sinn, während Tokessa und ich uns auf den Weg zu ihrem Zimmer machen. Wir lassen Malte im Eingangsbereich stehen, wo er auf mich warten will, um mich anschließend nach Hause zu bringen.

»Ich könnte heute Nacht bei dir bleiben. Wegen der Gehirnerschütterung«, schlage ich unsicher vor und spüre sofort, wie meine Wangen Feuer fangen.

Tokessa reicht mir ihre Krücken und beginnt, sich mit einer Hand am Geländer die Treppe hochzuwuchten. »Das ist wirklich nicht nötig, es geht mir gut.«

Obwohl ich mit dieser Antwort gerechnet habe, bin ich enttäuscht. Verlegenes Schweigen übernimmt die Führung, und ich beobachte Tokessa, wie sie bei jedem vorsichtigen Schritt das Gesicht verzieht. Oben angekommen, gebe ich ihr die Gehhilfen zurück, und vergleichsweise zügig erreichen wir die Tür zu Zimmer 1.

»Na gut. Aber –«, beginne ich, obwohl ich nicht weiß, was ich sagen will. Vielleicht sollte ich anmerken, dass Dr. Fünfziger sehr deutlich war in seiner Anordnung, Tokessa müsse unter Beobachtung bleiben, aber ich traue mich nicht, es auszusprechen. Ich bin eine Fremde und Tokessa erwachsen genug, um das alleine zu entscheiden.

»Aber?«, hakt diese nach, während sie gerade im Begriff ist, an der Aufgabe zu scheitern, mit zwei Krücken ihre Zimmertür zu öffnen.

Ich zögere nicht. »Es ist in Ordnung, dass ich nicht bleiben soll. Ich bin eine Fremde.« Ich mache eine Pause und sortiere meine Gedanken, ich will Tokessa weder bevormunden noch ihr etwas vorschreiben, aber mich verantwortungsvoll verhalten. »Trotzdem finde ich, dass heute Nacht jemand bei dir sein sollte. Wenn nicht für dich, dann für dein Kind.«

Im selben Moment fällt der Schlüssel aus Tokessas Hand, und abermals flucht sie. Laut diesmal. Dann wendet sie sich mir zu, mustert mich eingehend und nickt resigniert. »Du hast recht.«

Ich hebe den Schlüssel auf, damit sie sich nicht noch weiter verletzt. Erleichtert atme ich durch – trotzdem fühle ich mich schwer und plump. »Ich werde Elke Bescheid sagen, vielleicht kann sie zumindest gelegentlich nach dir sehen«, erkläre ich und schließe die Tür auf.

Wenn ich Tokessa bloß sagen könnte, dass ich nicht in den Bungalow meines Vaters zurückmöchte. Weil ich mich dort fürchte, verloren zwischen Wänden, die schon lange nichts mehr zu berichten haben. Ich lächle sie ermattet an und bemerke, wie fest sie mein Gesicht im Auge hat. Das Fragende und Suchende darin hat sich verflüchtigt, stattdessen beobachtet sie mich neugierig.

Ich erwidere ihren Blick, werte ihn als Abschied, der genauso gut unausgesprochen bleiben kann, und hebe linkisch die Hand zum Winken.

Dann wende ich mich der Treppe zu, um mich von Maltes wartenden Armen einfangen zu lassen, und höre Tokessa verstohlen meinen Namen sagen. »Steht dein Angebot denn noch, Olivia?«, fragt sie verunsichert.

»Ja, tut es.«

Tokessa humpelt auf Gehhilfen in ihr Zimmer, dann fordert sie mich mit einer einladenden Handbewegung auf, ihr zu folgen. »Danke«, flüstert sie mir zu, als ich an ihr vorbeigehe.

Kurze Zeit später verlasse ich bereits wieder das Zimmer, um Malte zu informieren, dass er ohne mich fahren kann. Wäre ich nicht ohnehin nach unten gegangen, um Elke um ein ausklappbares Gästebett zu bitten, vielleicht hätte ich Malte warten lassen.

Das zusammengeklappte Gästebett die Treppe hinauf in den ersten Stock zu wuchten, ist der letzte Kraftakt des Tages, bevor ich hoffentlich etwas Ruhe finde. Tokessa ist mir ein Rätsel, doch ihre Gegenwart gibt mir ein Gefühl von Sicherheit. Sie strahlt Stärke aus, gleichzeitig ist ihr Schmerz nicht fremd. Ein bisschen wünsche ich mir, wie sie zu sein.

Als ich in das Zimmer zurückkehre, hat Tokessa geduscht und sitzt auf ihrem Bett, wo sie sich damit abkämpft, den alten Verband neu um ihren Knöchel zu wickeln.

»Soll ich dir helfen?«, frage ich, stelle das Gästebett an einer Wand ab und schließe die Tür.

Tokessa sieht frustriert zu mir auf, die nassen schwarzen Haare hat sie zurückgekämmt. Ich deute ihren Blick als Ja und übernehme den Verband, bevor ich mich auf ihr Bett setze. Sie riecht gut, nach Flieder und Vanille, und mir wird bewusst, dass meine Ausdünstungen irgendwo zwischen Schlammgrube und Umkleidekabine liegen müssen. Es ist mir peinlich zu stinken, doch Tokessa macht nicht den Eindruck, als würde sie sich daran stören.

»Normalerweise kann ich Verbände anlegen, ernsthaft. Ich vergesse nur immer wieder, dass ich mit diesem Bauch lebensunfähiger bin als jedes Baby«, stöhnt sie und lehnt sich erleichtert mit dem Rücken an das Kopfteil ihres Bettes. Sie trägt ein schwarzes T-Shirt und einen Slip, als sie die Beine neben mir ausstreckt. Die Schwellung an ihrem Knöchel sieht übel aus, auch der Bluterguss hat sich in krassen Farben über ihren ganzen Fuß ausgebreitet. Vorsichtig verteile ich etwas von der Salbe, die Dr. Fünfziger Tokessa mitgegeben hat, während sie keinen Ton von sich gibt. Ihre Augen sind geschlossen, nur ihre Brust, die sich heftig hebt und senkt, verrät mir, dass sie Schmerzen hat. Während ich die Mullbinde um ihren Fuß wickele, sieht sie mich an. Wieder habe ich das Gefühl, von ihr beobachtet zu werden, kritisch beäugt. Bislang hat sie nichts gesagt, vermutlich versucht sie noch immer, mich einzuordnen. Woher sie mein Gesicht kennt. Vielleicht sollte ich ihr auf die Sprünge helfen. Andererseits fürchte ich mich davor, wie sie reagiert, sobald sie Bescheid weiß.

»Dieser Malte ist also nicht dein Freund. Dann ist er dein Ex?«, fragt sie, als ich fast fertig bin.

Unwillkürlich schüttle ich mich. »Schande, nein! Eher mein Stalker.« Sofort bereue ich die Worte. Malte ist sicher kein Lämmchen, aber ein Wolf ist er auch nicht gerade.

Wie befürchtet wirkt Tokessa alarmiert und beugt sich vor. »Ernsthaft?« Die Dringlichkeit in ihrer Stimme löst etwas in mir aus, eine verloren gegangene Wärme erwacht in mir. Beinahe habe ich vergessen, dass es sie gibt.

Behutsam befestige ich zwei Klammern am Endstück des Verbandes, dann zucke ich mit den Schultern und weiche Tokessas Blick aus. »Ich hab's im Griff.«

Eine Dusche und ein übergroßes geliehenes T-Shirt später schaffe ich es endlich ins Gästebett. Die dünne Schaumstoffmatratze ist überraschend bequem, aber meine Müdigkeit macht mich anspruchslos. Nachdem mir Tokessa versichert hat, dass es ihr gut gehe und sie keine Kopfschmerzen habe, schließe ich meine Augen und lasse mich fallen, damit der Schlaf mich auffangen kann. Doch stattdessen laufe ich den Erkenntnissen des zurückliegenden Tages in die Arme. Und mit ihnen kehrt die Angst ein.

*Immer in deiner Nähe*, hat Julian geschrieben. Seine Worte haben etwas Bedrohliches. Noch immer fällt es mir schwer, *meinen* Julian mit dem Mann hinter der Schweinemaske in

Einklang zu bringen. Es wird nicht mehr sein wie früher, das Sternenhagel steht zwischen uns, und dafür hasse ich ihn. In dem Moment, als ich ihn erkannte, ist mein bester Freund von damals gestorben. Trotzdem muss ich ihn sehen. Abschied nehmen. Die Lücken in seiner Geschichte schließen. Und danach? Ich weiß es nicht. Das entscheide ich dann.

Meine Gedanken machen einen Sprung, sind plötzlich bei meinem Vater. Fünf Jahre habe ich ihn aus meinem Leben ausgeschlossen, das Schlimmste von ihm gedacht, ihn als Mörder in Betracht gezogen. Wenn ich damit so falschlag, wie es gerade aussieht, werde ich das nie wiedergutmachen können. Die Vorstellung, er und Julian könnten verliebt gewesen sein, ist verstörend. Weil die Nähe zwischen Julian und mir nicht die Bedeutung gehabt hat, wie ich damals dachte. Weil es mich verletzt, dass mein Vater und er mir nicht genug vertraut haben, um mich einzuweihen. Aber das kann ich verzeihen.

Ich sehe meinen Vater vor mir, seine wässrigen blauen Augen, seine Krankheit hat ihnen die Kraft genommen. Er beugt sich über mich, sein Gesicht eine Landkarte aus Linien, jede von ihnen steht für eine Entscheidung, die er getroffen hat. Die er womöglich bereut. Etwas wächst aus seinem Kopf heraus, es sind Haare, sie kommen näher, kitzeln mein Gesicht. Er verändert sich, seine Züge sind nun weicher, die Falten verschwinden, das Grinsen macht mir Angst. Ich schrecke hoch und bleibe doch liegen, kann mich nicht rühren, spüre meinen Körper nicht. Das Gesicht über mir, es ist wirklich da, und es gehört nicht meinem Vater. Es ist kein Mensch, nur Haare und Augen und Zähne, dann ein Finger, der sich auf meine Lippen legt, es mir verbietet, einen Ton von mir zu geben. Ein lang gezogenes »Shhhh«, das durch die Zähne zischt. Mein Herz hört auf zu schlagen, ich bekomme keine Luft, der Finger auf meinem Mund riecht nach Erde und Tod, ich kann nicht schreien, wenn er nicht in meinem Mund versinken soll, also wimmere ich nur, wimmere …

»Olivia? Was ist los?« Mit einem tiefen Atemzug komme ich zu mir, fahre hoch, am ganzen Körper zitternd, das Gästebett klappert unter meiner Erschütterung. Benommen sehe ich mich in der Dunkelheit um, höre meine schweren Atemzüge, das schmerzhafte Schlagen in meiner Brust. Das Gesicht ist verschwunden.

Als ich Tokessa im Bett gegenüber erkenne, begreife ich, wo ich bin, erinnere mich, was geschehen ist, und breche in Tränen aus. Beschämt schluchze ich, wische mir die Feuchtigkeit von den Wangen, doch es ist ein hoffnungsloses Unterfangen. Mit verwaschener Sicht erkenne ich, dass sich Tokessa aus ihrem Bett wuchtet und zu mir herüberhumpelt. Ich möchte ihr sagen, sie soll sich schonen, bringe jedoch nur einen unartikulierten Laut heraus. Ich bin so erbärmlich. Als sich Tokessa zu mir auf das Gästebett setzt, ächzt das Gestell unheilvoll, und unwillkürlich bricht ein verheultes Lachen aus mir heraus.

»Was ist los, Olivia?«, flüstert Tokessa besorgt und streicht mir eine verschwitzte Haarsträhne hinters Ohr. Ihre Geste beruhigt mich, in der Dunkelheit des Zimmers erkenne ich in ihrem Gesicht die gleiche Traurigkeit wie an dem Tag, als ich sie das erste Mal sah.

»Jemand hat sich über mich gebeugt und angestarrt.« Mit jeder Silbe spüre ich, wie absurd das klingt.

»Du hast geträumt, Olivia. Es ist alles in Ordnung.«

Ich bin dankbar, dass Tokessa mich zu beruhigen versucht, aber sie irrt sich. »Das war kein Traum. Ich bin aufgewacht und konnte mich nicht bewegen. Da war jemand über mir und hat mich angesehen …«

Tokessa senkt betroffen den Blick, bevor sie mit ihren schlanken Fingern meinen Oberarm berührt und mich mitfühlend mustert. »Es war niemand hier, Olivia. Wirklich nicht. Ich war die ganze Zeit wach.«

Ich sacke in mich zusammen, weiß nicht, was ich sagen soll, und stelle zum ersten Mal meinen Verstand in Frage. »Aber … es war echt …«, flüstere ich hilflos. Ich habe die verzerrte Fratze noch vor Augen, es war keine Maske, wie die Geiselnehmer sie im Sternenhagel getragen haben, wie Julian sie getragen hat, sondern ein normales Gesicht, nur durch meine Perspektive und den vorangegangenen Traum unheimlich verformt.

»Leidest du häufiger an Pavor nocturnus?«, fragt Tokessa, und überrascht sehe ich zu ihr auf. Selbst im Sitzen ist sie mindestens einen halben Kopf größer als ich.

»An was?«

»Nachtangst. Oder schlafwandelst du manchmal?«

Nachdenklich schüttle ich den Kopf. »Nein, noch nie.«

»Hast du momentan übermäßig viel Stress oder so?«

Stress? Ich bin praktisch der personifizierte Nervenzusammenbruch. »Ja … also –« Ich breche ab, als mir klar wird, dass sie vermutlich nicht weiß, was ich seit vier Monaten erlebe. »Du erinnerst dich nicht, woher du mich kennst, oder?«, frage ich vorsichtig.

»Doch, klar.« Sie steht auf und humpelt zum Badezimmer.

Ihre Antwort überzeugt mich nicht. »Okay, weil … du hast bislang nichts dazu gesagt, und das … ist ungewöhnlich.«

Während Tokessa bei angelehnter Badezimmertür pinkelt, wische ich mir die verbliebenen Hinterlassenschaften meines Geheules von den Wangen und setze mich in den Schneidersitz.

Ich höre die Spülung und anschließendes Wasserrauschen, bevor Tokessa schwerfällig aus dem Bad kommt und zu ihrem Bett humpelt. »Du bist die Nachbarin von Paul Mayr, richtig? Wir haben uns gestern vor seinem Haus gesehen.« Mit einem Ächzen lässt sie sich vorsichtig auf ihrer Matratze nieder. Sie wirkt unendlich erschöpft, fast ist es, als würde ich in einen Spiegel blicken. Abgesehen davon, dass wir unterschiedlicher kaum sein könnten, sieht sie aus, wie ich mich fühle.

»Ja, das auch, aber das meine ich nicht.«

Sie streckt ihre Beine aus und nimmt eine halb liegende Position ein, die nicht besonders bequem aussieht. »Nicht?«, fragt sie verwundert.

Ungläubig streiche ich meine Haare zurück. »Das ist schräg.«

Tokessa verzieht das Gesicht. »Tut mir leid, meine Schwangerschaftsdemenz macht mir zu schaffen. Verrätst du mir, woher wir uns kennen?«

»Nein, nein, wir kennen uns nicht. Ich war nur … in den letzten Monaten sehr präsent. Also in den Medien. Du hast nichts davon mitbekommen?«

Tokessa setzt sich wieder auf, sichtlich unzufrieden mit ihrer Position. Umständlich wälzt sie sich auf die Seite und stopft die Pensionsdecke mit dem typisch weißen Bezug zwischen ihre Knie. »Oh, ach so. Ich gucke kein Fernsehen«, erklärt sie, das Gesicht mir zugewandt.

»Liest du auch keine Zeitung und bist nicht im Internet?«, hake ich nach. Es ist mir unbegreiflich, wie sie absolut nichts vom Sternenhagel mitbekommen haben kann.

»Nein. Media Detox. Seit etwa sechs Monaten.«

»Wow.« Es ist das erste Mal seit so langer Zeit, dass ich nicht nach dem beurteilt werde, was mir widerfahren ist oder was ich womöglich getan habe, sondern nur als das Ich, das ich ihr im Hier und Jetzt präsentiere. Früher ganz normal, ist es in diesem Moment, als könne ich das erste Mal wieder frei atmen.

»Woher kennt man dich denn?«, fragt Tokessa neugierig, eine Hand auf ihren Bauch gelegt, und lächelt. Sie sieht schön aus. So ahnungslos. Mir wird klar, dass es so bleiben soll. Ich möchte nicht, dass sie es erfährt, dass sich ihr Blick auf mich ändert. Dass Mitleid oder Misstrauen ihre Sicht auf mich verunreinigen. Dass ihr Lächeln verschwindet.

»Nicht wichtig. Das meiste ist ohnehin gelogen«, sage ich, und es fühlt sich gut an. Ich kann nicht verhindern, dass sie bei der nächsten Gelegenheit meinen Namen bei Google eingibt. Aber heute Nacht möchte ich einfach nur Olivia sein, die Frau ohne Vergangenheit.

»Geht es dir jetzt besser?« Tokessas Fürsorge tut mir gut.

Langsam nicke ich. »Ich denke schon. Es ist nur, dieser …«, ich kann es kaum aussprechen, so verkehrt fühlt es sich an, »dieser Traum hat mir Angst gemacht.«

Tokessa stützt den Kopf auf ihre Hand und wirkt nachdenklich. »Es könnte auch eine Schlafparalyse gewesen sein. Die sind wirklich gruselig, aber nicht gefährlich.«

»Woher weißt du solche Sachen?«

»Ich bin Sozialpädagogin, offenbar sind ein paar Dinge aus meinem Psychologiestudium hängen geblieben.«

Es ist mitten in der Nacht, ich weiß nicht einmal, wie spät genau. Ich bin erschöpft bis zum Umfallen, und doch sträube ich mich dagegen, mich wieder schlafen zu legen. Tokessa hat gesagt, es wäre niemand in ihrem Zimmer gewesen, und ich glaube ihr, doch meine Augen zu schließen scheint mir wie eine stumme Aufforderung für Gespenster und Alpträume, aus ihren dunklen Verstecken zu kommen. »Warum bist du in Obderwede? Ist ja nicht unbedingt ein Geheimtipp«, frage ich.

Sie lässt ihren Kopf zurück auf das Kopfkissen sinken. »Ich bin auf der Suche. Wonach, weiß ich selbst nicht genau. Die letzten Monate waren nicht einfach. Ungeplante Schwangerschaft, demnächst alleinerziehend. Ist nicht das, was ich mir für mein Leben erträumt habe.«

»Ist Paul der Vater?« Ich kann nicht behaupten, dass dieser Gedanke neu ist.

Tokessa schmunzelt verhalten, aber das Schmunzeln erreicht nicht ihre Augen. »Nein, nur ein flüchtiger Bekannter. Vermutlich erinnert er sich nicht mal an mich.«

Ich bin erleichtert. »Das ist gut. Seine Freundin macht gerade eine schwere Zeit durch.«

Tokessa zuckt zusammen und drückt auf eine Stelle über ihrem Bauchnabel. »Willst du mal was Cooles spüren?«

»Klar.«

»Komm her.« Sie winkt mich zu sich, so selbstverständlich, als wären wir seit Jahren Freundinnen, weshalb ich ihrer Aufforderung nachkomme.

Als ich auf ihrem Bett sitze, nimmt sie behutsam meine Hand und legt sie auf die gleiche Stelle über dem Bauchnabel. Obwohl ich damit hätte rechnen können, macht mich diese intime Nähe verlegen – bis ich es spüre, und alles andere tritt in den Hintergrund. In Tokessas Bauch bewegt sich etwas. Nicht etwas, ein echter Mensch. Als würde er den Druck von außen spüren, versetzt er meiner Handfläche ein paar besonders kräftige Tritte. »Krass!«, wispere ich überwältigt. Ich bin in den letzten Monaten so oft dem Tod begegnet, dass mir die Berührung des Lebens beinahe die Sprache verschlägt. »Wow!«

Die üblichen Fragen liegen auf meiner Zunge bereit, doch die kleinen Tritte an meiner Hand zu spüren, mir vorzustellen, wie dieser kleine Mensch dort heranwächst, ohne Trauma, ohne psychische Verletzungen, ist mehr wert als Geschlecht und Größe.

Tokessa wirkt in sich gekehrt, nur sie und ihre Gedanken, die sie im Begriff ist, mit mir zu teilen. »Die meiste Zeit meiner Schwangerschaft hat es mich ziemlich abgefuckt, wenn sich dieser … Mensch da drin bewegt hat. Aber inzwischen … sobald das Kind auf der Welt ist und sich bemerkbar machen kann, wird es das zunächst nur tun, wenn es etwas braucht. Es wird schreien und weinen, weil es Hunger hat oder Bauchweh oder müde ist. Reiner Überlebenswille. Aber jetzt, in meinem Bauch, bedeutet jedes Boxen, jedes Treten und jeder bescheuerte Schluckauf, dass alles gut ist.« Ihre Stimme ist nur noch ein raues Wispern. »Alles ist gut.«

*Alles ist gut.* Ob das auch auf mich zutrifft?

Etwas später husche ich auf mein Gästebett zurück, verkrümle mich unter die Decke und wärme meine unterkühlten Glieder auf. Es ist wieder still im Zimmer, doch statt dass ich einschlafe, beschäftigt mich eine Idee, die immer mehr in mir anschwillt.

»Wie lange wirst du in Obderwede bleiben?«, flüstere ich so leise in die Dunkelheit hinein, dass es Tokessa nicht wecken würde, sollte sie inzwischen eingeschlafen sein.

Ihre Antwort kommt sofort, auch sie flüstert, als wolle sie das Baby nicht aufwecken. »Ich weiß nicht. Mit Gehirnerschütterung und dem Fuß muss ich wohl etwas langsamer machen.«

Es kostet mich Überwindung, die nächsten Worte auszusprechen. »Du könntest bei mir wohnen.« Es ist nur ein Vorschlag, und ich stelle mich darauf ein, dass sie ablehnt.

Stattdessen sagt sie zunächst nichts. Vielleicht schläft sie nun doch, oder sie tut so, damit sie mir keine Antwort geben muss.

»Wir kennen uns nicht«, flattern ihre Worte nach einer Weile zu mir herüber.

Nervös befeuchte ich meine Lippen. »Es ist nur … der Bungalow ist zu groß für mich alleine. Manchmal fürchte ich, mich darin zu verlieren.« Ich spüre, dass sie mir zuhört, dass ich ihr einen Grund geben soll, diesem absurden Vorschlag zuzustimmen. Aber wie könnte ich ihr erklären, dass ich alleine Angst habe, dass ich fürchte, jemand könnte dort ein und aus gehen, und dass ich jemanden in meiner Nähe brauche, jemanden mit Kenntnissen, der mir versichert, dass ich mir das alles nicht einbilde? Wie kann ich ihr das begreiflich machen, wenn sie doch nichts von meiner Vergangenheit weiß? Nichts vom Sternenhagel und erst recht nichts von Julian? »Du könntest mein altes Zimmer haben. Es hat ein eigenes Badezimmer, und das Bett ist superbequem. Nur die Küche müsstest du dir mit mir teilen. Und die Waschmaschine. Aber du hättest deine Ruhe und müsstest nichts bezahlen«, plappere ich unbeholfen, als die Stille einmal mehr das Zimmer übernehmen will.

»Und ich hätte jemand, die auf mich aufpasst. Du weißt schon, wegen der Gehirnerschütterung und so.« Sie klingt, als würde sie schmunzeln.

War sie gerade zynisch? Ich bin verunsichert. »Bin ich creepy?«

Tokessa sucht nach einer neuen Position auf ihrer Matratze, zum ersten Mal knarrt der Lattenrost. »Ach Quatsch«, sagt sie. »Du hattest mich schon mit dem superbequemen Bett in der Tasche.«

## 36

*Obderwede, 25. Oktober*

Nichts deutet darauf hin, dass hier vor zwei Tagen jemand ermordet worden ist. Was mich erleichtert, denn noch mehr Begegnungen mit dem Tod ertrage ich nicht. Die steril wirkenden Gänge sind ruhig, nur aus einem der hinteren Räume ist die Stimme einer alten Frau zu hören, zittrig und schwerfällig, dazu im Kontrast eine energische Pflegerin, die ihr gut zuredet. Es riecht nach Desinfektionsmittel, das eine süßliche Schwere in der Luft zu überdecken versucht, vielleicht vom Frühstück, das noch nicht lange zurückliegen kann. Ich selbst habe nichts gegessen, dafür bin ich zu nervös, seit ich entschieden habe, nun wirklich meinen Vater aufzusuchen.

Das Pflegeheim in Lübbewirtz versucht mich zu ersticken. Ich atme flach und konzentriert, nie habe ich das Gefühl, genug Sauerstoff in die Lungen zu bekommen, während ich einem Pfleger in weißem Outfit zum Zimmer meines Vaters folge. Herr Zagel sei heute gut drauf, meinte der Mann, auf dessen Namensschild ich nur mühsam den Namen Cem entziffert habe. Allerdings bevorzuge Herr Zagel es die meiste Zeit, alleine in seinem Zimmer zu sein, statt Kontakt zu anderen zu knüpfen – vermutlich strenge es ihn zu sehr an. Auf mich aber würde er warten, versichert mir auch dieser Pfleger. Meine Angst vor der Begegnung mit meinem Vater macht mich stumm, ich nicke nur gelegentlich, um zu beweisen, dass ich zuhöre.

Fünf Jahre und ein Ausbruch der Demenz liegen zwischen meinem Vater und mir. Ich stelle mich auf Veränderung ein, auf Geheimratsecken, zitternde Hände, einen stetig fragenden Blick. Auch darauf, dass er mich nicht erkennt. Seit ich von seiner Krankheit weiß, habe ich nur wenig darüber im Internet recherchiert. Ich wollte es nicht wissen, auch jetzt möchte ich wieder lieber weglaufen, als mich meiner Angst zu stellen.

Wir erreichen eine Tür auf der linken Seite, an der Tür hängt ein selbst gebasteltes Namensschild aus Ton, bunt angemalt und verziert. Wie von einem Kind. »Hier wohnt Martin Zagel, Architekt«, steht darauf. Mir wird schwindelig, mein Kreislauf lässt mich im Stich, und ich öffne meine versteinerten Fäuste, schließe und öffne sie wieder, beginne zu pumpen, während Cem an die Zimmertür klopft und durch einen Spalt ins Innere schlüpft, um Herrn Zagel auf seinen Besuch vorzubereiten.

Unruhig sehe ich an mir hinunter. Vielleicht hätte ich doch erst in den Bungalow fahren und mir frische Klamotten anziehen sollen. Der Matsch des letzten Tages an Leggings und Hoodie ist zwar getrocknet, das meiste davon konnte ich abklopfen, dennoch sehe ich derangiert aus. Ein gigantischer Bluterguss ist durch das Loch in meiner Hose zu erkennen, eine Erinnerung daran, dass ich nach allem immer noch am Leben bin.

Im Zimmer ist es still, mit pochendem Herzen wandere ich im Flur auf und ab, pumpe weiter mit meinen Fäusten Blut durch den Körper und bemühe mich erfolglos, meine nervösen Bauchschmerzen wegzuatmen. Unvermittelt öffnet sich die Tür wieder, und Cem winkt mich herbei.

Im Zimmer ist es düster, die schweren Vorhänge sind bis auf einen dreißig Zentimeter langen Schlitz zugezogen. Die Luft ist abgestanden und stickig, doch sofort trifft mich ein vertrauter Geruch. Kein Aftershave, keine künstlichen Duftstoffe. Mensch pur. Wie er damals roch, wenn er morgens aus dem Bett kam. Nach einem Tag an der frischen Luft. An einem faulen Sonntag auf der Couch.

Mein Vater. Papa.

Die Bilder der Erinnerungen stürmen auf mich ein, ich schwanke unter ihnen, verliere die Bodenhaftung, alles an mir setzt seine Tätigkeit aus, bis ich die Bilderflut durchbreche und zurück an der Oberfläche nach Luft schnappe.

Mein Vater sitzt an einem runden Holztisch, den Rücken mir zugewandt, und blickt durch den Schlitz nach draußen, als habe er mich nicht gehört. Mit weichen Knien und Kloß im Hals gehe ich langsam zu ihm, nehme nur beiläufig sein Zimmer wahr, das schmale Bett an der Wand, den Kleiderschrank, den Zeichentisch. Wie die Miniaturausgabe eines Arbeits- und Schlafzimmers in einem seiner selbst entworfenen Häuser, nur schäbiger, abgenutzter und in einem Pflegeheim, weil er nicht mehr alleine leben kann. Weil sein Geist verfällt und seine Erinnerung stirbt.

Mit feuchten Händen und Augen erreiche ich den Tisch, trete meinem Vater gegenüber, der noch immer völlig versunken aus dem Fenster sieht. Ein zweiter Stuhl steht mit dem Rücken zur sonnengelben Gardine, neben der offenen Stelle, damit er ihm die Sicht nicht versperrt. Bedächtig umrunde ich den Tisch, ich fürchte mich davor, ihn zu erschrecken, doch wie er so dasitzt und alles andere um sich herum ausblendet, bringe ich keinen Ton heraus. Ich lasse mich auf dem Stuhl nieder, lasse seine auf dem Tisch gefalteten Hände dabei nicht aus den Augen. Seine knochigen weißen Finger sind ineinander verschränkt, als würde er beten, und mir wird bewusst, dass ich nicht einmal weiß, ob er gläubig ist. Ich strecke meine kalte Hand nach ihm aus, zögere, ob ich ihn berühren soll, und streife schließlich sanft mit der Fingerspitze seinen Unterarm. Seine Augen beginnen zu flattern, sie sind noch immer von einem kräftigen Blau und nicht wie diese zwei wässrigen Kugeln aus dem Traum letzte Nacht.

»Hallo, Papa«, wispere ich. Meine Stimme bricht. Er reagiert nur langsam auf das Gesagte, sein Blick löst sich widerwillig von der Aussicht, sucht nach dem Ursprung der Worte und findet mich. Sein Ausdruck ist leer, kein Erkennen ist darin zu entdecken. Ich will ihn nicht hetzen, nicht überfordern und sage nichts. Meine Kenntnisse über den richtigen Umgang mit Demenzkranken halten sich in Grenzen, und im Stillen hoffe ich darauf, dass er mich erkennt. An seinem Gesichtsausdruck kann ich ausmachen, wie er um seine Erinnerungen kämpft. Ich komme ihm bekannt vor, mehr aber auch nicht.

Ihn so zu sehen bricht mir das Herz.

Dann zuckt etwas in seinem Gesicht, mit trockenem Mund warte ich darauf, dass er mich zuordnen kann.

»Was machst du hier, Sybille? Du wolltest doch in Hannover bleiben!« Seine Stimme ist dünn, beinahe tonlos. Ich möchte weinen, weil er mich für meine Mutter hält, was seinen vorwurfsvollen Tonfall erklärt.

Hilflos suche ich nach einer Verbindung zu ihm, drücke sachte seinen Arm. »Nein, Papa, ich bin es, Olivia. Deine Tochter.« Niemals hätte ich mir die Verzweiflung vorstellen können, die diese Worte in mir hervorrufen. Zweifel flammen in mir auf, ob ich überhaupt hier sein sollte, mich so nennen darf, seine Tochter, oder ob ich diesen Titel verloren habe, als ich ihn damals mit unverzeihlichen Vorwürfen zurückließ.

In seinen Augen blitzt freudiges Erkennen auf, das sofort von Scham überschattet wird. »Oh, natürlich. Tut mir leid.« Er lächelt matt, betrachtet mich skeptisch, seine Augenbrauen zusammengezogen. »Groß bist du geworden!«

Schwere Traurigkeit drückt mich auf meinen Stuhl. Ich bin nicht mehr gewachsen, seit ich sechzehn war, was also glaubt er, wann wir uns das letzte Mal gesehen haben?

»Wie geht es dir?«, frage ich, um uns beide von dieser bedrückenden Situation abzulenken. Sie zu übergehen, um sie nicht tiefer eindringen zu lassen. Doch sein Blick schweift bereits wieder ab, der Ausdruck auf seinem Gesicht wird nichtssagend. Er sieht nach draußen, als wäre er alleine in seinem Zimmer.

Meine Augen wandern über das, was das Leben von meinem Vater übrig gelassen hat. Er ist zweiundsechzig, doch er sieht aus wie Anfang achtzig. Sein Gesicht ist fahl und hohlwangig, seine Augen liegen in tiefen Höhlen, und auf seiner Stirn sind Falten wie Jahresringe eines alten Baums. Kummer hat sich in sein Gesicht gemeißelt. Ich sträube mich dagegen, doch ich muss es tun, muss mir diesen alten Mann mit Julian vorstellen, mich fragen, ob es sein kann, dass sich ein Junge von achtzehn Jahren in jemanden wie ihn verliebt. Verzweifelt versuche ich mich zu erinnern, wie mein Vater früher ausgesehen hat, vor fünf Jahren, als sein Gehirn noch nicht voller schwarzer Löcher war. Als das Leben es noch besser mit ihm meinte. Mit siebenundfünfzig ist er ein gut aussehender Mann gewesen, das gibt sogar meine Mutter hin und wieder zu, obwohl sie sonst kaum ein gutes Haar an ihm lässt. Kaum verändert seit damals vor fast fünfundzwanzig Jahren, als sie ihn für kurze Zeit geliebt haben muss. Vor fünf Jahren zeichneten sich noch Muskeln unter seiner Haut ab, sein Haar war von einem hellen Braun, leicht meliert, doch das machte ihn nur interessanter. Er war ein toller Gesprächspartner, es gab so viel, worüber man sich mit ihm austauschen, was er einem beibringen konnte. Sein Humor war mitreißend, er zeigte sich stets offen und aufmerksam, konnte zuhören und war für jeden Spaß zu haben.

Die Antwort ist leicht. Rückblickend betrachtet kann ich es mir vorstellen, dass dieser trainierte, schlagfertige und lebensfrohe Mann eine gewisse Anziehung auf andere Menschen hatte. Womit ich auch Julian einschließen muss.

Ich atme tief aus, spüre den Kloß in meinem Hals, der mir deutlich macht, wie sehr mich der Besuch bei meinem Vater belastet. Zu sehen, was aus ihm geworden ist, was nur fünf Jahre und ein Arschloch von Krankheit aus ihm gemacht haben.

Der Martin Zagel, der mir heute gegenübersitzt, ist nur noch Haut, Sehnen und Knochen und vollständig ergraut. Es sind die Spuren unseres Zerwürfnisses und Julians Verschwinden. Nicht die Demenz hat aus meinem Vater einen gebrochenen Mann gemacht. Nur Schmerz kann das. Schmerz und Einsamkeit. Reue. Trauer. Der Verlust seiner Tochter, die ihm die schlimmste aller Schuld unterstellt hat.

»Vor dem Haus steht ein Japanischer Fächerahorn«, sagt mein Vater, den Blick weiter aus dem Fenster gerichtet. Es überrascht mich, dass er sich in den letzten Minuten meiner Anwesenheit bewusst gewesen ist. Seine Augen treffen mich, ein leichter Glanz ist in sie getreten. »Hast du gehört? Ein Japanischer Fächerahorn!«

»Ja, ich weiß.« Ich möchte ihn anlächeln, doch mein Gesicht fühlt sich taub an, und mein Gehirn verfügt über keine Informationen, ob es mir geglückt ist.

»Das ist mein Lieblingsbaum«, sagt er mit der Begeisterung eines Kindes, das von Süßigkeiten spricht.

In mir kippt etwas. Der erste Impuls über seine Freude weicht der unerträglichen Erkenntnis, was ihm die Krankheit alles genommen hat. »Du bist immer traurig gewesen, weil wir keinen im Garten hatten«, erinnere ich ihn, weil er es vielleicht nicht mehr kann. Tränen steigen in mir hoch.

»Wie geht es deiner Mutter?«

Seine Frage trifft mich unvorbereitet. »Ihr geht es gut.« Mehr als diese Floskel bringe ich nicht hervor, ich beobachte ihn genau, versuche auszumachen, aus welcher Ecke seines Verstandes die Erkundigung nach meiner Mutter kommt. Seine Miene nimmt einen wütenden Ausdruck an, ganz plötzlich, und kurz glaube ich, ich wäre weggetreten gewesen und verstehe deshalb nicht, was diesen Wandel verursacht hat.

»Ich wette, sie hat dir alles brühwarm erzählt«, spuckt er herablassend aus. Ich weiß, dass ich seinen Worten kein Gewicht beimessen sollte, dennoch macht mich seine Aussage hellhörig.

»Wovon sprichst du, Papa?«, hake ich nach, leicht nach vorne gebeugt, meine Hand streichelt beruhigend seinen Arm.

Sein Ausdruck wird wieder weich, er wirkt verloren in seinen eigenen Gedanken, als wäre er nicht ganz bei mir. »Ich bin mir nicht sicher«, murmelt er kaum verständlich, seine Aufmerksamkeit richtet sich erneut auf den Baum vor dem Haus.

Mein Besuch bei ihm wird mir bei der Suche nach Antworten nicht weiterhelfen, das ist so klar wie wenig in meinem Leben. Bedrückt streiche ich mir die Haare aus der Stirn, überlege angespannt, was ich nun tun soll. Wie ich aus dieser Begegnung ohne größeren emotionalen Schaden herauskomme. Auf der anderen Seite ... welchen Unterschied macht das noch? Ich bin kaputt, nicht erst seit vier Monaten, ein weiterer Riss in meinem Innern wird mich vermutlich noch nicht brechen.

»Erinnerst du dich an unseren Streit?«, frage ich vorsichtig, besorgt, wie er darauf reagieren wird. Doch er reagiert gar nicht, starrt weiter aus dem Fenster, als hätte er mich nicht gehört. »Es tut mir leid, was ich damals gesagt habe. Ich hätte ...«

Meine eigenen Worte treffen mich hart, lassen die Schuldgefühle auflodern, machen mich kurz sprachlos, weil jede Entschuldigung einfach viel zu spät kommt. Trotzdem höre ich nicht auf. »Ich hätte nicht den Kontakt zu dir abbrechen dürfen. Du warst danach bestimmt sehr einsam. Ich hätte mit dir reden müssen.«

Noch immer zeigt er keine Reaktion, und mit jeder Sekunde, die ich auf ein Zeichen von ihm warte, wächst das schmerzende Brennen in meiner Brust. Schwillt das Bedauern in mir an wie ein Ballon, gefüllt mit Schuldgefühlen, Selbsthass und Reue, bis er kurz davor ist, zu explodieren, und sich sein ätzender Inhalt in meinem Körper verteilt. »Papa? Hörst du mich?«, frage ich hilflos, damit das nicht passiert, und drücke sachte seinen Arm, den ich nicht losgelassen habe, seit ich hier bin.

Sein trüber Blick huscht abermals zu mir, und er sieht mich an, als hätte ich mich soeben aus dem Nichts materialisiert. »Oh?« Wieder sehe ich die Scham in seinen Augen, als er begreift, dass er meine Anwesenheit vergessen hat. »Ja, ja, natürlich höre ich dich. Ich bin ja nicht taub«, fährt er mich grob an und zieht seinen Arm unter meiner Berührung weg, nur um ihn direkt wieder auf dieselbe Stelle zu legen. Ich lege meine Hand in den Schoß, darum bemüht, seine Ablehnung nicht an mich heranzulassen. Es tut trotzdem weh.

»Es tut mir leid, was ich getan habe«, beginne ich abermals.

»Damals erschien es mir richtig, aber ich war noch so jung und wusste nicht –«

Mein Vater hebt abwehrend die Hand, und ich verstumme. »Ist schon gut, Sybille. Ich hätte es besser wissen müssen.«

Mein Schluchzen ist nicht aufzuhalten, es schlüpft aus meiner Kehle, bevor ich es verhindern kann. »Papa, ich bin Olivia.«

Hoffnungslos wische ich mir Augen und Nase trocken, schließe die Lider und wünsche mich in eine Zeit zurück, in der alles gut war. Ich möchte wieder zehn sein, von meinem tollen Papa fest in den Arm genommen, von ihm zum Lachen gebracht werden und keine Ahnung haben, was uns die Zukunft bringt. Ein unbeschriebenes Blatt im Buch des Lebens. Neu beginnen, den Verlauf der Geschichte ändern. Andere Entscheidungen treffen. Besondere Momente mehr schätzen. Kurz gebe ich mich dieser Vorstellung hin, dann öffne ich meine Augen, darauf gefasst, dass nichts davon passieren wird. Überrascht begegne ich dem Blick meines Vaters, der mich anscheinend bei meiner Gedankenreise beobachtet hat.

»Es ist schön, dass du mich besuchen kommst«, sagt er liebevoll, und zum ersten Mal habe ich das Gefühl, dass er wirklich da ist. »Ich erinnere mich nicht, was passiert ist. Wieso bin ich in einem Krankenhaus?«

»Du bist nicht im Krankenhaus ...« Aufgeregt greife ich nach seinen Händen. Sie sind von Altersflecken überzogen und zittern, aber er lässt es zu. Vermutlich ist es die einzige Chance, die ich haben werde. »Was ist an dem Abend passiert, als Julian verschwunden ist?« Die einzig wichtige Frage, jetzt oder nie.

Sein Gesicht nimmt einen verwirrten Ausdruck an. »Julian.« Er sagt seinen Namen, als wolle er ihn probieren, ein alter Geschmack, an den er sich nicht erinnert, obwohl er es möchte.

»Ja, Papa. Julian«, bestärke ich ihn und überlege schnell, ob ich ihn direkt fragen soll, ob er und Julian ineinander verliebt waren, entscheide mich aber dagegen. Er braucht Tatsachen, um sich zu erinnern, keine Vermutungen. »Wir haben uns damals gestritten, weil ich dachte, du hättest Julian etwas angetan. Weißt du das noch?«

Sein Blick huscht umher, ich halte die Luft an. Dann treffen mich seine eindringlichen feuchten Augen. »Melanie ist tot.«

»Was?«, stoße ich zusammen mit der angehaltenen Luft aus.

»Melanie ist tot.«

Ich presse meine Lippen zusammen, um ihn nicht frustriert anzuschnauzen, dass er sich auf meine Frage konzentrieren soll. »Ach so, ja, ich weiß. Das tut mir leid, ehrlich«, sage ich so ruhig wie möglich. »Was war damals mit Julian? Wollte er mit dir Obderwede verlassen?«

Er scheint zu nicken, aber die ungenaue Kopfbewegung könnte genauso gut ein Schütteln sein. »Ich habe ihn gesucht, verstehst du?«

»Ja, das verstehe ich«, sage ich und erinnere mich plötzlich an etwas, das Johanna zu mir gesagt hatte. Dass mein Vater manchmal nachts ums Haus lief und Julians Namen gerufen hat. Mir wird flau, mein Herz liegt schwer in meiner Brust, drückt meine Lungenflügel nieder und macht mir das Atmen schwer. »Du hast ihm nichts angetan, hab ich recht?«

Er nickt schwach, diesmal bin ich mir sicher. Er blinzelt, Tränen laufen aus seinen Augen, und er entzieht sich meinem Griff, um seine Hände auf sein Gesicht zu legen. »Olivia?«, ruft er durch sie hindurch, so laut, als wäre ich Hunderte von Metern von ihm entfernt.

»Papa, was ist?«

Ohne Vorwarnung springt er von seinem Stuhl auf, eine so schnelle Bewegung hätte ich ihm nicht zugetraut. Er beginnt, in dem kleinen Raum auf und ab zu wandern, sein Gesicht noch immer verborgen, und hört nicht auf, meinen Namen zu rufen. »Olivia! Olivia! Wo bist du?«

Nach der ersten Schockstarre eile ich zu ihm, versuche, ihn an den Schultern zu packen und ihn zu beruhigen. »Ich bin hier, Papa!«

Doch er stößt mich von sich, beinahe grob, und ich stolpere gegen eines der Regale, das bedrohlich klappert. »Olivia!«, ruft er immer wieder, »Olivia!« Ein verzweifelter Vater, der seine Tochter sucht. Ich höre seinen Kummer, die Angst, den Schmerz. »Olivia!« Er beginnt zu schluchzen, nie zuvor habe ich ihn so gesehen. Ich kann mich nicht rühren, bin wie versteinert, kann ihm nur zusehen, wie er die Hand gegen sich richtet und beginnt, sich gegen den Kopf zu schlagen.

»Was ist passiert?« Cem taucht auf, ich habe ihn nicht bemerkt, und mit ihm eine weitere Pflegerin. Sie kümmern sich um meinen Vater, er bekommt eine Spritze, sie setzen ihn auf sein Bett.

»Ich weiß es nicht, wir haben nur geredet«, schaffe ich es irgendwie zu sagen, obwohl ich den Schock in mir spüre. Das Entsetzen.

Cem legt mir eine Hand auf den Rücken, schiebt mich sachte aus dem Zimmer. »Dieses Verhalten hat er bislang noch nie gezeigt, irgendwas muss ihn aufgeregt haben, etwas, womit er sich nicht auseinandersetzen will«, erklärt er mir. Ich höre ihn, doch ich kann nicht denken, funktioniere nur noch. »Kommen Sie morgen wieder. Ihr Vater muss zur Ruhe kommen und sich etwas ausruhen.« Ich nicke. Cem verschwindet zu meinem Vater, schließt die Tür hinter sich. Meine Beine bewegen sich vorwärts, etwas in mir sträubt sich, will nicht gehen, hat noch eine Frage, etwas Wichtiges, was mir zuerst entgangen ist.

»Olivia!«, höre ich meinen Vater durch die verschlossene Tür rufen, nicht sicher, ob seine Stimme echt ist oder ein Widerhall in meinem Gedächtnis.

Da weiß ich es.

Melanie ist tot.

Seine Erwiderung, als ich ihn nach Julian fragte. Eine böse Ahnung will mir den Verstand rauben. Das kann ich nicht zulassen. Also kehre ich um, laufe zurück zum Zimmer meines Vaters, reiße die Tür auf.

»Gehen Sie! Er ist hier in besten Händen.« Eine Pflegerin,

die versucht, mich davon abzuhalten, zu meinem Vater zu gehen. Ich schlängle mich an ihr vorbei, finde meinen Vater, er liegt in seinem Bett, aus kleinen Augen schaut er zu mir auf. Ich gehe in die Knie.

»Hast du ihn gesehen, Papa? War Julian gestern hier? Hat er Melanie wehgetan?«, frage ich. Meine Stimme zittert, jemand zerrt an meinem Arm.

Er blinzelt schläfrig, befeuchtet schwerfällig seine Lippen, seine Worte sind verwaschen, als er dann spricht. »Wenn du mir nicht glaubst, dann frag Paul. Vielleicht glaubst du ja ihm!«

Meine Muskeln erschlaffen, und jemand begleitet mich nach draußen.

# 37

*Obderwede, 25. Oktober*

Ich bringe es nicht über mich, direkt in den leeren Bungalow zurückzukehren, in dem ich nicht gewesen bin, seit ich am Tag zuvor das laufende Video von mir auf dem Laptop entdeckt habe. Stattdessen fahre ich einmal mehr ins Refugium, überprüfe die Kasse, ob Julian geantwortet hat, und empfinde einen Anflug von Erleichterung, dass er es noch nicht getan hat. Die Begegnung mit meinem Vater sitzt mir schwer im Gemüt und verlangsamt meine Gedanken. Ich brauche eine Pause, bevor ich mich wieder der Welt stelle, Zeit, um alles sacken zu lassen, zu begreifen und ein Stück weit zu verarbeiten. Ich fühle mich dünnhäutig, und eine Ahnung sagt mir, dass ich mir dies nicht erlauben kann. Nicht jetzt.

An einen Baum gelehnt sitze ich schließlich da, starre mit etwas Abstand auf das Leichenhaus und lasse meine Gedanken treiben. Zurück zu den Zeiten, als mein Vater noch gesund und in meinen Augen kein Sexualstraftäter war. Als Julian und ich noch beste Freude waren, vielleicht verliebt, aber in jedem Fall bereit, es herauszufinden. Jetzt verwende ich meine Energie darauf, mir einzureden, keine Angst vor ihm haben zu müssen, und übergehe dabei die Tatsache, dass er ein Geiselnehmer und Mörder ist, der mich allem Anschein nach seit ein paar Tagen beobachtet. Mir war damals nicht bewusst, wie gut ich es hatte.

Schließlich mache ich mich auf den Weg zur Pension. Ich bin dort mit Tokessa verabredet und mit Malte, der sich sofort bereit erklärt hat, uns bei ihrem Umzug in den Bungalow zu helfen. Tokessas Kopf ging es am Morgen bereits besser, ihr Knöchel hingegen war noch immer hässlich geschwollen und nicht für einen längeren Spaziergang geeignet.

»Danke fürs Bringen«, sage ich zu Malte, als er uns vor dem

Haus absetzt. Tokessa macht sich bereits in Richtung Haustür auf den Weg, ihre Tasche geschultert und mit Unterstützung ihrer Krücken, und sehnsüchtig gucke ich ihr hinterher. Statt ihr direkt zu folgen, muss ich erst einmal zusehen, wie ich Malte wieder loswerde.

»Ihr kommt jetzt klar?«, fragt er eine Spur zu besorgt.

Ich muss mich zwingen, mich ihm zuzuwenden. »Klar kommen wir klar.«

Malte blickt zwischen der sich entfernenden Tokessa und mir hin und her, ich sehe ihm an, dass er nicht weggeschickt werden möchte. »Du meldest dich, wenn du Hilfe brauchst?«

»Ich denke, wir schaffen das jetzt auch alleine. Aber ja, ich melde mich«, sage ich und nicke steif. Mehr gibt es nicht zu sagen, was auch Malte einsieht. Ich warte ab, bis er in seinen Wagen steigt, dann folge ich Tokessa zum Bungalow. Das Geräusch von Maltes davonfahrendem Wagen im Ohr, bemerke ich, dass Pauls Auto vor dem Nachbarhaus steht. Irritiert ziehe ich die Augenbrauen zusammen, hatte er doch gesagt, sie würden ein paar Tage weg sein. Andererseits kommt es mir durchaus gelegen. Nach den letzten Worten meines Vaters möchte ich Paul lieber früher als später darauf ansprechen, was er gemeint haben könnte.

*Wenn du mir nicht glaubst, dann frag Paul. Vielleicht glaubst du ja ihm!*

Das muss jedoch noch warten. Als ich Tokessa erreiche, steht sie bereits bei der Tür und wartet auf mich.

Ich schließe auf und öffne ihr das Tor zu den unendlichen Weiten.

»Heilige Scheiße, jetzt verstehe ich, was du meintest.« Tokessa ist sichtlich überwältigt, mit großen Augen humpelt sie in den Flur, während ich ihr mit einem mulmigen Gefühl folge und die Tür hinter uns schließe. »Hier fühlt man sich bestimmt schnell einsam.«

Ich muss an meinen Vater denken, an die letzten fünf Jahre, und wieder spüre ich diesen drückenden Schmerz um mein Herz. »Eigentlich wurde es für eine Familie entworfen. Vater,

Mutter, Kind. Später vielleicht noch ein zweites Kind. Daraus ist nichts geworden. Der Traum meines Vaters ist geplatzt, noch bevor das Haus fertig war.«

»Das ist traurig«, sagt Tokessa leise.

»Ja, ist es.«

Ich führe sie durch das Haus, zeige ihr im Vorbeigehen die einzelnen Räume und überprüfe dabei heimlich, ob mir etwas verändert vorkommt. Anders als am Tag zuvor habe ich nicht das Gefühl, jemand könnte sich hier versteckt haben und mich beobachten. Im Arbeitszimmer meines Vaters zeigt Tokessa besonderes Interesse, sieht sich seine Entwürfe an, die an den Wänden hängen, und die fertigen Häuser direkt daneben. »Warum eigentlich hier? Ich meine Obderwede? Ist ja nicht gerade ein Highlight, oder? Ist dein Vater hier aufgewachsen?«

Ich bin an der Tür stehen geblieben, die stille Anwesenheit meines Vaters in diesem Raum zu spüren will ich mir nicht antun. »Er ist in Hannover aufgewachsen, wollte mit Kind aber raus aus der Stadt. Es gibt eine gute Anbindung mit dem Bus, und das Grundstück war günstig. Seine Worte.«

Ich zeige Tokessa das restliche Haus, bis wir schließlich den Raum erreichen, den ich ihr überlasse.

»Das war früher mein Zimmer«, sage ich unnötigerweise. Es gibt in diesen vier Wänden nichts, was mich nicht verraten hätte, spätestens aber die Poster von Chester Bennington, Kurt Cobain, David Bowie und einem jungen Luke Perry verraten, dass nicht mein Vater für die Innengestaltung zur Verantwortung gezogen werden kann.

»Warum schläfst du nicht hier?«

»Zu viele Erinnerungen.«

Interessiert sieht sie sich weiter um, und es ist mir unangenehm, dass ich diesen alten Kram vorher nicht entsorgt habe.

»Du tanzt?« Sie deutet auf die Pinnwand über meinem leeren Schreibtisch. Dort, viel kleiner, aber in Hochglanz, hängen die Fotos berühmter Balletttänzer und Primaballerinas, denen früher meine Bewunderung gehörte, und zwischen Misty Copeland, Marianela Núñez und Iana Salenko ein eingeschmuggeltes Bild der vierzehnjährigen Olivia bei einem ihrer Auftritte.

Ich wende den Blick ab. »Elf Jahre lang. Ich habe es gehasst.«

Ich lasse Tokessa in Ruhe ankommen und ihre spärlichen Habseligkeiten auspacken. Mich zieht es derweilen zur Haustür der Nachbarn. Noch immer steht das Auto unbewegt an seinem Platz, und obwohl ich mir darüber im Klaren bin, vermutlich unangemessen während der Trauerzeit bei Paul und Johanna hineinzupoltern, folge ich der Versuchung, der Andeutung meines Vaters auf den Grund zu gehen. Doch niemand öffnet, als ich das erste Mal klingele. Bei meinem zweiten Versuch – es könnte schließlich sein, dass sie die Klingel nicht gehört haben – meine ich ein Rumpeln aus dem Inneren der Wohnung zu hören. Aufgeschreckt klopfe ich, horche genau, ob ich noch mehr aufschnappe, doch es tut sich nichts, und als ich in das Haus meines Vaters zurückkehre, bin ich mir nicht einmal mehr sicher, ob ich wirklich etwas gehört habe, dafür aber fest entschlossen, es später noch einmal zu versuchen.

Im Gästezimmer, nun offiziell *mein* Zimmer, finde ich keine neuen Anzeichen für einen unerwünschten Besuch während meiner Abwesenheit vor. Endlich befreie ich meinen geruchsintensiven Körper von den verdreckten Klamotten und werfe sie für einen späteren Waschgang in eine Ecke. Nach einer Dusche fühle ich mich deutlich wohler und beschließe, es für heute gut sein zu lassen. Die vergangenen Tage fühlen sich an wie ein halbes Leben, die emotionalen und körperlichen Anstrengungen fordern ihren Tribut, und nach der Nachricht von Julian muss ich Energie tanken für das, was kommt.

In der Küche treffe ich auf Tokessa, die mit ihrem Gesicht in den Kühlschrank abgetaucht ist. Ihre Krücken hat sie an die Anrichte gelehnt, ein Blick auf ihren nackten Knöchel zeigt mir, dass die Schwellung ein wenig zurückgegangen ist, er aber noch immer fröhlich in sämtlichen Farben leuchtet.

»Du kannst dir aus dem Kühlschrank nehmen, was du willst«, sage ich, während ich mir in der Spüle ein Glas Wasser einschenke und mich an den Esstisch setze.

Tokessa schnaubt belustigt. »Bei der Auswahl weiß ich gar nicht, wo ich anfangen soll.«

Ich denke an den Einkauf mit Malte zurück, seitdem habe ich kaum etwas davon angerührt. »Ich habe es etwas übertrieben, alleine kann ich das nicht essen.« Ein erbärmlicher Laut meines Magens untermalt meine Worte. Zu meiner eigenen Überraschung habe ich sogar Appetit. »Hast du Hunger?«

Sie schließt die Kühlschranktür und sieht mich verblüfft an. »Irgendwie schon.«

»Ich auch.«

»Soll ich was kochen?«, schlägt Tokessa vor.

Ich bin skeptisch. »Kriegst du das denn hin?«

Sie schmunzelt, als hätte ich sie ertappt. »Eigentlich nicht. Mir brennen sogar Nudeln an. Aber ich kann was anderes machen.«

Ich deute auf ihr Bein. »Eigentlich meinte ich, wegen deinem Elefantenfuß.«

»Das wird schon gehen.« Sie greift nach ihren Gehhilfen, doch bei der ersten Berührung rutschen sie zur Seite und fallen krachend zu Boden. Tokessa flucht frustriert, während ich aufspringe, die Krücken aufhebe und sie ihr reiche. »Nein, echt nicht. Du setzt dich hin und legst deinen Fuß hoch. Ich kümmere mich um das Essen.«

Ich schicke sie ins Wohnzimmer, folge ihr dorthin und reiche ihr ein Kissen. Die Krücken stelle ich außer Reichweite, damit sie nicht auf die Idee kommt, mir zu helfen.

»Ich sollte das machen, als Dankeschön für das Zimmer und deine Hilfe«, protestiert sie, doch ihre dunklen Augenringe sagen mir, dass sie mehr braucht, als nur die Beine hochzulegen.

»Quatsch mit Soße«, widerspreche ich und erstarre kurz,

als ich mich daran erinnere, dass mein Vater das immer zu mir gesagt hat, als ich klein war.

Zurück in der offenen Küche sehe ich ins Eisfach. »Ich habe exquisite Cuisine auf Studentinnen-Niveau im Angebot. Wie wäre italienisch?«

»Tiefkühlpizza?«

»Spinaci oder Hawaii?«

»Hawaii? Die alten Römer würden Stresspickel kriegen, wenn sie das wüssten.«

Ich schmunzle entschuldigend und schalte den Backofen zum Vorheizen an.

Wir essen auf der Couch, die Pizza in Dreiecke geschnitten, und Tokessa sieht mit jedem Bissen wohler aus. Auch mir tut es gut, endlich etwas in den Magen zu bekommen, in den letzten Tagen habe ich nicht auf meine körperlichen Bedürfnisse geachtet. Tokessas Anwesenheit beruhigt mich, bringt mich auf andere Gedanken, bei ihr fühle ich mich wieder mehr wie ein Mensch und weniger wie eine Knetfigur, von Medien und Umständen zu etwas geformt, was ich nicht bin.

Bevor es dunkel wird, klingele ich noch einmal bei Paul und Johanna. Der Wagen steht unbewegt an seinem Platz, doch wieder öffnet niemand die Tür. Haben sie das Auto womöglich bloß hier abgestellt und sind gar nicht zu Hause? Das würde allerdings nicht das Geräusch erklären, das ich vorhin *eventuell* gehört habe. Mit dem ganzen Blut in meinem Verdauungstrakt komme ich auf keine zufriedenstellende Erklärung und beschließe, auch das für heute auf sich beruhen zu lassen. Ich bin einfach nur noch müde.

Als ich ins Wohnzimmer zurückkehre und mich zu Tokessa auf die Couch fallen lasse, beobachtet sie mich nachdenklich. Jetzt hat sie mich erkannt, befürchte ich, bis sich unsere Blicke begegnen.

»Darf ich dich etwas fragen?«

In ihrem Gesicht liegt eine aufmerksame Spannung, die mich nervös macht – und neugierig.

»Okay.«

»Wer ist dieser Julian, nach dem du im Leichenhaus gerufen hast?«

Damit habe ich nicht gerechnet. Ich zögere, frage mich, wie viel ich ihr erzählen kann und ob es klug ist, überhaupt über Julian zu sprechen. Dabei hat er für Außenstehende, und das sind alle außer mir, nichts mit der Geiselnahme im Sternenhagel zu tun, von der sie ohnehin nichts weiß. Auf der anderen Seite wächst in mir dieser Druck an, mir einmal *alles* von der Seele zu reden. Mich von der Last des Wissens, der Last meines Geheimnisses zu befreien. Um jemanden zu haben, der mir sagt, wie falsch es war, ihm zur Flucht zu verhelfen, aber dennoch nachvollziehbar. Aber das ist unmöglich. Es ist zu viel. Ich bin zu gierig.

»Julian ist ... mein bester Freund«, beginne ich vorsichtig, taste mich behutsam voran, darauf bedacht, nicht zu viel preiszugeben. »Wir sind zusammen aufgewachsen, eine Wochenendfreundschaft. Während der Woche habe ich bei meiner Mutter in Hannover gewohnt.«

Tokessa sieht mich aufmerksam an, auffordernd, weiterzureden, und ich spüre einen Anflug von Erleichterung. Als würde mit jedem Wort etwas von der Last in meinem Inneren davonflattern. Entschlossen suche ich nach einer Beschreibung, um Tokessa begreiflich zu machen, welche Bedeutung Julian die längste Zeit meines Lebens für mich hatte. »Gibt es jemand, für den du alles tun würdest? Mit dem du lachen kannst und weinen und über alles reden? Kennst du diese tiefe Verbindung, von der du glaubst, sie ist für immer?«

Ein seltsam entrückter Ausdruck legt sich auf Tokessas Gesicht, als hätte sie sich in meinen Worten verloren. Fragend mustere ich sie, ihre grünen Augen wirken leer, sie scheint nicht anwesend zu sein. Mit einem kaum sichtbaren Ruck kehrt sie zurück, bemerkt meinen irritierten Blick und weicht ihm sofort aus. »Ja, kann sein«, sagt sie beinahe gleichgültig, ihre Stimme noch tiefer, und beugt sich schwerfällig zum Wohnzimmertisch vor, um ihr Wasserglas zu nehmen. Mit großen Schlucken trinkt sie es leer, als wäre sie kurz vor dem

Verdursten, und ich frage mich, welche Erinnerungen ich mit meinen Worten in ihr ausgelöst habe.

Ihre Reaktion hemmt mich, plötzlich möchte ich die Beziehung zwischen Julian und mir für mich behalten, sie in mir bewahren wie einen Schatz, der nur uns gehört. »Na ja, dann kannst du dir vielleicht vorstellen, wie wichtig er für mich war«, sage ich lapidar, als beträfen mich meine Worte nicht mehr.

Tokessa stellt das Glas zurück. »Du sprichst von ihm in der Vergangenheit. Wieso?«

Mein Körper spannt sich an, spürt, was ich im Begriff bin zu tun. »Er ist vor fünf Jahren verschwunden«, sage ich und beginne meinen Tatsachenbericht. Schildere die Umstände und Lügen, die seine Mutter verbreitet hat. Details über meinen Vater spare ich aus, Tokessa muss nichts wissen von meinen Anschuldigungen, nichts von meinen neuen Vermutungen, um zu verstehen, wie schmerzhaft Julians Verschwinden war.

»Krasse Geschichte«, meint Tokessa, als ich alles erzählt habe, zu dem ich bereit bin. Ich höre Mitgefühl aus ihrer Stimme heraus, doch in ihrem Gesicht spielt sich etwas anderes ab. Tokessa wirkt nachdenklich, beinahe ungläubig. Verstört betrachte ich meine Hände, die erwartete Erleichterung, mich endlich jemandem geöffnet zu haben, bleibt aus. Stattdessen fühlt sich unsere Vergangenheit an wie etwas Erfundenes, etwas Hineininterpretiertes, um meine Tat zu rechtfertigen.

»Das erklärt aber nicht, warum du ihn gestern in einem leeren Leichenhaus gesucht hast«, stellt Tokessa fest, und in mir zieht sich alles zusammen.

»Das Leichenhaus … es war unser Ort. Und …«, druckse ich herum, weil ich keine Ahnung habe, wie ich es ihr erklären soll, ohne dass es neue Fragen aufwirft.

»Ich habe Julian gefunden«, stoße ich gegen meinen Willen aus, der Panik nahe. Meine Fingernägel graben sich in meine Handflächen, helfen mir dabei, mich auf das Wesentliche zu konzentrieren. Mein Geständnis aus Tokessas Sicht zu betrachten. Es ist harmlos, eine harmlose Offenbarung, wenn ich es dabei belasse.

Tokessa sieht mich misstrauisch an, versucht nicht einmal zu verbergen, dass sie die ganze Sache merkwürdig findet. »Du hast ihn gefunden? Wie?«

Schlagartig bereue ich jedes Wort. Ich kann ihr unmöglich die Wahrheit sagen, kenne sie nicht genug, um ihre Reaktion abzuschätzen, kann nicht ausschließen, dass sie mich ans Messer liefert. Ich bin eine Kriminelle. Nie bin ich mir dessen bewusster gewesen als jetzt. Der Schmerz in meinen Handinnenflächen reicht nicht mehr, meine hilflose Anspannung droht mich zu zerreißen. Andere Erklärungen fluten mein Gehirn, Julian hätte ein entlaufener Hund sein können. Oder mein imaginärer Freund. Dafür ist es inzwischen zu spät.

»Na ja … gefunden trifft es nicht ganz. Vielmehr sind wir uns zufällig begegnet«, korrigiere ich mich nervös, um mir etwas Zeit zu verschaffen, nicke schwach, um meine Behauptung zu stützen, und vermeide Tokessas Blick, damit sie nicht bemerkt, wie angestrengt ich versuche, die Wahrheit zu umgehen. »Die Umstände waren … nicht gut. Er war … in Schwierigkeiten, und ich habe … ihm geholfen. Wir konnten noch nicht reden, aber ich muss wissen, warum er damals verschwunden war. Verstehst du?«

Tokessas Miene ist ausdruckslos. Abermals versunken in eine Sphäre, von der ich nichts ahne.

Verlegen räuspere ich mich. »Ich habe –«

Mit einem Mal donnern Schüsse aus allen Richtungen.

Panisches Geschrei bricht um mich herum aus, und bevor ich begreife, was geschieht, reißt mich etwas zu Boden. Ich lande auf Knien und Händen und ziehe meinen Kopf ein, lege schützend die Arme über ihn, mache mich klein, damit das tödliche Chaos mich nicht verschluckt.

Ich gebe ein Schluchzen von mir, spüre es in meiner Kehle, höre es aber nicht, unartikulierte Schreie der Panik, splitterndes Glas und nicht enden wollende Schüsse, ohrenbetäubend, machen mein Entsetzen lautlos. Ich will nicht in den Gesang des Todes einstimmen, ich muss hier raus, bevor mich eine Kugel trifft, bevor der Schrecken mich lähmt, bevor ich sterbe.

Ich will nicht sterben! *Ichwillnichtsterben!*

»Alles ist gut, hörst du?«, dringt eine vertraute Stimme zu mir durch, die nicht ins Sternenhagel gehört.

Weil ich nicht im Sternenhagel bin.

Ich sitze am Boden, die Gliedmaßen an meinen Körper gepresst. Ein weit entfernter Pizzageruch liegt in der Luft, deutlich näher ist der Duft nach Flieder, der mich zu beruhigen scheint, ich bin mir nicht sicher. Meine Muskeln schmerzen, als hätte ich eine Stunde Balletttraining hinter mir, sie zu lockern gelingt mir nicht, ich wage es nicht, mich zu entspannend. Zweifle daran, in Sicherheit zu sein, auch wenn mir meine Sinne das weismachen wollen. Meine Augen tränen, ich verstehe nicht, woher die Tränen kommen, wieso es so still ist. Lange schwarze Haare fallen in mein Sichtfeld, dann ein Gesicht, besorgt und verwirrt. Tokessa.

Erschrocken rapple ich mich auf, wanke und stütze mich auf dem Polster der Couch ab, damit ich nicht sofort wieder stürze. Tokessa streckt die Hände nach mir aus, will mich beruhigen. Mein Blick fällt auf ihren Bauch, dann auf ihren verletzten Knöchel am ausgestreckten Bein, und ich kapiere nicht, wie es ihr möglich ist, auf dem Boden zu sitzen.

Innerlich ganz durcheinander lasse ich mich auf die Couch fallen, wische mir die verbliebenen Tränenspuren von den Wangen. Ich bin mir nicht sicher, was geschehen ist, aber ich schäme mich, dass Tokessa mich so gesehen hat.

Diese beobachtet mich still, ich ahne, dass ihr Therapeuten-Ich übernommen hat.

»Hast du eine PTBS, Olivia?«, fragt sie behutsam.

PTBS. Posttraumatische Belastungsstörung. Trauma. Ich erinnere mich. Etwas im Wohnzimmer hat geknallt, Schüsse sind uns um die Ohren geflogen – zumindest habe ich das geglaubt –, und plötzlich bin ich wieder im Sternenhagel gewesen. Ich hatte die gleiche Angst, und dies in einer Heftigkeit, die mich zum Weinen gebracht hat.

Erneut treten mir Tränen in die Augen. Verstört sehe ich zu Tokessa, die mich wissend beobachtet, und ich bekomme Angst, Panik, ich könnte etwas gesagt haben, das mich verrät. Ich kann sie nicht aufhalten, die Verzweiflung platzt aus mir heraus wie Wasser aus einer berstenden Wasserbombe.

»Such nicht im Internet nach mir«, flehe ich Tokessa an und schlage mir die Hände vor den Mund, weil ich es hasse, wie ich klinge.

Tokessa schüttelt den Kopf. »Werde ich nicht«, versichert sie mir, und die Erleichterung trifft mich so heftig, dass ich kaum noch Luft bekomme. »Hast du Grounding Skills für Flashbacks? Damit ich beim nächsten Mal weiß, was dir hilft?«

*Flashback.* Das ist es also gewesen. Dr. Fischer hatte davon gesprochen, erinnere ich mich dunkel, hatte mich darauf vorbereitet, dass es passieren könnte, doch bislang ist es nie dazu gekommen. »Nein«, sage ich, meine Stimme dünn und leise. Diese Schwäche, ich ertrage sie nicht. Frustriert streiche ich mir mit beiden Händen die Haare aus der Stirn, sie sind von Schweiß feucht und verklebt, ich kann direkt wieder duschen.

»Was ist überhaupt passiert?«, frage ich, weil ich noch immer nicht begreife, was diesen Flashback in mir ausgelöst hat.

»Jemand hat vor dem Haus Böller gezündet, eine richtige Knallkette, glaub ich.«

Manchmal kommt Verstehen einem Faustschlag gleich. »Oh.« Ich bin ihr eine Erklärung schuldig, hätte sie über meinen Stand in diesem verdammten Dorf nicht im Dunkeln lassen dürfen. »Die wollen mich nicht hier haben«, sage ich und versuche mich an einem leichtherzigen Lachen, um meine Beschämung darüber zu verbergen, doch der verlegene Laut macht sie nur schlimmer.

Tokessa sieht mich an, ihr Gesicht zeigt eine Weichheit wie eine sanfte Umarmung. Einmal mehr entdecke ich die verborgene Schönheit dieser starken Frau. »Wolltest du deshalb, dass ich bei dir einziehe? Hast du deswegen Angst, alleine zu sein?«

»Ich habe keine Angst.«

Tokessa zieht ungläubig eine Augenbraue hoch.

»Könnte aber sein, dass ich mich mit Gesellschaft im Haus wohler fühle.«

Einmal mehr scheint Tokessa tief in sich gekehrt, als hätte sie den Raum verlassen und ihren Körper als Täuschung zurückgelassen.

»Also falls du zurück in die Pension willst, könnte ich Malte –«, beginne ich, doch sie lässt mich meinen Satz nicht beenden.

»Bullshit.« Sie streckt eine Hand aus, damit ich ihr auf die Beine helfen kann, und dankbar ergreife ich sie.

## 38

*Obderwede, 26. Oktober*

Ich erwache mit einem Gefühl der Zuversicht, fühle mich ungewöhnlich geborgen und sicher. Tokessa ist geblieben, und ihre Anwesenheit erdet jedes Geräusch im Haus, gibt mir das Gefühl, nicht alleine zu sein. Schon lange habe ich mich nicht so erholt gefühlt wie an diesem Morgen.

Nach einer ausgiebigen Dusche begegne ich Tokessa im Wohnzimmer, auf ihre Krücken gestützt kommt sie mir aus der Küche entgegen und sieht aus, als wollte sie weggehen. Ihre schwarzen Haare sind zu einem Pferdeschwanz gebunden und lassen sie verändert aussehen, aber er steht ihr. Sie trägt bereits ihre Lederjacke, der Bauch drängt sich zwischen dem offenen Reißverschluss hervor. Ein Anflug von Sorge überkommt mich. Will sie doch zurück in die Pension? Weil ich nicht ehrlich war und sie meinen Stand im Dorf als Gefahr für ihr Kind ansieht? Weil ich wie ein dünnes Stück Glas bin mit sehr viel Gewicht darauf und sie nicht dabei sein will, wenn es bricht?

»Jetzt guck nicht so schockiert, ich komme wieder, versprochen«, zerstreut Tokessa meine Befürchtung, während sie, die Gehhilfen in einer Hand, einen kleinen schwarzen Rucksack schultert.

»Okay«, erwidere ich, erschüttert darüber, wie gut sie mich lesen kann. Sie wendet sich ab, zupft noch einmal an ihrem Zopf, und ich wage es nicht, sie darin einzuweihen, dass die Vorstellung, den Vormittag wieder alleine im Haus zu verbringen, mein gutes Gefühl dämpft. Wage es nicht, sie nach ihrem Ziel zu fragen.

»Ich bin zum Frühstück im Schlafenden Reh verabredet«, beantwortet Tokessa einmal mehr meine unausgesprochenen Gedanken.

»Oh, dann viel Spaß«, sage ich wenig enthusiastisch und versuche mich zu erinnern, wen sie abgesehen von Paul in Obderwede kennt. Tokessa lächelt mir zu, dann macht sie sich humpelnd auf den Weg zur Haustür.

»Es gibt Schokokuchen, da konnte ich nicht Nein sagen. Ich hätte auch gerne mit dir gefrühstückt, aber Marlene arbeitet in der Pension und hat heute ihren freien Tag«, erzählt sie, während ich sie zur Tür begleite. Tatsächlich erinnere ich mich nun vage, dass sie diesen Namen erwähnt hat, als Malte und ich sie zum Schlafenden Reh gebracht haben.

»Ist schon okay, alles gut«, versichere ich ihr und wünschte, es entspräche der Wahrheit. Ein unerwarteter Stachel der Eifersucht macht es mir schwer, die Sache entspannt zu betrachten. Ich halte ihr die Tür auf, und zur selben Zeit fährt ein Auto vor. Es ist ein roter Wagen, ein altes Irgendwas, und am Steuer kann ich eine Frau erkennen, die keine Anstalten macht, auszusteigen. Obwohl ich sie aufgrund der Entfernung nicht richtig sehen kann, glaube ich nicht, dass ich sie von früher kenne.

»Olivia?«

Eben noch in Gedanken versunken, erinnere ich mich wieder an Tokessa. Verstört betrachtet sie etwas am Boden. »Was ist das?«

Das Entsetzen über den Gegenstand auf der abgetretenen Fußmatte trifft mich mit der Wucht eines Vorschlaghammers. Meine Hände beginnen zu zittern, gleichzeitig bin ich wie versteinert, kann meinen Blick nicht von der Maske nehmen, die mich aus leeren Augen anstarrt. Ein Schwein. Der Kopf einer Vogelscheuche, aus einem Kartoffelsack gefertigt, mit der Absicht des Erschreckens zum Leben erweckt.

Julians Maske aus dem Sternenhagel.

»Olivia?« Tokessas behutsame Frage holt mich aus meinem Alptraum. Schnell bücke ich mich und nehme widerwillig die Maske in die Hand, obwohl ich sie am liebsten weggeschossen hätte. Weit, weit weg.

»Sagt dir das was?« Tokessa ist besorgt, dass ich mich wieder in einem Flashback verliere, doch ich bin da, im Schmerz der Gegenwart, meine Sinne bis zum Anschlag aktiviert.

»Ja.« Meine Stimme ist belegt, und ich räuspere mich. Tokessa darf nicht wissen, was die Maske bedeutet. Ich habe ihr gestern bereits zu viel erzählt und kann nur hoffen, dass sie ihr Wort gehalten und meinen Namen nicht bei Google eingegeben hat.

»Alles in Ordnung? Kann ich dich denn jetzt überhaupt alleine lassen?«

Endlich gelingt es mir, die Augen von der Fratze zu nehmen, und ich begegne Tokessas Blick. »Ja klar, kannst du.« Das heftige Pochen in meiner Kehle lässt mich kaum sprechen.

Tokessa sieht unschlüssig zwischen der roten Schrottkiste und mir hin und zurück. »Bist du sicher? Du siehst nämlich nicht danach aus«, stellt sie fest, und ich glaube ihr das sofort.

Ich lache aufgesetzt. Obwohl meine Beine vor Angst ganz weich sind, kann ich Tokessa plötzlich nicht schnell genug loswerden. »Jetzt geh schon!« Beinahe hätte ich sie aus dem Haus geschoben. Mit gespielt munterer Miene sehe ich Tokessa hinterher, wie sie zum roten Wagen humpelt und mit einem nachdenklichen Winken auf der Beifahrerseite einsteigt. Erst als sich der Wagen entfernt, atme ich die Luft aus, die ich unbemerkt angehalten habe.

Ich lasse die Tür ins Schloss fallen und bin versucht, sie zu verschließen und ein großes, schweres Möbelstück davorzuschieben. Widerwillig sehe ich auf die Schweinemaske in meinen Händen. Was soll ich damit machen? Das Ding ist grauenhaft und verursacht mir eine Gänsehaut. Entschlossen gehe ich los, werde mit jedem Schritt schneller, kann die Fratze nicht schnell genug loswerden, bis ich beinahe laufend die Küche erreiche, die Klappe unterhalb der Spüle aufreiße und das grässliche Ding in den Mülleimer befördere. Mein Herz jagt weiter, kommt nicht zur Ruhe, selbst dann nicht, als ich die Klappe wieder schließe und der Schweinekopf aus meinem Sichtfeld verschwindet. Doch das Bild hat sich in mein Gehirn gebrannt, in meine Netzhaut, ich werde es nicht los. Und während ich schwer atmend die Küche hinter mir lasse, wird mir die Tragweite des Maskenfunds auf meiner Fußmatte bewusst.

Julian ist hier gewesen. Am Bungalow. Hat sich bis zur Tür herangewagt, vermutlich im Dunkel der Nacht, während ich das erste Mal seit Monaten ruhig geschlafen habe. Womöglich ist er es gewesen, der am Abend die Knallkette gezündet hat. Ein Reminder an die finalen Momente unserer letzten Begegnung im Keller des Sternenhagel. Mir schnürt sich die Kehle zu.

Julian. Die Maske ist eine Nachricht, er will mir etwas damit sagen. Er hat sein falsches Gesicht abgelegt und ist bereit, mir gegenüberzutreten. Etwas wird geschehen. Heute.

Mir wird schlecht. Mein leerer Magen rebelliert, ich muss mich am Türrahmen zum Wohnzimmer festhalten, damit ich nicht umkippe. *Atme!* Es ist unerträglich schwer, ein tonnenschweres Gewicht liegt auf meiner Lunge, macht mich hilflos, verloren, klein.

Es ist Julian! Wann habe ich aufgehört, mich über eine Nachricht von ihm zu freuen, und stattdessen begonnen, Angst vor ihm zu haben? Die Erkenntnis trifft mich nur noch härter.

Ich habe Angst vor ihm! Was hat mich damals im Sternenhagel geritten, ihn laufen zu lassen? Ich habe überlebt, und das hätte er auch, wenn wir während der Explosion im Keller geblieben wären. Lebendig, aber nicht frei. Dann könnte er mir kein Vogelscheuchen-Schwein auf die Fußmatte legen und ich ihn unter sicheren Bedingungen mit meinen Fragen konfrontieren. Am besten mit Sicherheitsglas zwischen uns.

*Angst zu haben heißt nicht, machtlos zu sein.*

Ich konzentriere mich auf meine Atmung, komme zu mir, der schwarze Nebel lichtet sich. Sobald ich mich sicher auf den Beinen fühle, laufe ich den langen Flur zurück, ich will nun doch die Haustür abschließen.

Ein Tumult von draußen lässt mich innehalten. Durch das Fenster in der Tür erkenne ich nicht, was auf der Straße vor sich geht. Vielleicht hat sich der Dorfmob wieder eine Überraschung für mich ausgedacht. Doch dann verstehe ich, was die weibliche Stimme immer wieder verzweifelt ruft.

»Johanna!«

Ich zögere nicht, öffne die Haustür und trete einen vorsichtigen Schritt ins Freie. Eine Frau steht am Nachbarhaus und klingelt sich den Finger wund. Verwundert gehe ich näher heran, erkenne das rot aufgedunsene Gesicht der aufgelösten Frau, ich schätze sie auf irgendwo zwischen vierzig und fünfzig. Ihr lockiges braunes Haar hat sie zu einem hohen Dutt gebunden, unzählige Strähnen haben sich daraus gelöst und verleihen ihr ein wirres Aussehen.

»Mach die verdammte Tür auf!«, schreit sie sterbenselend und geht dazu über, mit der Faust gegen die Tür zu hämmern. »Johanna! Paul! Ich weiß, dass ihr da seid«, schluchzt sie, zunehmend kraftloser, einem Nervenzusammenbruch nahe.

Hilfesuchend sehe ich mich um. Ein dunkelblauer Kombi hat vor dem Haus geparkt, und vor ihm steht ein Mann, etwa im selben Alter wie die Frau, die Faust an seinen Mund gepresst, sichtlich überfordert mit der Situation. Als er mich sieht, kommt Leben in ihn.

»Was ist los?«, frage ich in seine Richtung, während er auf mich zukommt.

Die Frau schlägt nun mit beiden Fäusten gegen das unnachgiebige Holz. »Das könnt ihr mir nicht antun! Johanna?« Ihre Schreie werden schwächer, dafür heult sie umso lauter.

»Haben Sie Johanna gesehen? Bitte, sagen Sie mir, wo sie ist«, sagt der Mann an mich gewandt, noch bevor er mich erreicht hat. Er sieht müde aus, traurig und irgendwie … verloren. Als hätte das Leben ihm einen gehässigen Streich gespielt und sich als Arschloch enttarnt.

»Ich weiß es nicht«, versichere ich ihm. »Ich habe gestern auch schon geklingelt, weil das Auto da ist, aber es hat niemand geöffnet.«

Hoffnungslosigkeit übernimmt sein gesamtes Wesen, sein Anblick tut mir weh, obwohl ich ihn nicht kenne. Die verzweifelte Frau lehnt nun mit der Stirn an der Tür und trommelt neben ihrem Kopf kraftlos dagegen. »Sie kann doch nicht einfach verschwinden!«, schluchzt sie, ihre Stimme kaum noch mehr als ein kindliches Flehen.

»Sind Sie die Nachbarin?«, fragt mich der Mann.

»Ja.«

Er kramt in der Tasche seines grauen Jacketts und zieht eine Karte hervor, die er mir entgegenhält. »Wenn Sie Johanna oder Paul sehen, rufen Sie uns bitte an. Sie ist Lizzys Schwester, und unsere Tochter –« Er bricht ab, ringt um Fassung, aber mehr muss er nicht sagen, ich weiß jetzt, wer die beiden sind.

»Ja, natürlich. Ich rufe Sie an«, verspreche ich, doch er hört mich nicht mehr, eilt zu seiner Frau, die vor der Tür zusammengesackt ist und weinend auf dem Boden sitzt. Er hilft ihr auf die Beine, flüstert ihr Worte zu, dann führt er sie zurück zum Kombi, sichtlich darum bemüht, nicht selbst den Boden unter den Füßen zu verlieren. Ich sehe ihnen nach, pietätlos, doch ich kann meine Augen nicht abwenden. Das Paar, einander fest umklammernd, um sich gegenseitig Halt zu geben in der Trauer um ihr totes Kind. Ihr Auftreten berührt mich an einem Punkt, von dem ich nicht wusste, dass er in mir zu finden ist. So sieht Schmerz aus, wenn jemand, den man liebt, aus dem Leben verschwindet, für immer, obwohl es nicht sein dürfte. Obwohl es nicht richtig ist. Die Trauer der Hinterbliebenen, der Verlust, ist vermutlich das Schlimmste an jedem Tod.

Schließlich wende ich mich ab, lasse sie alleine mit ihrem Phantomschmerz und kehre in den Bungalow meines Vaters zurück. Gerade als ich die Tür hinter mir abschließe, dringt aus einem der Räume ein unbekanntes Klingeln. Es ist ein fremder Klingelton, dennoch taste ich nach dem Handy in meiner Hoodietasche, das keinen Mucks von sich gibt. Dankbar für die Ablenkung folge ich dem Geräusch bis ins Wohnzimmer, wo ich auf dem Couchtisch ein blinkendes und vibrierendes Smartphone finde. Tokessa hat es vergessen. Ich werfe einen Blick auf das Display, getrieben von einer natürlichen Neugier, um nachzusehen, wer sie anruft.

»Manou« ist der Name, der mir vom Bildschirm entgegenleuchtet. Das Klingeln erstirbt, der Name verschwindet vom Display, und nur der Sperrbildschirm ist noch zu sehen. Es ist ein Foto von Tokessa. Zusammen mit einem Mann, dem sie mit theatralisch verdrehten Augen einen Kuss auf die Wange drückt, während er glücklich in die Kamera strahlt.

Es ist ein schönes Bild, das die Persönlichkeit Tokessas widerspiegelt, wie ich sie kennengelernt habe. Ein Bild, das die Liebe zeigt, die diese Menschen miteinander verbindet.

Trotzdem glaube ich mich in einem Alptraum. Ich weiche zurück, will es nicht glauben und kann doch meine Augen nicht von dem Beweis nehmen. Das Display wird schwarz, ich zögere nicht. Greife nach dem Smartphone, Tokessas Smartphone, und bringe den Bildschirm mit einem gezielten Knopfdruck wieder zum Leuchten. Es darf einfach nicht wahr sein.

Da sind sie wieder, Tokessa und er, und strahlen mich an. Lachen mich aus. Es besteht kein Zweifel. Dieser Mann, ich kenne ihn. Mir wird schlecht, stumme Schreie in meinem Kopf.

Dieser Mann, er ist es wirklich. Niemals könnte ich sein Gesicht vergessen.

Denn ich habe ihn sterben sehen.

# 39

*Obderwede, 26. Oktober*

Wie ein unruhiger Tiger laufe ich im Wohnzimmer auf und ab, warte auf Tokessas Rückkehr, gleichzeitig fürchte ich mich vor der Konfrontation. Ich bin hin- und hergerissen zwischen Wut und Enttäuschung, fühle mich unbrauchbar und bin doch ganz klar. Tokessa hat mich belogen. Sie weiß sehr wohl, wer ich bin. Wie könnte es anders sein? *Media Detox*, so ein Bullshit, wer macht schon so was? Und doch bin ich darauf hereingefallen. Habe ihr alles geglaubt. Wie viel von dem, was sie mir erzählt, ist wahr? Ich weiß es nicht.

Irgendwann setze ich mich auf die Couch, mein Magen knurrt, ich habe noch nichts gefrühstückt. Tokessas Handy liegt vor mir auf dem Tisch, griffbereit, damit ich nachsehen kann, sobald ich wieder an meinem Verstand zu zweifeln beginne. Nur langsam dringt die Wahrheit vollständig in mich, durch meine Haut, meine Poren, in meine Blutlaufbahn.

Tokessa und Rouven. Sie war seine Freundin, vielleicht seine Frau. Das Kind in ihrem Bauch, dessen Bewegungen ich an meiner Handfläche gespürt habe, ist seines. Rouven, dieser aufrechte Mann, dem *Art the Clown* während eines Livestreams erst das Ohr ab- und dann die Kehle durchgeschnitten hat, und das mit einer brachialen Gewalt, die ihm beinahe den Kopf abgetrennt hatte. Ob Tokessa es live im Internet mitansehen musste?

Es war kein Zufall, dass sie im Leichenhaus gewesen ist. Nie im Leben! Sie hat mich dort erwartet, davon bin ich überzeugt. Ich ertrage den Gedanken nicht, dass alles Berechnung war. Was bin ich für sie, wie sieht sie mich? Glaubt sie womöglich sogar die Gerüchte über mich, hält sie mich für eine Komplizin und mitschuldig am Tod ihres Mannes? Dem Vater ihres ungeborenen Kindes?

Meine Gedanken ziehen weitere Kreise und befördern neues Misstrauen an die Oberfläche. Das Crack-Video auf YouTube, hat sie es hochgeladen? Malte hat so vehement bestritten, dafür verantwortlich zu sein, habe ich ihm unrecht getan?

Was ist mit dem Wort an meiner Tür, »Mörderin«, war sie das auch? Ist sie deswegen hier, um mich bluten zu lassen, so wie Rouven geblutet hat?

Wie hätte ich sie vor ein paar Tagen verdächtigen können, als ich sie noch nicht kannte? Wie viele Menschen sitzen da draußen, von denen ich keine Ahnung habe, die mich aus Gründen hassen, die ich mir nicht einmal vorstellen kann? Die irgendwann kommen, um mich dafür zu bestrafen, dass ich noch lebe.

Das Chaos in meinem Kopf macht mich schwindelig, überschlägt sich, nur um von vorne zu beginnen, nur noch hysterischer als zuvor.

Das muss aufhören!

Ich weiß nicht, wie lange ich bereits auf der Couch sitze, als die Haustür aufgeschlossen wird. Ich habe Tokessa den alten Schlüssel von Johanna gegeben, ich habe ihr vertraut. Mit dem verstörenden Gefühl, im Recht zu sein, von ihr belogen und hintergangen, lausche ich den Geräuschen, rühre mich nicht von der Stelle, warte darauf, dass sie ins Wohnzimmer kommt. Und dann? Ich fürchte mich vor der Antwort.

Was hat sie die letzten Tage gefühlt, wenn sie mich angesehen hat, die hässliche Gewissheit im Nacken, dass ich dabei war, als Rouven starb?

Ich höre, wie sie mit den Gehhilfen hantiert, vermutlich versucht sie, Rucksack und Lederjacke loszuwerden. Jeder meiner Herzschläge ist eine Erschütterung, ich wünschte, ich könnte weglaufen und alles, einfach alles, hinter mir lassen.

»Olivia? Bist du da?«, ruft Tokessa in den Flur. Ich antworte nicht. Sie wird mich finden. Ich bin dort, wo ihr Handy ist.

Die Krücken, sie machen bei jedem ihrer ungleichmäßigen Schritte klappernde Geräusche, vielleicht sind das aber auch meine Zähne, die zitternd aufeinanderschlagen. Es spielt keine Rolle, ich weiß es auch ohne Geräuschkulisse, spüre es tief in mir, eine Gewissheit, die meine Muskeln krampfen lässt.

Sie kommt.

Als sie ihm Türrahmen erscheint, möchte ich weinen. Ich habe fälschlicherweise geglaubt, für sie ein unbeschriebenes Blatt zu sein.

»Alles in Ordnung? Warum sitzt du hier im Wohnzimmer? Ist was passiert?«

Ihre Sorge irritiert mich, aber sie kann nicht wissen, dass sie aufgeflogen ist. Sie meint es nicht ernst.

»Du hast dein Handy vergessen«, sage ich tonlos und deute mit meinem Kopf in Richtung des Smartphones auf dem Tisch. Tokessas Miene ist unlesbar, sie sieht mich nur an, wartet auf mehr. »Manou hat angerufen«, füge ich hinzu. Sie wirkt immer noch ahnungslos, kommt auf ihren Krücken zum Tisch, nimmt ihr Telefon zur Hand, sieht nach, was ich ihr bereits gesagt habe – und erstarrt. Jetzt hat sie es verstanden.

»Wer bist du, Tokessa?«, frage ich, meine Stimme zittert. Ich fühle mich von ihr verraten, es ist das vorherrschende Gefühl. Und noch etwas mischt sich darunter, etwas, das mir bekannt vorkommt, das ich aber nicht zuordnen kann. Ich bin zu aufgewühlt, um danach zu kramen.

»Du weißt, wer ich bin«, erwidert Tokessa, ihre Stimme ist mit einem Mal kalt und distanziert. Ja, das weiß ich. Es gibt für sie keinen Grund mehr, so zu tun, als würde sie mich mögen. Beherrscht steckt sie ihr Handy in die Hosentasche und legt die Gehhilfen weg.

Als ich das sehe, überfällt mich ein neuer Verdacht. »Bist du wirklich verletzt, oder gehörte das zu deiner Rolle?«

Sie bleibt stehen, sieht mich ungläubig an. »Du hast meinen Fuß gesehen! Wenn du glaubst, ich könnte eine Schwellung vortäuschen, dann überschätzt du eindeutig meine Fähigkeiten!«

Sie hat recht, das zu glauben war dumm, doch wie sie mit mir spricht, trifft mich. Den verknacksten Knöchel hat sie mir nicht vorgegaukelt, ihre freundliche und fürsorgliche Art hingegen schon.

Ich kann nicht sitzen bleiben, während sie auf mich herabblickt. Daran wird sich nichts ändern, wenn ich aufstehe, aber ich muss mich bewegen, um nicht den Kopf zu verlieren.

»Was willst du von mir?« Ich habe Abstand zwischen uns gebracht, damit sie nicht die Schwäche in meinen Augen sieht. »Warum tust du das?«

Tokessa hebt fragend die Arme. »Was tue ich denn?«

Die Nacht in der Pension – ist sie es gewesen, die sich über mich gebeugt hat? Um sich mein Vertrauen zu erschleichen?

»Du willst Rache«, spreche ich das Offensichtliche aus. »Ist es das? Weil du die beschissenen Lügen irgendwelcher Arschlöcher glaubst, die keinen blassen Schimmer davon haben, wie es wirklich im Sternenhagel war?«

Humpelnd kommt sie auf mich zu, ganz ohne Krücken. »Wie war es denn wirklich, Olivia?«

Ich will es nicht, aber Bilder flackern auf. Blut. So viel Blut. Rouvens tote Augen, schon bevor er starb. Tokessa weiß, wie es wirklich war, sie muss die Videos gesehen haben, doch aus einem mir unersichtlichen Grund will sie es noch einmal von mir hören. »Was Rouven angetan wurde … ich … es tut mir so leid!« Ich verliere mich in der Belanglosigkeit meiner Worte, höre selbst, wie erbärmlich ich klinge, und verachte mich dafür, es versucht zu haben. Mich zu erklären. Mich zu rechtfertigen.

Tokessa greift sich an den Bauch, auch sie nimmt das Gespräch mit, natürlich tut es das. Sie ist nur besser darin, ihre Gefühle vor der Welt zu verbergen.

Sie holt Luft, tief in den Bauch, als müsse sie sich um Ruhe bemühen. »Du warst nicht die Komplizin der Geiselnehmer. Das weiß ich jetzt.«

Ich lache. Vor Erleichterung, weil mir endlich jemand glaubt. Vor Hilflosigkeit, weil ich nicht begreife, wo der Sinn in alledem steckt. Weil es den vielleicht gar nicht gibt und alles letztendlich eine gewaltige Sinnlosigkeit ist. »Was willst du von mir, Tokessa?«

Ihre Lippen werden weiß, sie sieht elend aus, krank, tiefunglücklich. »Es gab noch einen fünften Geiselnehmer, hab ich recht? Dein bester Freund Julian, der sich irgendwie in Schwierigkeiten gebracht hat?«

Schlagartig weiß ich, was dieses unterschwellige Gefühl in mir ist und warum es mich nervös macht. Es ist Angst. Keine Todesangst, stattdessen eine leise Furcht, die zu etwas heranwachsen kann, das mir den Boden unter den Füßen wegzieht. Ihr geht es nicht um mich, es geht ihr um Julian. Und ich habe es ihr unwissentlich verraten. Sie hat mich in der Hand, kann mich jederzeit auffliegen lassen, denn das, was ich getan habe, war zwar nicht skrupellos und bösartig, wie ich in den Medien dargestellt werde, aber dennoch eine Straftat. Tokessa ist Psychologin, hat mich in Sicherheit gewiegt, sich mein Vertrauen erschlichen, und ich habe vollkommen naiv alles ausgeplaudert.

»Was hast du vor?«, frage ich und schlinge die Arme um meinen Oberkörper, die einzige Umarmung, die ich noch bekomme.

»Er ist in Obderwede. Hast du ihn gesehen?«

»Nein! Bitte tu ihm nichts!«, flehe ich kopfschüttelnd, obwohl ich selbst nicht verstehe, warum ich mich um ihn sorge. Noch vor ein paar Stunden hatte ich Angst vor ihm, wollte ihn am liebsten hinter Sicherheitsglas sehen, und nun will ich ihn vor Tokessa schützen, obwohl sie jedes Recht hätte, nicht gesetzlich, aber moralisch, sich an ihm zu rächen.

Tokessa streckt ihren Arm zur Seite aus, scheint Halt zu suchen, ihre Brust hebt und senkt sich schwerfällig. Als sie die Wand ertastet, stützt sie sich daran ab, kalte Mauer mit Tapete und Farbe als letzte Sicherheit. »Er darf nicht davonkommen, Olivia! Er hat viele Menschen getötet. Meinen Mann –«

»Julian hat das nicht getan«, unterbreche ich sie, weil ich mir das nicht anhören kann, den Schmerz in ihrer Stimme, die bedrückende Trauer, von der ich theoretisch weiß, die ich in der Realität aber nicht ertrage. »Julian hat nur gefilmt, er hat niemanden angerührt …« Noch während ich spreche, spüre ich die Lüge mit einer hässlichen Wucht, die mich verstummen lässt. Denn die Wahrheit ist, dass ich nicht weiß, was Julian getan hat. In den ersten Minuten im Sternenhagel, als die Geiselnehmer das Feuer eröffneten und die Menschen wie Vieh zu Boden gingen. Ich weiß nicht, ob auch Julian geschossen hat. Bislang habe ich diese Tatsache erfolgreich verdrängt, aber seit er mir heute Morgen seine Schweinemaske auf die Fußmatte gelegt hat, kann ich nicht länger die Augen verschließen.

»Hörst du dir eigentlich selbst zu?«, fragt Tokessa mich sichtlich verstört. »Dein Julian muss keine Pistole abfeuern und keine Kehlen durchschneiden, um ein Mörder zu sein!«

Auch das eine schmerzvolle Wahrheit, die ich immer wieder zum Schweigen gebracht habe. Tokessa hat recht, mit allem, ich weiß es. Spüre es bis in die Eingeweide. Ich verteidige einen Geiselnehmer und Mörder gegenüber einer schwangeren Witwe, deren Mann er mit auf dem Gewissen hat. Was ist aus mir geworden?

Mein Verlust tut weh. Ich schließe die Augen, spüre das Brennen unter den Lidern, spüre mein Herz, das trotz allem einfach weiterschlägt. Ich möchte weinen um den Jungen, den ich so lange vermisst habe, den ich für den Rest meines Lebens suchen werde. Den es nicht mehr gibt und der nur noch in meiner Erinnerung so existiert, wie er früher war.

»Ich wünschte, ich könnte ihn loslassen, aber ich kann nicht«, wispere ich, nur für mich, um meine Stimme zu hören, mir bewusst zu werden, wie armselig ich bin.

Als ich die Augen öffne, hat Tokessa sich vornübergebeugt, die krallenhaften Hände auf ihrem Bauch. Bei dem Anblick ihres Gesichts bekomme ich es mit der Angst zu tun. Es ist schmerzverzerrt, ihr Mund zu einem stummen Schrei geöffnet, die Augen vor Entsetzen aufgerissen. Ich eile zu ihr, versuche sie zu halten, bevor ihre Beine wegknicken, die bedrohlich zittern.

Wie eine Fallende packt sie mich, greift mit einer Hand nach meiner Schulter, das Gewicht einer ganzen Welt lastet auf mir, die andere weiter auf ihrem Bauch.

»Atme!«, fordere ich sie hilflos auf, als sich ihr Kopf rot verfärbt. Ich weiß nicht, was ich tun soll, verstehe nicht, was mit ihr passiert, warum sie nur nach kleinen Happen Luft schnappt, kurz davor, zu hyperventilieren. Panisch sehe ich mich nach meinem Handy um, kann es nirgendwo finden. Ich muss einen Krankenwagen rufen, kann Tokessas Last nicht alleine tragen, aber es würde ewig dauern, ehe sie hier wären.

Ich versuche, sie zur Couch zu führen, doch Tokessa rührt sich nicht von der Stelle. »Komm mit, du musst dich hinsetzen«, schreie ich sie an, bekomme selbst kaum noch Luft. Unter Schmerzen schüttelt sie den Kopf, wirft mir einen verzweifelten Blick zu, ihre Wangen aufgeblasen, sie hält den Atem an.

Panik füllt das Wohnzimmer, Tokessa und ich, von außen so verschieden, in diesem Moment sind wir gleich. Dann stößt sie plötzlich die Luft aus ihren Wangen, atmet ein, ihr krampfender Körper entspannt sich, kommt zur Ruhe.

»Verfluchte Scheiße«, stöhnt sie atemlos, hilflose Angst in ihren Augen, ihr Gesicht scheint zu glühen. Sie macht sich von mir los, sie braucht mich nicht mehr, humpelt auf unsicheren Beinen zur Couch. »Scheiße, Scheiße, Scheiße!«, murmelt sie dabei, mit den Händen voraus lässt sie sich ungelenk auf den Polstern nieder und dreht sich erst dann auf die Seite.

»Was war das?«, frage ich, stehe noch immer ratlos im leeren Raum, wundere mich nicht, dass sie ohne Krücken gehen kann, der Schmerz in ihrem Knöchel scheint nur noch ein leichtes Ziehen zu sein im Vergleich zu dem, was sie eben ertragen musste.

Sie blickt mich an, und ich habe den Eindruck, sie zum ersten Mal wirklich zu sehen, roh und verängstigt, nicht mehr die toughe Frau, die mich durch die Krise führt.

Ihren Bauch fest umklammernd sagt sie das, was wir beide längst wissen.

»Das war eine verdammte Wehe!«

# Teil 3
# Die Trauernden

# 40

*Vier Tage zuvor – Hannover, 22. Oktober*

*Sanfte Lippen streifen ihr Gesicht, wandern über Schläfe, Stirn und Wange. Tokessa gibt einen trägen Laut von sich, irgendwo zwischen Wohlgefühl und Unmut. Sie dreht sich auf den Rücken, den leicht rauen Lippen entgegen und öffnet die ihren für einen Kuss. Einen Kuss, der zur vollkommenen Hingabe zweier Körper wird, die sich ineinander verschlungen lieben, nicht mehr loslassen und verschmelzen, von Endorphinen und Oxytocin überschwemmt. Erst als sich ihre Münder trennen, öffnet Tokessa die Augen und begegnet dem dunklen Blick eines Mannes, für den sie zu sterben bereit ist.*

*»Du bist wach«, sagt Rouven mit einem durchtriebenen Schmunzeln, das seinem Gesicht kraftvolles Leben schenkt.*

*»Wie witzig du bist«, grummelt sie verschlafen, aber sie ist ihm nicht böse.*

*Eigentlich hat sie gar nicht schlafen wollen, doch ihre kurze Pause im Bett scheint etwas außer Kontrolle geraten zu sein. Seit einigen Wochen ist sie immerzu müde. Doch jetzt ist sie wach, sie fühlt sich übermütig und zufrieden, genießt Rouvens abgestütztes Gewicht auf ihr. Dennoch schiebt sie ihre Arme zwischen seinen hindurch, zieht seine Hände neben ihrem Gesicht weg und dreht ihn, Hände an seinem Kopf, von sich herunter. Eine Verteidigungsmethode, die sie für ihren Beruf braucht. Rouven hat sie ihr beigebracht. Nun ist es ihr Gewicht, das ihn auf die Matratze drückt.*

*Mit einem diabolischen Grinsen blickt sie auf ihn hinab. »Tut mir leid, das muss das Adrenalin sein.« Sie zuckt mit den Schultern, als könne sie kein Wässerchen trüben.*

*»Ich habe es verstanden, Tok.« Tok. Er ist der Einzige, der sie so nennt. Der Einzige, dem sie es erlaubt, sie so zu nennen. »Du bist* badass. *Immer noch.«*

*Obwohl er strahlt, wird Tokessa bei seiner Andeutung emotional. Damit er ihre feuchten Augen nicht sieht, beugt sie sich zu ihm und drückt ihren Mund mit schmerzlicher Dringlichkeit auf seinen. Sie küsst ihn verzweifelt und dankbar und hilflos wegen ihrer furchtbaren neuen Sentimentalität, bis sie beide fast besinnungslos sind. Sie glaubt, so fühlt sich Glück an.*

*»Du bist zu gut für mich. Ich habe dich nicht verdient«, flüstert sie in sein Ohr, und ihre Stimme bricht.*

*Rouven küsst ihr Gesicht, ihre Augenlider, lässt ihre Tränen verschwinden, die er nun doch bemerkt hat. Vorsichtig, beinahe zaghaft legt er sie zurück auf den Rücken. Seine warmen Lippen nehmen ihre Liebkosung wieder auf, erreichen Tokessas flachen Bauch und verharren dort. Behutsam legt er seinen Kopf darauf, als horche er, ob ihn bereits jetzt eine geheime Botschaft durch die Bauchdecke erreicht. Tokessa sieht ihm zu und möchte erneut weinen. Seine schwarzen Dreadlocks auf ihrer bleichen Haut, wie sie diesen Anblick liebt. Wie sehr sie ihn liebt. Ihren Mann.*

*Wie aus dem Nichts taucht eine schwarze Wolke über ihnen auf und verdunkelt das Zimmer. Angst erwacht in ihr, nein, nicht Angst, panisches und verzweifeltes Entsetzen, als sie erkennt, dass es ihr Gedanke gewesen ist, der diesen Stimmungswandel heraufbeschworen hat. Sprich ihn nicht aus, ermahnt sie sich. Behalt ihn für dich, vergiss ihn einfach. Doch da ist er bereits über ihre Lippen gekommen.*

*»Manchmal fürchte ich, du könntest einfach verschwinden.«*

*Er hebt die Lider, sieht Tokessa eindringlich an, dann schüttelt er den Kopf. »Ich verschwinde nicht.« Seine Stimme ist tief und ruhig, und sie glaubt seinen Worten. Sie muss es tun, weil sie nicht mehr weiß, wie ein Leben ohne ihn ist.*

*Rouven legt sich neben sie, sein Kopf auf ihrem Kissen, und mustert sie ernst. »Du und ich, für immer. Bis ich tot bin«, sagt er.*

Tokessa öffnet die Augen. Das Bett ist leer, das Zimmer und die Wohnung sind es auch.

Sie blinzelt.

Ihr Mann ist nicht mehr da. Er kommt auch nicht wieder. Rouven ist verschwunden.

Sie atmet ein, sie atmet aus. Ein dankbarer Reflex, ohne den sie längst verendet wäre. Ihre Brust hebt und senkt sich, sie spürt es deutlich und begreift es nicht. Wie kann ihr Körper funktionieren, wenn seiner es nicht mehr tut? Wo ist da die Logik?

Die Realitätsflucht ist vorbei. Wenn die Wahrheit von heute die Wahrheit von damals vergiftet, ist sie nichts mehr wert. Dann verpackt Tokessa die Erinnerung in Seidenpapier und verwahrt sie in einer sicheren Ecke ihres Verstandes, wo die Hässlichkeit der Gegenwart sie nicht verderben kann.

Sie liegt auf der Seite, ihr Bauch drückt schwer auf die Matratze, der kleine Mensch darin ist so groß wie eine Ananas und erwacht wie sie aus betäubender Bewusstlosigkeit.

Noch ein Atemzug. So geht es immer weiter, von ganz allein. Tokessa weiß, dass sie aufstehen, dass sie etwas essen sollte, doch die Vorstellung übersteigt ihre Kräfte. Also bleibt sie liegen und atmet. Blinzelt. Spürt die Leere. Vielleicht steht sie nachher auf. Oder morgen.

Ja, ganz bestimmt morgen.

Erst das Klingeln an der Wohnungstür irgendwann später, fünf Minuten oder fünf Stunden, reißt sie aus der Apathie. Das unangenehme Schrillen lässt ihre Gliedmaßen kribbeln, ein kleiner Teil ihres Verstandes rastet ein und lässt sie begreifen, dass das Leben jenseits ihres Bettes sie nun einholt.

Erneut schrillt das monotone Klingeln durch die Altbauwohnung. Tokessa rührt sich nicht von der Stelle. Mit ein paar gezielten Tritten gegen ihre Blase erinnert der kleine Mensch sie daran, dass sie bald keine andere Wahl hat, als aufzustehen. Wieder das Klingeln, der lang gezogene Laut lässt hässliche Teile von Tokessas Nervensträngen vibrieren. Sie beginnt zu ahnen, dass Manou diesmal Ernst macht und ihr keine Ruhe lassen wird, ehe sie ihren wunden, aufgedunsenen Körper aus dem Bett gewuchtet hat. Ihre schmerzende, stumm schreiende Seele. Tokessa hat keine Ahnung, wie sie das schaffen soll, jede

Bewegung ist ein unmöglicher Kraftakt, doch das begreift ihre Schwester nicht – oder es ist ihr egal.

»Ich bleibe so lange hier, bis du aufmachst«, ruft Manou in einem gut gelaunten Singsang durch die geschlossene Tür, als habe sie ihre schwesterliche Fähigkeit des Gedankenlesens perfektioniert.

Tokessa weiß, dass ihre Schwester nicht lügt. Sie wird dort stehen bleiben und die Klingel betätigen, womöglich bald unflätige Dinge brüllen, die durchs ganze Treppenhaus schallen, bis einer ihrer Nachbarn die Polizei ruft.

Als wolle sie Tokessas Befürchtung untermauern, donnert die Unruhestifterin nun mit der Faust gegen die Tür. »Du lässt mir keine andere Wahl, Tess. Wenn du nicht aufmachst, hol ich deine Mutter und sorge dafür, dass sie bei dir wohnt, bist du wieder bei Verstand bist. Willst du das?«

Tokessa gibt auf. Ihre Blase drückt zu sehr und wird von gehässigen Tritten malträtiert, sodass sie sich schwerfällig aus ihrer lethargischen Unbeweglichkeit löst. Ihre rechte Seite, auf der sie gelegen hat, fühlt sich taub an, und mit steifen Gliedmaßen verlässt sie humpelnd ihre Isolation.

Die Wohnungstür liegt auf dem Weg zur Toilette. Ohne ihre Schwester eines Blickes zu würdigen, öffnet Tokessa ihr.

»Sie ist auch deine Mutter«, sagt sie grimmig und stakst weiter, bis das Badezimmer sie versteckt.

»Wenn sie erst mal hier wohnt, gehört sie dir ganz allein«, erwidert Manou, und Tokessa hört ihre Schwester in die Wohnung kommen, gefolgt von der krachenden Tür, die ins Schloss fällt.

»Ich habe nur aufgemacht, weil ich pinkeln muss. Glaub bloß nicht, du hättest mich mit deinem billigen und viel zu durchschaubaren Erpressungsversuch aus dem Bett getrieben«, ruft Tokessa zurück und lässt sich ungelenk auf dem Klositz nieder.

Selten war es eine solche Wohltat, ihre Blase zu entleeren. Tokessa spürt, wie sie fasziniert dem Plätschern lauscht und ihre Gedanken abzudriften beginnen. Sie starrt ins Nichts, verliert den Bezug zu ihrem Körper und denkt an Rouven. Wie ihn ihre Erleichterung beim Pinkeln amüsiert hätte. Wie sehr er es geliebt hätte, Tokessa dabei zuzusehen, wie ihr Bauch dick und rund wird, während ihr gemeinsamer kleiner Mensch dort heranwächst.

Er verpasst alles.

Ihr Kind wird ohne Vater aufwachsen.

»Bist du reingefallen, oder versteckst du dich vor mir?«

Manous Frage holt Tokessa aus ihrer Paralyse, hier und jetzt ist nicht die richtige Zeit, um über eine Zukunft nachzudenken, die es niemals geben wird. Nicht mehr.

Manou hat im Flur auf Tokessa gewartet. Sie rümpft die Nase, in der ein auffälliger schwarzer Septumtunnel steckt, und zeitgleich wird Tokessa sich ihres eigenen strengen Körpergeruchs bewusst. Sie trägt eine ausgeleierte Sporthose und ein schwarzes T-Shirt, das mit Flecken gesprenkelt ist, die sie nicht zuordnen kann – beides bereits schon länger. An ihre letzte Dusche erinnert sie sich nicht, nur an das vage Gefühl von Unfähigkeit, mit ihrer Kugel wie ein normaler Mensch in die Wanne zu steigen. Und an die Angst, allein nicht wieder herauszukommen. Bislang war ihr der eigene Gestank egal, nur an den fettigen Haaren, die an ihrem Kopf kleben, stört sie sich manchmal.

»Was ist das?«, fragt sie misstrauisch, als sie den großen Topf in Manous Händen bemerkt.

»Eintopf.«

Fast stolz hält sie ihr das große Gefäß entgegen, doch Tokessa denkt nicht daran, es ihr abzunehmen. Stattdessen steht sie nur da und starrt Manou abwartend an.

»Jetzt guck nicht so, der ist nicht für dich«, grummelt sie gespielt gekränkt, »sondern für meine kleine Nichte oder meinen kleinen Neffen.«

Tokessa schüttelt den Kopf. »Ich esse genug«, sagt sie und trägt ihren schweren Körper ins Wohnzimmer, wo sie sich auf die schwarze Ledercouch fallen lässt. Tatsächlich hat das Pinkeln die Lebensqualität deutlich gesteigert.

Manou ist ihr gefolgt und stellt den Topf auf dem Wohnzimmertisch ab, der mit leeren Verpackungen von Chips, Schokolade und Popcorn übersät ist. »Ja, das sehe ich«, meint sie angeekelt und beginnt, den Abfall einzusammeln.

Tokessa weiß, dass Manou nicht nur auf ihre Vorliebe für Knabberkram anspielt. Sie hat während der Schwangerschaft kaum zugenommen und abgesehen von dem Bauch und den Wassereinlagerungen in ihren brennenden Beinen kaum ein Gramm Fett an den Knochen.

»Ich will doch bloß verhindern, dass du dein Kind verhungern lässt«, sagt sie über das Knistern der Packungen hinweg.

»Fick dich, Manou!« Die plötzliche Wut, die ein bisschen Magensäure ihre Speiseröhre hochschießen lässt, ist eine emotionale Abwechslung, auf die sie gern verzichtet hätte.

Schlagartig ist Manous aufgesetzte gute Laune einer bitteren Frustration gewichen. Sie lässt die leeren Verpackungen auf den Tisch fallen und sieht Tokessa ernst an. »Ich wollte es ja nicht so direkt sagen, Tess, aber im Moment bist du es, die sich selbst fickt. Hast du etwa vergessen, was deine Frauenärztin gesagt hat?«

Am liebsten würde Tokessa ihre Schwester an den Haaren packen und aus der Wohnung zerren, doch dafür fehlt ihr die Kraft. Natürlich hat sie nicht vergessen, was ihre Ärztin gesagt hat.

*Risikoschwangerschaft.*

Was für ein Scheiß! Schon deshalb, weil sie über fünfunddreißig ist, gehört Tokessa in diese Kategorie. Bei ihrer ersten Untersuchung spielte es keine Rolle, wie gesund und fit sie war, was zählte, war das Geburtsjahr in ihrem Ausweis. Als wäre eine Schwangerschaft nicht schon beängstigend genug, bekam sie also einen Stempel aufgedrückt, der ihr gleich noch ein bisschen mehr Sorgen bereitete. Die Blutung in der fünfzehnten Woche, die vermutlich auf den emotionalen Stress zurückzuführen war, hatte die Diagnose praktisch in ihre Haut tätowiert.

*Risikoschwangerschaft.*

Schonen. Alle zwei Wochen zur Untersuchung. Sie spürt, wie ihr Blick an Fokus verliert, unscharf und starr wird, doch sie kann nichts dagegen tun.

»Wie lange soll das so weitergehen?«, fragt Manou, als Tokessa nichts erwidert.

Das holt sie zurück, und verwirrt stellt sie fest, dass sich Manou inzwischen auf das Sofa ihr gegenüber gesetzt hat. Tokessa spürt die bekannte Verzweiflung auflodern. »Keine Ahnung. Glaubst du, ich habe mir da irgendeinen Plan gemacht? Vier Monate faul im Bett herumliegen, weil das gerade so verdammt prima zu meiner Situation passt?«

Der kleine Mensch in ihr versetzt ihr ein paar schmerzhafte Tritte gegen die Bauchdecke. Tokessa möchte schreien. Diese Bewegungen sollten sie glücklich machen! Stattdessen fühlt sie sich überfordert und hasst sich für ihre Schwäche.

Manou beugt sich ein wenig nach vorn. »Ich verstehe, dass es schwer für dich ist, aber –«

»Fick dich, Manou!«, fährt Tokessa sie erneut an.

Manou verdreht die Augen und lehnt sich zurück. »Ja, diese Anregung hast du mir bereits gegeben, vielen Dank.«

»Kannst du nicht einfach deinen verdammten Mund halten? Dass du hier auftauchst, dein ganzes überdrehtes Gehabe – das hilft mir nicht.«

»Das sehe ich anders. Du brauchst jemanden, der dir in den Arsch tritt, und ich übernehme diese Aufgabe liebend gern.«

»Hör auf, Manou. Hör einfach auf. Ich … ich kann das nicht.«

»Was denn, Tessa? Was kannst du nicht? Was meinst du? Dich um dich selbst kümmern? Um dein Baby?«

Tokessa wendet den Blick ab. Manous Fragen sind berechtigt, alle, und sie sind wahr. Aber sie treffen nicht das, was sie meint. Was ihr die Kraft raubt, ihre Power, mit der sie sonst ihr Leben bestritten hat.

»Atmen, Manou. Ich kann nicht mehr atmen.«

Das ist die Wahrheit.

Aber Manou sieht sie nur verständnislos an. »Das stimmt nicht. Du atmest. Du sitzt hier und atmest.«

Tokessa schüttelt langsam den Kopf. Sie fühlt sich unverstanden und allein, und es ist nicht die Schuld ihrer Schwester. »Du hast keine Ahnung, was mich jeder Atemzug kostet. Darüber nachzudenken, am Leben teilnehmen zu müssen … Ich fühle mich verloren.«

»Es hat nie jemand behauptet, dass es einfach ist. Aber du bist stark, Tokessa. Du kannst kämpfen, ich habe es so oft gesehen. Diese Frau, die hier vor mir sitzt … das bist nicht du. Die Depression manipuliert dich, sie zischt dir Lügen zu, weil Depressionen das eben machen. Glaub ihr nicht. Glaub mir. Du bist ihr nicht ausgeliefert, und du musst da auch nicht alleine durch.«

»Genau. Ich bin stark, und ich bin erwachsen. Deine Bemutterung kannst du dir sonst wohin stecken. Ich will sie nicht.«

Tokessa weiß, dass sie sich wie ein Miststück aufführt, doch sie kann nicht anders. Ihre ältere Schwester war immer die Schwierige von ihnen, die Rebellin, immer irgendwo am Rande der Legalität, niemals abgerutscht, aber manchmal fast. Tokessa hat ihr Leben lang aufgepasst, dass sie nicht vom Weg abkommt, und nun sitzt Manou da, von Tunneln durchlöchert und mit verschnörkelten Tattoos, die an Kragen und Ärmeln unter ihrer Kleidung hervorlugen, und führt sich auf, als habe sie die Welt durchschaut. Die kaputte, kranke Welt, die schon vor langer Zeit den Selbstzerstörungsmechanismus aktiviert hat. Tokessa verachtet sich dafür, an dieser Welt gescheitert zu sein, verachtet sich für ihre Schwäche und ihre Unfähigkeit, die Kontrolle über ihr Leben zurückzugewinnen.

»Es sind die stärksten Äste, die am lautesten knacken, wenn sie zerbrechen«, sagt Manou plötzlich leise.

Tokessa sieht ihre Schwester schockiert an, sie spürt, dass sie jeden Augenblick etwas Aufrüttelndes sagen wird. Etwas Reales.

»Rouven ist tot, Tess.«

Da hat sie es. Manou hätte sie ebenso gut vor einen Lastwagen stoßen können. Die Wucht des Schlages trifft sie wie erwartet und doch unvorbereitet. Reißt sie von den Füßen, lässt ihre Rippen splittern und durchstößt ihr Herz, zerschmettert ihren Kopf mit einer Tatsache, die zu begreifen sie nicht in der Lage ist. Tokessas Finger krallen sich im Lederbezug der Couch fest, und sie wünscht sich, sie würden brechen, damit der Schmerz sie rettet. Jeder Schmerz ist besser als dieser.

»Was soll das?«, fährt sie ihre Schwester an. Ihre versagende Stimme verrät sie.

Manou will ihre Hand nehmen, sie aus ihrer Verkrampfung lösen, doch Tokessa lässt es nicht zu. Manou nickt, schenkt ihr keinen physischen Trost, doch die Zurückweisung hält sie nicht davon ab, die nächste Wahrheitsbombe detonieren zu lassen.

»Rouven ist tot«, wiederholt sie nachdrücklich. »Aber du bist es nicht. Euer Baby ist es nicht.«

Tokessa dreht den Kopf weg. Sie schämt sich der Tränen, die in ihre Augen treten.

»Du darfst trauern, das Schicksal verfluchen, das Universum hassen, aber du darfst euch nicht aufgeben.«

Tokessa schmeckt Eisen, hat sich ihre Wangeninnenseiten blutig gebissen, doch die Übelkeit rührt nicht daher.

»Du hast eine Verantwortung«, fährt Manou gnadenlos fort, »nicht nur für das Baby, sondern auch deinem toten Mann gegenüber. Was, glaubst du, würde Rouven sagen, wenn er wüsste, dass du alles, was dir von ihm geblieben ist, kaltherzig verkümmern lässt?«

Das hat gesessen. Nun sieht Tokessa sie doch an, fassungslos über die Anschuldigung, die ihre Schwester indirekt ausgesprochen hat.

»Das ist nicht wahr!«, verteidigt sie sich schwach und mit brüchiger Stimme und wischt sich wütend die Tränen von den Wangen. Sie fühlt sich ungerecht behandelt und missverstanden, doch da ist auch ein kleiner Teil in ihr, der Manou recht gibt. Genau deshalb ist sie so entsetzt, so wütend über ihre Behauptung.

Manou zuckt resigniert mit den Schultern und steht auf. Kurz glaubt Tokessa, ihre Schwester würde gehen, und ihr wird bewusst, dass sie das nicht will. Dass sie sofort in das tiefe Loch zurückfallen wird, das sie bereits seit so langer Zeit beherbergt. Doch Manou bleibt auf halbem Wege aus dem Wohnzimmer stehen und dreht sich wieder zu ihr um.

»Du willst meine Hilfe nicht, das ist in Ordnung. Jeder muss seinen eigenen Weg der Trauer finden und beschreiten. Wenn das bedeutet, dass du wochenlang nicht die Wohnung verlässt und vergisst, wie Körperhygiene funktioniert, dann musst du das eben so machen.« Manou geht vor Tokessa in die Knie und nimmt ihre Hand. Ihr Blick, bisher voller Sorge, wird flehentlich. »Aber ich bitte dich, geh wenigstens zu den Vorsorgeuntersuchungen, ja? Tu es für das Baby. Für Rouven.« Sie zögert. »Tu es für dich, verdammt noch mal.«

Niemals zuvor hat Tokessa ihre Schwester mehr geliebt und mehr gehasst als in diesem Moment. Sie will, dass Manou sie in Ruhe lässt und in den Arm nimmt, sie aus der Dunkelheit führt und begreift, dass es keinen Weg hinaus gibt. Keinen Weg zurück.

Ihre gegensätzlichen Gedanken lassen Tokessa seltsam hicksend lachen, obwohl ihr nach Weinen zumute ist. »Sonst noch was?«, fragt sie und wischt sich abermals die Wangen trocken.

Nichts hat sich geändert. Denken, atmen, fühlen tut immer noch weh, aber immerhin hat Manou es versucht. Soll sie ruhig für einen Nachmittag glauben, sie hätte Tokessa mit ihren Worten wachgerüttelt.

Ihre Schwester nimmt ihr Gesicht in ihre Hände und sieht sie durchdringend an. »Iss anständig. Duschen wäre eine denkbare Option, aber das musst du selbst wissen. Aber bitte, lass um Himmels willen dein Handy an, damit wir dich erreichen können. Und du uns, wenn du uns brauchst.«

Sie zeigt auf den prallen Bauch zwischen ihnen und deutet damit an, was Tokessa seit Monaten zu verdrängen versucht: Früher oder später wird der kleine Mensch in ihr den

Weg nach draußen suchen, und es ist im Interesse aller, wenn Tokessa diesem unausweichlichen Ereignis nicht allein entgegentreten muss.

*Rouven wird nicht dabei sein, wenn das Kind auf die Welt kommt.*

»Okay, *Mutter*«, zwingt sich Tokessa, leichthin zu sagen, doch in ihren Ohren klingt ihr Tonfall schrecklich falsch. Ungeschickt windet sie sich aus Manous Händen, sie mag es nicht, sich auch noch wie ein Kind fühlen zu müssen.

Manou scheint das zum Anlass zu nehmen, wieder aufzustehen, und ihre Knie knacken aggressiv. »Ich mache jetzt mal den Eintopf warm, und dann reden wir in Ruhe, einverstanden?«

Tokessa nickt und ist froh, als Manou das Wohnzimmer verlässt. Erschöpft legt sie ihren Kopf auf die Rückenlehne der Couch und versucht, das brüllende Monster in ihrem Kopf zu bändigen. Sie will nicht länger denken müssen, sich nicht rechtfertigen oder erklären, aber was ist es dann, wovon sie sich Frieden verspricht?

Diese Frage verstört sie, weil sie keine Antwort darauf hat. Sie tastet nach ihrem Handy, das sie vor unbekannter Zeit ans Ladekabel gesteckt hat, nachdem es tagelang verschollen gewesen und schließlich mit leerem Akku in der Ritze zwischen Matratze und Gestell wieder aufgetaucht war. Sie bekommt es zu fassen, ohne sich großartig bewegen zu müssen, und stellt fest, dass es noch immer ausgeschaltet ist. Obwohl sie sich vor dem fürchtet, was sie auf dem Handy erwartet, sieht sie ein, dass sie irgendwo zwischen der dreißigsten und vierzigsten Schwangerschaftswoche einer Risikoschwangerschaft ein Telefon zur Hand haben sollte.

Zunächst geschieht nichts, als habe das Handy einen unerwarteten Beschützerinstinkt und weigere sich, Informationen aus der Außenwelt zuzulassen. Als es dann losgeht, kommt es aus dem Vibrieren nicht mehr heraus. Verpasste Anrufe und Nachrichten. Tokessa fühlt sich sofort überfordert, dennoch öffnet sie die Liste der unbeantworteten Anrufe. Seit knapp drei Wochen hat sie keine mehr entgegengenommen. Neunzehn Versuche von Manou, sie zu erreichen, zweiundvierzig von ihrer Mutter. Außerdem ein paar Kollegen und hin und wieder Anrufe unbekannter Nummern – Tokessa kann sich denken, was es damit auf sich hat, und ist froh, dass ihr Handy abgestellt war.

Während sie ihre Nachrichten überfliegt, fällt ihr auf, dass eine hohe, nicht zu ignorierende Anzahl davon heute eingegangen ist. Ein unwohles Gefühl breitet sich vom Magen in ihrem ganzen Körper aus. Sie hört Manou in der Küche munter einen Song summen, den sie nicht erkennt, die ersten Duftwolken des Eintopfes erreichen das Wohnzimmer, und Tokessa bemerkt, dass sie zittert. Ganz leicht nur, als würde eine Gänsehaut über sie hinwegwandern. Es ist offensichtlich, dass niemand kommen wird, um sie davon abzuhalten, die Nachrichten zu öffnen, also tut sie es. Sie erkennt die Links zu Instagram, blind dafür, wer sie ihr geschickt hat und warum. Alles läuft auf diesen einen Post mit der wenig aussagekräftigen Überschrift hinaus: »Flucht aus Hannover?«

Tokessa sollte es nicht tun. Aus gutem Grund hat sie irgendwann nach Rouvens Tod sämtliche Apps von Instagram und Co. deinstalliert, Social Media hatte noch nie einen positiven Einfluss auf irgendetwas. Für sie wären die gefakten Leben in Glück und Sonnenschein, die Plattformen für Verschwörung, Schadenfreude und ungefiltertes Gedankengut pures Gift gewesen. Für diese Links jedoch sind keine Apps notwendig. Es bräuchte nur einen Klick, und vor Tokessa würde sich in einem einfachen Browser die toxische Parallelwelt entfalten. Es wäre ein Fehler.

Tokessa klickt.

Ein verwackeltes Foto, offensichtlich mit einem versteckten Handy aufgenommen. Es ist viel zu dunkel, und nur im Ansatz lässt sich erahnen, was darauf zu sehen ist. Eine junge Frau, die Kapuze ihres viel zu großen Hoodies über den Kopf gezogen, eine Tasche auf dem Rücken, besteigt einen Bus. Unter normalen Umständen wäre nicht zu erkennen, um wen es sich bei der Frau handelt, wenn sie sich nicht genau in diesem Augenblick umgesehen hätte, als hätte sie gespürt, dass sie beobachtet wurde. Ihr Gesicht ist der Kamera zugewandt, eine blonde Strähne flattert unter ihrem Kinn.

Es ist Olivia Bloch.

In Tokessa krampft sich alles zusammen. Ihre Gedanken beginnen zu randalieren, kreischen sinnlose Fragen, wirbeln alles durcheinander. Ihre Lippen, ihr ganzer Mund ist trocken, sie muss sich konzentrieren! Wieder beißt sie sich in die Innenseiten ihrer Wangen, spürt den stechenden Schmerz und findet ihren Fokus.

»Flucht aus Hannover? Heute Morgen wurde #Olivia-Bloch dabei beobachtet, wie sie am #HannoverZOB einen Bus mit unbekanntem Ziel bestieg. #Zeugen zufolge schien es ihr wichtig, nicht erkannt zu werden. Wovor läuft sie davon? #Sternenhagel«

Tokessa muss den kurzen Text mehrfach lesen, ehe sie ihn versteht. Und doch begreift sie nicht, worin die Berechtigung seiner Existenz besteht. Immerhin muss man kein Genie sein, um zu verstehen, wovor sie flieht – falls das überhaupt so bezeichnet werden kann. Tokessa hat Olivia nie persönlich kennengelernt, kaum einen Gedanken an sie verschwendet, aber wenn sie doch einmal ihren Verstand streifte, empfand sie nichts als Mitgefühl für sie.

Was also hat es mit dieser Nachricht auf sich? Tokessa versteht es nicht. Sie scrollt weiter hinunter, obwohl sich dort zumeist nur weitere Hashtags befinden. Stattdessen findet sie einen weiteren Satz.

»Alles zu Olivia und den #Anschuldigungen → Link in Bio«

*Anschuldigungen.*

Tokessa erstarrt. Sie spürt ihr Herz, es klopft heftig und scheint sie zu drängen, nicht zu warten, nicht zu zögern. Das Bild von Olivia wurde auf einem Profil mit dem Namen »sthboutoiia« gepostet, und dort findet sie den Link.

www.sthboutoiia.de

Tokessa klickt.

Liest.

Klickt sich durch die Website und liest noch mehr.

*Something about Olivia.*

Sie liest und liest, bis sich ihre Welt rot verfärbt. Sich ihr Mund mit Blut füllt. Ihre Schläfen pochen, der kleine Mensch in ihrem Uterus strampelt und tritt und boxt, bis sie im Inneren wund ist.

»Tess!«, brüllt Manou sie an.

»Was?«, fragt Tokessa gereizt, und etwas in ihr sträubt sich dagegen, ihre Aufmerksamkeit vom Text zu nehmen.

»Seit über einer Minute versuche ich mit dir zu reden. Was ist denn los?«

Erschrocken sieht sie nun doch auf. Manou sitzt ihr gegenüber, auf dem Tisch stehen zwei dampfende Schalen mit Hackfleischeintopf, außerdem ein Glaskrug mit Wasser und Gläser.

»Sag mir, dass das nicht wahr ist!«, fordert Tokessa sie aufgebracht auf und hält Manou das Handy entgegen.

Ihre Schwester wirft nur einen Blick auf das Display und schüttelt den Kopf. »Tess … Du solltest dieses Zeug nicht lesen.«

»Hab ich aber. Und? Stimmt es?«

Sie zieht den Arm zurück. Offensichtlich weiß Manou das alles längst. Tokessa kriegt sich vor Fassungslosigkeit kaum ein. Nicht nur darüber, was sie gelesen hat. Es ist für sie kaum zu begreifen, dass diese Dinge über Olivia bereits seit Wochen im Umlauf sind, die Gemüter der Leute erhitzen und alle es wissen, während sie selbst, die Welt ausgeschlossen, im Bett herumvegetiert hat.

»Das sind nur Mutmaßungen von irgendwelchen Verschwörungstheoretikern. Nichts davon ist bewiesen, und die Polizei hat auch nichts bestätigt«, versucht Manou zu relativieren.

»Aber es ist auch nicht dementiert worden und –«

Ihre Schwester unterbricht sie. »Du solltest das vergessen. Du weißt doch, wie diese Typen im Internet sind. Du musst dich auf dich selbst und dein Baby konzentrieren und darfst nicht über diesen Mist nachdenken.«

Tokessa nickt langsam. Manou hat natürlich recht. Trotzdem ist sie nicht ihrer Meinung. Ganz und gar nicht. Doch ihre Schwester wird das nicht verstehen. Niemand wird das, der nicht in Tokessas Haut steckt. Und deshalb behält sie es für sich. Sie wird es ihr nicht sagen, auch sonst niemandem.

Während sie gehorsam den Eintopf löffelt, der nach nichts als Blut schmeckt, lässt sie Manou reden – zum Zuhören fehlen die nötigen Kapazitäten. Stattdessen gehen ihr immer wieder die Dinge durch den Kopf, diese furchtbaren, verachtenswerten Anschuldigungen, die gegen Olivia Bloch erhoben worden sind, und ihr Mitgefühl für die junge Frau verwandelt sich in etwas durch und durch Hässliches.

Stunden nachdem ihre Schwester die Wohnung verlassen hat, steht Tokessas Entscheidung fest. Sie hat zum ersten Mal ihre Kontakte bei der Polizei, die sie durch ihre Arbeit als Bewährungshelferin hat, zu ihrem eigenen Vorteil genutzt, und es hat sie nur zwei Anrufe und einen eingelösten Gefallen gekostet, bis sie genug Anhaltspunkte hatte. Die offengebliebene Frage konnte sie sich dank ihrer psychologischen Kenntnisse selbst beantworten: Wo versteckt sich jemand, der sich angesichts äußerer Umstände zu Hause bei der Mutter nicht mehr gefestigt genug fühlt und praktisch auf der Flucht ist? An einem vertrauten Ort aus der Kindheit natürlich. Der Klassiker.

Tokessa ist sich sicher. Jetzt hat sie, was sie wollte. Den Aufenthaltsort von Olivia Bloch.

Sie muss wissen, was dran ist an den »Anschuldigungen«. Und sollten sie sich bewahrheiten, wird sie Olivia nicht damit durchkommen lassen.

# 41

*Obderwede, 26. Oktober*

»Eine Wehe?« Ich kann mein Entsetzen kaum verbergen. »Bist du denn schon so weit?«

Tokessa verzieht das Gesicht, während sie versucht, eine neue Position einzunehmen. »Nein! Ich meine …«, sie sitzt nun, beide Hände auf dem Bauch, und ihr Gesicht spricht Bände, wie unwohl sie sich fühlt, »… keine Ahnung, in welcher Woche ich bin. Ich weiß nur, dass es zu früh ist.«

Ich stehe nur da, mitten im Raum, und rühre mich nicht, aus Angst, jede Bewegung könnte den Ist-Zustand der gegenwärtigen Situation wieder ins Gegenteil verkehren. »Wie kannst du nicht wissen, wie weit deine Schwangerschaft ist?«

Tokessa wirft mir einen Blick zu, der mir deutlich macht, wie unangebracht mein Vorwurf ist. »Mein verdammter Mann wurde ermordet. Tut mir ehrlich leid, dass ich nicht deine Erwartungen erfülle, wie sich eine Schwangere zu verhalten hat. Dieser ganze Schwangerschaftskram ist mir einfach zu viel, okay?«

Ich kann ihren Einwand nachvollziehen, dennoch macht mich Tokessa wütend. Weil alles, was sie mir von sich gezeigt hat, nicht echt war. Sie hat eine Maske getragen, genau wie die Männer im Sternenhagel. Die echte Tokessa ist nicht freundlich oder fürsorglich, sie ist weder mir noch Julian positiv gesinnt. Was sich gerade unter ihrer Maske zeigt, ist eine zynische, wütende und hinterlistige Frau, die ich nicht besonders sympathisch finde.

Ich setze mich in Bewegung, sehe mich nach meinem Handy um und finde es in der Tasche meines Hoodies. Dann setze ich mich ans andere Ende der Couch und öffne den Internetbrowser.

»Bist du sicher, dass es eine Wehe war?«, frage ich, ohne die

Augen vom Display zu nehmen. Mein ausgesprochen mageres Wissen über Schwangerschaften und Geburten habe ich größtenteils von Netflix, sicher keine zuverlässige Quelle, also ziehe ich es vor, Dr. Google um Rat zu fragen.

»Was soll es sonst gewesen sein? Blähungen?«, erwidert Tokessa, aber ich würdige sie nicht eines Blickes.

»Schon komisch, dass du ausgerechnet mich das fragst, immerhin –« Ich beiße mir auf die Unterlippe, um nicht noch mehr zu sagen.

Das Erste, was mir bei meiner Suche auffällt, ist der Abstand von fünf bis zwanzig Minuten zwischen den anfänglichen Wehen. Handlungsbedarf besteht, wenn weniger als fünf Minuten zwischen ihnen liegen oder Fruchtwasser austritt. Mir wird flau im Magen.

Ich öffne die Stoppuhr auf meinem Telefon, um die Zeit im Auge zu behalten, als Tokessa zu stöhnen beginnt.

»Oh nein, nein! Bitte nicht!«

Entsetzt sehe ich auf. »Schon wieder?« Das waren keine fünf Minuten. Nicht einmal drei. Panik und Adrenalin fluten mein Gehirn. Was soll ich tun? Doch ich habe keine Zeit, darüber nachzudenken.

»Hilf mir, bitte!« Die Angst in Tokessas Augen beunruhigt mich. Wenn eine starke Frau wie sie so aussieht, muss es schlimm sein. Ich rutsche auf der Couch näher zu ihr, ihre rastlosen Finger tasten bereits nach Halt, und ich gebe ihnen meine Hand. Halte die ihre und teile ihren Schmerz, während Tokessa zudrückt und mir eine Ahnung davon gibt, was sie gerade aushalten muss.

Tokessa verkrampft sich, und mit zugekniffenen Augen hält sie plötzlich erneut die Luft an.

»Tokessa, nein! Du musst atmen!«, brülle ich sie über ihr eigenes Stöhnen hinweg an, doch sie scheint mich nicht zu hören. Ich möchte sie schütteln, damit sie endlich aufhört, gegen ihren Körper zu kämpfen, ihm in einer Extremsituation wie dieser nicht das Notwendigste verwehrt, und als Tokessa endlich nach Luft schnappt, schluchze ich vor Erleichterung auf. Sobald die Wehe vorbei ist, müssen wir uns dringend auf YouTube ein Video über Atemtechniken ansehen, ich kann nicht riskieren, dass Tokessa auch noch das Bewusstsein verliert.

Mit einem Mal lockert sich Tokessas Griff um meine Hand, bis sie ganz von ihr ablässt.

Ich schwitze wie verrückt, sehe Tokessa erwartungsvoll an, bin mir sicher, dass sie mir gleich eine Bemerkung entgegenschmettert, doch sie schüttelt nur den Kopf, kann nicht einmal reden, krümmt sich weiter vor Schmerzen, beide Hände auf dem Bauch, der unter ihrem T-Shirt grotesk deformiert aussieht.

»Warum hört sie nicht auf?«, frage ich hilflos, eine neue Welle des Panik-Adrenalin-Gemischs macht mich hellwach, aber unfähig zu denken. Ich muss etwas tun, irgendwas. Hektisch sehe ich auf mein Handy und bemerke, dass die Stoppuhr läuft. Nur eine vage Erinnerung daran, dass ich sie gestartet habe, ist mir in dem Chaos geblieben. Um die Zeit zwischen den Wehen zu stoppen, als schon eine neue begann. Beinahe drei Minuten. Mit schwitzigen Fingern tippe ich in das Suchfeld von Google, behalte Tokessa im Auge, die noch weißer geworden ist, die wimmert und so erbärmlich leidet, dass ich endgültig in den Notfallmodus schalte.

Das Suchergebnis reißt mich fast zu Boden. Ich beuge mich zu Tokessa, berühre sie am Arm, ich bin mir nicht sicher, ob sie mich überhaupt noch wahrnimmt.

»Tokessa, da stimmt etwas nicht«, versuche ich, zu ihr durchzudringen, darum bemüht, sie nicht meine Panik spüren zu lassen. »Zwischen sechzig und neunzig Sekunden sind für eine Wehe normal, aber deine dauert schon drei Minuten.«

»Fuck!«, stößt Tokessa aus, ein Erlösungsschrei, der keiner ist.

»Ich hole Dr. Fünfziger!« Ich springe auf, will weg von ihr, dieser Situation entkommen, doch Tokessa streckt den Arm nach mir aus.

»Nein!«, stöhnt sie, Schweiß steht ihr auf der Stirn. »Ich

will mein Baby nicht … mit einem verdammten Dorfarzt … nicht in deinem Wohnzimmer! Ich will in ein Krankenhaus!« Sie schaut mich flehentlich an, und ich nicke.

»Ich rufe Malte an.«

Ich haste zur Zimmertür, Tokessa im Auge, suche Maltes Nummer heraus.

»Du Arschloch! Tu mir das nicht an!«, höre ich sie wimmern. Sie spricht nicht mit mir, redet auf ihren Bauch ein. Tränen laufen über ihre Wangen. Ihr Anblick trifft mich, sie hat bereits zu viel verloren. Ich muss mich beeilen.

Ich finde Maltes Nummer, im selben Moment lässt eine SMS mein Telefon vibrieren. Eine SMS? Ich ignoriere sie und habe Malte nach dem zweiten Klingeln in der Leitung.

»Du musst uns helfen, bitte!«, schluchze ich aufgelöst, ich wusste nicht, dass ich weine. Gerade als ich es Malte erklären will, beginnt Tokessa zu schreien. Mehr braucht er nicht. Er kommt. Ich sinke zu Boden, zu früh für Erleichterung, ich hoffe, dass er schnell da ist. Alleine schaffe ich das nicht.

Nach fünf tiefen Atemzügen stehe ich auf, kehre zu Tokessa zurück, die inzwischen still geworden ist. Sie liegt apathisch da, stumme Tränen laufen aus ihren Augen, ihr Blick geht ins Leere. Ich setze mich zu ihr.

»Malte ist auf dem Weg. Er bringt dich ins Krankenhaus.«

Sie nickt. Atmet. Ich spüre sie mit ihr, diese lähmende Angst um ihr Baby. Rouvens Baby.

»Ist es vorbei?«

Wieder ein Nicken, doch ihr Körper ist immer noch angespannt. Hilflos spähe ich auf mein Handy, will nachsehen, was ich für sie tun kann, und entdecke erneut die SMS. Es ist ein erschöpfter Automatismus, der mich die Nachricht öffnen lässt.

*Lust auf ein Treffen?* ☺

Mein Herz bleibt stehen. Schlägt nicht mehr, weigert sich. Ich starre auf die Nachricht, alles um mich herum beginnt zu verschwimmen, ich bin unfähig, etwas zu empfinden. Mit einer Hand an der Brust überzeuge ich mein Herz, seine Arbeit wieder aufzunehmen, so heftig jetzt, jede Kontraktion erschüttert mich.

»Oh, fuck!« Tokessa hat eine neue Wehe. Ich stecke das Handy weg, halte abermals ihre Hand und ertrage den Schmerz, bis er nach einigen Minuten wieder vorüber ist. In den kurzen Pausen zwischen den Wehen laufe ich rastlos umher, versuche mich zu erinnern, was ich aus Filmen kenne, hole Tokessa ein Glas Wasser, bleibe in Bewegung, um bloß nicht nachdenken zu müssen. Als es klingelt, laufe ich den Flur entlang zur Haustür.

»Oh Gott, endlich!« Atemlos nehme ich Maltes Arm und ziehe ihn ins Wohnzimmer.

Er weiß sofort, was zu tun ist. Gemeinsam hieven wir Tokessa auf die Beine, stützen sie auf beiden Seiten bis zum Auto, immer wieder unterbrochen von weiteren Wehen, die Tokessas Körper zu zerreißen drohen. Ich spüre, wie ihre Muskeln zu Stein werden, gehe mit ihr in die Knie, als sie es im Stehen nicht aushält, wische ihr die schweißnassen Haare aus dem Gesicht, um zu kontrollieren, dass sie nicht wieder aufhört zu atmen.

Bevor wir sie in den Wagen setzen, schiebt Malte den Sitz so weit wie möglich zurück. Tokessa wirft mir einen hilflosen Blick zu, lässt sich von uns auf ihren Platz helfen und krümmt sich erneut unter einer Wehe.

»Wie lange dauert es ins Krankenhaus?«, frage ich Malte, während wir um den Wagen hasten.

»Laut Navi dreißig Minuten. Ich schaffe es in zwanzig.« Er reißt die Fahrertür auf und setzt sich ans Steuer.

»Dann los!«

Fragend sieht er zu mir auf. »Steig schon ein!«

Ich schüttle den Kopf, bin vollkommen ahnungslos, wann ich diese Entscheidung getroffen habe. »Nein … ich … ich denke, Tokessa will mich nicht dabeihaben«, stammle ich und vermeide es, Tokessa anzusehen. Noch vor ein paar Minuten hätte mich nichts davon abhalten können, sie ins Krankenhaus zu begleiten. Doch die SMS verändert alles. Und bestimmt, so rede ich mir ein, handle ich in Tokessas Sinne. Denn auch ich habe nicht vor, Julian davonkommen zu lassen.

Maltes vorwurfsvolle Miene ist gerechtfertigt. »Olivia, nein! Was soll ich denn ohne dich machen, wenn das Kind während der Fahrt kommt?

Ich will nicht darüber nachdenken. Nicht zeigen, dass mir mein Arschlochverhalten bewusst ist. Also schüttle ich den Kopf, gebe mich zuversichtlich, berühre Malte vertraut am Arm, ein Fehler, den ich vielleicht noch bereuen werde. Später. »Das wird nicht passieren, hörst du? Ich klingle im Krankenhaus durch und kündige euch an. Alles wird gut, okay?«

»Scheiße!«, flucht Malte und schlägt wütend aufs Lenkrad. Ein Blick zu der wimmernden Tokessa neben ihm genügt, dass er sich anschnallt und den Schlüssel ins Zündschloss steckt.

»Sag Bescheid, sobald du weißt, was mit ihr los ist, ja?« Malte sieht mich an, als würde er mich umbringen wollen. Mit einem schweren Rums zieht er die Fahrertür zu und gibt Gas. Ich werde Zeugin, wie er davonbrettert, hoffe und flehe stumm, dass sie es rechtzeitig schaffen. Dass alles gut wird, wie ich behauptet habe.

Zurück im Haus gebe ich mir ein paar Minuten Zeit, um mich zu beruhigen. Um das Schuldgefühl abzuschütteln, von den Ereignissen der letzten dreißig Minuten einen emotionalen Schritt zurückzutreten und die Kontrolle über meine Gedanken wiederzuerlangen. Was bleibt, sind Zweifel, Angst und Ruhelosigkeit, doch die gelten nicht Tokessa. Sie gelten Julian. Ich treffe eine Entscheidung, nehme mein Handy und beginne, mit zitternden Fingern meine Antwort zu formulieren.

*Sag mir, wann und wo.*

# 42

*Drei Tage zuvor – Obderwede, 23. Oktober*

*»Mir ist das nicht so wichtig, Tok. Ein gemütlicher Abend auf der Couch, meine schwangere Frau im Arm – es gibt Schlimmeres.«*

*Tokessa verdreht theatralisch die Augen. Wenn ihre Emotionen nicht gerade so durchgeschüttelt wären, fände sie Rouvens aufopferungsvolle Darbietung womöglich sogar ein bisschen süß.*

*»Wenn ich jemals so ein bedürftiges Weibchen werde, erschieß mich bitte«, sagt sie grummelig und wirft ihrem Mann einen verächtlichen Blick zu.*

*… erschieß mich bitte …*

*Die letzten drei Wörter hallen verzerrt in ihrem Kopf wider, und Tokessa überkommt das Gefühl, dass sie sie besser nicht gesagt hätte.*

*»Das ist nicht bedürftig, das ist harmonisch.« Rouven hat sich zu ihr auf die Couch gesetzt und kuschelt sich mit unter ihre Decke.*

*Ihre letzten Worte sind wie weggeblasen, und was bleibt, ist Dankbarkeit für diesen Mann, der ihr selbst die bösartigsten Kommentare durchgehen lässt. Weil er sie kennt, sie versteht wie kein anderer und sie trotzdem – oder gerade deshalb – bedingungslos liebt.*

*»Meinetwegen«, erwidert sie erschöpft und legt ihren Kopf auf seine Schulter.*

*Rouven zieht sie in eine sanfte Umarmung, und Tokessa gibt ihren Widerstand auf. Dieses Kind in ihrem Bauch, auch wenn es noch so klein ist wie eine Bohne, macht Dinge mit ihr, gegen die sie nicht länger ankämpfen kann. Die fitte und schlagkräftige Tokessa, die trotz ihrer schlanken Statur mächtig respekteinflößend ist und in ihrem Job als Bewährungs-*

*helferin den bösen Jungs gelegentlich etwas Angst macht, existiert momentan ausschließlich in ihrer Erinnerung und hat kaum etwas mit der Frau gemeinsam, die es an manchen Tagen höchstens mit dem Kopf über die Kloschüssel oder dem Hintern auf die Couch schafft. Es fällt Tokessa schwer, diese Wandlung zu akzeptieren. Einzig der Gedanke, dass es nicht für immer so bleibt, hält sie aufrecht. Sobald sie ihren Körper wieder für sich allein hat und den ungeplanten Menschen an Rouven abgeben kann, wird sie dem Kind vermutlich die positiven Gefühle entgegenbringen, die es verdient hat.*

*Rouven. Es ist sein Wunsch, sich um das Kind zu kümmern, während Tokessa in ihren Beruf zurückkehrt. Sie musste ihn nicht einmal darum bitten. Mit dem positiven Schwangerschaftstest war für ihn klar, dass er mit dem Kind zu Hause bleiben möchte, und seither liebt sie ihn noch mehr. Liebevoll sieht sie zu ihm auf, bewundert sein Gesicht, seine vollen Lippen, die schwarzen Bartstoppeln auf seinen dunklen Wangen, seine warmen Augen, die gedankenverloren dem Geschehen auf dem Bildschirm folgen. Dafür, dass es ihr so beschissen geht, hat sie es verdammt gut.*

*»Du gehst heute Abend trotzdem hin, verstanden?«, sagt sie etwas milder gestimmt. »So viele Gelegenheiten wirst du nicht mehr haben, wenn dieser Mensch erst aus mir raus ist und die nächsten achtzehn Jahre unsere Abende versaut.«*

*Rouven bedenkt sie mit dem Blick, in den sie sich damals zuerst verliebt hat. Er vermag es, mit Augen und Mimik mehr zu sagen, als Worte es könnten. Seine nonverbale Stimme lässt sie wissen, dass er nichts von ihrem Vorschlag hält und sie gefälligst nicht schlecht über ihr Baby sprechen soll. Ein angestrengtes Grinsen schafft es auf ihre Lippen, und sie gibt ihrem Mann einen sanften Stoß in die Rippen.*

*»Los, nun mach schon. Ich meine das ernst. Beweg deinen Knackarsch und triff dich mit Samuel und Hobi, bevor dein Leben vorbei ist.«*

*Wieder stolpert sie über ihre letzten Worte.*

*… bevor dein Leben vorbei ist …*

*Das ist es nicht, was sie sagen wollte. Es fühlt sich falsch in ihrem Mund an, in ihrem Kopf. Ihr Magen zieht sich zusammen, vielleicht muss sie sich wieder übergeben, doch diese Übelkeit ist anders.*

*Schmerzhafter.*

*Endgültiger.*

*Rouven gibt ihr einen Kuss auf die Schläfe, seine Dreadlocks kitzeln ihre nackte Schulter. »Ich liebe deine optimistische Sicht der Dinge. Man könnte fast meinen, du freust dich auf unser Baby«, flüstert er neben ihrem Ohr.*

*Tokessa macht ein grummeliges Geräusch. »Ich fange an, mich zu freuen, sobald ich mein Gesicht nicht mehr in die Kloschüssel halten muss. Vielleicht.«*

*Sein Lächeln dringt tief in sie ein, sickert durch ihre Haut, durchstößt ihre Organe, bis es ihr Herz erreicht und es in einen warmen Mantel hüllt. Rouven küsst ihre Lippen, sie schmeckt seine Liebe, sein Zögern, seinen Wunsch nach Leben. Dann wendet er sich ihrem Bauch zu. Noch ist er flach, und Tokessa fürchtet sich davor, wie er in ein paar Monaten aussehen wird.*

*»Sei nett zu deiner Mama.« Rouven hat ihr Hemd hochgeschoben und spricht mit ihrem Kind, keine Bauchdecke, keine Hindernisse können ihn von seinem Baby trennen. »Sei nett zu deiner Mama, wenn ich nicht mehr da bin …«*

Tokessa öffnet die Augen.

Ein Traum.

Eine Erinnerung mit falschen Zitaten. Sie ist benommen, ihre Gliedmaßen schmerzen, ihr ganzer Leib brennt, sie fühlt sich niedergedrückt und gefangen unter der Bettdecke, in ihrem Körper, ihrer Vergangenheit. Damals hat es keine Vorahnungen gegeben, keine Andeutungen über Rouvens Schicksal, das ihn erwartet, sobald er sie an diesem Abend verlässt. Warum quält ihr Kopf sie auf diese Weise? Warum kann er sie nicht in Ruhe trauern lassen? Die Schuld, die Tokessa empfindet, wird sie eines Tages umbringen. Die Gewissheit, dass sie ihren Mann auf dem Gewissen hat, weckt in ihr die Sehnsucht, ihm zu folgen und ihn um Verzeihung zu bitten.

Dafür, dass es ihm verwehrt bleibt, sein Kind kennenzulernen, es aufwachsen und lachen zu sehen. Es ist ihre Schuld, und ihr Verstand tut alles, damit Tokessa das niemals vergisst.

Atmen ist ein Kampf, eine Qual. Obwohl sie auf der Seite liegt, drückt das Kind auf ihre Lungenflügel. Sie versucht sich zu orientieren. Ihre Augen sind auf den Boden gerichtet, hellblauer Teppich mit Flecken. Das ist nicht ihr Schlafzimmer, nicht ihre Wohnung. Nur langsam kehrt die vergangene Nacht zurück. Und der Abend davor. Was sie erfahren hat, im Internet, welche Wirkung diese Informationen auf sie hatten. Ihre Agenda, die sie aufgescheucht und vorangetrieben hat. Als wäre sie noch am Leben. Davon ist jetzt nichts mehr übrig geblieben. Ein unbekanntes Bett, hier wird niemand sie retten, nicht einmal Manou.

Einmal mehr ist es ihre Blase, die sie zum Handeln zwingt. Während sie mit schmerzenden Gliedern zur Toilette kriecht, wird ihr endgültig das Ausmaß ihres emotionalen Aufbäumens bewusst. Ihre Wut und das Verlangen nach Klarheit, nach Antworten, Gründen, irgendetwas, all das war gestern stark genug, um sich in ihr Auto zu setzen. Um fast eine Stunde über dunkle Landstraßen zu rasen, bis sie irgendwann das gesuchte Dörfchen namens Obderwede erreichte, müde und beinahe besinnungslos eine Pension fand, die ein Zimmer und ein Bett für sie hatte. Nun hat sie auch die Toilette gefunden, doch eine erleichterte Blase täuscht nicht darüber hinweg, wie dumm und gefährlich ihr Rausch gewesen ist.

Als Tokessa sich die Hände wäscht und in den speckigen Spiegel dieser veralteten Unterkunft sieht, erkennt sie die bleiche Frau nicht wieder, die sie mit strähnigen Haaren und Schatten im Gesicht vorwurfsvoll anstarrt.

Was hast du getan?, scheint diese Fremde zu fragen. Warum tust du dir das an? Es wird dir deinen Mann nicht zurückbringen. Nichts kann das. Finde dich damit ab.

Das alles sagt ihr die Frau im Spiegel, und obwohl Tokessa weiß, dass sie selbst diese Frau ist, hat sie keine Antworten. Nichts wird Rouven wieder lebendig machen.

Tokessa wendet sich ab. Quetscht sich in die altmodische Dusche, die nicht für jemanden mit ihrem Umfang gemacht ist, und duscht den ekelhaften Schnodder ab, der ihre Haut zu bedecken scheint, wäscht den Staub der Vergangenheit aus ihren Haaren und stellt sich die Frage, was sie täte, hätte sie sich auf dem Weg hierher nicht verloren.

Essen, sagt sie sich. Wir haben Hunger.

Und danach?

Danach fährt sie zurück nach Hannover.

Zu frühstücken scheint Tokessa nur so lange eine gute Idee zu sein, bis Brötchen, Wurst und Käse vor ihr liegen. Während der Anblick noch erträglich ist, rufen die Ausdünstungen eine Übelkeit hervor, die sie seit dem ersten Trimester für abgehakt gehalten hat. Eigentlich.

Ihr Magen spielt ein falsches Spiel mit ihr, knurrt erbärmlich, verweigert jedoch alles Angebotene. Die Auswahl dieser mittelalterlichen Pension mit dem Namen »Zum Schlafenden Reh« ist zugegebenermaßen begrenzt, doch allem Anschein nach entspricht nichts davon den anspruchsvollen Wünschen, die der Mensch in ihrem Uterus an ihren Magen weitergegeben hat. Mit Tritten und Boxhieben tut er seinen Unmut kund, während Tokessa angewidert den Teller von sich schiebt und kurz davor ist, in Tränen auszubrechen. Im Frühstücksraum heulen – das fehlt ihr noch. Auch ohne öffentliche Demütigung verachtet sie sich schon genug.

»Alles in Ordnung mit Ihnen?«

Eine junge Frau steht an ihrem Tisch, ein freundliches Gastronomielächeln ins Gesicht getackert, in der Hand eine silberne Kaffeekanne, aus der es verführerisch dampft. Früher konnte Tokessa nicht ohne Kaffee leben, nun wird der Geruch von ihrem Magen mit einem sauren Brodeln kommentiert.

»Alles bestens.« Ihre Worte triefen vor Zynismus, ein latent hysterisches Lachen bricht aus ihr heraus – oder ist es ein Schluchzen? Tokessa ist sich nicht sicher. Beschämt dreht sie den Kopf weg und sieht durch das schmutzige Fenster auf die wie ausgestorbene Dorfstraße.

Doch die Frau mit dem Kaffee verschwindet nicht. »Kann ich Ihnen noch etwas bringen?«, fragt sie freundlich.

Tokessa holt tief Luft, reißt sich zusammen und wendet sich ihr wieder zu. Bittere Frustration kocht in ihrem Magen. »Wissen Sie«, beginnt sie und beugt sich vor, um das Namensschild an der weißen Bluse zu entziffern, *»Marlene«*, sie lehnt sich zurück und legt die Hände auf den Bauch, »leider hat dieser *Alien*, der meinen Körper als Wirt gewählt hat, noch nicht zu reden begonnen, untergräbt aber bedauerlicherweise bereits meinen freien Willen. Das macht mir die Bestellung etwas schwer, sofern ich mein Frühstück nicht sofort wieder auswürgen möchte.«

Es dauert einen Atemzug, und Tokessa bereut ihre Worte. Sie haben die Kaffeefrau in eine peinliche Situation gebracht, sie selbst in einem erbärmlichen Licht präsentiert. Diese gebrochene, abweisende und gemeine Frau – das ist nicht sie. Das ist nicht länger Tokessa. Dieser Mensch in ihrem Bauch … Er lässt nichts von ihr übrig. Nichts, was sich die Trauer um ihren Mann nicht längst unter den Nagel gerissen hat.

Es ist besser, wenn sie sich von Menschen fernhält. Ihr ganzer Trip in dieses Dorf ist eine beschissene Idee gewesen. Irgendwelchen Internetgerüchten hinterherzujagen, deren Klärung ihren Mann nicht zurückbringen wird, ist irrational und dämlich.

Kaffeefrau Marlene steht noch immer an ihrem Tisch, und Tokessa wäre es lieber, sie ließe sie endlich allein. Die peinliche Stille zwischen ihnen dehnt sich aus. Sie will etwas sagen, nach Worten suchend bemerkt sie Marlenes Blick. Die Kaffeefrau erscheint von ihrem Ausbruch nicht betroffen, stattdessen betrachtet sie ihren Bauch mit gedankenvollem Interesse. So ganz sicher ist sie sich nicht, wie sie das findet.

»Ich hätte das nicht sagen dürfen«, bringt Tokessa schließlich hervor, auch um die Aufmerksamkeit von ihrem Bauch wegzulenken.

Marlene schenkt ihr ein wissendes Lächeln, dann stellt sie die Kaffeekanne auf den leeren Nebentisch und räumt Tokessas Frühstück ab. »Ich werde nachsehen, ob noch Kuchen da ist.«

Die Erwähnung von Kuchen bringt Tokessas Körper in helle Aufregung. Zumindest die Vorstellung von etwas Süßem lässt ihren Magen – und den kleinen Menschen – aufgeregt zustimmen. »Würden Sie das tun?«, fragt sie dankbar.

Marlene grinst, dann geht sie mit ihrem Frühstück davon, und Tokessa hat das Gefühl, endlich wieder durchatmen zu können. Sie sieht der Frau hinterher, wie sie aus dem kleinen Frühstücksraum durch den Eingangsbereich in Richtung Küche verschwindet, bemerkt ihren braunen Pferdeschwanz, dessen Ende in ein dunkles Lila übergeht und bei jedem ihrer entschlossenen Schritte wippt. Während sie auf den Kuchen wartet – sie hofft auf viel Schokolade –, sieht sie sich im Frühstücksraum um. Das Inventar ist grauenhaft, Kirschbaumholz, so weit das Auge reicht. Fußboden, Mobiliar, getäfelte Wände, ein innenarchitektonischer Alptraum. Besonders die Holzstühle mit den gedrechselten Beinen und den herzförmigen Aussparungen in den Rückenlehnen haben es Tokessa angetan. Von drei Tischen ist nur der ihre gedeckt, mit weißer Papiertischdecke und dem obligatorischen Tischmülleimer. Wie es aussieht, verirrt man sich nicht so einfach nach Obderwede. Wer hier unterkommt, hat eine Absicht.

Stimmen aus dem Eingangsbereich reißen sie aus den Gedanken. Mindestens drei Frauen, das Alter schwer einschätzbar, stecken in einer emotionalen und ungeniert lauten Unterhaltung, die Tokessa bislang unbeachtet gelassen hat – bis etwas ihre Aufmerksamkeit erregt.

»… ein Kind dieser Stadt, aber hätte sie nicht wegbleiben können?«

Eine längst verloren geglaubte Aufregung überkommt Tokessa. Von ihrem Platz am Tisch ist es ihr nicht möglich, zu sehen, wem die Stimmen gehören. Viel interessanter ist ohnehin das Gesprächsthema. Sie ist sich sicher, dass es um Olivia Bloch geht. Was bedeutet, dass sie in Obderwede richtig ist.

»Ich weiß, das habe ich auch gedacht. Arme Johanna. Ich

an ihrer Stelle würde kein Auge mehr zumachen«, sagt eine zweite Stimme dramatisch.

»Paul wird schon auf sie aufpassen. Aber solange *sie* hier ist, sollte Johanna trotzdem die Tür abschließen.«

»Mir tut leid, was Olivia passiert ist. Sie war früher so ein liebes Mädchen.« Die dritte Stimme gehört eindeutig der ältesten Frau, sie ist tiefer, und in ihr schwingt weniger aufgebauschte Sensationslust mit.

»Also ich habe das anders in Erinnerung. Als Olivia in der Pubertät war, ist sie zu einem richtigen Miststück geworden, das weiß ich noch genau. Sie hat den Jungs den Kopf verdreht, hat mit ihnen gespielt und sie dann abblitzen lassen.«

Tokessa stöhnt tonlos auf. Es gibt wohl kaum ein Mädchen, das während der Pubertät nicht zum Miststück wird.

»War sie nicht immer nur mit diesem einen Jungen zusammen? Wie heißt er noch gleich?«

»Du meinst Julian. Den Sohn vom Andreas Keller.« Die Frau mit der tiefen Stimme scheint sich auszukennen.

»Genau den meine ich. Was ist eigentlich aus dem geworden? Ich habe ihn lange nicht mehr gesehen.«

»Angeblich studiert er im Ausland. Kalifornien, meine ich. Hat seine Mutter doch damals groß hinausposaunt.«

»Ach so? Ich bin davon ausgegangen, dass er mit Olivia durchgebrannt ist.«

»Jedenfalls möchte ich echt nicht mit Johanna tauschen. Wenn ich mir vorstelle, mit Olivia Wand an Wand zu wohnen …«

»Gruselig, oder? Habt ihr damals das Interview von ihr gesehen? Wie kalt und unsympathisch sie da war. Seit ich das gesehen habe, bin ich davon überzeugt, dass sie wirklich Dreck am Stecken hat.«

Das Gespräch springt wie ein Pingpongball zwischen den jüngeren Frauen hin und her, während sich die Frau mit der tiefen Stimme zurückhält. Obwohl Tokessa überhaupt nur in Obderwede ist, um Olivia und den Gerüchten auf den Grund zu gehen, tut sie ihr plötzlich leid. Wie über sie gesprochen wird, ohne dass sie sich verteidigen kann, hat wenig mit wahr oder unwahr zu tun, sondern ist grundsätzlich ungerecht.

»Ich habe mal gelesen, dass auf tausend Menschen ein Psychopath kommt. Das würde doch passen.«

Tokessa stöhnt auf. Am liebsten würde sie aufspringen und ihnen einen saftigen Vortrag über die Auswirkungen von Mobbing und die genaue Definition von »Psychopath« halten, aber in diesem Moment kommt Marlene mit einem großen Stück Schokoladenkuchen aus der Küche. Der süßlich herbe Duft, der Tokessa in die Nase steigt, als der Teller vor ihr steht, lässt einige Atemzüge lang das Grauen der letzten Monate in den Hintergrund treten.

»Vorsicht, er ist noch heiß. Frisch aus dem Backofen.« Marlene strahlt, als sie den Ausdruck in Tokessas Gesicht sieht.

»Sie haben mir gerade das Leben gerettet«, sagt Tokessa und meint es ernster, als Marlene vermutlich glaubt. Während sie ein erstes Stück flüssig-dampfenden Schokoteig zu ihren Lippen führt, ist ihr klar, dass es genau das Richtige ist. Sie schmeckt die zartbittere Süße auf ihrer Zunge, noch bevor sie den ersten Bissen in den Mund steckt. Die cremige Schokolade verteilt sich warm in ihrem Mund, Tokessa schließt die Augen und gibt sich allein der Wonne ihrer Geschmacksnerven hin. Eigentlich mag sie keine Schokolade. Der Mensch in ihrem Bauch hingegen schon. Alien gewinnt. Soll ihr recht sein.

Marlene zieht sich mit einem Lächeln zurück, während Tokessa erstaunt das Gefühl eines gefüllten Magens und eines jubilierenden Aliens beobachtet.

Die Unterhaltung im Eingangsbereich läuft währenddessen weiter, ist jedoch zu einem langweiligen Thema übergegangen. Tokessa folgt ihr nicht mehr, dafür kreisen ihre Gedanken um etwas, was eine der Frauen gesagt hat. Etwas, mit dem Tokessa Olivias genaue Adresse herausfinden könnte, ohne direkt danach zu fragen. Sofern sie die überhaupt herausfinden will. Der Entschluss, sich nach dem Frühstück auf den Heimweg zu machen, ist nach dem belauschten Gespräch ins Wanken geraten.

Sie kann es nicht leugnen. Sie ist neugierig auf Olivia Bloch, die wie ein nicht greifbares Phantom über die Bildschirme der Nation gehuscht ist, über die Leinwand ihrer eigenen geistigen Filme, die Tokessa verfolgt haben. Sie möchte wissen, was es mit dieser jungen Frau auf sich hat. Ob Olivia echt ist. Will herausfinden, ob ihre Wut zurückkehrt, sobald sie ihr begegnet. Jene Wut, die sie hierhergebracht hat.

Es ist immer noch eine verdammt schlechte Idee, dessen ist sich Tokessa bewusst. Stress ist das Letzte, was sie und ihr Bauchmensch brauchen. Er könnte ihnen gefährlich werden. Wäre Manou anwesend, würde sie ihr gehörig den Kopf waschen. Aber Manou ist nicht hier. Olivia ist hier. Tokessa ist hier. Und diese bohrende Ungewissheit, welche Version über die Ereignisse im Sternenhagel der Realität entspricht – die der Medien oder die der Verschwörungstheoretiker.

Tokessa entscheidet sich für ein Ultimatum. Sie wird in Ruhe ihren Kuchen essen. Sollten die Damen noch dort sein und sich im Dorfklatsch suhlen, sobald ihr Teller leer ist, wird sie es versuchen. Herauszufinden, wo Olivia sich aufhält.

Es dauert wenige Minuten, ehe sie fertig ist. Das Gespräch im Nebenraum beschäftigt sich gerade mit der Frage, welche Spezialerde eine gewisse Hilde Bodenwald für ihre Zuchtrosen verwendet. Es soll also so sein.

Mit einer Serviette tupft Tokessa ihren Mund ab und wuchtet sich von ihrem Stuhl. Sie hat die Rolle, die sie spielen muss, bereits vor Augen und fühlt sich so lebendig wie lange nicht mehr. Ihr plötzlich angestiegener Adrenalinspiegel treibt sie voran, der Zucker leistet seinen Beitrag.

Im Eingangsbereich der Pension ist es dunkel, Tokessa erinnert sich nur vage daran. Ihre Erschöpfung nach der langen Autofahrt hat sie in der Nacht blind und gleichgültig gemacht. Obwohl es inzwischen Morgen ist und die Sonne hin und wieder hinter den Wolken hervorblitzt, brennt die Deckenbeleuchtung und taucht den großen Raum, Restaurant für die Mittagsküche, Bar und Empfang zugleich, in ein schauriges Dämmerlicht. Direkt an die lange Bar grenzt der schmale

Empfang. Dort stehen sie, die Dorf-Harpyien, wähnen sich ungehört und gehen ihrer Lieblingsbeschäftigung nach.

Mit unsicheren Schritten geht Tokessa zu ihnen. Sie ist nicht wirklich unsicher, aber sie ist gut darin, Unsicherheit vorzutäuschen. Sofort unterbrechen die Frauen das Gespräch und mustern Tokessa mit Blicken, die ein empfindliches Pflänzchen durchaus zum Weinen bringen könnten.

»Guten Morgen. Ist alles zu Ihrer Zufriedenheit?« Es ist die Frau mit der tiefen Stimme. Sie befindet sich als Einzige hinter dem Empfangstresen, Tokessa hat den Eindruck, dass es sich bei ihr um die Eigentümerin der Pension handelt. Sie schätzt die Frau auf Ende fünfzig, ihre dünnen Haare sind grau und kaum frisiert, ihre Augenringe mindestens so ausgeprägt wie ihre eigenen. Allein deshalb ist sie ihr sympathisch.

»Ja, vielen Dank.« Tokessa spricht leise, als wäre sie schüchtern, lässt ihre tiefe Stimme höher klingen. Wie beiläufig streichelt sie ihren Bauch, um den Beschützerinstinkt der älteren Frau zu wecken. »Können Sie mir helfen?« Tokessas Blick huscht zu dem Namensschild auf ihrer üppigen Brust. Anders als bei Marlene verrät dieses nur den Nachnamen. Frau Unterhoff.

»Ich kann es versuchen, Liebes. Worum geht es denn?«, antwortet sie freundlich, ein neugieriges Lächeln auf den dünnen Lippen. »Liebes« kostet sie einige Punkte auf der Sympathieskala. Reicht aber noch.

Tokessa setzt einen hilflosen Ausdruck auf, was nicht leicht ist bei ihrem kantigen Gesicht. »Ich suche einen alten Freund. Sein Name ist Paul. Kennen Sie ihn vielleicht?«

»Paul?« Frau Unterhoff zieht irritiert ihre buschigen Brauen zusammen, doch die Freundlichkeit verlässt ihre wässrig blauen Augen nicht. »Mit dem Namen werden Sie es schwer haben, Schätzchen. Wie heißt Ihr Paul denn weiter?«

Tokessa muss sich zusammenreißen, um beim »Schätzchen« nicht frustriert mit den Augen zu rollen. Stattdessen presst sie so viel naives Mädchen aus sich heraus, wie sie in ihrem achtunddreißigjährigen psychologiestudierten Geist auftreiben kann. »Ich weiß, das klingt verrückt, aber seinen Nachnamen weiß ich nicht. Wir haben uns damals im Internet kennengelernt, verstehen Sie? Ich weiß nur, dass er Paul heißt und aus Obderwede kommt. Und als ich gestern zufällig durch dieses hübsche kleine Dorf gefahren bin, habe ich mich an ihn erinnert. Ich würde ihm nur einmal kurz Hallo sagen, weil wir es damals nie geschafft haben, uns persönlich zu treffen.« Als sie mit ihrer Geschichte fertig ist, wartet sie gespannt auf eine Reaktion. Um ihrer Erklärung mehr Nachdruck zu verleihen, streichelt sie einmal mehr liebevoll über ihren Bauch. Dem Alien scheint es zu gefallen, er ist zur Ruhe gekommen und vermutlich eingeschlafen. Zuckerkoma.

»Sind Sie sicher, dass Ihr Paul noch in Obderwede wohnt?«, will Frau Unterhoff wissen. Furchen des Zweifels haben sich tief in ihre Stirn gegraben.

Tokessa gibt ein kleines Seufzen von sich. »Sicher bin ich mir natürlich nicht, aber falls es hier einen Paul gibt, den Sie kennen, dann würde ich furchtbar gerne herausfinden, ob er es ist.«

»Sie haben nicht zufällig gerade unser Gespräch mitbekommen?« Die misstrauische Stimme kommt von einer der Frauen neben ihr, die Tokessa bislang nicht beachtet hat.

»Was? Wieso?«, gibt sie sich ahnungslos. Kurz befürchtet sie aufzufliegen, beschließt dann aber, diese direkte Anschuldigung zu ihrem Vorteil zu nutzen. »Haben Sie über ihn gesprochen? Über Paul?« Sollte Frau Unterhoff noch nicht auf *den* Paul gekommen sein, den Tokessa im Sinn hat, muss ihre Nachfrage nun regelrecht mit Neonpfeilen auf ihn deuten.

»Lass gut sein, Maren«, pfeift Frau Unterhoff Frau Misstrauen streng zurück. »Lass die arme Frau doch in Ruhe ihren Bekannten besuchen.«

Tokessa schenkt Frau Unterhoff ihr strahlendstes Lächeln, obwohl sie das Entgegenkommen der älteren Dame vermutlich *Maren* zu verdanken hat.

»Also. Eigentlich gibt es hier nur einen Paul, den Sie meinen können. Der Paul Mayr ist das. Ein lieber Kerl, wirklich, aber in einer Beziehung, falls Sie –«

»Oh Gott, nein«, fällt Tokessa ihr ins Wort, bevor sie diese Idee vertiefen kann. »Darum geht es mir wirklich nicht. Mein …«, sie verschluckt sich an dem nächsten Wort, muss es hervorwürgen und sich zu einem Lächeln zwingen, das ihr Gesicht vor Schmerzen brennen lässt, »… *Mann* hätte sicher etwas dagegen.« Demonstrativ hält sie die rechte Hand hoch. Die Hand mit dem schmalen rosagoldenen Ehering am vorletzten Finger. Dem Ring, den sie nie getragen hat, als Rouven noch am Leben war. Weil er sie bei der Arbeit behinderte, nicht zu ihrem schlichten schwarzen Outfit passte oder welch alberner Grund ihr sonst noch eingefallen war. Nun bereut sie es, fragt sich immer und immer wieder, ob ihre Ablehnung des Symbols ihrer Liebe ihn insgeheim verletzt hat, obwohl er stets beteuerte, dass dies nicht der Fall sei. Dass ihre Ehe mehr sei als ein Ring. Sie glaubte ihm, weil sie ihm glauben wollte, und hat mutwillig die Tatsache ignoriert, dass er seinen Ring nicht einmal beim Duschen abgenommen hat. Nun trägt sie ihn, den zarten Reif ihrer kraftvollen Verbindung, hat ihn an einem ihrer dunkelsten Tage auf allen vieren krabbelnd aus der Schatulle gekramt und über den Finger gestreift, trotz der Gewissheit, dass es zu spät war. Dass Rouven nicht mehr die Gelegenheit hatte, ihn an ihrer Hand zu sehen. Stolz auf das zu sein, was sie nicht nur im Inneren, sondern auch nach außen und für alle sichtbar aneinander hatten. Das größte Glück, das zwei Menschen erreichen konnten.

Die Trauer droht ihr einmal mehr das Leben zu rauben, also bringt sie endlich diesen einen Satz hervor, für den sie diese alberne Farce abgezogen hat: »Können Sie mir verraten, wo Paul Mayr wohnt?«

## 43

*Zwei Tage zuvor – Obderwede, 24. Oktober*

Die Nacht war ein dunkler Stein auf ihrer Brust, der Morgen hat sie wie verkatert und voller Selbsterkenntnis ausgespuckt. Tokessa wünscht sich in ihr eigenes Bett, weg aus diesem fürchterlichen Dorf, das eine Seite in ihr zum Vorschein gebracht hat, auf deren Bekanntschaft sie gerne verzichtet hätte. Ihr Psychologengehirn scharrt schon mit den Hufen, bereit, eine Analyse über sich selbst zu beginnen, wäre es nicht zu früh für tiefschürfende Gedanken und das gewaltige Lebewesen in ihrem Uterus nicht hungrig.

Tokessa sitzt kaum zwei Minuten mit nichts weiter als einem dünnen Früchtetee am Tisch des leeren Frühstücksraums, als ihr Marlene die rettende Frage stellt. »Darf ich Ihnen wieder ein Stück Schokoladenkuchen bringen?«

Sie schaut zu der anderen Frau hoch und versucht sich an einem Lächeln. »Das klingt nach einer ziemlich guten Idee.«

Wenn Tokessas Nacht vor Gedankenkarussellen schon quälend gewesen war, musste die von Marlene einem Alptraum geglichen haben. Ihre Augen sind rot, sie hat geweint, wirkt fahl und erschöpft. Als trage sie eine Last, die für ihre schmalen Schultern zu schwer ist. »Sie sehen aus, als könnten Sie auch ein Stück gebrauchen.«

Marlene lächelt entschuldigend. »Ich hatte keine besonders gute Nacht.« Der glasige Schimmer in ihren Augen bestätigt ihre Andeutung.

»Bringen Sie mir bitte zwei Stücke Kuchen auf zwei Tellern«, erneuert Tokessa ihre Bestellung und sieht Marlene hinterher, wie sie, nachdem ein irritierter Ausdruck über ihr blasses Gesicht gehuscht ist, durch den Empfangsbereich in die Küche verschwindet.

Nachdenklich richtet sie ihren Blick aus dem Fenster. Es ist ein schöner Tag, Sonnenstrahlen klettern über ihren nackten Unterarm, nach dem Unwetter der Nacht eine warme Berührung auf kalter Haut. Sie schließt die Augen, lässt sich von der wohlwollenden Hand der Sonne in Sicherheit wiegen und wartet verzweifelt auf eine Andeutung, möge sie noch so klein sein, dass das Leben auch für sie wieder schön sein kann. Irgendwie.

Doch ein paar ultraviolette Strahlen sind nicht genug und machen auch Tokessas Verhalten der letzten Tage nicht ungeschehen. Zu einer verdammten Stalkerin ist sie geworden, ist in ihrem Wagen einer traumatisierten, zerbrechlich wirkenden Frau auf einem Fahrrad gefolgt, hat sie aus sicherer Entfernung beobachtet, als wäre es ihr verdammtes Recht. Erst als der Himmel über ihnen aufgebrochen war, hat sie damit aufgehört, obwohl sie Olivias Unruhe bemerkt hat, obwohl sie gesehen hat, wie verfolgt sie sich fühlt. Tokessa hat es durchgezogen, obwohl sie sich dabei schäbig vorgekommen ist. Wie eine Fremde in ihrer eigenen Haut, eine, die glaubt, was im Internet steht, und keine Rücksicht nimmt auf alles jenseits ihres eigenen Dunstkreises. Aber so ist sie nicht und will auch nicht so sein. Damit ist jetzt Schluss.

Olivia ist ein Opfer, genau wie Rouven es war, mit der einzigen Ausnahme, dass sie noch lebt und er nicht. Eine Geisel, erst die der Männer, jetzt der Umstände. Die junge Frau hat ihren Frieden verdient, und Tokessa würde ihn nicht länger gefährden.

Laute Motorengeräusche von der Straße lassen sie aufschrecken und die Augen öffnen. Drei Männer steigen aus einem getunten silbernen Audi, der ausgesprochen stümperhaft am Straßenrand geparkt wurde. Der Fahrer ist ein Mann Ende zwanzig in protziger falscher Lederjacke und mit dicker Silberkette, die Sorte Mann, die Tokessa besonders gernhat. Weil sie sie zur Genüge kennt. Es sind seine Begleiter, die Tokessa die Augen verdrehen lassen. Beide über fünfzig, der eine im speckigen hellblauen Hemd, das sich gefährlich über seinen Bierbauch spannt, und mit lockerer Krawatte, der andere mit fettem Schnauzbart und komischen Flecken auf der braunen Cordhose. Letzterer ist es, der schließlich die Tür zum Schlafenden Reh öffnet.

»Hier ist Ihr Kuchen«, hört Tokessa neben sich und sieht zu Marlene, die zwei Teller mit dampfendem Schokokuchen auf den Tisch stellt. Sofort steigt der schwere süße Geruch in ihre Nase, und der verloren geglaubte Appetit kehrt zurück. In ihrem Bauch scheint ein gewisses Etwas einen Freudentanz hinzulegen.

»Wollen Sie sich zu mir setzen? Der Kuchen hier ist exorbitant großartig«, sagt Tokessa an die blasse Bedienung gewandt. Mit den Augen deutet sie auf den Teller in der Tischmitte.

Polternd und mit lauten Stimmen fallen die drei Männer beim Empfang im Restaurantbereich ein.

»Ich arbeite gerade …« Mit sorgenvollem Blick sieht Marlene zu den Neuankömmlingen, die sich an dem Tisch an der inneren Seitenwand niedergelassen haben. Marlene ist anzusehen, dass ihr Bedürfnis danach, diese Gäste zu bedienen, drastisch unter null liegt.

»Ich bin gut im Zuhören. Und der Kuchen …«, versucht Tokessa, Marlenes Zögern zu zerschlagen. Sie weiß selbst nicht, warum sie möchte, dass Marlene sich zu ihr setzt. Es ist lange her, dass sie Gesellschaft gesucht hat, aber sie hört auf ihr Bauchgefühl, das ihr dringend rät, Marlene ein offenes Ohr zu schenken. Womöglich kann sie der Frau helfen – ein kleiner Ausgleich für ihr eigenes Fehlverhalten am Tag zuvor.

Marlene wirkt hin- und hergerissen, doch als die ältere Frau, die Tokessa am Tag zuvor als Besitzerin der Pension kennengelernt hat, mit einem unmissverständlichen Blick in Richtung der Gäste deutet, zieht Marlene Stift und Block aus ihrer Gesäßtasche und sieht Tokessa entschuldigend an. »Ich muss weitermachen. Aber wenn das Angebot noch steht, vielleicht in zwei Tagen? Da habe ich frei.«

Die Wahrscheinlichkeit, dass sich Tokessa in zwei Tagen noch in diesem Dorf aufhält, ist verschwindend gering. Dennoch, auch um Marlene nicht länger von ihrer Arbeit abzuhalten, nickt sie. »Klar, warum nicht.«

Ein dankbares Lächeln streift Marlenes Lippen, dann macht sie sich auf den Weg zu ihren neuen Lieblingsgästen. Besorgt beobachtet Tokessa die Situation am Tisch an der Wand, während sie die erste Gabel des Kuchens zum Mund führt. Sollte sich auch nur einer der Kerle danebenbenehmen, ist Tokessa mehr als bereit, ihnen auf die Füße zu treten.

Doch die Bestellung verläuft entspannt, Marlene scheint die Männer zu kennen, und Tokessa richtet ihre ganze Aufmerksamkeit auf ihr Frühstück.

Sie wird hier nicht gebraucht.

Ein Gefühl der Leere kehrt zurück, während sie sich vollstopft. Sie vermisst ihre Arbeit, vermisst das Gefühl, gebraucht zu werden, wird ihr mit einem Mal bewusst. Monatelang hatte sie sich zurückgezogen und in ihrer Trauer gelebt, war in ihr aufgegangen, von ihr ausgefüllt. So verachtenswert ihr Verhalten am Tag zuvor auch gewesen ist, es hat sie abgelenkt, ihr eine Aufgabe gegeben. Und obwohl die Intention, mit der sie nach Obderwede gekommen ist, rückblickend betrachtet völlig irrational war, hat es sie immerhin dazu gebracht, den Arsch hochzukriegen und gegen das, was sie brachial niederdrückt, anzukämpfen. Für die meisten nicht viel, für Tokessa ein schwerer, schmerzhafter, aber notwendiger Schritt.

Die laute Stimme eines der Männer, dem mit dem Achtziger-Jahre-Schnauzbart, donnert durch die gesamte Pension: »Ach was, erzähl mir doch nichts, das war kein Zufall!«

»Sag ich doch gar nicht. Ich habe nur gesagt, es *könnte* Zufall sein«, erwidert Lederjacke in gleicher Lautstärke. Eine Unterhaltung für alle, was eigentlich nur Tokessa miteinbezieht, die sie womöglich nicht einmal wahrgenommen haben.

»Sie ist einen Tag da, und schon ist jemand tot? Ich mein, die ehemalige Hauspflegerin ihres alten Herrn? Hallo? Solche Zufälle gibt es nicht.«

Tokessa, die gerade eine weitere Gabelladung warmen

Schokokuchen in den Mund befördern will, hält mitten in der Bewegung inne. Obwohl die Männer bislang keinen Namen genannt haben, ist sich Tokessa sofort sicher, dass sie über Olivia sprechen.

Und eine Tote.

»Ich sag dir, die bringt Unheil über Obderwede«, meint Speckhemd.

»Abergläubisches Geschwätz!«, ruft die Besitzerin der Pension zu den Männern hinüber, natürlich ist auch ihr das Gespräch nicht entgangen.

»Was mischst du dich ein, Elke? Das ist ein Gespräch unter Männern«, motzt Speckhemd zurück.

Tokessa gibt sich nicht einmal Mühe, ihr Augenverdrehen zu verbergen. Obwohl bei den Typen Kommentare wie diese zu erwarten gewesen sind, fällt es ihr zunehmend schwerer, sich nicht einzumischen.

»Aber sie hat schon recht. Wir sollten uns vor dem Gör nicht in die Hose machen. Die ist kein Unheil, sie ist eine Kriminelle.« Beim letzten Wort schlägt Schnauzbart mit der flachen Hand auf den Tisch.

»Weißt du nicht«, meint Lederjacke.

»Natürlich weiß ich das. Wir sollten ihr zeigen, dass sie hier nicht erwünscht ist.«

»Wie willste das machen? Ihr Haus anzünden?«, fragt Schnauzbart mit einem selbstgerechten Lachen.

»Nee, viel zu offensichtlich. Außerdem hat Martin das nicht verdient, auch wenn der das wahrscheinlich nicht mehr mitkriegen würde.« Wie es scheint, hat sich Speckhemd darüber schon seine Gedanken gemacht. »Aber die Kleine ist doch immer mit diesem beklebten Fahrrad unterwegs –«

»Untersteht euch!« Die Besitzerin mit den dünnen grauen Haaren kommt hinter ihrem Empfangstresen hervor. »Raus mit euch«, sagt sie mit strenger Stimme und deutet auf den Ausgang. »Unter meinem Dach werden keine Mordkomplotte geschmiedet!«

Dem darauffolgenden Protest schenkt Tokessa keine weitere Beachtung. Während sie das zweite Stück Kuchen in Angriff nimmt, lässt sie ihre Gedanken schweifen.

Jemand ist tot, allem Anschein nach nicht eines natürlichen Todes gestorben. Auf einmal erscheint es Tokessa unvorstellbar, nach Hannover zurückzukehren. In ihre leere Wohnung. Ohne eine Aufgabe, dafür umgeben von Dingen, die sie erinnern. Die Wahrscheinlichkeit, dass sie dort in ihren alten Trott verfällt, ist zu groß. Zu furchteinflößend. In Obderwede hingegen könnte es jemanden geben, der sie braucht, und allein diese Vorstellung bringt Tokessa dazu, wenige Minuten später bei der siegreichen Elke Unterhoff ihren Aufenthalt um mindestens eine Nacht zu verlängern.

## 44

*Obderwede, 26. Oktober*

Julian lässt mich warten. Sechsunddreißig Minuten sind vergangen, seit ich auf seine SMS geantwortet habe. Ununterbrochen starre ich auf mein Handy, und hätte ich es nicht ans Ladekabel angeschlossen, würde ich aufgeregt durch die Wohnung wandern. Stattdessen sitze ich auf der Couch und kaue meine Fingernägel blutig.

Ich bin bereit, und doch werde ich es niemals sein. Die Vorkehrungen der letzten halben Stunde waren rein praktischer Natur, ich habe mich gezwungen, etwas zu essen und zu trinken, habe bequeme Kleidung und Schuhe angezogen, meine Haare zu einem hohen Pferdeschwanz gebunden. Ich bin mir nicht sicher, wozu das alles gut ist und ob ich mich damit nicht nur zusätzlich verrückt mache, doch immerhin habe ich damit Zeit totgeschlagen, die ich sonst nur untätig herumgesessen hätte.

Sosehr ich es auch versuche, es gelingt mir nicht, mein Mobiltelefon davon zu überzeugen, einen Laut von sich zu geben. Auch Malte und Tokessa haben sich nicht gemeldet, obwohl sie laut Maltes Einschätzung das Krankenhaus längst erreicht haben müssten. Ich hoffe, dass ihnen unterwegs nichts zugestoßen ist, versuche mir einzureden, dass ich nichts für sie hätte tun können, wenn ich mitgefahren wäre.

Einmal mehr überprüfe ich meine Internetverbindung, checke die SMS und kontrolliere in diesem Zuge gleich noch die Lautstärke der Klingeltöne für E-Mails, Anrufe und Nachrichten. Sogar WhatsApp habe ich wieder installiert, nachdem ich es von meinem Handy entfernt hatte, weil zu viele bösartige Messages eingegangen waren, von denen ich mich nicht belästigen lassen wollte. Inzwischen sind zweiundachtzig Nummern von mir gesperrt – eine Nachricht von der

Nummer, die ich unter dem Namen J. K. gespeichert habe, ist nicht dabei.

Frustriert lege ich das Handy zur Seite und stehe doch auf, blicke mich um auf der Suche nach Ablenkung. Was mich wohl erwarten wird? Julian hat einen Plan, davon bin ich überzeugt, aber von welcher Gesinnung wird er sein? Vertraut er mir, oder geht er davon aus, dass ich die Polizei mitbringe, sobald ich weiß, wo er sich aufhält? Mir ist klar, dass ich genau das tun sollte. Ihn der Polizei ausliefern. Es würde mir meinen Julian, den irgendwie unschuldigen, sanftmütigen Jungen, nicht zurückbringen, doch mein unbändiger Wunsch, endlich zu erfahren, was damals genau geschehen ist, lässt mich nicht von meiner Besessenheit abrücken. Abgesehen davon quält mich eine über Monate angestaute Angst, welche Strafe mich erwartet, sollte die Wahrheit ans Licht kommen. An die Medien möchte ich gar nicht denken. Futter für die Verschwörungstheoretiker.

Der Piepton für eine eingehende SMS lässt mich zurück zu meinem Handy stürzen. Siebenundfünfzig Minuten nach meiner Antwort habe ich endlich eine neue Nachricht von J. K. Doch statt Uhrzeit und Treffpunkt erhalte ich einen blau unterstrichenen Link von ihm.

Einen Link zu einem YouTube-Video.

Mein Magen zieht sich zusammen, und ich bereue jeden Bissen, den ich eben noch zu mir genommen habe.

Mein Finger schwebt kurz über der blauen Buchstabenreihe, Krallen des Zögerns graben sich immer tiefer in mein Fleisch. Julians Absicht kann kaum von freundlicher Natur sein, wenn der Kontakt über ein YouTube-Video läuft. Trotzdem weiß ich, dass ich mir das Video ansehen werde. Es ist quasi vorbestimmt, also zerre ich das Monster des Zweifels von mir, obwohl sich die unsichtbaren Krallen immer tiefer graben, und tippe auf den Link.

Die Seite auf YouTube öffnet sich sofort, und auf den ersten Blick erkenne ich, dass es sich dabei um ein Livevideo handelt. Ich schmecke Magensäure, will es sofort schließen und

Julian zum Teufel jagen, und doch tue ich das genaue Gegenteil. Ich sehe hin. Neugierig, erwartungsvoll, starr vor Angst. Mit verkrampften Muskeln sitze ich auf der Couch und löse das Handy vom Ladekabel, um das Display näher vor meine Augen zu halten. Um zu erkennen, was in dem rechteckigen Fenster auf mich wartet.

Es sieht aus wie Stoff, dunkelgelb und mit Falten. Oder ist das ein Schatten? Ich vergrößere das Fenster, habe es nun im Querformat auf meinem Display, doch ich komme nicht darauf, worum es sich dabei handelt – obwohl mir der Anblick entfernt bekannt vorkommt. Ich stelle die Lautstärke auf die höchste Stufe, um sicherzugehen, dass mir keine Stimme oder Geräusche aus dem Hintergrund entgehen, doch ich höre nichts. Oder doch? Ein Atmen? Ich bin mir nicht sicher.

Ich springe auf, das Standbild weiter in meiner Hand, und eile ins Gästezimmer, in dem ich sofort die In-Ear-Kopfhörer auf dem Nachttisch entdecke und mit dem Gerät verbinde. Die Ohrstöpsel, die sonst laute Geräusche von mir fernhalten, befördern nun ein seltsames Rauschen in meine Gehörgänge. Jetzt höre ich es deutlich, kann mit Gewissheit sagen, dass es sich um die tiefen, schnorchelnden Atemzüge eines Schlafenden handelt. Noch während mich eine schreckliche Ahnung befällt, zoomt die Kamera zurück und offenbart eine ebenso schreckliche Erkenntnis. Die Erkenntnis, woher ich den gelben Stoff kenne. Fassungsloses Entsetzen packt mich, und ich schlage mir die Hand vor den Mund. Als müsste ich das Geräusch einfangen, das aus den Tiefen meiner Kehle dringt.

Es sind die Gardinen aus einem Zimmer, in dem ich mich erst vor einem Tag aufgehalten habe. Julian ist im Pflegeheim bei meinem Vater! Bei dem Mann, vor dem er mich vor fünf Jahren gewarnt hat, dem Mann, zu dem er eine wie auch immer geartete Beziehung hatte, von der ich nichts wusste. Ist es ein trauriges Wiedersehen, bevor das gefräßige Vergessen alles vernichtet? Oder eine späte Rache?

Ich denke nicht lange nach, verlasse das Haus durch die

Terrassentür und schnappe mir mein Fahrrad, das ich nach meinem Besuch im Pflegeheim im alten Schuppen abgestellt habe. Ich muss zu meinem Vater! Während ich mich auf dem Rad in Bewegung setze, lasse ich das Geschehen auf dem Display nicht aus den Augen. Die Kamera war einige Sekunden auf die vollständig zugezogenen Vorhänge gerichtet, doch nun schwenkt sie langsam herum und fängt in krisseligen Bildern meinen schlafenden Vater ein. Er liegt auf dem Rücken und sieht so friedlich aus, wie ich ihn nur selten gesehen habe. Sein regelmäßiges leises Schnarchen in meinen Ohren ist der eindeutige Beweis, dass er am Leben ist. Schlagartig ist diese neue Furcht in mir, eine Furcht, die mit keiner anderen zu vergleichen ist. Die Furcht, meinen Vater zu verlieren. Nach all den Jahren meiner Ablehnung ist diese Vorstellung nicht zu ertragen.

Das Handy in der linken Hand, mit der ich gleichzeitig den Griff des Lenkrads halte, trete ich in die Pedale, nehme schnell Geschwindigkeit auf und steuere es von der Ausfahrt aus Richtung Lübbewirtz, wo sich das Pflegeheim befindet. Langsam nähert sich die Kamera meinem schlafenden Vater, der nichts von den Vorgängen in seinem Zimmer mitbekommt. Ich fahre, so schnell ich kann, meine Beine brennen, nicht mehr lange und mir geht die Puste aus, aber ich darf nicht langsamer werden. Was auch immer Julian vorhat, ich muss dort sein, bevor er es in die Tat umsetzt. Ich will nicht daran denken, was geschehen wird, wenn ich es nicht rechtzeitig schaffe, gleichzeitig weiß ich, dass ich unter normalen Bedingungen fast fünfundvierzig Minuten brauche. Trotzdem versuche ich es, trete noch schneller, lasse den Schmerz zu, das bin ich meinem Vater schuldig. Den Blick fast ununterbrochen auf das Display gerichtet, die regelmäßigen Atemzüge im Ohr, blende ich alles andere aus: Angst, Verzweiflung, Wut. Ich habe nur das Ziel vor Augen, es rechtzeitig zu schaffen.

Das Bild nähert sich dem Gesicht, nur um sofort wieder zurückzuzoomen. Dieser Vorgang wiederholt sich mehrmals und macht mich schwindelig. Ich wende die Augen ab, nehme zur Kenntnis, dass ich soeben die Landstraße erreicht habe und meine Strecke für ein paar Kilometer nur geradeaus geht.

Was hat Julian vor? Was will er mir mit diesem Livestream sagen, abgesehen davon, dass es eine direkte Anspielung auf die Livebilder aus dem Sternenhagel ist. Nur dass ich dieses Mal nicht vor der Kamera sitze, sondern als Zuschauerin an meinem Handy. Und Julian macht, was er schon vor vier Monaten getan hat. Trotzdem begreife ich nicht, welchen Zweck das erfüllen soll.

Bis ich das Messer sehe, dass im rechten Bildausschnitt aufblitzt, gehalten von der Person mit dem filmenden Smartphone.

»Nein!«, kreische ich, meine Augen starr vor Angst auf die Klinge gerichtet. Im selben Moment trifft mich etwas hart von hinten. Ich werde nach vorne gestoßen, kann mich gerade noch am Lenkrad festhalten, verliere aber die Kontrolle über das Fahrrad. Das Handy rutscht mir aus der Hand, ich sehe ihm schreiend hinterher, und die Welt überschlägt sich. Ich werde verschluckt vom Straßengraben, verliere den Kontakt zu meinem Rad, schlage schwer mit dem Rücken auf dem Boden auf, Luft wird aus meinen Lungen gepresst, und ich versinke in Erde, Gräsern und Laub. Einer der Kopfhörer rutscht aus meinem linken Ohr, und ich höre das Rauschen meines Blutes, als wäre ich in einen Bach gefallen.

»Verschwinde von hier, du Fotze!«, brüllt jemand, ein Mann, weit weg, dann ein Motor, der aufjault. Ich bekomme keine Luft, rapple mich trotzdem auf die Knie, spüre keinen Schmerz, suche nach dem Handy. Jetzt höre ich es wieder, die Atemzüge meines Vaters, ich krabble zurück zu der Stelle, wo mir die Verbindung zu ihm aus der Hand gerutscht ist. Ich wimmere auf, nicht vor Erleichterung, und doch ist es eine Erlösung, als ich es auf einem Teppich aus Laub finde. Es ist unbeschädigt, der Livestream läuft weiter, ihm ist es gleich, ob jemand zusieht oder nicht. Viel Zeit kann nicht vergangen sein, und als ich erkenne, was sich im Zimmer meines Vaters abspielt, kann ich nur schreien.

Das Messer schwebt über seinem Hals, die Spitze ist nur wenige Zentimeter von seiner Kehle entfernt. Die Bilder sind verwackelt, ich sehe die Hand, die das Messer hält, es hat eine lange Klinge, zumindest sieht es so aus. Ich schreie und flehe, sehe mich verzweifelt nach meinem Fahrrad um, das zwei Meter vor mir im Graben liegt, des Hinterrad verbogen, ein Abschied für immer. Ich kann nichts tun.

Ich will nicht hinsehen, und doch muss ich es, das Display reißt meine Aufmerksamkeit an sich, und kurz glaube ich, das Messer sei verschwunden – bevor es aus dem Nichts nach unten saust und tief in den Hals meines Vaters eindringt. Ich schreie auf, hysterisch, verzweifelt, sehe, wie mein Vater vor ungläubigem Entsetzen die Augen aufreißt. Bin dabei und kann doch nichts unternehmen, als sich die Klinge mit einem Schmatzen zurückzieht, Blut aus der klaffenden Wunde sickert, beinahe spritzt und ihn das Messer nur Sekunden später wieder aufspießt. Und wieder. Immer in den Hals. Ich höre auf einem Ohr sein Gurgeln, seinen Versuch, etwas zu sagen, zu atmen, zu husten, sehe ihn an allem scheitern. Überall auf ihm ist Blut, er öffnet den Mund, und es fließt heraus, sein Blick zuckt panisch umher, ich sehe in seinen Augen, dass er zu begreifen versucht, sich einen Reim auf alles machen will. Ob er Julian sieht? Ihn erkennt? Ich schluchze und wimmere und heule und hoffe, es bleibt ihm erspart.

Mein Vater. Er ist immer gut zu mir gewesen. Er hätte alles für mich getan, hätte meine uneingeschränkte Liebe verdient. Ich sehe ihn sterben. Sitze im Graben an seinem Bett und kann nicht seine Hand halten. Ihn berühren. Mich von ihm verabschieden.

*Papa.*

Der Glanz in seinen Augen stirbt, das Japsen und Keuchen und Gurgeln verstummt. Die Kamera weicht zurück, präsentiert das gesamte Ergebnis, ein toter Mensch in einem See aus seinem eigenen Blut.

»Warum tust du das?«, kreische ich heulend das Telefon an, die Worte an Julian gerichtet, meinen besten Freund, mir darüber im Klaren, dass er mich nicht hören kann. Ein letzter Blick auf den alten Mann, dann wird das Bild schwarz. Ende des Livestreams.

So ist es also auf der anderen Seite.

Eine Weile sitze ich im Graben, zusammengekauert und die Hände vor dem Gesicht. Ich zittere und weine, kann mich nicht beruhigen, also schreie ich, kreische meinen Schmerz heraus, den inneren, den ich mehr spüre als alles andere. Niemand hört mich. Autos fahren vorbei, doch keiner nimmt mich wahr. Oder ich bin ihnen schlichtweg egal.

Irgendwann piept mein Handy, doch ich weigere mich, darauf zu reagieren. Bin nicht bereit, mich weiter von Julian terrorisieren zu lassen. Ich hasse ihn! Und diese Erkenntnis ist ein weiterer Verlust, den ich verarbeiten muss.

Mein Kopf pocht, und meine Wangen glühen, als die Wut kommt. Die Tränen laufen weiter, doch in mir kocht etwas hoch, das ich nicht ignorieren kann. Etwas, dem ich folgen will. Zornig wische ich mit den Ärmeln meines Hoodies mein Gesicht sauber. Dann sehe ich mir an, warum mein Handy gemuckt hat.

Es ist eine neue SMS von J. K., wie ich es erwartet habe.

*Leichenhalle. Jetzt.*

Da habe ich endlich Treffpunkt und Zeit. Ich bin gewappnet und verfügbar und absolut nicht länger bereit, Julian davonkommen zu lassen.

## 45

*Obderwede, 26. Oktober*

Ich lasse mein Fahrrad im Graben liegen und mache mich zu Fuß auf den Weg. Bei einer flüchtigen Inspektion konnte ich keine größeren Schäden an mir feststellen, eine aufgeschürfte Handfläche und ein paar Stellen an Hüfte und Oberschenkeln, an denen ich die Blutergüsse blühen spüre. Von der Landstraße zum Leichenhaus ist es weit, ich kann nur hoffen, dass kein weiterer Wagen vorbeikommt, der mich überfahren will. Julian wird warten müssen, aber ich bin überzeugt, dass er dazu bereit ist. Er will dieses Treffen genauso wie ich, auch wenn es ihm vielleicht nur darum geht, den Schmerz und den Hass in meinen Augen zu sehen.

Noch immer schluchze ich leise vor mich hin, immer wieder habe ich das Bild vor Augen, wie die spitze Klinge in den Hals meines Vaters dringt, Haut, Sehnen und Adern durchstößt, höre sein Gurgeln, höre, wie es erstirbt. Julian hätte das nicht tun dürfen. Er hat damit eine Entschlossenheit in mir erweckt, die mir den Weg zeigt und mich vorantreibt. Die er fürchten sollte. Die Wahrheit ist, ich habe keine Ahnung, was ich tue, ahne nur, dass es dumm ist. Aber ich will es, will Julian gegenübertreten, will in sein Gesicht sehen und Antworten verlangen. Ich will ihn zur Rechenschaft ziehen, und dann will ich meine verdammte Katharsis, so wie er seine hatte, als er meinen Vater ermordete.

Ich denke an Tokessa, verstehe sie nun besser, dass sie mich hintergangen hat. Noch immer hat sie sich nicht bei mir gemeldet, auch Malte nicht. Ich hole mein Handy hervor, ein bedrückendes Gefühl von Ablehnung überkommt mich, und nach Überprüfung aller Eingänge tippe ich ein paar Gedankenfetzen an Tokessa.

*Verzeih mir, dass ich dich im Stich gelassen habe! Du hast recht, Julian muss bestraft werden. Gleich treffe ich ihn, und dann lasse ich endgültig los. Ich hoffe, dir und dem Baby geht es gut.*

Meine Lungenflügel brennen, als ich den Eingang zum verwilderten Friedhof der Namenlosen erreiche. Es ist beklemmend, hier zu sein, zu wissen, dass unter meinen Füßen Tote liegen, die niemand kennt, einsam verstorben, weil sich niemand für sie interessierte. Unter normalen Umständen komme ich von der anderen Seite, mit dem Fahrrad, alles ist anders heute, und nun überfällt sie mich doch, die Angst, Angst vor der Ungewissheit, Angst davor, worauf ich zurückschauen werde, wenn ich an diesem Abend im Bett liege.

*Angst zu haben heißt nicht, machtlos zu sein*, geistert eine dunkle Stimme durch meinen Geist. Den Rest der Strecke über den Friedhof laufe ich, obwohl ich nicht mehr kann, mein Puls auf eine Frequenz getrieben, die mich beinahe mein reingezwungenes Essen erbrechen lässt.

Vor mir liegt der kurze Weg für den Trauerzug, gesäumt von hohen Bäumen und Sträuchern, er reißt den frischen Schmerz des Verlustes in meiner Brust weiter auf. Leise Tränen laufen über meine Wangen, während ich an meinen Vater denke, daran, dass ich ihn nie wieder werde ansehen können. Denke an die Dinge, die unausgesprochen geblieben sind. Ich zweifle an meiner Kraft, diesen Weg zu beschreiten, ich trage das Gewicht der letzten fünf Jahre mit mir, mein Rückgrat droht zu brechen, nun auf den letzten Metern. Mein Schluchzen ist ein unnatürliches Reißen in der Stille des Waldes, nur ein geschwätziges Rotkehlchen in einem der Bäume ist lauter als ich. Es überrascht mich, als meine Füße mich weitertragen, sie sind tapferer als ich, die noch lebt, während alle anderen tot sind, ausgelöscht von etwas, das ich nicht begreife.

Miko drängt sich in mein Bewusstsein, schamvoll erkenne ich, dass ich in den letzten Tagen viel zu wenig an ihn gedacht habe, das Einzige, was ich noch für ihn tun kann. Habe ich ihm jemals gedankt für die Kraft, die er mir im Sternenhagel gegeben hat? Ich kann mich nicht erinnern. Dafür umso besser daran, dass ich ihn im Stich gelassen habe, so wie ich es heute mit Tokessa und Malte getan habe, für einen Freund, den es nicht mehr gibt. Für Julian, einen Geiselnehmer und den Mörder meines Vaters. Ich habe alles falsch gemacht.

Und dann ragt es vor mir auf, das Leichenhaus aus einer anderen Perspektive, als sähe ich es zum ersten Mal. Ich bleibe stehen, meine Beine zittern, nichts ist mehr zu spüren von ihrer früheren Tänzerinnenkraft. Das Gebäude sieht verlassen aus, nichts deutet darauf hin, dass dort irgendetwas lebt. Ich beginne zu frösteln, trotz des Schweißfilms, der meine Haut überzieht. Mir ist heiß wie damals im Sommer, als Julian verschwand, doch nun haben wir Herbst, alles, was blühte und vor Lebendigkeit strotzte, findet ein langsames Ende.

*Leichenhalle. Jetzt.* Julians Aufforderung kommt mir plötzlich seltsam vor, stumm wiederhole ich diese zwei klaren Worte und komme nicht darauf, was mich daran stört. Aber es spielt keine Rolle mehr. Ich bin hier, vor mir der Moment, auf den ich so lange gewartet habe.

Die Tür des Hintereingangs steht offen wie am Tag zuvor. Ein Schritt genügt und mir steigt der vertraute Geruch in die Nase, Schimmel und Keller, mit einem neuen Hauch von herbstlicher Verwesung.

»Hier bin ich!«, rufe ich in den Gang hinein. Julian soll es wissen, ich habe keine Lust auf Spielchen, diese Zeiten sind vorbei. Ich gehe weiter, bewege mich langsam, alle Sinne geschärft. Nur weil *ich* keine Spielchen will, heißt das nicht, dass das auch für ihn gilt. Er hatte von jeher seinen Spaß daran, mich zu erschrecken. »Julian! Hast du mich gehört? Ich bin da!«

Ich nutze meine Stimme, um mich vor der einnehmenden Stille zwischen den kalten Wänden zu schützen, ich klinge zornig und gefährlich, und das macht mich mutig, denn zum ersten Mal gruselt es mich hier.

»Warum hast du das getan, Julian? Warum hast du meinen Vater umgebracht?«

Ich erreiche die erste Rechtsbiegung, sehe den Haupteingang auf meiner linken Seite, verbarrikadiert wie schon damals. Julian wird mich im Hauptraum erwarten, davon bin ich überzeugt. Dort, wo wir die meiste Zeit miteinander verbracht haben, eine Decke voller Brandlöcher unter uns ausgebreitet, auf dem Boden, kiffend und redend und immer häufiger knutschend. Trotzdem bleibe ich wachsam, biege ein zweites Mal rechts ab, sehe die Glastür vor mir, verschlossene Zimmer auf beiden Seiten und sonst nichts.

»Ich habe mir den Kopf darüber zerbrochen, was du damals gemeint hast, als du mir auf die Mailbox gesprochen hast. Was du meintest, als du mich vor meinen Vater gewarnt hast.« Die Glastür direkt vor mir, sammle ich meinen Willen, mache mir ein für alle Mal klar, warum ich hier bin. Dann gebe ich der Tür einen Stoß, gehe hindurch und bin auf alles vorbereitet.

»Das Schlimmste habe ich mir ausgemalt. Dass mein Vater dich belästigt hat, vielleicht sogar umgebracht. Aber so war es nicht. Nichts davon. Du hast ihn geliebt, hab ich recht? Dein Vater hat mich drauf gebracht und –« Ich bin kurz davor, ihm von dem Tod seiner Mutter zu erzählen, doch ein tonloses Lachen lässt mich zusammenfahren. Adrenalin steigt mir in den Kopf, ich sehe mich um, doch überall ist nur Wand. Das Geräusch muss aus dem Sezierraum kommen, genau, wie ich es erwartet habe.

»Hör auf, dich zu verstecken!« Still wünsche ich mir, dass er genauso viel Angst vor mir hat wie ich vor ihm.

Dann betrete ich den Raum. Während ich vor zwei Tagen mit Tokessa keine Gelegenheit hatte, mich aufmerksam umzusehen, hole ich das nun nach. Andere Menschen haben diesen bedrückenden Ort besucht, seit Julian und ich uns nicht mehr hier treffen, vieles von dem, was ich sehe, fühlt sich falsch an, stimmt nicht mit meiner Erinnerung überein. Metallsärge wurden verschoben, das Whiteboard an der linken Wand ist übersät mit Kritzeleien und obszönen Zeichnungen, und diejenigen, die für ihr künstlerisches Schaffen keinen Platz mehr darauf gefunden haben, verewigten ihre geistigen Ergüsse auf den Kacheln daneben. Langsam schreite ich voran, sehe mich nach allen Richtungen um und erwarte, dass Julian aus seinem Versteck springt. Doch nichts passiert. Stattdessen entdecke ich unsere alte Decke. Sie liegt über einen der Seziertische gebreitet, eine leichte Wölbung zeichnet sich darunter ab.

Nervös gehe ich darauf zu, spüre Ekel in mir aufwallen über Julians Geschmacklosigkeit, meine Muskeln sind bis zum Zerreißen gespannt. Jeden Augenblick könnte der Moment sein, in dem ich eine Bewegung darunter ausmache und er mich mit seinem Jump-Scare zum Schreien bringt.

»Ernsthaft? Da versteckst du dich? Hast du eine Vorstellung davon, welche Körperflüssigkeiten über diesen Tisch abgelaufen sind?«

Der vermutete Körper unter der Decke bewegt sich nicht, nicht einmal das Heben und Senken seiner Atmung. Ich ahne Böses, befürchte, ihm auf den Leim gegangen zu sein, also gehe ich näher heran und bleibe schließlich stehen. Strecke den Arm aus, schwer und zitternd, und hebe die Decke hoch, genau an der Stelle, an der ich einen Kopf erwarte.

Ich finde keinen Kopf, keinen Julian. Stattdessen eine Sammlung von alten Krankenhauslaken und anderem Kram, den ich mir nicht genauer ansehe. Hat er das arrangiert, um mich zu täuschen? Ich wirble herum, überzeugt, dass er, diesmal wirklich, hinter mir steht, aber niemand ist dort. Ich bin alleine.

»Warum tust du das?«, schreie ich mit verzweifelter Wut in den leeren Raum. »Ich habe wirklich gedacht, unsere Freundschaft bedeutet dir etwas. *Ich* bedeute dir etwas.«

Für einen Moment sind es nur ich und meine Stimme, die ungewohnt und fremdartig von den Kachelwänden widerhallt.

»Wie kommst du darauf, dass du mir jemals etwas bedeutet hast, Olivia Bloch?«, erwidert mein Echo.

Hektisch sehe ich mich um, suche mit den Augen jede

schattige Ecke ab, die Arme in Abwehrhaltung vor meinem Körper.

»Wo bist du?«, brülle ich, ich spüre unkontrollierbare Hysterie in meiner Brust kochen. Eine Bewegung, direkt an der Tür, durch die ich eben selbst gekommen bin. Eine in Schwarz gekleidete Gestalt kommt näher, von ihr geht eine Bedrohung aus, die mich tief im Inneren erschüttert. Und dann sehe ich ihn, in seiner ganzen Erscheinung, ein dreckiges Grinsen im Gesicht. Er ist es, der Mann aus dem Sternenhagel, der Geiselnehmer mit der Kamera. Der Mörder meines Vaters.

Aber es ist nicht Julian.

## 46

*Obderwede, 26. Oktober*

Ich begreife nicht, was ich sehe. Ich träume, phantasiere, vielleicht bin ich gestorben, irgendwann auf dem Weg hierher, und befinde mich in der Hölle.

»Du?« Ich sacke in mich zusammen, Anspannung und Entschlossenheit verlassen meinen Körper wie einen fälschlich aufgeblasenen Luftballon.

»War echt verdammt schlechtes Timing für den ersten besten Blowjob.« Dante zuckt mit den Achseln, als wüsste er, welche Enttäuschung er für mich ist. Aber er hat keine Ahnung. Das alles muss ein Irrtum sein, ich bin mir sicher, dass Julian unter der Schweinemaske war, auch jetzt noch, weigere mich, zu akzeptieren, was so offensichtlich vor mir steht.

»Du bist tot. Ich habe deine Leiche gesehen.« Noch während ich die verwirrenden Worte ausstoße, wird mir bewusst, dass sie rein gar nichts erklären.

Dante kommt langsam näher und betrachtet mich, hält mich für unfassbar dämlich. »Sehe ich tot für dich aus? Du musst dich geirrt haben, offensichtlich.« Verwaschene Bilder schieben sich in mein Bewusstsein, ich, wie ich hinter den Tresen krabbele, das Blut am Boden, die Leiche. Habe ich ihr Gesicht gesehen? Ich erinnere mich nicht, nur an das Bein und die simple Gewissheit, dass es Dante sein muss.

»Mach dir nichts draus, passiert dir ja anscheinend häufiger«, unterbricht Dante meine Gedanken. »Wer ist eigentlich Julian?«

Er macht sich über mich lustig, weil ich ihn seit meiner Rückkehr nach Obderwede für jemand anderen gehalten habe. Weil ich ihm im Sternenhagel zur Flucht verholfen habe. Er findet es lustig, ergötzt sich an meinem Fehler, meiner Dummheit, meinem Schmerz. Und auf einmal wird mir klar, dass er und Julian nichts gemeinsam haben. Nicht im Kern. Es waren seine Augen, die mich getäuscht haben, die warmen braunen Iriden, die mich schon früher an Julian erinnert haben, als wir zusammen Schicht im Sternenhagel hatten. Während der Stunden als Geisel war ich zu benommen, zu verängstigt, um mich daran zu erinnern. Alkohol und Dehydrierung haben mich manipuliert, mich Dinge glauben lassen, ohne sie zu hinterfragen.

Eine verstörende Erleichterung befällt mich. Julian hat nichts von diesen grauenvollen Dingen getan. Er ist nie im Sternenhagel gewesen und hat auch nicht meinen Vater getötet. Ich habe mich nicht in ihm getäuscht, hätte niemals an ihm zweifeln dürfen. Meine Entschlossenheit kehrt zurück, meine Muskeln spannen sich wieder an. Nun gibt es keinen Grund mehr, mich zurückzuhalten, ich habe keine Hemmungen, dafür zu sorgen, dass *Dante* bekommt, was er verdient.

»Wieso hat niemand gemerkt, dass du nicht unter den Opfern warst? Du hast gearbeitet, also stehst du auf dem Dienstplan«, stelle ich fest. Einige Dinge sind mir noch nicht ganz klar.

Dante kommt langsam näher. »Ich hatte keine Schicht, hab nur spontan ausgeholfen, einfach so, weil ich ein guter Kollege bin.«

Die Puzzleteile fügen sich zusammen, und ich kann nicht fassen, dass ich nicht von alleine darauf gekommen bin.

»Du wusstest von dem Tunnel!«

Er bleibt kurz stehen und sieht mich an, als hätte ich etwas unfassbar Naives gesagt. »Natürlich wusste ich von dem Tunnel. Was glaubst du, wie wir nach der Übergabe des Geldes entkommen wollten?«

Daran hatte ich tatsächlich nie einen Gedanken verschwendet, aber nun ergibt alles einen Sinn. »Deswegen musste auch Madsen dran glauben, obwohl ich ihn echt mochte«, ergänzt er großspurig und schließt die verbliebenen Lücken, »aber er war der Einzige, der wusste, wo der Ausgang ist. Wir konnten nicht riskieren, dass er mit der Polizei zusammenarbeitet und die uns dort abfängt.«

Auch über den Sternenhagel-Besitzer Madsen Wisser, der kurz vor der Geiselnahme in seiner Wohnung umgebracht worden war, habe ich nie nachgedacht. Ich war zu sehr auf Julian fixiert, statt das gesamte Bild zu betrachten.

»Aber genug von mir«, sagt Dante mit einem Mal ernst und bleibt kaum zwei Meter vor mir stehen. Seine Stimme bereitet mir eine Gänsehaut, sie erinnert mich nicht im Geringsten an die von Julian, aber die Wahrheit ist, dass ich keine Ahnung habe, weder heute noch vor vier Monaten, wie seine Stimme inzwischen wirklich klingt.

Demonstrativ vergräbt Dante die Hände in den Taschen seiner offenen Windjacke, und ein Holster mit Waffe kommt darunter zum Vorschein. »Wo bist du so lange gewesen? Ich habe auf dich gewartet.«

Mein Magen zieht sich zusammen, wird zu einem glühenden Gefäß mit flüssiger Lava. Ich zwinge meine Angst zurück, richte meinen konzentrierten Blick auf Dante und vertraue der bekannten tiefen Stimme aus meiner Erinnerung.

*Kopf und Eier.*

»Ich war verhindert. Krankenhaus und so, aber das weißt du sicher.« Ich bin verblüfft, wie gelassen ich klinge, auch wenn sich mein Körper in Alarmbereitschaft befindet und angespannt prickelt.

Er nickt verständig. »Ja, das weiß ich.«

Langsam, damit Dante nicht sofort mitbekommt, was ich tue, hebe ich meine Hände, erst einmal nur auf Hüfthöhe. »Wie lange bist du schon in Obderwede?«, frage ich.

»Lange. Ich habe es mir in deinem hübschen Bungalow gemütlich gemacht, nur manchmal musste ich mich auf dem Dachboden verstecken, wenn Johanna da war und an ihrem Verstand zweifelte.« Er lacht.

Neue Angst wallt in mir auf. »Johanna?« Woher weiß er, wie sie heißt?

»Ja, wir sind inzwischen beim Du«, sagt er, als hätte er in

einem normalen Anflug von Telepathie meine Gedanken gelesen. »Ich wohne jetzt bei ihr und Paul, leider sind sie darüber nicht besonders glücklich, aber keine Sorge, ich bin in diesem Kackdorf bald fertig und verschwinde wieder.«

Johanna und Paul! Das Auto vor der Tür, die Geräusche aus der Wohnung. Sie sind dort, Geiseln in ihren eigenen vier Wänden. Alles direkt vor meiner Nase, ich habe es nicht gesehen, war zu sehr auf mich konzentriert. Schlagartig habe ich kein Interesse mehr an diesem aufklärenden Geplänkel, ich will es hinter mich bringen und irgendwie versuchen, den Schaden gutzumachen, den ich angerichtet habe.

»Was willst du von mir?« Die Wut ist zurück, sie ist willkommen und stärker als meine Angst um mich selbst.

»Was *ich* von dir will? Du hast mich doch in dieses Kaff beauftragt.« Kurz huscht Erheiterung über sein Gesicht, er ist ein gut aussehender Kerl, wahrscheinlich attraktiver als Julian.

»Du weißt genau, dass ich nicht dich meinte«, gebe ich vorwurfsvoll zurück.

»Klar weiß ich das. Hat trotzdem Spaß gemacht. Dich zu beobachten, dir Angst zu machen. Sind ja wilde Storys, die du hier eben zum Besten gegeben hast.«

Seine Bemerkungen machen mich noch wütender.

»Deswegen bist du also hier? Um mir Angst einzujagen? Das ist deine Motivation? Mehr hat dein Leben nicht zu bieten? Wie armselig.«

Er wirkt verblüfft, dass ich so mit ihm rede, und tatsächlich bin ich es auch. »Stimmt, das ist armselig«, gibt er zu, keine Spur von neckischer Freude mehr in seinen Zügen. »Deswegen werde ich das hier jetzt auch beenden.«

»Ach ja?« Mein Blick huscht zu dem Halfter unter seiner Jacke, vor meinem geistigen Auge probiere ich die Möglichkeit aus, wegzulaufen, erkenne jedoch, dass es dafür zu spät ist. Bevor ich auch nur die Tür des Sezierraums erreiche, hätte Dante bereits auf mich geschossen. Was ohnehin seine Absicht ist. Als hätte er bemerkt, wohin meine Befürchtungen gewandert sind, lässt er sie wahr werden. Er zieht seine Waffe, hält sie am ausgestreckten Arm und zielt auf meine Brust.

Ich erstarre. Werde zu einer Statue der Angst. Der Blick in den Lauf seiner Pistole weckt bekannte Gefühle, vier Monate sind sie alt, sie wollen mich an den Schultern packen und zurück ins Sternenhagel katapultieren. Tokessa hat es mir erklärt, Schüsse und andere Knallgeräusche sind Trigger für mich. Meine gegenwärtige Perspektive ist ganz klar auch einer, mit aller Kraft wehre ich mich dagegen, verwende einen Skill, um mich in der Gegenwart zu halten, beiße auf meine Unterlippe, bis der blutige Schmerz mir die Stärke gibt, die Augen von der Waffe abzuwenden. Stattdessen starre ich in Dantes Gesicht, blende aus, dass ich so gut wie tot bin, und lasse das Feuer meiner Wut Oberhand gewinnen.

»Du Arschloch! Meinetwegen bist du doch überhaupt nur noch am Leben!«, schnauze ich ihn an, hebe meine Hände ein Stück weiter, auf gleiche Höhe wie das unbekannte Ding in Dantes Hand.

Er schüttelt den Kopf. »Du verstehst es nicht.«

Ich sehe ihn fragend an, fordere ihn wortlos auf, mich zu erleuchten.

Seine rechte Hand beginnt zu zittern, er braucht seine andere, um sie unter Kontrolle zu bekommen. Er ist emotional, versucht irgendein unangenehmes Gefühl mit Zorn zu bändigen. »Du hast Raphael getötet. Dafür will ich dich bluten sehen!«

Auch meine Hände zittern, ich halte sie weiter auf Brusthöhe, spüre in mir den nagenden Zweifel, ob ich es kann. Worauf ich eigentlich warte.

*Kopf und Eier.*

»Ich habe *was*? Und wer ist Raphael?«

»Willst du mich verarschen?« Dante ist aufgebracht, Speichelspritzer fliegen in meine Richtung. »Du bist die ›einzige Überlebende‹«, er nimmt die linke Hand vom Griff der Waffe, um symbolische Gänsefüßchen in die Luft zu zeichnen, »und kennst die Namen der Männer nicht, die du auf dem Gewissen hast?«

Seine Anschuldigung verursacht ein heilloses Chaos in meinem Kopf. Meint er allen Ernstes einen der Geiselnehmer?

»Ich habe niemanden auf dem Gewissen«, stelle ich klar und fühle mich wie eine Lügnerin. Ich bin mir sicher, Dante hat nicht die geringste Ahnung, wer Miko war.

Er kommt einen Schritt näher, zielt nun auf meinen Kopf. »Ich bin anderer Meinung.«

Ich kämpfe gegen den Impuls, meine Augen zu schließen. Kein Weg führt mehr am Lauf der Pistole vorbei, und ich spüre, wie meine Brust eng wird. Aber ich muss hinsehen, muss die Situation einschätzen können, wenn ich eine Chance haben will, hier lebend herauszukommen. »Was ist mit dir? Du warst nicht da, als die Bomben hochgingen. Du hast lieber deinen eigenen Arsch gerettet und keinen Gedanken an andere verschwendet.« Meine Hände schweben erhoben auf Kopfhöhe, meine Lippen beben bei jedem Wort.

*Worauf wartest du?*

Ich habe einen wunden Punkt getroffen. Das kalte Auge des Laufes an meiner Stirn, Dante drückt ihn so fest dagegen, dass er meinen Kopf nach hinten neigt. Er beugt sich zu mir herunter, sein Gesicht dicht vor meinem. »Du warst es! Du hast mich manipuliert. Ohne dich wäre ich bei Raphael gewesen, als er starb. Wäre mit ihm zusammen gestorben, wie es abgemacht war.«

Meine Gedanken auf ihre Logik zu überprüfen fällt mir gerade schwer, aber ich ahne, worauf er hinauswill. »Darum geht es dir? Du willst Rache, weil dein Lover tot ist?«, frage ich provokant.

*Warum tust du das?*

Dante zuckt zurück, und mein Herz setzt aus. »Spinnst du?«, herrscht er mich an, während er sich weiter von mir entfernt, die Augen voller Abscheu. »Raphael war mein Bruder! Mein großer Bruder, mein Held. Nur deinetwegen habe ich mein Versprechen gebrochen.«

Noch immer im Visier seiner Waffe, fällt es mir wieder leichter, zu atmen. Dafür werden meine Hände kalt, doch sie müssen oben bleiben.

»Nein, das hast du selbst zu verantworten. Seine eigenen Bomben haben ihn zerfetzt, während du wie ein Versager abgehauen bist. Er hat gekriegt, was er verdient, und du bist davongekommen. Finde dich damit ab.«

»Halt's Maul!«, brüllt er, eine neue Anspannung durchzuckt ihn, und er tut das, wovor ich mich gefürchtet habe. Er lädt die Waffe durch.

Ich habe zu lange gewartet, jetzt bin ich am Arsch.

*Kopf und Eier*, höre ich die vertraute Stimme des Mannes meiner ehemaligen Ballettlehrerin. *Es ist erst zu spät, wenn es vorbei ist.*

»Welcher war dein Bruder?«, frage ich vorsichtig, um ihn nicht weiter zu provozieren.

Anscheinend bin ich damit nicht besonders erfolgreich, denn er sieht mich wutentbrannt an. »*Billy* natürlich!«

Der Anführer also, der Macher und Entscheider. Der Verhandler. Trotz der grauenvollen Dinge, die er getan und veranlasst hat, ist mir ausgerechnet seine Begegnung mit *Pinhead* besonders in Erinnerung geblieben. Der Tritt in die Eier, den *Billy* ihm verpasst hat. Der einzige Moment, in dem ich einen Hauch von Sympathie für ihn verspürt habe. Mein Gehirn ist schon seltsam, dass es sich ausgerechnet das merkt. »Hast du deswegen meinen Vater umgebracht? Aus Rache für deinen Bruder?«, fordere ich zu wissen.

Dante lacht freudlos auf. »Du bist so ahnungslos, Olivia. Ich war froh, als die Öffentlichkeit endlich anfing, hinter deine Fassade zu blicken.«

Ich gehe nicht darauf ein, mit der Patrone im Lauf habe ich das Gefühl, dass mir die Zeit davonläuft.

»Die Krankenschwester, das warst du auch.« Eine Feststellung, für die ich keine Bestätigung brauche. »Was hat Melanie Hildebrandt dir getan?«

Er schnaubt gleichgültig und macht eine wegwerfende

Handbewegung, die Waffe nur noch mit einer Hand haltend. »Das war ein Unfall. Sie hat mich dabei erwischt, als ich mich im Pflegeheim umgesehen habe.«

Er ist mir gefolgt, ich selbst habe ihn zu meinem Vater geführt, ohne mich hätte Dante nicht einmal von ihm gewusst. Nur deshalb ist Johannas Nichte tot, sind sie selbst und Paul, die es immer nur gut mit mir gemeint haben, in ihrer eigenen Wohnung gefangen. Ich habe den Tod nach Obderwede gebracht. Vielleicht habe ich es verdient, dass Dante mich erschießt.

»Du hast also deine Rache. Mein Vater ist tot, genau wie dein Bruder. Warum jetzt noch ich?«

Dante verdreht genervt die Augen, lässt die Waffe ein wenig sinken, die nun auf meinen Bauch gerichtet ist. »Du begreifst es einfach nicht.« Er zuckt die Schultern. »Ich habe nie gesagt, dass ich Rache für den Tod meines Bruders will. Ich will dich zur Rechenschaft ziehen, weil *ich* noch lebe.«

*Warum hast du dann meinen Vater umgebracht?*, will ich ihn anschreien, will es nur verstehen.

»Mein Bruder und ich hatten einen Pakt. Wir wollten die Sache im Sternenhagel zusammen durchziehen. Die Gefahr, dabei zu sterben, bestand immer, wir haben das berücksichtigt. Der Deal war, uns dem gemeinsam zu stellen. Keiner sollte nach dem Tod von dem anderen verraten werden.«

»Und? Hast du nicht getan. Ihn verraten. Er wäre sicher stolz auf dich!«, rutscht es mir heraus.

Dantes Lippen werden schmal, die Waffe wandert zurück zu meinem Kopf. »Deinetwegen habe ich den Pakt gebrochen!«, schnauzt er mich an. Ich zucke nicht zurück.

Ich werde es tun. *Kopf und Eier.* Und wenn ich scheitere … dann habe ich es immerhin versucht. Vorher aber muss ich noch etwas loswerden.

»Nein, Dante, du hast nicht meinetwegen euren Pakt gebrochen. Das hast du selbst zu verantworten, deine Feigheit, ich habe sie in deinen Augen gesehen, kurz bevor du im Tunnel verschwunden bist. Als du gehört hast, dass die

Situation oben eskaliert. Ich war gefesselt und dehydriert, und du hattest eine Waffe, wie hätte ich dich zwingen oder manipulieren können? Es war *deine* Entscheidung. Komm mal langsam darauf klar!«

Ich mache mich bereit. Dante tritt einen Schritt auf mich zu. In seinen braunen Augen ist keine Wärme mehr.

»Wir wollten zusammen sterben. Jetzt muss ich ewig leben.«

»Du hast sie ja nicht mehr alle!«

»Das war metaphorisch –«

Ich lasse Dante nicht ausreden. *Kopf und Eier*, höre ich ein letztes Mal die motivierende Stimme. Dann greife ich an.

## 47

*Obderwede, 26. Oktober*

Schnelligkeit und das Überraschungsmoment, mehr brauche ich nicht. Nicht einmal Kraft, denn davon ist nichts mehr vorhanden. Ich greife mit beiden Händen nach dem Lauf der Waffe, drücke ihn hoch, während ich gleichzeitig in die Hocke gehe. Der Schuss löst sich, über meinen Kopf hinweg, meine Hände verbrennen, aber ich darf nicht loslassen. Ich springe auf und versenke meinen Fuß, so fest ich kann, zwischen Dantes Beinen. Er jault auf, sein Griff lockert sich, und ich entreiße ihm die Pistole. Als er sich unter Schmerzen nach vorne beugt, ramme ich ihm mein Knie ins Gesicht. Ich höre es knirschen, Blut besudelt meine Hose, und Dante fällt brüllend auf alle viere.

Ich kann mich nicht bewegen. In meinen Ohren herrscht ein Störgeräusch vor. Entsetzt starre ich auf die Waffe in meiner Hand, will sie von mir stoßen, aber das wäre nicht vernünftig. Ich sehe zu dem am Boden liegenden Dante, kann nicht fassen, dass ich das war, dass alles funktioniert hat, wie es uns beigebracht wurde.

Aus Dantes Schreien, die wie hinter dicker Watte zu mir durchdringen, werden zornige Flüche, er versucht bereits, sich wieder aufzurappeln, doch noch hindert ihn der Schmerz in seinen Eiern daran.

*Wer nicht wegläuft, der ist tot.*

Mit der Pistole zwischen zwei Fingern, als wäre sie ein totes Tier, laufe ich los. Ich werde sie nicht abfeuern, schwöre ich mir, eher sterbe ich, ich behalte sie bloß bei mir, damit Dante sie nicht bekommt.

Ich erreiche die Tür aus dem Kachelraum heraus, ich fühle mich plötzlich gar nicht gut, ein schriller Piepton drängt sich unter die Watte in meinen Ohren. Ich höre kaum etwas anderes, habe keine Ahnung, was Dante hinter mir treibt. Ob er mir bereits auf den Fersen ist. Meine Schritte den ersten Gang hinunter werden langsamer, mir ist schwindelig, und dann wird mir schwarz vor Augen. Ich stütze mich an einer der Wände ab, warte darauf, dass mein Kreislauf sich wieder einkriegt, wanke dennoch weiter, weil ich den Weg fast schlafwandlerisch kenne. Aber meine Beine versagen, sie fühlen sich schwach an, es ist, als würde sich mein Körper verweigern. Bis hierhin und nicht weiter.

»Olivia? Bist du hier?«, drängt sich plötzlich ein weit entferntes Rufen an dem Piepton in meinen Ohren vorbei. Das war nicht die Stimme von Dante.

Was macht Malte hier? Er scheint draußen nach mir zu suchen, zu weit weg, um mir zu Hilfe zu kommen. Ich muss mich verstecken, bevor Dante wieder auf den Beinen ist. Als meine Sicht aufklart und sich der schwarze Nebel lichtet, beginne ich verzweifelt, an sämtlichen Türen zu rütteln, an denen ich auf meinem zittrigen Weg vorbeikomme. Ich weiß, dass sie abgeschlossen sind, alle, waren es schon immer, doch mir fällt nichts anderes ein. Als ich die erste Biegung erreiche, werfe ich einen hektischen Blick zurück, doch Dante ist nicht zu sehen. Ich schleppe mich zur Tür des Haupteinganges, rüttle an ihr, doch nichts bewegt sich. Mir droht die Puste auszugehen, jeder Schritt ist anstrengender als eine Stunde Zirkeltraining, trotzdem bin ich entschlossen, nicht aufzugeben. Dante kriegt mich nicht!

Ich wanke zur gegenüberliegenden Tür, und als wäre es nie anders gewesen, lässt sie sich einen Spaltbreit öffnen.

Wann ist das passiert? Ich kann es nicht fassen und blicke in das finstere Nichts am Ende der langen Kellertreppe. Was sich zunächst wie Glück anfühlte, erfüllt mich plötzlich mit Unbehagen. Ich muss da rein, bevor Dante um die nächste Ecke kommt. Möglichst geräuschlos schlüpfe ich durch den Spalt, schließe sofort die Tür hinter mir, und während ich in absoluter Dunkelheit auf der obersten Stufe stehe, suche ich in meiner Hoodietasche nach dem Handy.

Die Taschenlampe bringt gerade genug Licht, um die nächsten Stufen zu sehen. Was mich unten erwartet, bleibt ein Geheimnis der Schwärze. Julian hätte es geliebt, und kurz bedauere ich es, dass er damals nicht die Gelegenheit gehabt hat, auch die verborgenen Geheimnisse des Leichenhauses zu erkunden. Mit klopfendem Herzen steige ich die Treppe hinab, keine Hand frei, um mich festzuhalten. Es riecht modrig, nach Fäkalien und ein bisschen, als wäre hier ein Tier gestorben. Was durchaus denkbar ist.

Erst als ich die letzte Stufe erreiche, begreife ich, wo ich mich befinde.

Es ist ein großer Lagerraum, in dem unzählige Metallsärge aufgetürmt sind. Soweit ich es erkenne, stehen sie an allen Wänden, in jeder Ecke, immer zwei oder drei übereinander. Am Ende des Raumes befindet sich eine Rampe mit Rollen, die zu der verschlossenen Tür des Fahrstuhls führt. Hastig sehe ich mich um, fühle mich hier unten unwohl, schmutzig, wie eine vergessene Lebende unter den Toten. Aber ich bin nicht vergessen, und in den Särgen befinden sich auch keine Leichen. Ich bin versucht, an den Knöpfen des Fahrstuhls zu drücken, doch ich weiß, dass es keinen Strom gibt, und anders als bei der zuvor verschlossenen Kellertür hat sich daran in den letzten fünf Jahren garantiert nichts geändert.

Stattdessen sehe ich mich nach einem Versteck um, obwohl mir bewusst ist, dass es hier vor Möglichkeiten nur so wimmelt. Doch das hilflose Mädchen in mir sträubt sich, in einen der Särge zu krabbeln. Ich bringe es zum Schweigen, indem ich mich für einen entscheide.

Der Sarg steht an der linken Wand nahe dem Fahrstuhl, es ist der oberste eines Dreierstapels, und direkt davor steht ein weiterer Sarg, den ich als Einstiegshilfe benutzen kann.

Es ist nicht schwer, den Deckel zur Seite zu schieben, tatsächlich ist er leichter, als ich ihn in Erinnerung habe. Umständlich klettere ich hinein und lege mich auf den Rücken. Obwohl der Sarg groß ist, fühle ich mich gefangen. Aber welche Wahl habe ich? Die Waffe auf meinem Schoß abgelegt, strecke ich mich nach der Abdeckung aus, das wilde Flackern meiner Taschenlampe macht mich nervös. Ob Dante es sehen kann, wenn er vor dem Eingang zum Keller steht? Mit dem Gefühl, mich selbst zu begraben, ziehe ich den Deckel zu. Dann schalte ich die Handylampe aus.

Absolute Dunkelheit umschließt mich. Nicht einmal meine eigene Hand kann ich ausmachen, als ich sie mir direkt vor das Gesicht halte. Die Stille ist ein stummer Schrei, die Geräusche meines erschöpften Körpers ein Orchester der Angst.

Mich in einem Sarg zu verstecken war eine beschissene Idee.

Bereits nach wenigen Atemzügen bekomme ich nicht mehr genug Luft. Panik grummelt in meiner Brust, ein voreiliges Monster, und ich mache mir bewusst, dass ich nicht gefangen bin. Niemand hat mich eingesperrt, ich kann jederzeit den Deckel zur Seite schieben und in die Freiheit klettern. Ich schließe die Augen, obwohl es keinen Unterschied macht, und stelle mir vor, ich würde in einem Bett liegen, einem sehr unbequemen, einengenden Hostelbett. Oder in einer Badewanne. Mir wird heiß, mein Kopf scheint zu glühen, und ich beginne, meine Atemzüge zu zählen. Der normale Durchschnitt liegt bei zwölf bis dreizehn pro Minute, bei mehr als zwanzig würde es bedeuten, dass ich hyperventiliere und bald das Bewusstsein verliere. Spontan entscheide ich, das Display meines Handys zu aktivieren, um wenigstens etwas zu sehen und nicht ein Teil der Dunkelheit zu werden.

Sechzig Sekunden später komme ich auf vierzehn Atemzüge, was mich ein wenig beruhigt. Langsam beginnt auch mein Gehirn wieder zu funktionieren, und ich überlege mir, was ich hier unternehmen könnte. Ein Blick auf die Balken meiner Netzverbindung verrät mir, dass ich keinen Empfang habe. Von der Außenwelt abgeschlossen, wie in einem Sarg, in einem Keller und im Nirgendwo zu erwarten war.

Mir bleiben zwei Möglichkeiten. Ich warte und wage mich irgendwann wieder nach oben, wenn ich glaube, dass Dante sich verpisst hat. Oder … Dante findet mich. Ich habe die

Waffe, bin aber immer noch entschlossen, sie nicht zu benutzen.

Was bleibt?

Die Kellertür gibt ein Geräusch von sich, wird geöffnet. Jemand kommt.

Ich lösche das Licht meines Handys und halte die Luft an. Das wilde Geschrei der Panik in meinem Kopf lässt mich nicht denken. Aber ich muss mir etwas einfallen lassen. Was ich mache, wenn Dante den Deckel meines Sargs öffnet.

*Selbstverteidigung beginnt im Kopf*, höre ich Lars, den Mann meiner Tanzlehrerin, sagen.

*Krav Maga.*

Wir haben es so oft trainiert, nachdem eines der Mädchen auf dem Nachhauseweg vergewaltigt worden war. Frau Moldau hatte es einfach entschieden, uns an vier Tagen im Monat dreißig Minuten Krav Maga gelehrt. Eine Technik aus einem Sarg heraus ist allerdings nie dabei gewesen.

Mir fällt die Waffe auf meinen Schoß ein. Ich werde sie nicht abfeuern, niemals, aber vielleicht reicht es, wenn Dante glaubt, ich könnte es tun. Widerwillig taste ich nach der Pistole, nehme sie in beide Hände und richte sie auf die Innenseite des Sargdeckels. Meine Atmung geht flach und konzentriert, während ich lausche. Das Klingeln in meinem Ohr ist abgeklungen, aber immer noch zu laut, um Dante genau zu lokalisieren. Ich glaube, ihn auf der Treppe zu hören, schwere Schritte, die näher kommen. Mein Herz klopft so heftig, dass es mich verraten wird.

Mein Griff um die Pistole wird fester, ich halte sie nicht, sondern sie hält mich. Aus dem Keller kommen jetzt keine Geräusche mehr, trotzdem halte ich den Atem an und lausche.

Aus dem Nichts beginnt der Sarg zu ruckeln. Bevor ich verstehe, was passiert, kippt meine eingeschränkte Welt zur Seite, kurz scheine ich schwerelos zu sein, bis sie mit einem blechernen Krachen auf dem Sarg darunter aufschlägt. Der Deckel wird weggeschleudert, die Schwerkraft reißt mir Pistole und Smartphone aus den Händen, und beide werden sofort von der Dunkelheit gefressen. Der Sarg bleibt auf der Seite stehen, ich hingegen habe nichts, womit ich den Schwung abfangen, nichts, woran ich mich festhalten kann. Ich falle weiter, versuche den Sturz auf den Deckel unter mir abzufedern, doch ich bin zu langsam und schlage der Länge nach auf. Die Luft wird mir ein zweites Mal an diesem Tag aus den Lungen gepresst, ich stöhne auf, lasse mir aber keine Zeit zu überprüfen, ob ich verletzt bin. Sofort erhebe ich mich auf Hände und Knie, krabble orientierungslos auf ein grelles Licht zu, angezogen wie ein Insekt. Ich komme nicht weit, spitze Finger wie Stricknadeln graben sich mir in die Schultern und werfen mich auf den Rücken. Dante ist über mir, sein mit Blut verschmiertes Gesicht verleiht ihm im Schatten eines Lichtstrahls irgendwo über meinem Kopf ein dämonisches Aussehen. Ich stoße mich von dem schmutzigen Boden ab, rutsche rückwärts, doch ich komme nicht weit. Sofort packt Dante mich an den Handgelenken, drückt sie neben meinem Kopf auf das Linoleum und drängt sich zwischen meine Beine.

»Das hat wehgetan!«, sagt er nasal, die Nase ist ganz offensichtlich gebrochen.

»Gut!«, erwidere ich gehässig.

Unvermittelt schließen sich seine Hände um meinen Hals, drücken fest zu, und ein dumpfer Schmerz explodiert in meiner Kehle. »Großer Fehler!«, krächze ich und sehe Dante an, dass er mich nicht verstanden hat.

Was ab jetzt passiert, ist allein seine Schuld, und ich kann es kaum erwarten.

Ich greife seine Handgelenke und fixiere sie an meinem Körper, gleichzeitig bringe ich meine Beine auf seine Schultern. Seinen Hals fest zwischen meinen Knöcheln, presse ich die Knie zusammen und hebe explosionsartig meine Hüfte, so hoch ich kann. Ich spüre den Druck seiner Arme, sehe das Entsetzen in Dantes Augen, und im selben Moment höre ich seine beiden Ellenbogengelenke brechen.

Dante brüllt vor Schmerz auf, ich weiche zurück, Genugtuung und Übelkeit in meinem Blutkreislauf, seine Hände nicht länger an meinem Hals. Ein Schuss aus dem Nichts, nun kreische auch ich und hebe schützend die Arme vor meinen Kopf.

Dann ist es still.

Ganz still.

Langsam nehme ich meinen Schutzschild herunter, vor Angst und Adrenalin bebend, versuche zu begreifen, was um mich herum geschehen ist, nachdem ich glaubte, die Überhand zu haben.

Dante liegt mit dem Rücken am Boden, er ist seitlich weggekippt, seine Augen weit aufgerissen. Er blinzelt nicht mehr. Ich kann nicht erkennen, was ihn niedergestreckt hat, bis ich mich aufsetze und sehe, dass sich unter seinem Kopf eine Blutlache ausbreitet.

Am Ende der Treppe steht Malte, sein bleiches Gesicht von Entsetzen gezeichnet, und hält noch immer die Pistole in seiner Hand.

## 48

*Obderwede, 26. Oktober*

Dreißig Minuten später waren Polizei und Krankenwagen vor Ort, sind von der Straße ins Gestrüpp abgebogen und haben das Leichenhaus durch eine wild bewucherte Schneise erreicht, weil die ursprüngliche Straße nicht mehr zu finden war. Graue Wolken haben sich vor die Sonne geschoben, das Licht des Tages ist trostlosem Herbstwetter gewichen, düster und ungemütlich.

Ich sitze bei offener Tür im Inneren eines Krankenwagens, die Sanitäter haben mich alleine gelassen, nachdem sie mich einer oberflächlichen Untersuchung unterzogen hatten. Tatsächlich bin ich nach allem fast ohne Verletzungen davongekommen. Ein paar Prellungen, Schürfwunden, Kreislaufprobleme. Sie haben mir Traubenzucker gegeben, eine Wasserflasche und eine Decke, mehr ist ihnen nicht eingefallen.

Meine Gedanken bewegen sich nur träge, vielleicht habe ich einen Schock. Bald wird der Leichenwagen kommen, eigentlich möchte ich nicht hier sein, wenn es so weit ist. Es fühlt sich unwirklich an, die Spuren der Fahrzeuge zu sehen, als wäre ich Zeugin eines brachialen Verbrechens gegen die Natur geworden. Es fällt mir schwer, meinen Blick von der Schneise zu nehmen, weil das bedeuten würde, dass ich mich mit den anderen Dingen um mich herum auseinandersetzen muss, mit den Absperrungen um mein Refugium, *unser* Refugium, den Schaulustigen, den vielen Menschen, die nicht hierhergehören. Die Konfrontation wird kommen, eher früher als später, aber nicht jetzt. Bitte noch nicht jetzt.

Ob es vor den Bungalows auch so aussieht? Bei meinem Notruf habe ich auch um Hilfe für Johanna und Paul gebeten, ich hoffe, es geht ihnen gut.

Aus dem Augenwinkel bemerke ich eine Gestalt, die sich mir vorsichtig nähert, mir wäre es lieber, sie würde mich noch ein bisschen in Ruhe lassen, aber es gibt Dinge, die kann ich mir nicht aussuchen.

Erst als Malte an der Tür zum Krankenwagen stehen bleibt, wende ich den Blick von der Schneise ab.

»Hey. Wie geht es dir?«, frage ich besorgt, denn ich kann seinen Gesichtsausdruck von vorhin nicht vergessen. Als er begriff, dass er einen Menschen getötet hat.

Er zuckt mit den Schultern, die Hände tief in seinen Jeanstaschen vergraben. »Das müsste ich dich fragen.« Er weicht meiner Frage aus. Ich verstehe das, was soll er darauf auch antworten?

Ich hingegen habe mir eine Antwort zurechtgelegt. »Ich bin nicht kaputtzukriegen, das weißt du doch.«

Ein kleiner Tumult bricht an der Absperrung aus und zieht meine Aufmerksamkeit auf sich, obwohl ich gar nicht hinsehen möchte. Anscheinend sind Journalisten vor Ort und stellen aufdringliche Fragen. Womöglich wollen sie wissen, wo Olivia Bloch ist, die einzige Überlebende aus dem Sternenhagel. Sicher hat sich herumgesprochen, dass ich involviert bin in das, was auch immer sich die Leute darüber bereits erzählen.

»Ich bin gespannt, welche Bösartigkeit mir die Presse dieses Mal unterstellt«, sage ich zu Malte. »Wahrscheinlich habe ich alles selbst inszeniert, um wieder der Liebling der Nation zu sein.«

Auch Malte hat das Geschehen am Absperrband beobachtet. »Das wird bestimmt keiner behaupten.«

Ein Lichtblitz explodiert, dann ein weiterer, wir werden fotografiert. Vielleicht sollte ich Malte darauf vorbereiten, dass sie auch über ihn Lügen verbreiten werden, irgendwann wird jemand eine Behauptung aufstellen und alles hinterfragen, was bewiesen schien. Er ist jetzt eine Person von öffentlichem Interesse, daran kann er nichts ändern. Ich verstecke mich nicht vor dem Fotografen, Beamte kümmern sich bereits darum, und Maltes verstörter Gesichtsausdruck wird irgendwann der Gleichgültigkeit weichen.

Ein betretenes Schweigen entsteht zwischen uns, aber es fühlt sich normal an, zu viele Dinge gehen in unseren Köpfen vor, es muss nicht immer geredet werden.

»Was ist mit dir? Lassen sie dich gehen?«, frage ich dann trotzdem, weil ich mir bislang keine Gedanken darüber gemacht habe, ob Malte für sein Einschreiten Konsequenzen zu erwarten hat.

Er reibt sich die Augen, es war ein anstrengender Tag, auch für ihn. »Es wird Ermittlungen geben, das auf jeden Fall. Und wir müssen beide später noch mit aufs Revier, ein paar Fragen beantworten. Aber ich denke, sie glauben uns, dass es Notwehr war.«

»Müssen sie, weil es die Wahrheit ist«, sage ich, um ihm ein wenig die Angst zu nehmen. Malte muss es nicht wissen. Dass ich Dante unter Kontrolle hatte, dass er mit zwei gebrochenen Armen keine Gefahr mehr für mich war. Wenn man jemanden getötet hat, stellt das unschöne Dinge mit der Seele an. Die Last der Schuld wird für Malte hoffentlich leichter zu ertragen sein, wenn er weiter davon überzeugt ist, dass er mich gerettet hat.

Mit einem Mal wirkt Malte unruhig, nervös tritt er von einem Fuß auf den anderen, er scheint mit sich zu ringen. »Olivia, ich muss dir was sagen.«

»Was denn?« Ich bringe nicht mehr genug Energie auf, um mir Sorgen zu machen, stattdessen nehme ich einen Schluck aus der Wasserflasche.

»Das Crack-Video ... Das war ich. Es tut mir leid.«

Wut flammt in meiner Brust auf. Nach meiner Konfrontation mit Dante bin ich davon ausgegangen, dass er für alles verantwortlich war, was in Obderwede passiert ist. Die Schmiererei, die Knaller, das *Video*. Fast wäre Malte damit durchgekommen. Als er es nicht schafft, mir in die Augen zu sehen, werfe ich die offene Plastikflasche nach ihm. Wasser spritzt ihm ins Gesicht, durchnässt seinen dunkelblauen Pullover.

»Du hast *geschworen*, dass du es nicht warst, Malte. Du bist so ein Arschloch!«

Beschämt wischt er sich das Wasser aus den Augen. »Ich weiß.«

»Was noch?«

Er schüttelt den Kopf. »Nichts! Ich habe nur das Video hochgeladen, mehr nicht!«

*»Nur?«* Fast könnte ich darüber lachen, wenn es nicht so frustrierend wäre. Ich ziehe die Decke enger um meine Schultern, die feuchte Herbstluft lässt mich frösteln.

»Es tut mir ehrlich leid, Olivia! Hätte ich gewusst, auf welche Ideen das manche Menschen bringt ... ich habe nicht darüber nachgedacht.«

Erst jetzt wird mir bewusst, dass Malte nicht die geringste Ahnung hat, wer Dante war. Anscheinend denkt er, jemand hätte mich aufgrund des Videos aufgesucht, um mich zur Rede zu stellen. Soll er das ruhig weiter glauben.

»Du hast ein Scheißglück, dass du mir gerade den Arsch gerettet hast, sonst würde ich dir nämlich jetzt in die Eier treten.«

Malte nickt kleinmütig, will etwas sagen, als ein Beamter neben ihm auftaucht und ihn zur Befragung auf der Polizeistation mitnimmt. Nach seinem Geständnis bin ich unschlüssig, was ich für ihn hoffen soll. Ich sehe ihm hinterher, wie er in das Fahrzeug der Polizei steigt und durch die Schneise weggebracht wird.

Die Vorstellung, dass mir das ebenfalls noch bevorsteht, nagt an mir. Ich will nach Hause, gleichzeitig habe ich keine Ahnung, wo das sein soll. Einmal mehr fühle ich mich verloren, wie ich so im Krankenwagen sitze und sich niemand um mich kümmert.

Irgendwann kommen Sanitäter und fragen mich, ob ich noch etwas brauche. Als ich verneine, nehmen sie mir die Decke ab und fahren ohne mich durch die Schneise davon. Erschöpft und verstört suche ich auf dem Gelände nach einem Polizisten, nachdem ich erleichtert beobachtet habe, wie die

Schaulustigen das Interesse verloren haben und zusammen mit den verscheuchten Presseleuten abgezogen sind.

Der überraschte Beamte, der mir als Erstes über den Weg läuft, teilt mir mit, dass ich nach Hause dürfe und am nächsten Tag jemand käme, um meine Aussage aufzunehmen. Aufs Revier müsse ich dafür nicht. Gerade als er mich fragt, ob mich jemand abholen komme, hält ein Wagen in der Schneise, den ich schon mal gesehen habe. Auf der Fahrerseite erkenne ich die Frau, mit der Tokessa sich an diesem Morgen im Schlafenden Reh getroffen hat. Neben ihr sitzt Tokessa, die sich mit einer kurzen Umarmung von ihr zu verabschieden scheint und anschließend aus dem Auto steigt. Die Frau wendet geschickt das Fahrzeug und verschwindet in der beginnenden Dämmerung, während Tokessa humpelnd in meine Richtung kommt.

Malte hat mir erzählt, dass es Tokessa gewesen ist, die ihn nach meiner alarmierenden Nachricht zum Leichenhaus losgeschickt hat. Die Wehen waren bereits während der Fahrt abgeklungen, und im Krankenhaus überprüften die Ärzte lediglich, ob mit dem Baby alles in Ordnung war. Dass sie nach den grauenhaften Schmerzen am Morgen wieder stabil genug ist, um das Krankenhaus zu verlassen, überrascht mich ein wenig.

Mit schlechtem Gewissen gehe ich ihr entgegen. Ihr Blick, als wir voreinander stehen bleiben, verrät mir nicht, wie sie zu mir steht – ich selbst begegne ihr noch immer mit gemischten Gefühlen. Unsicher räuspere ich mich. »Wie geht es deinem Baby?«

»Ach, sieh an. Jetzt interessiert es dich also wieder?«

Anscheinend ist sie sauer, weil ich sie mit Malte alleingelassen habe. Natürlich ist sie das.

»Was machst du hier?«, frage ich, als sie mir nichts über ihr Baby verrät. Es wundert mich schon, dass sie gekommen ist, obwohl sie mich offensichtlich und völlig berechtigt verachtet.

»Ich habe mich selbst entlassen. Ihr habt mir keine andere

Wahl gelassen, du und Malte, es ist ja keiner von euch Arschlöchern ans Handy gegangen.«

»Entschuldigung, wenn ich Sie unterbreche«, mischt sich der Polizist hinter mir in unser Gespräch. »Sind Sie hier, um Frau Bloch nach Hause zu fahren?«

»Nein, sie kann nicht –«, beginne ich, werde aber unterbrochen.

»Meinetwegen, mein Wagen ist hinten an der Straße«, sagt Tokessa und zerrt mich unsanft am Arm in Richtung Schneise.

Schweigend gehen wir zu Tokessas Auto, das seit ihrem Unfall im Leichenhaus dort stehen muss. Mir fällt auf, dass ihr verstauchter Knöchel getaped ist, anscheinend war es eine Rundumbehandlung im Krankenhaus. Die Fahrt zu den Bungalows ist kurz und stumm, und erleichtert stelle ich fest, dass das Haus von Johanna und Paul ebenfalls mit Absperrband versehen ist. Sie sind jetzt in Sicherheit.

»Eines will ich dir noch sagen«, findet Tokessa ihre Stimme wieder. »Hast du sie noch alle? Triffst dich alleine mit diesem Typen, ohne jemanden zu informieren?«

»Ich habe dich informiert.«

»Ja, super! Mit einer kryptischen Nachricht, während ich im Kreißsaal hocke und ein Kind aus mir herauspresse? Sehr hilfreich, wirklich.«

»Ganz offensichtlich ist das Kind aber noch an Ort und Stelle.« Ich hole tief Luft, habe keine Kraft, mich zu streiten, habe es sogar aufgegeben, wütend auf sie zu sein. »Was war überhaupt bei dir los?«, frage ich matt.

»Ja nichts. War ein Fehlalarm. Die haben mir was zur Entspannung gegeben und wollten mich zur Beobachtung eine Nacht dabehalten. Ging aber nicht, weil ich mich ja um euch lebensmüde Kleinkinder kümmern muss.«

»Du hättest im Krankenhaus bleiben sollen«, sage ich bitter. »In meiner Nähe passieren schlimme Dinge.«

Tokessa schnaubt herablassend. »Ja, herzlich willkommen in der eigenen Suppe des Selbstmitleids.« Sie blickt kurz aus ihrem Seitenfenster, und als sie mich wieder ansieht, sind ihre Züge weicher geworden. »Was ist denn passiert?«

Ich bin so unfassbar müde. Ich werde Tokessa alles erzählen, ungeachtet der Konsequenzen, die das für mich haben wird. Erschöpft lege ich meinen Kopf zurück und schließe die Augen. Bilde Wörter in meinem Mund, die niemals genug sein werden. »Du hattest recht, es gab einen fünften Geiselnehmer. Aber es war nicht Julian. Ich dachte, er wäre es, aber … Ich habe einen schlimmen Fehler gemacht, habe ihm geholfen, aus der Bar zu entkommen. Er war hier, um mich zu quälen und umzubringen, genauso, wie er es zuvor mit meinem Vater gemacht hat.« Ich schlucke schwer, doch der schmerzhafte Kloß will nicht verschwinden. »Mein Vater ist tot«, finde ich Klarheit in dem Durcheinander aller Wahrheiten. Dann breche ich endlich in Tränen aus.

## 49

*Obderwede, 26. Oktober*

Tokessa ist es, die mich davon abhält, noch am selben Abend in das Pflegeheim nach Lübbewirtz zu fahren. Nicht einmal eine Stunde nachdem wir zurück im Bungalow waren, erhielt ich stattdessen einen Besuch zweier Beamter. Sie teilten mir betroffen mit, was ich bereits wusste. Irgendwie hatte ich wohl doch noch gehofft, dass das Video eine Täuschung gewesen war und mein Vater weiter selig in seinem Bett schnarchte, doch das war nicht der Fall. Mein Vater war tot, ermordet von noch unbekannter Hand, in seinem Zimmer im Pflegeheim, durch mehrere Messerstiche in den Hals. Alles, was ich gesehen hatte, war echt gewesen.

Zusammenhangslos setzte ich die Polizisten über die Geschehnisse im Leichenhaus in Kenntnis, am nächsten Tag auf dem Revier würde ich viel erklären müssen.

Nach gerade mal einer Stunde Schlaf weckt mich ein Geräusch. Vermutlich Tokessa, die sich in der Küche noch etwas zubereitet oder sich aus anderen Gründen durch die Zimmer bewegt. Es ist ungewohnt, sie im Haus zu haben und mit ihr jedem Geräusch eine Berechtigung zu geben.

Während mich bei meinem ersten Versuch der Schlaf direkt in seine dunkle Tiefe gerissen hat, scheitert der neue Versuch an meinem Kopf, der es anscheinend für angebracht hält, die vergangenen Stunden noch einmal durchzugehen. Aber ich will nicht an Dante denken, nicht an seine Motive, nicht an das Gefühl an meinen Knien, als seine Arme brachen. Nicht an meine Fehler. Nicht an das Messer, das den Hals meines Vaters durchstößt, an das Blut, seine sterbenden Augen.

Ich wälze mich herum und greife nach dem Handy auf meinem Nachttisch, um mich auf andere Gedanken zu bringen. Besorgt stelle ich fest, dass Herr Keller versucht hat, mich zu erreichen. Julians Vater. Ich setze mich im Bett auf. Es ist kurz vor Mitternacht, und ich hadere mit mir, ob ich ihn um diese Zeit noch zurückrufen kann. Doch als mir auffällt, dass sein Anruf gerade mal zehn Minuten zurückliegt, verwerfe ich meine Bedenken.

Bereits nach dem zweiten Klingeln geht Herr Keller ran.

»Olivia, habe ich dich geweckt? Tut mir leid, das wollte ich nicht«, begrüßt er mich, und eine Woge der Zuneigung wärmt mein Herz.

»Nein, ich kann sowieso nicht schlafen«, beruhige ich ihn, kann aber meine eigene Sorge nicht verbergen. »Was ist denn los? Ist was passiert?«

Herr Keller atmet schwer, er klingt, als würde es ihm schwerfallen, überhaupt weiterzusprechen. »Olivia, es geht um Julian«, dringt es schließlich durch den Hörer an mein Ohr. Sofort verkrampfe ich mich. Julian. Sein Bild von ihm ist seit ein paar Stunden wieder reingewaschen, dennoch spüre ich noch die Nachwirkungen meines Misstrauens. Ich muss mir erst wieder bewusst machen, dass er nie im Gefängnis gewesen ist und dort auch keine Männer kennengelernt hat, mit denen er später in einer Cocktailbar neunzehn Menschen als Geiseln genommen hat. Mein monatelanges verzweifeltes Unverständnis, was ihn zu einem solchen Menschen gemacht hat, war auf dem Mist eines Fremden gewachsen. Nach allem zu dem alten Julian zurückzukehren fühlt sich unrechtmäßig an. Ich hätte nicht an ihm zweifeln dürfen.

»Was ist mit Julian?«, frage ich, meine Kehle wie zugeschnürt, und höre Julians Vater in der Leitung atmen. »Herr Keller?«

Ich glaube, dass er weint, und auch mir steigen die Tränen in die Augen.

»Sie haben ihn gefunden«, spricht er dann die Worte, vielleicht die wichtigsten, die er jemals gesagt hat.

Sein Weinen … es könnte alles bedeuten. Freudentränen. Tränen der Trauer. »Er ist wieder da?«

»Nein, Olivia.« Meine letzte Hoffnung stirbt. Ich halte

mir die Hand vor den Mund, will den Schluchzer, der darin wohnt, noch nicht entlassen. Am anderen Ende der Leitung schnaubt sich Herr Keller die Nase. »Es gab einen Zwischenfall in der leer stehenden Leichenhalle«, beginnt er, nun etwas gefasster. »Weißt du, welche ich meine?«

Beinahe muss ich lachen, doch ich gebe keinen Ton von mir, nicke nur, was Herr Keller nicht sehen kann.

»Sie haben dort eine Leiche gefunden. Im Keller.«

Meine Welt, sie existiert nicht mehr. Zerspringt in Milliarden von Teilen. Zeit hat ihre Bedeutung verloren, Licht wird zu Finsternis, Schatten werden lebendig. Nichts ergibt noch Sinn. Der Keller. Julian hatte es die ganze Zeit im Namen. Die Tür, die plötzlich nicht mehr verschlossen war. Ich habe an ihr gerüttelt, unzählige Male, als ich damals nach ihm suchte.

»Sie sind nicht sicher, ob er es ist«, redet Herr Keller weiter, er weiß nichts davon, wie nahe ich seinem Sohn vor ein paar Stunden war, bekommt nichts mit von dem Tumult in mir. »Ein paar Männer waren eben hier und haben eine Speichelprobe von mir genommen. Es soll ein … eine forensische Analyse durchgeführt werden, ein Abgleich, DNA, ich bin etwas durcheinander, bitte verzeih mir.«

Ich weiß, was ich fragen will, doch meine Zunge macht nicht mit. »Identifizieren?« Das einzige Wort, das sie mir zugesteht.

»Es ist über fünf Jahren her, Olivia.«

Er spricht nicht weiter, scheint darauf zu warten, dass ich etwas erwidere, doch ich kann nicht. Fünf Jahre. Ich weiß, was das bedeutet. Es ist nichts von ihm übrig außer Knochen. »Olivia, ist alles in Ordnung?«

Wieder nicke ich und erinnere mich, dass er mich nicht sieht. »Reden Sie weiter«, bitte ich ihn, obwohl ich ahne, dass mich jedes Wort mehr zerstören wird.

»Der Tote …« Ich höre, dass ihm unwohl ist, weiterzusprechen, und mein Magen krampft sich zusammen. »… er hatte nichts bei sich. Kein Handy, keinen Ausweis, nicht einmal Kleidung. Es wird noch überprüft, ob Tiere die Sachen davongeschleppt haben könnten.«

»Hm«, mache ich, damit er weiß, dass ich noch da bin.

»Ich weiß nicht, wann das Ergebnis der Analyse kommt. Die Priorität ist nicht hoch, weil … weil es keinen Unterschied mehr macht. Als wäre es nach fünf Jahren der Ungewissheit egal, ob ich noch zwei Tage oder zwei Monate warte.«

Er klingt bitter, er tut mir leid, aber ich bringe es nicht fertig, etwas Wertschätzendes zu sagen.

»Okay.«

Es wird still in der Leitung, ich frage mich, ob er aufgelegt hat, bis er sich räuspert. »Es gibt da noch etwas, Olivia.«

Oh Gott.

»Der Tote … war unvollständig.«

Mir wird schlecht.

»Der Kopf wurde nicht gefunden.«

Ich springe aus dem Bett, finde irgendwie den Weg ins Badezimmer, obwohl ich durch tränenverschleierte Augen nichts sehen kann. Mit einem brutalen Würgen erbreche ich mein schmales Abendessen in die Kloschüssel.

Danach geht es mir besser. Ich bin nass geschwitzt, mein Kopf schmerzt, aber der innere Druck hat nachgelassen.

»Olivia, ist alles in Ordnung?«, kommt es besorgt von Herrn Keller.

»Ja, es geht schon wieder.«

»Ich hätte dir das nicht erzählen sollen, es tut mir leid. Es ist nur –«

»Nein, ich will das wissen«, unterbreche ich ihn. Wir sind die verbliebenen zwei, die auf Julian warten, bis es Gewissheit gibt. Ich möchte Herrn Keller nicht damit allein lassen.

»Der fehlende Schädel muss nicht zwangsläufig das bedeuten, wonach es aussieht.« Mord. Er spricht von Mord. Natürlich. Welchen anderen Grund könnte es geben für sämtliche Umstände? »Größere Tiere könnten ihn … verstehst du? Das muss alles noch überprüft werden.« Ich bin mir nicht sicher, ob er mich nur beruhigen will oder das wirklich glaubt. Ich lasse mich auf den Boden des Badezimmers sinken, spüre die kalten Kacheln durch den dünnen Stoff meiner Schlafhose und denke darüber nach, was ich jetzt noch sagen kann.

»Glauben Sie, dass es Julian ist?« Ich will, dass er Nein sagt, will die Hoffnung nicht aufgeben, die mich in den letzten fünf Jahren davor bewahrt hat, den Verstand zu verlieren. Ich will mich nicht mit neuen Fragen konfrontieren müssen, die automatisch aufkämen, sollte sich der Tote im Keller des Leichenhauses wirklich als Julian herausstellen.

»Ich weiß es nicht. Aber ich hoffe es. Ich hoffe, dass es mein Junge ist. Damit ich endlich Gewissheit habe.«

Wir beenden das Gespräch, und mir wird klar, dass seine Tränen zu Beginn des Telefonats weder die der Trauer noch die der Freude gewesen sind. Es waren Tränen der Hoffnung. Hoffnung auf Klarheit, die ihm endlich Frieden bringen würde. Mit dem Verlust hat er sich längst abgefunden.

Irgendwann stehe ich vom Badezimmerboden auf, drücke die Spülung und wasche mir den Mund aus. Meine Beine tragen mich wie von alleine zurück ins Bett, der Schock über die Leiche im Keller bringt neue Erschöpfung, das ist alles zu viel, zu viel für einen Verstand, um es zu verarbeiten. Schlaf hilft mir dabei, ich träume mich zurück in den Keller mit den Särgen, suche im Dunkeln nach der kopflosen Leiche und erwache schlagartig, als sich geflüsterte Worte in mein Ohr drängen.

Worte, die mich gefrieren lassen.

»Ein Ton, und ich werde dich töten.«

## 50

*Obderwede, 27. Oktober*

Noch bevor ich richtig wach bin, durchstößt etwas meine rechte Handfläche und nagelt mich über meinem Kopf am hölzernen Bettgestell fest. Der Schmerz explodiert, ich presse die Lippen aufeinander, damit ich nicht aufschreie, und rutsche mit dem ganzen Körper meiner Hand entgegen, um das Gewicht daran zu lockern. Ich schnappe nach Luft, als mein Kreislauf zusammensackt, sehe wilde Sterne in der Dunkelheit tanzen, höre die Panik in mir anschwellen. Atmung ist alles, ich zähle die Wiederholungen, mit denen sich meine Brust hebt und senkt, spüre den Schock weiterhin in mir, doch nicht mehr so hysterisch wie zuvor. Die Sterne verpuffen, der Schmerz lässt nach, doch nur, solange ich die aufgespießte Hand nicht bewege. Ich sehe hin, erkenne ein Messer, ein ganz normales Küchenmesser, vielleicht sogar aus der Schublade in diesem Haus. Es selbst aus meiner Handfläche herauszuziehen erscheint mir unmöglich.

»Wie tapfer du bist, arme Olivia Bloch«, kommt eine freundliche Stimme irgendwo aus meinem Zimmer, im nächsten Augenblick erkenne ich in der Dunkelheit eine weibliche Gestalt, die direkt vor meinem Bett steht. Obwohl wir uns noch nie gegenübergestanden haben, sehe ich genug, um sie zu erkennen.

»Du bist still, außer ich stelle dir eine Frage. Dann darfst du antworten, aber leise«, flüstert sie. »Ich möchte Tokessa nicht aufwecken, sie hat einen schlimmen Tag hinter sich. Hast du das verstanden?«

Ich nicke schwach. Tokessas Bekannte aus der Pension hat ihre Hände hinter dem Rücken verschränkt, und ich habe eine böse Vermutung, was sie dort versteckt. Mit einem Mal setzt sie sich in Bewegung und umrundet das Bett, bis sie die Seite mit meiner unverletzten Hand erreicht. Statt einer Pistole holt sie ein Paar Handschellen hinter dem Rücken hervor und fordert mich mit ihrem Blick auf, meinen Arm auszustrecken. Mein Mittelfinger kribbelt aufdringlich, doch ich halte mich zurück. Erst als sie aus dem Bund ihrer Jeans doch noch eine Pistole zutage fördert, gebe ich mich geschlagen. Ich werde hier nicht lebend herauskommen, nicht noch einmal. Kein Krav Maga der Welt kann mir hier noch helfen.

Ich bin überrascht, als die Frau die Nachttischlampe anschaltet und ich zum ersten Mal ihr Gesicht aus der Nähe sehe. Sie ist hübsch, Ende zwanzig vielleicht, ihre langen braunen Haare trägt sie offen und mit lila Spitzen. Nur ihre Augen … sie sind leer, ich sehe absolut nichts in ihnen. Schnell wendet sie sich von mir ab, nimmt sich den Stuhl vom Schreibtisch und stellt ihn vor das Bett. Als sie sich hinsetzt, die Pistole auf dem Schoß, atmet sie einmal durch, als müsse sie sich erst einmal beruhigen.

»Dante ist tot, richtig oder falsch?«, flüstert sie.

Ich sehe keinen Sinn darin, sie anzulügen. »Richtig.«

Sie nickt, eine sachliche Kenntnisnahme ohne Emotionen. »Okay. Dann hast du jetzt beide Brüder auf dem Gewissen.«

»Falsch.«

»Das war keine Frage.« Sie streicht sich ihre Haare hinter die Ohren, in beiden trägt sie mehrere Ringe und Stecker. »Okay, lass mich überlegen … wie wollte ich anfangen?« Ich bin mir nicht sicher, ob sie eine Show abzieht oder wirklich so planlos ist, wie sie scheint. »Ach so, warte. Hat Dante von mir erzählt?«

»Nein.«

Sie nickt. »Verstehe, also wenn das so ist … Hi, ich bin Marlene, und ich bin mit Dante nach Obderwede gekommen, um dich leiden zu sehen. Also eigentlich wollte *ich* dich leiden sehen, Dante wollte dich nur umbringen. Ich bin froh, dass er es nicht geschafft hat.« Ihr Redefluss droht mich zu ertränken. »Unsere Dynamik war schwierig, er hat mich über deine Rolle während der Geiselnahme angelogen, ich habe ihn bezüglich meiner Absichten mit dir angelogen. War nicht leicht mit uns.« Sie macht eine Pause, als müsste sie kurz nachdenken. »Wobei ich zugeben muss, dass ich ihn mittlerweile besser verstehe.« Sie nimmt die Waffe zur Hand, nur um sie auf den Boden zu legen und ihre Beine zu überschlagen.

»Ich möchte, dass du ein paar Dinge weißt. Damit du besser verstehst, okay?«

Ich nicke, als ich merke, dass sie eine Antwort von mir erwartet. Sie erwidert mein Nicken mit einem Nicken, doch statt direkt wieder draufloszureden, hat sie nun Probleme, einen Anfang zu finden. Mehrmals presst sie ihre Lippen aufeinander, dabei fliegt ihr Blick ruhelos umher, und sie vermeidet es, mich anzusehen.

»Raphael war ein guter Mensch«, wispert sie dann, und es ist anders als ihr Flüstern zuvor. Sie tut es nicht, damit Tokessa sie nicht hört, sondern weil sie das, was folgt, nicht anders ausdrücken kann. »Ich weiß, dass er auf den letzten Metern seines Lebens nicht unbedingt seine beste Seite gezeigt hat, aber er sollte nicht nach dem beurteilt werden, was er in den paar Stunden im Sternenhagel getan, sondern was er in den Jahren davor geleistet hat.«

»Auch gute Menschen können böse Dinge tun«, zwinge ich mich zu sagen und hoffe, sie damit nicht wütend zu machen.

Doch es ist, als hätte sie mich gar nicht gehört. Sie hängt in Erinnerungen fest, zu denen ich keinen Zugang habe. »Du hättest sehen sollen, wie er mich behandelt hat. Mit Ehrfurcht und Respekt, er hat mir das Gefühl gegeben, dass mein Leben einen Wert hat, auch wenn ich den selbst nicht sehen konnte. So ein Mensch ist er gewesen.«

Ihr Blick klart auf, und sie sieht mich das erste Mal richtig an. In ihrem Ausdruck liegt etwas Flehendes, doch ich weigere mich, ihr auch nur einen Hauch Sympathie entgegenzubringen. »Ich wusste nicht, was Raphael vorhat. Natürlich habe ich mitbekommen, was im Sternenhagel passiert ist … Erst als Dante bei mir auftauchte und alles gebeichtet hat … ich wollte Raphael hassen, ich habe es wirklich versucht, aber ich kann es nicht. Weil er es für mich getan hat, für ein besseres Leben … so sehr hat er mich geliebt.« Sie blinzelt und sieht weg. »Er war ein guter Mensch. Ich möchte, dass du das weißt.«

Ich bin dankbar, nichts sagen zu müssen, denn es wäre mir unmöglich, ihren Bullshit zu schlucken.

»Als Nächstes möchte ich dir erklären, warum dein Vater sterben musste.« Sie sagt es ohne ersichtliche Schuldgefühle, es ist eine sachliche Ankündigung, als würde nun die Wettervorhersage für die kommende Woche folgen. »Ihn zu töten war nicht Dantes Idee, sondern meine. Er hat nur getan, worum ich ihn gebeten habe.«

Zum ersten Mal versuche ich, meine Hand mit dem Messer darin zu bewegen, doch sofort schießt der brennende Schmerz zurück in die Wunde. Ich beiße die Zähne zusammen, damit Marlene nicht bemerkt, was ich versuche. »Weißt du, Olivia, ich wollte, dass du erfährst, was Schmerz bedeutet. Die offene Wunde, die dein Inneres ist, wenn du einen Menschen verlierst, den du liebst. Wie es ist, wenn jede Bewegung wehtut, sich jeder Atemzug falsch anfühlt, weil jemand von dir gerissen wurde … wie eine Amputation ohne Narkose. Denn so fühlt es sich an.«

Erst jetzt fällt mir auf, dass sie zu weinen begonnen hat. Lautlose Tränen zeigen sie als die trauernde Frau, die sie hinter ihrem Rachedurst zu verstecken versucht. »Raphael war mein Verlobter, ich habe ihn geliebt. So sehr. Was soll ich jetzt ohne ihn machen?« Sie schämt sich nicht für ihre Tränen, lässt sie laufen, nimmt sich die Zeit, die sie braucht, um weiterreden zu können. »Weißt du, ich habe wirklich gehofft, dass es mir hilft, dir den gleichen Schmerz zuzufügen. Aber die Wahrheit ist … das tut es nicht. Ob du leidest oder nicht, macht für mich keinen Unterschied. Raphael kommt nicht zurück. Nichts bringt ihn zurück.«

Sie nimmt die Pistole vom Boden und erhebt sich, die Entschlossenheit, die von ihr ausgeht, versetzt mich in Alarmbereitschaft. Ich zerre an den Handschellen, mir ist es egal, ob sie es bemerkt, ich überlege, ob ich um Hilfe rufen soll, doch ich will Tokessa nicht in Gefahr bringen.

»Jedenfalls … denke ich, dass Dante recht hatte.« Ich kann ihrer Andeutung nicht folgen, erinnere mich nicht mehr, was sie über ihn gesagt hat. Die Pistole hängt an ihrem Arm, zeigt auf den Boden, als sie neben meinem Bett steht.

»Ich möchte, dass du tot bist«, sagt sie mit zitternder Stimme, »so wie ich mir wünsche, tot zu sein.«

Das holt meinen alten Überlebensinstinkt zurück an die Oberfläche. Ich trete nach ihr, ignoriere den Schmerz, der bei jeder Bewegung durch meine Hand zuckt.

Ich treffe sie, doch nicht kräftig genug, um sie von den Beinen zu stoßen. Mit einer Schnelligkeit, die mich fassungslos macht, springt sie auf mich drauf, dann hämmert sie mir den Griff der Pistole gegen die Schläfe. Lichtblitze zerbersten, als stünde eine Schar von Journalisten in meinem Schlafzimmer und machte Fotos. Mein Körper erschlafft, ich habe keine Kontrolle mehr über ihn. Marlene zieht mir das Kissen unter dem Kopf weg und drückt es auf mein Gesicht. Ich kann nicht atmen, mein Körper gibt auf. Ich denke an Julian, an seine weichen Küsse, die so gut geschmeckt haben.

Ich sterbe. Wird aber auch Zeit.

## 51

*Obderwede, 27. Oktober*

Eine weitere schlaflose Nacht, Tokessa hält ihren schweren Bauch fest und versucht, sich auf die andere Seite zu wälzen. Niemand hat sie darauf vorbereitet, dass sie sich während einer Schwangerschaft in einen gestrandeten Wal verwandeln würde. Einmal mehr zwickt es in ihrer Gebärmutter, gefolgt von einem energischen Tritt gegen die Niere. Alles aber Kinkerlitzchen im Vergleich zu den Wehen am Vortag. Im Krankenhaus sagten sie ihr, mit dem Kind sei alles in Ordnung. Das hindert sie jedoch nicht daran, sich Sorgen zu machen.

Vermutlich ist das der Anfang vom Ende. Ab heute wird sie sich für den Rest ihres Lebens Sorgen machen.

Im Flur vor ihrer Tür sind leise Schritte zu vernehmen. Wie es aussieht, hat auch Olivia Probleme, in den Schlaf zu finden. Noch immer weiß sie nicht, wie sie mit Olivias Verhalten umgehen soll. Sie während der schlimmsten Krämpfe im Stich zu lassen ist unverzeihlich, andererseits kann sie ihre Beweggründe mit sehr viel Wohlwollen nachvollziehen. Zudem hat sie sich Olivia gegenüber auch nicht gerade mit Ruhm bekleckert. Vermutlich ist es das Beste, wenn sie morgen zurück nach Hannover fährt. Ihrem Fuß geht es bereits besser, und unter keinen Umständen will sie noch einmal Wehen bekommen, wenn das nächste Krankenhaus fünfzig Kilometer entfernt ist.

Mit einem leisen Quietschen öffnet sich die Tür zu ihrem Zimmer, ein Lichtkegel ergießt sich über den Boden.

»Olivia, ist alles in Ordnung?«, fragt Tokessa mit belegter Stimme, stützt sich auf ihren Ellenbogen und wirft einen Blick auf die Digitaluhr ihres Nachttisches. Fast zwei Uhr.

Sie reibt sich die Stirn, ein dumpfer Kopfschmerz kündigt

sich an, und als Olivia ihr nicht antwortet, sieht sie sich in ihrem Zimmer um. In einer Ecke neben der Tür steht jemand, doch es ist nicht Olivia.

»Marlene, was machst du hier?«, fragt Tokessa irritiert und versucht mühsam, sich aufzusetzen.

»Gleich ist alles gut, wie du es gesagt hast. Bleib ruhig liegen«, wispert Marlene mit zitternder Stimme. Sie zieht ein bisschen die Nase hoch, dann huscht sie aus ihrer Ecke und setzt sich zu Tokessas Füßen auf ihr Bett.

»Es tut mir leid, dass ich nicht ehrlich zu dir war.« Sie schüttelt den Kopf über etwas, das Tokessa nicht begreift, doch bevor sie fragen kann, spricht Marlene hastig weiter. »Du hättest nicht nach Obderwede kommen sollen, aber ich bin froh, dass ich dich kennenlernen durfte.«

»Was ist denn passiert? Hattest du wieder Stress mit deinem Freund?«

»Dante war nicht mein Freund. Tokessa, du musst mir jetzt zuhören, ich muss das loswerden, bevor mich der Mut verlässt. Du weißt gar nicht, wie ähnlich wir uns sind. Wir beide haben unsere große Liebe verloren.«

Davon hört Tokessa zum ersten Mal. Ein mulmiges Gefühl befällt sie. »Wer bist du?«

Marlene lächelt milde. »Ich bin die, als die ich mich dir vorgestellt habe. Ich habe dir nur nicht von Raphael erzählt. Weil du es nicht verstanden hättest. Aber glaube mir, mein Schmerz ist auch dann echt, wenn du den Mann hasst, um den ich trauere.«

Tokessa glaubt sich in einem seltsamen Traum, obwohl sie eigentlich ausschließen kann, dass sie eingeschlafen ist. Der Wahnsinn aus dem Mund dieser Frau muss real sein.

Als würde sie Tokessas Ablehnung spüren, steht Marlene von dem Bett auf. »Ich wollte dir noch sagen, wie leid es mir tut, dass ich dir heute ein wehenförderndes Mittel in den Tee gemischt habe. Aber ich wusste, was Dante vorhat, und musste dich aus der Schusslinie bringen.«

Marlene wankt ein paar Schritte rückwärts, plötzlich eine

Pistole in der Hand, halb erhoben, sie zielt auf nichts Bestimmtes.

Tokessa hebt abwehrend die Hände. Während ihrer Arbeit als Sozialarbeiterin für kriminelle Jugendliche wurde sie auf solche Situationen vorbereitet, doch niemals zuvor hat sie sich so involviert gefühlt wie in diesem Moment. »Leg die Waffe weg, Marlene. Wir können in Ruhe darüber reden, ich kann ohnehin nicht schlafen. Aber bitte leg die Pistole weg.«

Marlene lächelt dankbar, ihre Augen glänzen feucht. »Du darfst nicht aufgeben, hörst du? Ich weiß, wie sehr es schmerzt, aber du musst am Leben bleiben. Für dein Baby. Versprich es!«

Tokessa denkt nicht nach, von Marlenes Worten schwer getroffen, sagt sie es einfach. »Ich verspreche es, Marlene, aber –«

Weiter kommt sie nicht.

Marlene hebt die Pistole, nimmt sie in den Mund, ein erleichterter Ausdruck erfüllt ihre Augen kurz mit Leben. Dann drückt sie ab. Tokessa schreit auf, flucht und wimmert, während Marlene tot zu Boden sackt. Im selben Moment beginnt eine weitere Knallkette im Garten zu tanzen.

# Teil 4
# Die Verbliebenen

# 52

*Vier Monate später – Hannover, 14. Februar*

Sie will nicht aufwachen, nicht die Lider heben, denn sobald sie die Augen öffnet, wird alles schwer. Jede Handlung ist ein Kraftakt, nichts funktioniert ohne Überwindung, ohne vorangegangenes Abwägen für jeden noch so kleinen Handgriff. Ohne die ewige Frage im Kopf, ob er wirklich nötig ist oder es auch ohne geht.

Es wird besser, das weiß Tokessa. Der Berg ist morgens am höchsten, die Sicht aus dem Tal einschüchternd und bedrohlich. Der Trick ist, nicht darüber nachzudenken, nicht nach oben zu schauen, sondern einfach loszugehen. Sobald unterwegs, wird der Weg leichter.

Nur deshalb tut sie es, überwindet sich, hebt die Lider. Es ist früh, das Fenster bringt nur Dämmerung in ihr Schlafzimmer, genug für die Bewegung neben ihr.

Thando liegt auf Rouvens Seite, bereits wach, die dunklen Augen groß und neugierig, die kleinen Füßchen in der Luft. Er hat ein Spiel daraus gemacht, sie aus dem Schlafsack zu befreien, konzentriert und mit Spaß, kein Hunger, keine volle Windel, er ist ein entspanntes Baby.

Sein Anblick jeden Morgen ist der erste große Sprung den Berg hinauf, er bindet sie mit Liebe und Verantwortung daran, trotz aller Anstrengung diesen Weg zu gehen.

Eine Weile sieht sie ihn an, spürt unvollständige Vollständigkeit in ihrer Brust, ein besseres Gefühl als noch vor Monaten, vor Wochen, vor ein paar Tagen.

Thando hat die braune Haut seines Vaters, sein schwarzes Haar kräuselt sich bereits. Überhaupt ähnelt er Rouven sehr, er ist schmerzhaft schön.

Er kam mit fünf Tagen Verspätung, kostbare Zeit, die sie ihm zugestanden hat, nachdem Marlene ihn in Gefahr gebracht hatte. Aber Thando ist stark, er nimmt sich, was er braucht, und das soll er auch. Er wird ohne Vater aufwachsen, mit einer Mutter, die vielleicht nie über diesen Verlust hinwegkommt, obwohl sie sich bemüht. Aber seine Tante Manou ist auch noch da und kümmert sich um ihn, wenn Tokessa einfach nicht kann. Wenn der Berg mit jedem Schritt höher wird und sie deshalb gar nicht erst die Augen öffnet. Solche Tage gibt es, aber sie werden seltener, und vielleicht verschwinden sie eines Tages sogar ganz. Dieser kleine Mensch muss von Anfang an stark sein, noch bevor er das Leben richtig kennenlernt.

»Guten Morgen, Thando«, begrüßt sie ihn, und als er sie ansieht, strahlt er über das ganze Gesicht, der giggelnde Laut ist seine wortlose Antwort. Er dreht sich auf die Seite, er ist weit für sein Alter, und Tokessa streckt den Arm nach ihm aus, berührt sein zartes Gesicht, rutscht näher und riecht an seinem Haar. Sein persönlicher Geruch, den sie mit Frieden und Leben verbindet.

»Alles wird gut«, flüstert sie, spürt seine kleine Hand, die nach ihren Haaren greift, und zum ersten Mal ist Tokessa bereit, ihren eigenen Worten zu glauben.

## 53

*Hannover, 14. Februar*

Ich lebe. Immer noch. Es gibt Tage, an denen ich mich frage, womit ich das verdient habe. Was ich mit diesem Leben anfangen soll, das so verbissen an mir hängt. Um das herauszufinden, bin ich hier. Die Traumata waren zu schwerwiegend, um sie zu ignorieren. Mir einzureden, ich käme alleine damit klar, wäre leichtsinnig. Also habe ich mich in eine psychiatrische Einrichtung begeben. Um Abstand zu gewinnen, mich auszuschließen von der Welt, die wieder wer weiß was über mich verbreitet. Sollen sie schreiben, was sie wollen, ich distanziere mich davon, indem ich es ignoriere. Es war meine Entscheidung, das Handy am Empfang abzugeben. Ich fühle mich hier wirklich besser, sicherer, auch wenn ich die Alpträume und Flashbacks wohl nicht so bald loswerde.

Seit ich hier bin, habe ich viel Zeit zum Nachdenken. Dabei habe ich eine Entscheidung getroffen. Dante ist nie im Sternenhagel gewesen, es gab keine Verwechslung, vier Geiselnehmer, niemals fünf. Niemand lebt noch, der das Gegenteil behaupten könnte. Tokessa weiß es, und mein Therapeut, aber bei beiden bin ich mir sicher, dass sie mich nicht verraten werden. Für alle anderen waren Dante und Marlene Harms nichts weiter als Trauernde, Bruder und Verlobte von einem der Geiselnehmer, angestachelt von den falschen Anschuldigungen gegen mich auf YouTube und in den Medien. Gequälte Seelen, die ein Ventil brauchten für den Schmerz ihres Verlustes und als logische Konsequenz mich, die einzige Überlebende, ausgesucht haben.

Das ist meine Geschichte, und für mich ist sie nahe genug an der Wahrheit dran, durch die auch Malte seine Lektion gelernt hat. Alles hat sich zurechtgerückt, alles ist an seinem Platz. Niemand wird je von Julian erfahren, von den Fehlern, die ich gemacht habe. Dafür muss ich mit der Schuld leben, die ich am Tod von drei Menschen trage. Der wahre Mörder ist identifiziert, Melanie Hildebrandts Eltern, Johanna, all den anderen Angehörigen würde es keine Erleichterung bringen, wenn sie wüssten, dass Dante meinetwegen auf freiem Fuß war. Wegen meines Irrtums, der Miko die Chance verwehrt hat, am Leben zu bleiben.

Und mein Vater? Er hat das Geheimnis um sich und Julian mit ins Grab genommen, wie es schon Anna Keller Jahre zuvor getan hat. Ich habe mit Paul gesprochen, ihm von den letzten Worten meines Vaters erzählt, von seiner Aufforderung, ich solle seinen Nachbarn nach Julian fragen. Wie sich herausstellte, hatte Paul keine Ahnung, was mein Vater damit gemeint haben könnte, und inzwischen gehe ich davon aus, dass Martin Zagel bis zuletzt in einer Zeitblase umherirrte, die Tage und Jahre durcheinandergewürfelt hat. Seine letzten Worte an mich könnten sich also auf alles Mögliche bezogen haben, wirklich sicher werde ich es aber nie wissen, wie so vieles in meinem Leben. Das ist meine Strafe. Niemals Gewissheit zu haben. Auch damit muss ich nun leben. Ich wünschte nur, ich hätte mich mit meinem Vater aussprechen können, bevor er sterben musste. Richtig aussprechen, ihm in einem klaren Moment sagen können, wie leid es mir tut, was ich ihm angetan habe. Gewisse Dinge sollten eben sofort erledigt werden, statt sie auf später zu verschieben. Weil man niemals weiß, ob es ein Später noch geben wird.

Heute habe ich Therapie bei Dr. Fischer. Wir kennen uns von früher aus meiner ambulanten Begutachtung nach der Geiselnahme. Ich habe explizit um ihn gebeten, und nach all den Dingen, die mir widerfahren sind, hat sich niemand getraut, mir diesen Wunsch zu verwehren.

Das Zimmer ist klein und muffig, hat kaum genug Platz für den Schreibtisch und die zwei Poäng-Sessel von Ikea, in denen wir uns gegenübersitzen, wobei ich versuche, mich zur Ruhe zu wippen, wenn wir auf heikle Themen zu sprechen kommen. Zwischen uns steht ein kleiner Beistelltisch an der weißen Wand, mein Blick, wenn er in Gedanken verloren auf Wanderschaft geht, hat freie Sicht auf das einzige Fenster mit der belebten Krankenhausstraße davor. Heute Morgen hat es angefangen zu schneien, das erste Mal in diesem Jahr.

»Worüber möchten Sie heute reden, Frau Bloch?«, beginnt Dr. Fischer wie immer das Gespräch. Er ist jung, zumindest wirkt er so, und in gewisser Hinsicht attraktiv. Das hindert mich aber nicht daran, auch meine hässlichsten Seiten vor ihm zu offenbaren.

Oft lasse ich Dr. Fischer vorgeben, worüber wir sprechen, doch an diesem Tag ist es anders, denn ich habe etwas zu erzählen.

»Julians Vater hat mich heute angerufen. Das Ergebnis der genetischen Analyse ist da. Sie wissen schon, wegen der Leiche, die im Leichenhaus gefunden wurde.«

Er nickt.

Ich befeuchte meine Lippen, sie werden während meiner Therapiegespräche immer schnell trocken. »Der Tote ist nicht Julian, es gibt keine genetische Übereinstimmung.«

»Also haben sie einen DNA-Abgleich gemacht?«

»Genau.«

»Wie geht es Ihnen damit?«

»Ich weiß nicht. Herr Keller war … enttäuscht. Er hat geweint. Es hat mir leidgetan für ihn, weil ich weiß, wie sehr er sich endlich Gewissheit wünscht. Jetzt wird er wahrscheinlich nie erfahren, wo Julian ist.«

Dr. Fischer nickt wieder, das tut er generell viel während unserer Sitzungen. »Sind Sie ebenfalls enttäuscht, dass es sich bei dem Toten nicht um Julian handelt?«

»Das war ich, zuerst. Vielleicht hat sich auch nur Herr Kellers Enttäuschung auf mich übertragen. Weil es ja irgendwie vernünftig ist, Gewissheit haben zu wollen. Aber inzwischen … bin ich erleichtert. Weil es bedeutet, dass Julian vielleicht noch lebt. Irgendwo. Die Hoffnung lässt mich weitermachen. Ich will noch da sein, wenn er eines Tages wieder auftaucht.«

Ich sage mit Absicht *wenn* und nicht *falls*, und ich weiß, dass Dr. Fischer es bemerkt hat.

Nun jedoch mustert er mich nachdenklich, wechselt die übereinandergeschlagenen Beine. »Bedeutet das im Umkehrschluss, dass Sie keinen Grund zum *Weitermachen* haben würden, wenn Sie wüssten, dass Ihr Freund tot ist?«

Die verheilte Wunde in meiner rechten Handfläche beginnt zu jucken, und ich kratze sie. Dieses Jucken – die Ärzte nennen es Heilung, ich nenne es Erinnern. »Ehrlich gesagt weiß ich das nicht. Ich bin nicht suizidal. Aber manchmal … frage ich mich schon, was mir das Leben noch bringt. Wenn ich irgendwann aus der Klinik entlassen werde, was mache ich dann? Wo werde ich wohnen, wen habe ich noch? Und was passiert als Nächstes, weil, machen wir uns nichts vor, ich ziehe das Unglück irgendwie an.«

Es war ein ungelenker Versuch, mit einem Scherz das Gewicht meiner Aussage abzuschwächen, doch Dr. Fischer lacht nicht. »Diese Gedanken müssen ziemlich belastend für Sie sein.«

»Mein ganzes Leben ist belastend.«

Wieder nickt er. »Ja, das kann ich gut nachvollziehen. Aber deshalb sind Sie hier. Eine stationäre Therapie kann keine Wunder bewirken und aus einem belastenden Leben kein einfaches machen. Unser Ziel ist, dass Sie Ihre Traumata verarbeiten und lernen, wie Sie mit möglichen Krisensituationen umgehen können, damit Sie eben nicht suizidal werden.«

»Okay.«

»Was also könnten Sie tun, wenn Sie belastende Gedanken haben? Was fällt Ihnen ein?«

Darüber muss ich nicht lange nachdenken, die Erfahrung war mein Lehrer. »Ich könnte mich ablenken. Mich auf andere Gedanken bringen.«

Nicken. »Ja, zum Beispiel. Was glauben Sie: Würde es Ihnen helfen?«

»Kurz. Spätestens wenn ich schlafen gehe, sind diese Gedanken wieder da.«

»Stimmt. Haben Sie eine andere Idee, was Ihnen helfen könnte, negative Gedanken dauerhaft auszuschalten?«

»Ich kann mir denken, worauf Sie hinauswollen.«

»Worauf will ich denn hinaus?«

»Eine Liste. Für jeden schlechten Gedanken ein Gegengewicht. Aber das wird nicht funktionieren. Weil es gewisse Dinge gibt, die kann ich mir nicht schönreden.«

»Wer redet hier von Schönreden? Lassen Sie es uns versuchen. Ohne Liste. Nennen Sie mir einen Punkt, der Ihnen am meisten Sorgen bereitet.«

Ich hadere mit mir, ob ich diesen Gedanken aussprechen soll, dieses Bild, das ich von mir selbst habe, seit ich ihn im Pflegeheim gesehen habe. Aber dafür bin ich hier. Um die hässlichen Dinge, tief verborgen in meiner inneren Geheimtruhe, herauszuholen und auf den Tisch zu packen. »Dass ich so einsam enden könnte wie mein Vater.«

»Sie fühlen sich einsam?«

Ich zucke hilflos mit den Schultern. »Ich habe niemanden, keine Freunde, kein Zuhause. Zu meiner Mutter will ich nicht zurück. Ich werde den Kontakt zu ihr nicht abbrechen, aber wieder mit ihr zusammenwohnen? Ich würde anfangen, sie zu hassen, und das will ich nicht.«

»Das finde ich eine gute Einstellung. Was ist mit Ihrem Freundeskreis?«

»Freundeskreis? So etwas habe ich nicht, nie gehabt. Ich bin schon immer zu sehr auf Julian fixiert gewesen, als er noch da war, und nachdem er verschwunden war, erst recht. Ich habe nie jemanden an mich herangelassen, also emotional. Nach der Sache im Sternenhagel habe ich mein Studium abgebrochen. Kommilitonen, mit denen ich Kontakt hatte, haben sich von mir abgewandt. Vor allen Dingen nach dem Tod von Svenja. Einige haben den Verschwörungstheorien der Medien geglaubt, mich für mitschuldig gehalten. Selbst wenn sie wieder ankämen, würde ich nichts mehr mit ihnen zu tun haben wollen.«

»Was hält Sie davon ab, neue Freundschaften zu schließen?«

»Wo denn? In einer Selbsthilfegruppe für ehemalige Geiseln?« Noch ein Scherz, Dr. Fischers Mundwinkel zucken nicht einmal. Ich sollte es lassen. »Praktisch jeder weiß, wer ich bin. Es gibt niemanden, der sich nicht schon eine Meinung über mich gebildet hat.«

Mit einem Anflug von Wehmut denke ich an Tokessa zurück, an die wenigen Stunden, in denen ich geglaubt habe, sie wüsste nicht, wer ich bin. Wie frei und ich selbst ich war. Ich vermisse Tokessa oder zumindest das Gefühl, dass sie mir in den ersten Stunden unserer Bekanntschaft gegeben hat.

»Trauen Sie den Menschen nicht etwas zu wenig zu?«

Ich hebe ungläubig eine Augenbraue. »Ich fürchte, Sie trauen den Menschen zu viel zu, Dr. Fischer.«

Kein Scherz, doch diesmal schmunzelt er. Verrückte Welt.

»Was ist mit dem jungen Mann, der Sie regelmäßig besucht?«

Oh Gott, Malte. Ich werde ihn nicht los. »Der kommt einfach, ich kann nichts dagegen tun.«

»Wieso so ablehnend? Es scheint ihm wichtig zu sein, wie es Ihnen geht.«

»Ich denke nicht, dass es meine Pflicht ist, dankbar zu sein, weil sich ein Mann für mich interessiert, obwohl ich das nicht möchte. Ich hätte ehrlich gesagt etwas mehr Feingefühl von Ihnen erwartet, Herr Dr. Fischer. Und wenn Malte nun ein Stalker wäre?«

»Ist er das? Ein Stalker?«

Tatsächlich bin ich nicht überrascht, dass Dr. Fischer meinen Vorwurf übergeht. Dennoch denke ich über seine Frage nach, nicht zuletzt deshalb, weil Tokessa sie mir auch gestellt hat. Seitdem haben sich die Umstände jedoch deutlich geändert. »Nein, ein richtiger Stalker ist er nicht. Er hat mir geholfen, als es darauf ankam. Er hat mir sogar irgendwie das Leben gerettet, also theoretisch. Aber ich kann nicht vergessen, was er mir alles angetan hat. Ich vertraue ihm nicht.«

»Menschen können sich ändern, Frau Bloch.«

Ich verdrehe die Augen. »Jetzt klingen Sie wie ein Pastor und nicht wie ein Therapeut.«

Nun lacht er tatsächlich. Ich verstehe seinen Humor nicht. »Liegt vielleicht daran, dass ich Psychiater bin.«

»Sorry«, entgegne ich gleichgültig. Trotzdem werde ich über seine Worte nachdenken. Darüber, ob ich Malte vielleicht eine Chance gebe. Weil ich sonst niemanden habe.

Ungeniert wirft Dr. Fischer einen Blick auf seine Armbanduhr. »Unsere Zeit ist gleich um. Wollen Sie mir noch vorlesen, woran Sie in den letzten Tagen gearbeitet haben? *Dinge, für die Sie nur Worte finden, wenn Sie sie aufschreiben?*«

Ich nicke, nun habe ich einen Kloß im Hals, greife in die Tasche meiner Jogginghose und entfalte das Stück Papier, vollgeschrieben mit Gedanken, die in meinem Kopf zu wirr sind, um sie spontan zu formulieren. Ich räuspere mich und beginne, laut vorzulesen.

*»Zahlen sind Objekte des Denkens, die Vorstellung von Größen, sind ein Teil der empirischen Wissenschaft. Man bedient sich ihrer mit Hilfe von Logik, um etwas darzustellen, was der Wahrheit entspricht. Auf das Zählen von Toten trifft das jedoch nicht zu. Sobald jemand stirbt, bewegen sich die Zahlen in einem Spektrum der Oberfläche dessen, was wir bereit sind zu sehen. Die Zahl der Menschen, die im Sternenhagel gestorben sind, ist faktisch korrekt und gibt den Menschen, die nicht daran beteiligt waren, eine Größe für ihre oberflächliche Realität. Was sie nicht wissen, nicht wahrhaben wollen, ist, dass Zahlen von Verstorbenen immer unzutreffend sind. Sie werden nicht ansatzweise dem gerecht, was geschehen ist, wie viele Opfer es wirklich gegeben hat. Die Zerstörung, die mit einem Tod einhergeht, ist viel gravierender, als es uns die Medien und die Gesellschaft glauben lassen.*
*Immer.*
*Hinter jedem Opfer stehen Menschen. Menschen, die, wenngleich nicht tot, ebenfalls sterben. Väter. Brüder.*

*Partner. Liebende Menschen, denen der Verlust etwas nimmt, das ein klaffendes blutendes Loch hinterlässt. Sie Schmerz erleiden lässt, so unerträglich, dass er ihnen mitunter den Verstand raubt. Ihre Empathie. Ihre Moral. Und den Wunsch, weiterzuleben. Das dürfen wir nicht vergessen. Niemals.«*

Ich blicke auf, fühle mich verlegen und elend.

»Das war's.«

## 54

*Fünf Jahre zuvor – Obderwede, 20. August*

*Das kann doch nicht wirklich schon alles gewesen sein!*

Frustriert kickte Malte einen Stein nach dem anderen von sich, während er nach dem sogenannten Date mit Olivia noch durch die Gegend streifte. Was bildete sich diese blöde Kuh ein, ihn so zu behandeln, dabei war sie es doch gewesen, die überhaupt erst die Idee hatte, sich zu treffen. Gut, komisch war ihm die Sache schon vorgekommen, nachdem sie ihn zuvor nicht eines Blickes gewürdigt hatte, aber Mädchen waren eben unberechenbar. Sie hatte ihm den Abend jedenfalls gewaltig verdorben, und Malte bemerkte schon bald, wohin ihn sein Weg führte. Manchmal, also eigentlich ziemlich oft, versteckte er sich in der leer stehenden Leichenhalle, er kannte da einige gute Stellen, und beobachtete Olivia dabei, wie sie mit Julian kiffte und mit ihm rummachte. Beim Ficken hatte er sie noch nicht erwischt, aber er war sich sicher, dass sie ihn ranließ. Umso demütigender war es, dass sie ihm einen so brutalen Korb gegeben hatte. Vielleicht war sie hier, um sich statt von ihm von Julian anfassen zu lassen.

Tatsächlich saß Julian auf der Stufe vor dem verriegelten Haupteingang und schien auf jemanden zu warten.

Malte hasste diesen Typen. Weil er von Olivia kriegte, was sie ihm nicht gestattete. Er überlegte, ob er lieber aus sicherer Entfernung abwarten sollte, ob Olivia noch kam. So besoffen, wie sie gewesen war, hielt er es jedoch eher für unwahrscheinlich. Also entschied er, sich zu Julian zu setzen und einen auf guten Kumpel zu machen, einfach weil er neugierig war, warum Julian sie vorhin angerufen hatte. Und weil er nichts Besseres zu tun hatte.

Julian sah nervös auf, als er Maltes Schritte hörte, doch sein

Ausdruck verwandelte sich so schnell in Enttäuschung, dass es einer Beleidigung gleichkam.

»Hey, Malte, was machst du hier? Ist dein Date mit Olivia schon vorbei?«

Malte setzte sich neben Julian auf die Stufe. Noch war es nicht richtig dunkel, die letzten Strahlen der Sonne berührten ihre Köpfe, aber nicht mehr lange, und nur noch der schwache Schein des Sichelmondes würde Zeuge ihrer Begegnung sein.

Malte nickte schulterzuckend. »Ja, ihr ging's nicht so gut. Hat wohl zu viel getrunken.«

»Und, wie war's?« Julian interessierte sich nicht wirklich dafür, wie es Malte gefallen hatte, so viel war ihm klar. Er checkte nur ab, wie gefährlich er ihm bei Olivia werden würde. Also beschloss Malte, dem Loser ebenfalls den Abend zu versauen.

»Gut, also … kann sein, dass sie bald meine Freundin ist.«

»Oh? Wirklich?« In Julians überraschtem Ausdruck lag eine Spur zu viel Enttäuschung, als dass er sie vor Malte hätte verbergen können. »Cool.«

»Wieso hast du sie vorhin eigentlich angerufen?«, hakte er schnell nach, bevor Julian das Thema wechseln konnte.

»Ich … also … ich habe Stress zu Hause, weißt du. Ich habe nicht daran gedacht, dass sie gerade mit dir unterwegs ist. Sorry, Mann.«

Maltes Interesse war geweckt. »Nicht so schlimm«, sagte er beiläufig. Dann tat er so, als würde er zögern. »Was ist denn bei dir zu Hause los?«

»Ich weiß nicht, Malte …« Julian blickte ihn entschuldigend an.

Die zweite Abfuhr dieses Abends. Seine Mutter hatte ihm vor ein paar Jahren erklärt, dass andere Kinder es nicht mochten, wenn er schnell beleidigt war, und dass er nur deshalb Probleme hatte, Freunde zu finden. Seitdem schluckte Malte das Gefühl der Kränkung hinunter, und tatsächlich war danach einiges besser geworden. »Zu persönlich, verstehe ich«, gab er sich verständnisvoll. »Kann ich dir trotzdem irgendwie helfen?«

Julian zögerte. »Ach, ich weiß auch nicht. Es ist alles so kompliziert gerade. Nach Hause kann ich nicht mehr, und mein Handy ist auch leer. Ich bin echt am Arsch.« Er legte den Kopf in seine Hände, raufte sich die Haare, und Malte fürchtete, der Schwächling würde jeden Augenblick in Tränen ausbrechen.

Die Idee war plötzlich einfach da. Als hätte sie schon immer aufgeregt in Maltes Bewusstsein gewartet und nun ihre Chance erkannt. »Ich wüsste vielleicht, wo du hinkannst.«

»Echt? Es wäre auch nur für ... keine Ahnung, ein paar Tage oder so. Bis ich halt weiß, was ich tun soll.«

»Klar, das ist kein Problem.« Er machte eine Pause. »Unter einer Bedingung: Du musst mir erzählen, was passiert ist. Damit ich auch sicher sein kann, dass es okay ist, dich zu verstecken.«

»Okay, aber du musst schwören, dass du keinem ein Wort sagst. Schon gar nicht Olivia.«

»Ich schwöre es«, sagte Malte so aufrichtig wie möglich. Tatsächlich wollte er jedoch erst hören, was Julian ihm erzählte, und dann entscheiden, ob er Olivia Bericht erstattete.

Julian nickte wenig überzeugt. Offenbar kostete es ihn einige Überwindung, mit den Gründen für seinen Stress herauszurücken. »In Ordnung. Also ... es geht um ... also –« Er brach ab, begann von vorne. »Vor ein paar Wochen kam Martin Zagel auf mich zu, du weißt schon, Olivias Vater. Er hat mir erzählt, dass er krank ist. Demenz.«

»Scheiße! Arme Olivia!« Das gespielte Mitgefühl täuschte Malte nicht darüber hinweg, dass er sich irgendwie mehr erhofft hatte, etwas Delikates womöglich. Eine Krankheit war zwar ätzend, aber nichts, was lange ein Geheimnis bleiben würde.

Julian sah ihn warnend an. »Malte, kein Mist, Olivia weiß noch nichts davon, kapiert?«

»Klar«, nickte Malte. »Aber warum erzählt ihr Vater das ausgerechnet dir?«

»Das habe ich mich auch gefragt. Er meinte, er muss endlich die Wahrheit sagen, bevor er sie vergisst. Und dann hat er behauptet, nicht mein Vater wäre mein Vater, sondern er.«

Malte traute seinen Ohren nicht. Wenn das stimmte, wäre das ein Geschenk des Schicksals. Er kam gar nicht so schnell hinterher, wie die Erkenntnisse und Ideen auf ihn einprasselten.

Julian hingegen wirkte sichtlich bedrückt. »Ich habe ihm nicht geglaubt. Trotzdem ging mir das nicht aus dem Kopf. Also habe ich heimlich so einen Vaterschaftstest aus dem Internet machen lassen. Wo du eine DNA-Probe einschicken musst. Ich habe die Zahnbürste von meinem Vater genommen.«

Malte hing geradezu an Julians Lippen. Das war besser als jede Scripted-Reality-Show. Trotzdem musste er darauf achten, sich betroffen zu zeigen. Wäre irgendwie blöd, wenn Julian bemerkte, dass er sich auf seine Kosten vor Begeisterung kaum wieder einkriegte.

»Gestern kam das Ergebnis.«

»Und?«, fragte Malte gespannt, obwohl ihm längst klar war, wie es ausgefallen war – hätte sich die Behauptung von Olivias Vater als Lüge herausgestellt, wäre Julian jetzt nicht so fertig.

Julian biss sich auf die Unterlippe, atmete schwer ein.

»Der Mann, der mich achtzehn Jahre lang aufgezogen hat, ist nicht mein biologischer Vater.« Seine hilflose Resignation sagte mehr, als es die gesprochenen Worte konnten.

»Krass!« *Mater semper certus est. Pater semper incertus est.* Die Mutter ist immer sicher. Der Vater ist immer unsicher. An diesen römischen Richterspruch musste Malte plötzlich denken, den sie vor einiger Zeit im Philosophie-Unterricht bis zum Erbrechen durchgekaut hatten. Damals hatte ihn der Spruch maximal genervt, an diesem Tag jedoch traf er ins Schwarze. Eigentlich schade, dass er ihn nicht mit Julian teilen konnte, sicher fände er es nicht besonders witzig.

»Meine Mutter und ich haben uns heute deswegen gestritten«, erzählte Julian gequält weiter. »Richtig schlimm gestritten. Sie hat es geleugnet, kannst du dir das vorstellen? Ich halte ihr das Ergebnis schwarz auf weiß vor die Nase, und sie leugnet es einfach. Als ich meinte, ich würde es Papa erzählen, hat sie mich geohrfeigt und gesagt, wenn es irgendwer erfährt, würde sie behaupten, Martin Zagel hätte sie vergewaltigt.«

»Ernsthaft?« Geschockt hielt Malte sich die Hände vor den Mund, um zu verbergen, dass er eigentlich grinste.

»Ich hasse sie so sehr, ich kann jetzt nicht zurück, verstehst du?«

»Klar, Mann. Klar verstehe ich das.«

»Seitdem läuft in meinem Kopf alles falsch. Ich weiß nicht, was ich machen soll.«

Malte erwiderte darauf nichts, Julian war zu sehr in seinem kleinen Dilemma versunken.

»Ich komme wegen Olivia voll nicht auf die Sache klar.«

»Stimmt, dann ist sie ja jetzt deine Halbschwester. Zum Glück habt ihr ja nie was miteinander angefangen.« Diese kleine Gemeinheit hatte Malte sich nicht verkneifen können. Es war aber auch zu schön. Julians verzweifelter Blick, den er Malte zuwarf, sprach Bände. »Was ist?«, fragte er unschuldig.

Julian schüttelte den Kopf und ging nicht auf Maltes Frage ein. »Vorhin habe ich Olivia noch eine total wirre Nachricht auf die Mailbox gesprochen, von wegen, sie darf ihrem Vater nicht glauben. Ich hatte so Angst, er könnte es ihr auch erzählt haben. Aber inzwischen ...«

Der plötzliche Richtungswechsel, den ihr Gespräch nahm, gefiel Malte überhaupt nicht. »Nein, Mann! Du kannst ihr doch so was nicht verheimlichen! Das geht gar nicht!«

»Ich will nicht, dass sie ... meine Halbschwester ist. Das ist einfach ... falsch. Am liebsten würde ich mit ihr weglaufen, irgendwohin, wo uns niemand kennt.«

Malte kamen Tausende Argumente in den Sinn, warum Julian sich gerade aufführte wie ein liebestoller Psychopath. Er hatte genug gehört, und eine Sache war ihm nach diesem Gespräch ganz eindeutig klar: Er musste Olivia von Julian fernhalten. Sie vor ihm beschützen. Damit er sie nicht weiter in seine ekelhaften inzestuösen Machenschaften verwickelte.

Er sprang von der Stufe auf und machte eine Handbewegung, dass Julian ihm folgen sollte. »Dann komm mal mit, ich zeige dir, wo du dich verstecken kannst.«

Er lief voran, führte ihn um das Gebäude, durch die offene Hintertür, den langen Gang entlang, bis er vor einer weiteren Tür stehen blieb.

»Was? Hier?«, fragte Julian atemlos, als er den verschlossenen Eingang zum Keller erkannte.

Malte holte sein Schlüsselbund hervor, hielt einen Schlüssel davon stolz hoch und wackelte mit den Augenbrauen.

Der Schlüssel ließ sich samtig leicht drehen, das Schloss hatte keine Gelegenheit bekommen zu verrosten. Als Malte die Tür aufzog und stolz die Treppe nach unten präsentierte, als hätte er sie eigenhändig erbaut, machte Julian große Augen.

»Perfekt, oder?«, stellte Malte fest, innerlich ganz aufgekratzt.

»Woher hast du den Schlüssel?«

»Meine Mutter hat hier früher gearbeitet, war sozusagen die Chefin des Ladens. Sie hat den Generalschlüssel aufbewahrt, keine Ahnung, ich glaube, sie hat den längst vergessen. Jedenfalls habe ich ihn immer bei mir, für den Fall, dass ich mal ein Mädchen beeindrucken will.«

Neugierig blickte Julian nach unten in den schwarzen Abgrund.

»Unter der letzten Stufe liegt eine Taschenlampe, ist ohne ziemlich dunkel. Hast du Durst oder Hunger, soll ich dir was bringen?«

»Im Moment nicht, aber morgen bestimmt.«

Und noch etwas kam Malte in den Sinn. »Du hast gesagt, dein Akku ist leer? Soll ich dein Handy bis morgen aufladen?«

»Gute Idee.« Julian zog sein Smartphone aus der Hosentasche und reichte es ihm. »Du schließt die Tür aber nicht ab, oder?«, fragte er, plötzlich doch leicht verunsichert.

»Nein, Quatsch. Natürlich nicht.«

Julian nickte erleichtert, dann ging er langsam nach unten. Auf der Mitte der Treppe blieb er noch einmal stehen und drehte sich um. »Danke, Malte. Du bist ein echter Freund.«

Dann verschluckte ihn die Dunkelheit, und Malte ließ hinter ihm die Tür im Schloss einrasten. Er blieb noch einige Momente stehen, lauschte auf die Geräusche, stellte sich vor, wie Julian in der Finsternis blind nach der Taschenlampe unter der Stufe tastete, nicht ahnend, dass sich dort überhaupt keine Taschenlampe befand.

Leise drehte er den Schlüssel im Schloss herum und zog ihn heraus. Als er sich gut gelaunt auf den Weg nach Hause machte, überlegte er, ob er Julian am nächsten Morgen tatsächlich Verpflegung vorbeibringen würde.

Vielleicht würde er das tun.

Vielleicht aber auch nicht.

## 55

*Hannover, 14. Februar*

Nervös streicht Malte sich die Haare aus der Stirn. Sie sind lang geworden, eine gute Länge, endlich trägt er sie wie Julian damals. Obwohl es heute nur ein Interview für den Podcast eines Radiosenders ist, überprüft er vor dem Spiegel seines Zimmers penibel seine äußere Erscheinung, immerhin weiß er nie, ob jemand heimlich Fotos von ihm macht. Das Interview erklärt seine Unruhe jedenfalls nicht, es ist ein kleiner regionaler Sender, und das Gespräch wird aufgezeichnet. Kein Grund, sich Sorgen zu machen. Bei Markus Lanz ist er bereits gewesen, in der NDR Talk Show – auf eine Einladung von Anne Will hofft er noch. Überall erzählt er seine Geschichte, von dem jungen Mann, der der einzigen Überlebenden der Geiselnahme im Sternenhagel, Olivia Bloch, das Leben gerettet hat, als der fanatische Bruder einer der Geiselnehmer versucht hat, sie aus Rache zu töten. Wie er ihr bereits zuvor zur Seite stand, während ganz Deutschland sie für eine Komplizin hielt. Malte wird nicht müde, Olivia zu verteidigen, den Moderatoren und dem Publikum zu erklären, dass sie ein guter Mensch ist und den Hass der Welt nicht verdient hat. Malte weiß genau, was er sagen muss, und doch ist da diese Unruhe.

Dabei ist er mit sich im Reinen. Die Bösen wurden bestraft, und er führt das Leben, auf das er hingearbeitet hat. Noch ein paar Interviews, dann wird er sich zurückziehen, aus Respekt vor Olivia. Irgendwann ist jede Geschichte toterzählt und braucht keine Wiederholungen. Ein paar Wochen später wird er zurückkehren mit einem Knall, die Leute kennen ihn dann bereits als den Retter von Olivia Bloch, der Frau mit den sieben Leben. Sie werden ihm zuhören. Endlich. Seiner Karriere steht nichts mehr im Wege, obwohl er nicht länger

Journalismus anstrebt, sondern seine Zukunft als Drehbuchautor sieht. Aus den Geschehnissen des letzten Jahres lassen sich hervorragende Drehbücher machen, er hat bereits erste Kontakte zu Produzenten, die Interesse an seinen Pitches gezeigt haben. Erst Netflix, dann die Kinoleinwand, das ist der Plan.

Welches Drehbuch er zuerst fertigstellt, hat er noch nicht entschieden, ihm schwebt aber etwas über eine toughe Sozialpädagogin vor, die ungeplant schwanger und Witwe wird. Ein Drama wäre das – oder ein Thriller im Stil von »Kill Bill«, frischgebackene Mutter auf Rachefeldzug, um die Mörder ihres Mannes zu töten, ihr Baby auf dem Rücken, bewaffnet mit Machete, also sie, nicht das Baby. Das hat was.

Er hat alles perfekt durchgeplant, wäre da nicht … jetzt fällt ihm ein – woher diese lästige Nervosität rührt. Der wiederkehrende Alptraum von dem Totenschädel, der ihn aus leeren Augenhöhlen anstarrt. Immerhin hat auch Malte ein Gewissen, und die Sache mit dem Kopf war selbst für ihn ein bisschen zu heftig. Aber er hatte es tun, ihn an einen Ort bringen müssen, wo ihn niemand finden würde. Um Olivia zu beschützen. Wenn ein paar schlechte Träume der Preis dafür sind, muss er eben damit leben.

Olivia. Am Wochenende wird er sie wieder besuchen, er ist der Einzige, soweit er weiß. Bald wird er von zu Hause ausziehen und sich ein Zimmer in Hannover suchen, um in ihrer Nähe zu sein. Sie braucht ihn jetzt und in Zukunft. Denn er ist ein Geheimniswahrer, es gibt etwas, das Olivia niemals erfahren darf, und er betrachtet es als seine Aufgabe, dafür zu sorgen.

Denn es geht um ihre Schuld, die sie unwissentlich auf sich geladen hat. Malte sieht ihn deutlich vor sich, den Moment, als Olivia selbst die Weichen stellte für alles, was dann folgte. Damals ist es gewesen, als sie das Telefon bereits in ihrer Hand hielt, weil Julian sie anrief. Es war nur eine kleine nebensächliche Entscheidung, den Anruf zu ignorieren. Nicht mit Julian zu sprechen. Alles wäre anders gekommen, hätte sie diesen

Anruf angenommen. Julian wäre noch am Leben, Olivia hätte erfahren, dass sie denselben Vater hatten, dafür hätte Malte schon gesorgt. Der Kontakt zu ihrem Vater wäre nicht abgebrochen, Olivia wäre an seiner Seite geblieben, als seine Krankheit ausbrach, und an diesem schicksalhaften 12. Juni bei ihm in Obderwede gewesen und nicht ins Sternenhagel gegangen.

Zum Glück hat sie aber nun Malte. Wüsste sie von ihrer Schuld, würde es sie umbringen. Genau deshalb, und *nur* deshalb, passt Malte auf sie auf. Damit sie es niemals erfährt.

Dafür sind beste Freunde da.

# Danksagung

Ich danke allen, die an mich geglaubt haben, als ich es selbst nicht mehr konnte. Denen, die sich für meine Bücher interessieren, sie vielleicht kaufen und lesen – immer noch kaum zu glauben, aber es gibt EUCH wirklich.

Ich danke dem Team des Emons Verlags für die Chance, die Offenheit für meine Ideen und die angenehme Zusammenarbeit. Christel Steinmetz, Jana Budde, Hannah Naumann, Stefanie Rahnfeld, Sophie Olk, Nina Schäfer, Vera Nohl und all jenen, die im Hintergrund an der Entstehung beteiligt sind.

Ich danke meinem Lektor Lothar Strüh, der dafür gesorgt hat, dass ich den Text an den richtigen Stellen kürze, was das Manuskript so viel besser gemacht hat.

Danke an Klaus und Michaela Gröner der Agentur erzähl:perspektive, dafür, dass sie mich nicht aufgegeben und es immer weiter versucht haben.

Mit Herzchen in den Augen sage ich Danke an meine Partner in Crime: Justine Pust, Anne-Marie Jungwirth, Philipp Renken, Dirk Busch. Ich hab euch lieb!

Ein besonderes Danke an Romy Hausmann für die Schreibbegleitung, den Zuspruch und die Unterstützung, fürs Testlesen und Dumme-Fragen-Beantworten – und nicht zuletzt für den Blurb, der mich schlichtweg vom Stuhl gepustet hat.

Giant Rooks danke ich für ihre inspirierenden Songs.

Danke an meine Familie.

Anton, Emil. Ich liebe euch. Für immer.